DER METEOR

JOSHUA TREE

DER

METEOR

Science Fiction Thriller

BE
Belle Époque Verlag

Joshua Tree

joshuatree@weltenblume.de
www.weltenblume.de

© 2020 Joshua Tree Ltd. Zypern

Korrektorat: Jasmin Kraft
Cover: Andrew Gherman
Innenlayout und Schriftsatz: Hans-Jürgen Maurer
Besonderer Dank: Viktoria M. Keller

Druck: Custom Printing, Wał Miedzeszyński 217/1, 04-987 Warszawa, Polen

ISBN 978-3-96357-127-5

Prolog

Lucs Stirn lehnte an dem kleinen Bullauge neben seinem Sitz, durch das er die vorbeiziehenden Wolken beobachtete. Eigentlich war er es, der sie passierte, doch er gab sich gerne der Illusion hin, dass sich diese majestätische Welt dort draußen um ihn drehte und nicht andersherum. Er dachte daran, wie ein kleiner Fettfleck von der Größe eines Zweieurostücks direkt auf dem Acryl zurückbleiben würde, wenn er seinen Kopf zurückzog. Luc hasste es, wenn er auf seinem Platz – der stets ein Fensterplatz war, weil er nur dort von seiner latenten Flugangst verschont blieb – ankam und einen solchen Fleck entdeckte. Dann stellte er sich immer vor, wie ein ungewaschener Jugendlicher mit riesigen Kopfhörern und Schlabber-Hoodie vor ihm hier gesessen und seine Aknehaut gegen das Fenster gedrückt hatte, mit gelangweiltem Blick und Kaugummi malträtierendem Kiefer wie ein Wiederkäuer.

Wolken – Luc liebte sie. Sie sahen aus wie Watte und waren doch voller Energie und Leben. Während seines Studiums der Geophysik hatte er sich früh für diese einzigartigen Gebilde interessiert. Von zuckerigem Wasserdampf bis zu Schwefelkolossen auf der Venus und planetenumspannenden Bändern auf Jupiter reichend, deren Rotationsgeschwindigkeiten auf der Erde keinen Vergleich kannten. Die, die vor ihm am Fenster vorbeizogen, waren freilich zahme Schäfchen. Cumuluswolken wie aus dem Bilderbuch. So romantisch, dass bloß noch ein Schwarm Vögel hätte vorbeiziehen müssen – vorzugsweise in einigem Sicherheitsabstand zur Turbine.

Das Flugzeug ruckelte plötzlich, als sie eine der Wolken

im Sinkflug durchflogen. Der Tisch vor ihm ratterte, und die Kabine dröhnte. Er schloss für einen Moment die Augen und atmete tief durch.

»Sir?«, fragte die Flugbegleiterin und beugte sich in seine halb abgetrennte Business-Class-Kabine. Ihr Lächeln war hübsch aber geschäftsmäßig, und das rote Schiffchen auf ihren blonden, perfekt frisierten Haaren mit einer weißen Schleife unter dem Kinn befestigt. Sie deutete auf seinen Gin Tonic. »Ich müsste jetzt Ihr Getränk abräumen. Wir landen in zehn Minuten.«

»Ah«, machte er und sah auf das Glas in seiner Hand, die sich bereits schwitzig anfühlte. Ein einsamer Eiswürfel schwamm darin und schmolz mit beachtlicher Geschwindigkeit. Ein winziger Klimawandel zwischen seinen Fingern. Erneut fühlte es sich an, als würde das Flugzeug in ein Luftloch sacken, und das freundliche Lächeln der Flugbegleiterin geriet für den Bruchteil einer Sekunde ins Wanken. Oder bildete er es sich nur ein? War sie besorgt? Warum? Gab es einen Grund dafür? Waren das keine normalen Turbulenzen gewesen? Harmlos und alltäglich?

Vielleicht sollte ich sie fragen, ob es ein Problem gibt?, dachte er, verwarf den Gedanken aber sofort wieder. *Es wird schon nichts passieren. Kein Grund, sich lächerlich zu machen. Außer natürlich, dieses Klappern da vorne ist ein schlechtes Zeichen, und sie erkennt es nicht? Es könnte sein, dass ich der Einzige bin, der es bemerkt, und hätte ich etwas gesagt, wären wir nicht abgestürzt.*

»Wussten Sie, dass Cumuluswolken durch lokale Aufwinde entstehen? Thermik oder orografische Handaufwinde, aber das dürfte hier nicht der Fall sein. Ihre Unterseite ist sehr flach, weil die Feuchtigkeit kondensiert. Diese Kombination sorgt dafür, dass sie, wenn sie Türme bilden – kennen Sie bestimmt – Gewitter ankündigen können«, erklärte Luc und deutete nach draußen.

»Wirklich?«, fragte sie interessiert.

Oder er bildete sich bloß ein, dass ihr einstudiertes Lächeln Interesse ausdrückte. Einerlei. Er war nervös, und er mochte ihren rollenden spanischen Akzent.

»Ja. Jeder mag sie, weil sie so bilderbuchmäßig aussehen. Aber sie können auch garstig werden, wenn sie in Thermik geraten.« Er zwinkerte ihr zu, hoffte, dass es locker und entspannt aussah. »Wie eine spanische Lady, was?«

Das Lächeln der Dame geriet ins Wanken, aber nur kurz. Sie deutete auf sein Glas. »Darf ich?«

»Oh, klar!« Er hielt es ihr hin, und sie flüchtete nach einem knappen Nicken.

»Toller Spruch, Luc«, murmelte er und beugte sich wieder zum Fenster. Der Fettfleck, den seine Stirn hinterlassen hatte, war größer als ein Zweieurostück. Hastig rubbelte er ihn mit der Serviette weg, die als Unterlage für seinen Drink gedient hatte, und die nun verlassen mit einem feuchten Ring in der Mitte zurückgeblieben war. Madrid zog unter ihm vorbei, während sich die Landeklappen aufstellten und das Flugzeug stärker abbremsten. Sie gingen in einen steileren Anflug – immerhin würde es bald vorbei sein. Die vielen alten Kirchen, Mauern und Tore ragten wie braune Flecken zwischen den modernen Wohnhäusern empor, die ihn in ihrer Hässlichkeit an Dritte-Welt-Länder erinnerten. Sein Zeitplan war eng getaktet, was ihm keine Zeit lassen würde, all die Sehenswürdigkeiten und ein paar spanische Straßenkneipen zu erkunden. Mal wieder.

Als sie am Flughafen landeten und den Taxiway zum Gate fuhren, reihte er sich in das Klicken der Sitzgurte ein, die wie immer viel zu früh geöffnet wurden. Er zog sein Smartphone aus dem kleinen Staufach an der Seite seines breiten Sitzes. Schnell checkte er Instagram, Youtube und Facebook, ehe er aufstand und seinen Handgepäckkoffer aus dem Overhead Compartment zog. Ein Bus wartete und brachte sie zum Terminal, in dem es eine kurze Passkontrolle gab. Selbst die Kofferrückgabe an den automatischen Bändern ging erstaunlich schnell vonstatten. Und so rollte er mit zwei Trolleys – der eine groß wie ein Kleinwagen und der andere immerhin noch groß genug, dass er beim Boarding einen Aufpreis für sperriges Handgepäck hatte zahlen müssen –, durch den Ausgang. Dort wartete bereits eine Schar Taxifahrer und Fremdenführer, die laminierte Namensschilder für irrlichternde Touristen hochhielten. Ein junger Mann mit langen Haaren und Pilotenbrille, der ein Schild von sich streckte, auf dem mit schwarzer Schrift auf weißem Hintergrund *@PlanetLuc* geschrieben war, stand dazwischen. Luc winkte ihm zu und umrundete die kleine Metallbrüstung, die Ankommende und Wartende voneinander trennten.

»Hi! Ich heiße Diego«, begrüßte ihn der junge Mann und streckte eine Hand aus. Luc wollte sie ergreifen, doch Diego packte stattdessen den ausgezogenen Griff seines Koffers, ehe er seinen Irrtum begriff, diesen wieder losließ und Lucs Hand schüttelte.

»Luc.«

»Ah, sorry! Wie war der Flug, *Señor*?«

»Entspannt«, log er und bemühte sich um ein argloses Lächeln. »Mein Fahrer, schätze ich?«

»Jo! Ich mache häufig Fahrdienst für die Bodenstation. Mein Bruder arbeitet dort«, erklärte Diego mit starkem spanischem Akzent und folgte Luc, die Koffer neben sich herrollend. Luc fand, dass sein Koffer aussah, als könne der junge Mann darin schlafen.

Sie verließen den Flughafen auf einem Fahrstreifen, auf dem reihenweise Taxis und einige Privatautos und Limousinen in zweiter Reihe standen. Die meisten Motoren liefen und husteten stinkende Diesel- oder Benzinabgase aus den

Auspuffen. In der Hitze wirkten die Emissionen besonders beißend und schwer.

Während der Fahrt war der junge Mann erstaunlich schweigsam und steuerte sie so rasant durch den Feierabendverkehr, dass Luc immer wieder wegsehen musste, damit ihm nicht das Herz stehen blieb. Erst als sie die letzten vielbefahrenen Straßen hinter sich gelassen hatten und durch eine trockene Waldlandschaft nach Westen fuhren, entspannte er sich wieder etwas.

»Du hörst das bestimmt oft«, sagte Diego nach einiger Zeit und lehnte sich mit einer Hand am Lenkrad in den Fahrersitz zurück, »aber ich habe deinen Youtube-Kanal schon seit zwei Jahren abonniert.«

»Ah, ein Subscriber der ersten Stunde.« Luc grinste. »Freut mich.«

»Deine Videoreihe über Meteore und ihren Einfluss auf die Erdgeschichte«, der Spanier legte Daumen und Zeigefinger an den Mund und küsste sie. »Wirklich großartig. *Unser heutiges Paradies ist das Ergebnis kosmischer Katastrophen.* Ein toller Satz. Werde ich nie vergessen, weißt du?«

»Eine Metapher, die für viele Dinge steht, schätze ich. Der Asteroidenschauer vor 800 Millionen Jahren beispielsweise hat die gesamten Umweltbedingungen auf unserem Planeten umgewälzt.«

»Die Eiszeit, oder?«

»So ungefähr. Er fällt mit dem Übergang vom warmen Erdzeitalter des Toniums ins kalte Cryogenium zusammen. Es wurde durch den Einschlag so viel Staub in die Atmosphäre geblasen, dass sie sich massiv abgekühlt hat.«

»Denkst du, dass es wieder passieren wird?«, fragte Diego und überholte einen alten Pick-up, der unter der Last von sechs Ziegen ächzte. »So wie du es angekündigt hast?«

»Die Frage ist nicht, *ob* es wieder passieren wird, sondern *wann*«, erwiderte Luc. »Aber da haben wir, statistisch gesehen, noch eine Menge Zeit.«

»Wirklich? In deiner folgenden Videoreihe hast du doch davor gewarnt, dass die Statistik in diesem Fall eher Sorgen bereitet, oder nicht? Ich meine die Reihe *nach dem Einschlag*.«

Luc seufzte innerlich. »Mir ging es darum, das Thema ins Bewusstsein meiner Zuschauer zu bringen. Es ist mir wichtig, dass jeder sich Gedanken macht und auch die Politik sich näher mit Near Earth Objects befasst. Das ist ein reales Katastrophenszenario.«

»Ich verstehe.« Diego nickte kaum merklich und lenkte seinen Wagen auf eine einspurige Nebenstraße, die zwischen zwei grünen Hügeln hindurchführte. Der Asphalt war staubig und von kleinen Rissen durchzogen, die vermutlich der Hitze geschuldet waren. Die Cebreros Bodenanlage kam nach etwa zehn Minuten in Sicht: eine riesige Antennenschüssel, die aussah wie ein Trichter auf einem schwenkbaren Kopfgelenk. Blütenweiß bildete sie einen scharfen Kontrast zum Grün der Bäume und dem Blau des Himmels.

»Beeindruckend«, meinte er. »Wirklich beeindruckend.«

»Si«, stimmte Diego ihm zu. »Es gibt die gleiche Anlage nochmal in Australien.«

»Wirklich?«, fragte Luc eher aus Höflichkeit. Natürlich wusste er das. Die beiden Deep-Space-Bodenstationen waren bereits seit fast zwanzig Jahren im Einsatz, auch wenn ihnen kaum mediales Interesse entgegengebracht worden war.

»Si, si! Diese Verteilung auf dem Globus liegt wohl an der Sternenkonstellation. Abdeckung des Himmels oder so etwas. Mein Bruder wird immer ganz verrückt, wenn er davon erzählt.«

»Wie heißt dein Bruder eigentlich?«

»Roberto. Er ist Astronom. Ich glaube nicht, dass du mit ihm zusammenarbeiten wirst.«

»Ich bin nur diese Nacht und morgen da, vermutlich lerne ich nicht alle kennen«, stimmte Luc ihm zu und beugte sich nach vorne, um einen guten Blick zu haben, als sie auf ein Rolltor aus Maschendraht zuhielten. Ein Pförtner in blauer Uniform kam zum Fahrerfenster, wechselte ein paar Worte auf Spanisch mit Diego, lachte über irgendetwas und winkte sie dann durch.

Die Radaranlage stand auf einem etwa fußballfeldgroßen Areal, das mitten in den Wald gerodet worden war. Die mächtige Antenne befand sich direkt an einem Schotterweg, der dahinter einen Hügel hinaufführte, und auf der linken Seite stand ein erstaunlich kleines, einstöckiges Gebäude mit Flachdach – die eigentliche Bodenstation. Er fand, dass sie nicht besonders bombastisch aussah, sondern eher wie eine wenig gepflegte Jugendherberge. Seit seinem Umzug nach Kalifornien war er das europäische Understatement gar nicht mehr gewöhnt.

Diego lenkte den Wagen über den staubigen Platz zwischen Antenne und Haus und parkte neben einem guten Dutzend anderen Fahrzeugen, von denen die meisten via Kabel mit Ladestationen verbunden waren.

»So, da wären wir.« Er klatschte in die Hände, und sie machten sich ans Auspacken. Direkt vor der unscheinbaren Eingangstür gab es eine kleine Betonrampe, über die Luc seine Koffer ziehen konnte. Trotzdem fühlte er sich wie ein ungeschickter Tourist, als er versuchte, sie nicht zurückrollen zu lassen, weil er gleichzeitig die Klingel drücken musste. Diegos Telefon hatte geklingelt und der junge Mann war, laut auf Spanisch diskutierend, zurückgeblieben war. Glücklicherweise öffnete ihm jemand die Tür. Es war Michelle Daubner, die Physikerin, mit der er seit der Anfrage seitens der ESA schon mehrfach telefoniert hatte, unter anderem über Videocalls. Ihre schwarzen Korkenzieherlocken bildeten einen dichten Wald um ihr recht hübsches Gesicht. Er konnte kaum glauben, dass sie mit ihrem südländischen Aussehen und der braunen Haut Österreicherin war und keine Einheimische.

»Hallo, Luc!«, begrüßte sie ihn mit einem strahlenden Lächeln und hielt ihm die Tür weit auf. »Willkommen in Cebreros! Hattest du einen angenehmen Flug?«

»Grüß dich! Alles entspannt«, erwiderte er und zwängte sich etwas ungeschickt an ihr vorbei.

»Stell einfach erstmal alles hier ab.« Michelle deutete auf den Boden des quadratischen Flurs. Die Wände waren grau und wirkten nicht besonders einladend, wie er fand.

»Danke.«

»Soll ich dir jetzt zuerst alles zeige, oder möchtest du dich lieber erstmal ausruhen?«

»Eine kleine Führung wäre genau das Richtige«, sagte er. »Ich bin ja die ganze Zeit gesessen.«

»Gut, dann komm mal mit.« Sie führte ihn durch die Tür geradeaus, die sie in einen großen Raum brachte. Die abgehängte Decke erinnerte ihn an seine Schulzeit, der Rest allerdings an ein Raumschiff. Direkt vor ihnen befand sich eine Arbeitskonsole für mehrere Mitarbeiter, die aus zwei Reihen übereinander angeordneter Displays bestand, die in grauweißer Verkleidung steckten. Dazwischen befanden sich jede Menge vertikal angebrachte Festnetztelefone, und auf der dazugehörigen Schreibtischfläche, die sich in einem Bogen über fünf Meter erstreckte, jede Menge Tastaturen und Mäuse. Die Hälfte der Bildschirme war schwarz, und auf dem Rest liefen Diagramme und komplexe Berechnungen ab. Zwei Männer saßen dort und hatten Headsets auf den Köpfen. Sie schienen ihr Eintreten nicht bemerkt zu haben. Michelle trat sachte gegen ihre Bürostühle, bis sie sich umdrehten. »Das ist Roberto, er ist Astronom«, erklärte sie und deutete auf einen

Mann mit Vollbart und kleinen gutmütigen Augen, der lächelte und ihm zuwinkte.

»Ah, Diegos Bruder?«

»Ich hoffe, er hat nicht zu viele Verkehrssünden begangen«, grinste Roberto.

»Keine, die ich nicht auch begangen hätte.« Luc zwinkerte ihm zu und sah dann zu dem anderen, einem spindeldürren blonden Mann mit langem Pferdeschwanz, der überraschend faltig im Gesicht war.

»Das hier ist Marcello, er ist Funkspezialist und überwacht unsere Kommunikationssysteme.«

»*Bon giorno*. Ich bin Luc.«

»Freut mich«, antwortete Marcello und wandte sich wieder seiner Arbeit zu, nachdem sie sich die Hand geschüttelt hatten.

»Der Hauptteil der Belegschaft ist gerade in der kleinen Messe und isst zu Abend. Die fahren aber alle gleich in den Feierabend. Das gemeinsame Essen ist so ein Ding von uns, das wir jeden Samstag machen«, erklärte Michelle und führte ihn an dem Arbeitsbereich vorbei zu einigen Einzelparzellen mit Computern.

»Und dann sind wir nur zu viert?«

»Ja. Roberto bleibt für die Neuausrichtung. Wir haben dir ja versprochen, dass es was zu sehen geben wird und gleichzeitig ruhig genug ist, dass du ein bisschen filmen kannst und wir uns unterhalten können. Das funktioniert heute am besten. Die Neuausrichtung ist zwar unspektakulär, lässt sich aber hervorragend als anschauliches Beispiel dafür nutzen, was wir hier machen.«

»Klingt, als hättest du an alles gedacht«, sagte Luc lächelnd. »Wie wär's, wenn wir schon mal ein bisschen Material drehen? Ich wollte den Beitrag mit einigen Kurzvideos auflockern, die ich immer wieder einspiele und in denen ein bisschen darauf eingegangen wird, was ihr hier macht. Die Subscriber wollen ja nicht immer nur mein langweiliges Gesicht sehen.«

»Oh, klar. Warum nicht? Dann machen wir die Führung also mit Kamera weiter?«

»Wenn es dir nichts ausmacht?«

»Keineswegs.«

Luc zückte sein Smartphone und holte zwei kabellose Mikros aus seiner Umhängetasche. Eins davon steckte er Michelle an den Ausschnitt ihres T-Shirts und das andere sich selbst an den Kragen seines Polos.

»Du filmst mit deinem Telefon?«, fragte die Physikerin überrascht.

»Einspieler meistens schon. Die Qualität ist gut, und ich finde, dass es eine gewisse Unmittelbarkeit suggeriert. Wenn die Produktion zu professionell aussieht, werden die Subscriber misstrauisch. Sie wollen ja keinen Fernsehsender einschalten, sondern etwas Persönliches sehen. Bist du bereit?« Er schaltete die Kamera um, sodass er sich selbst auf dem Display sehen konnte. Die kurzen blonden Haare modisch zur Seite gekämmt, die große Hornbrille ein wenig tiefer auf die Nase gezogen, der helle Dreitagebart über seiner braunen Haut gepflegt, aber nicht so sehr, dass er langweilig gewirkt hätte.

»Ich bin bereit«, sagte Michelle.

»Gut. Ich mache einen kurzen Einspieler, und dann schalte ich zu dir um, stelle ein paar Fragen und so. Okay?«

»Klar.«

Luc drückte den Aufnahmeknopf und grinste sein Ebenbild an.

»Hallo, liebe Geofreaks, hier ist wieder euer Lucky Luc und ich bin heute *back* mit einem ganz besonderen Video, denn ich bin nur für euch den weiten Weg aus San Francisco bis ins spanische Cebreros geflogen – das ist übrigens nahe Madrid, für alle, die ihren Globus in der Kindheit nur zum Fußballspielen benutzt haben. Wie ihr seid meiner Videoreihe zu Mond und Mars wisst, bin ich nicht bloß großer Fan der NASA, sondern auch der ESA, und die hat ein ganz heftiges Projekt am Start: *Euclid*.« Luc deutete mit ausgestrecktem Zeigefinger nach oben. »Euclid ist das neueste Weltraumteleskop der Welt und gerade einmal vor einem Monat von Korou aus gestartet. Vor einer Woche hat es jetzt seinen Zielpunkt, den Lagrange-Punkt 2 auf der abgewandten Seite des Mondes, erreicht. Wenn du mehr über Lagrange-Punkte erfahren willst, klick einfach auf den Link hier oben im Video.« Erneut hob er eine Hand und deutete rechts über seinen Kopf. »Euclid hat eine ganz spannende Mission: Es soll mehr über dunkle Energie und dunkle Materie herausfinden und ist mit modernsten Instrumenten ausgestattet. Damit ist es einem der größten Rätsel der Astrophysik auf der Spur, und es wird uns großartige neue Erkenntnisse liefern. Damit ihr wie gewohnt hautnah dabei seid und aus erster Hand sehen könnt, wie genau das funktioniert und vonstattengeht, bin ich zur Bodenstation in Cebreros geflogen und habe mich mit Michelle Daubner zusammengetan. Sie ist Physikerin hier an der Deep Space Antenna 2 und leitet die Nachtschicht. Hi, Michelle.«

Luc schaltete die Kamera um und richtete das Bild so aus, dass es ihren Oberkörper mit einer der Büroparzellen zeigte. Im Hintergrund waren einige Poster mit Teleskopen zu sehen. Nicht viel, aber es musste reichen.

»Hallo und herzlich willkommen in Cebreros«, erwiderte sie lächelnd und winkte charmant in die Linse.

»Michelle, ihr lauscht hier nicht bloß auf Signale von E.T., sondern seid auch zuständig für die Steuerung von Euclid und das Empfangen seiner Daten, oder?«

»Das ist richtig. Euclid ist das modernste Weltraumtele-skop seiner Art, und darauf sind wir hier bei der ESA sehr stolz. Es besitzt im Grunde zwei Instrumente, die beide auf ein fast anderthalb Meter durchmessendes Teleskop zugrei-fen, das fünfundzwanzig Meter Brennweite hat. Das erste In-strument arbeitet im sichtbaren Spektrum und das andere im Infrarot-Spektralbereich. Daten von beiden werden über eine bewegliche Antenne direkt zu uns hier in Spanien geschickt und dann ausgewertet.« Michelle grinste schelmisch. »Luc, deine Zuschauer bei *PlanetLuc* sehen doch gerne echte Wis-senschaftler bei der Arbeit, oder?«

Luc schaltete die Kamera um und machte eine fragende Grimasse. »Die Antwort kennen wir wohl alle, liebe Geofreaks, was?«

»Na, dann wollen wir doch mal sehen, was Roberto so macht.« Michelle gab der zukünftigen Zuschauerschaft einen Wink. »Der sitzt an den Kontrollen und wird Euclids Auge zu Beginn der Nachtschicht neu ausrichten. Die Kollegen von der NASA haben einen Kometen ausgemacht, der uns sehr nahekommen wird. Sie haben uns gebeten, diesen kosmi-schen Besucher mal genauer unter die Lupe zu nehmen. Ich kann euch beruhigen: Er wird ein Komet bleiben und uns womöglich ein paar schöne Bilder bei klarem Nachthimmel bescheren, aber es besteht keine Gefahr. Also, wollt ihr live dabei sein?«

»Oh ja, das wollen wir!« Luc ließ die Kamera eingeschal-tet und folgte Michelle auf dem Weg um die Rückseite der riesigen Arbeitskonsole herum. Michelle war gut vor der Linse, vielleicht würde die ganze Sache hier tatsächlich der krönende Abschluss seiner Reihe über reisende Himmelskör-per werden. Roberto war offenbar bereits gebrieft worden. So viel Professionalität und Flexibilität hatte Luc der ESA gar nicht zugetraut, diesem europäischen Bürokratiekoloss, der stets die Interessen von zig Mitgliederstaaten und ihren Budgets unter einen Hut bringen musste.

Der Astronom grinste äußerst fotogen, als sie um die Ecke kamen und sich dem breiten Halbkreis aus übereinander angeordneten Displays näherten. Vor ihm befanden sich eine Maus und Tastatur. Von insgesamt zwanzig oder mehr Monitoren waren nur noch vier eingeschaltet.

»Hallo, Roberto. Wie sieht es denn aus mit der Neuausrichtung? Kannst du unseren Zuschauern erklären, was genau hier gleich passiert?«, fragte Michelle und setzte sich gelassen auf den Schreibtisch, der in einem Stück in die Displaywand überging. Luc hielt sich zwischen den beiden, zoomte einmal auf Roberts Finger auf der Tastatur und dann in sein Gesicht.

»Klar«, antwortete der mit rollendem Akzent. »Die NASA hat einen neuen Himmelskörper entdeckt, den Kometen haben wir intern Cassandra 22006, benannt nach seiner Entdeckerin Cassandra Miles, die in Houston sitzt, und heute sogar Dienst hat. So wird er natürlich nicht heißen können, weil es schon einen Kassandra gibt und die laufende Nummer ist auch nicht korrekt und steht für eine interne Bezeichnung vorläufiger Sichtungen mit Vorbehalt. Ich habe Cassandra auf diesem Telefon hier per Direktwahl eingespeichert.« Roberto zeigte auf eins der vertikal angebrachten Festnetztelefone unter den Displays. »Sie wird natürlich wissen wollen, wohin es ihren neuesten Fund verschlägt.«

»Cassandra. Eingängiger Name. Was wissen wir denn über ihn?«

»Die NASA ist mittels des reaktivierten Weltraumteleskops Neowise auf ihn gestoßen, als es den Himmel nach unbekannten Objekten abgesucht hat. So wie es aussieht, handelt es sich um einen fünf bis fünfzehn Kilometer durchmessenden Brocken aus Wassereis und Geröll, der einen stolzen Schweif hinter sich herzieht.«

»Darum nennt man Kometen auch *Schweifsterne*«, erklärte Luc in die Kamera. »Sie haben diesen Schweif nicht immer, sondern immer nur dann, wenn ihre Bahn sie nahe an der Sonne vorbeifliegen lässt. Meistens handelt es sich um Wasser, dass dabei verdampft und einen langen Abgasstrahl ähnlich wie bei einer Rakete bildet. Dadurch, dass die umherfliegenden Moleküle von der Strahlung unseres Zentralsterns erfasst werden, leuchten sie für unsere Augen, beziehungsweise Teleskope, so schön.«

»Richtig«, stimmte Roberto ihm zu und nickte, als Luc ihn wieder filmte. »Cassandra ist etwas ganz Besonderes. Er kommt von der anderen Seite der Sonne und ist uns trotz seiner Größe offenbar lange entgangen, was wirklich verwundert. Seine Koma hat auf der Aufnahme von Neowise einen Durchmesser von über drei Millionen Kilometern.«

»Koma, das ist eine Art Nebelhülle, die sich in der Nähe der Sonne um den Kern bildet, der meist nur wenige Kilometer durchmisst. Sie ist riesengroß, in diesem Fall zehnmal die Distanz zwischen Erde und Mond. Der Schweif bildet sich dann daraus nach hinten weg und erreicht bis zu einhundert Millionen Kilometer Länge. Unvorstellbare Distanzen, liebe Geofreaks.«

»Ja, Kometen versetzen uns jedes Mal in große Aufregung.«

»*Freudige* Aufregung«, warf Michelle ein, und Roberto nickte eifrig.

»Absolut. Ein Besucher von solch einer Größe kommt nur etwa einmal in zehn Jahren vor.«

»Und eure Aufgabe ist es heute, mehr über ihn zu erfahren?«, fragte Luc, um das Gespräch nicht aus dem Ruder laufen zu lassen.

»Wir richten Euclid neu aus und schauen uns Cassandra genauer an. Das ist ein wirklich spannender Fund.«

»Michelle hatte schon gesagt, dass keine Gefahr von ihm ausgeht. Was macht euch da so sicher?«

»Oh, das wissen wir aufgrund der Statistik. Kometen sind sehr fragile Himmelskörper, die, wie bereits erwähnt, aus Wasser, Gestein und jeder Menge Staub bestehen. Sie sind generell sehr locker und nicht so dicht wie Asteroiden, die zu Meteoren oder Meteoriten werden können, wenn sie auf die Atmosphäre treffen. Wenn Besucher wie Cassandra sich der Sonne nähern, lösen sie sich langsam auf, brechen häufig auseinander und vergehen. Sie sind nicht sonderlich langlebig, sobald sie sichtbar werden«, erklärte Roberto und wandte sich von der Kamera ab und dem Keyboard vor sich zu. Er begann eine ganze Reihe von Eingaben zu machen, und der Monitor direkt vor ihm zeigte eine grüne Codezeile auf schwarzem Hintergrund. »Ich beginne jetzt mit der Neuausrichtung, dazu muss ich die neuen Koordinaten per Hand eingeben. Den Rest macht dann die Steuereinheit von Euclid.«

»Was genau erhofft ihr euch von der Beobachtung?«, stellte Luc seine rhetorische Frage so, dass er hoffte, die meisten seiner Zuschauer würden den offensichtlichen Infodump nicht durchschauen.

»Das Bild von der NASA war nur das: ein Bild. Eine Momentaufnahme unter vielen. Wir wissen jetzt, dass es da draußen einen Kometen gibt, aber das sagt noch nichts aus. Ist er langperiodisch, das heißt, er kreist um die Sonne wie ein Planet, oder kurzperiodisch, also in kürzerer Umlaufzeit zwischen Sonne und Jupiter. Meist ist Jupiter dafür verantwortlich, dass sie aus ihrer Bahn gerutscht sind. An Cassandra sind gleich mehrere Dinge ungewöhnlich: Normale Kometen kreisen Jahrmillionen um die Sonne und sind immer wieder sichtbar. Dieser hier erst einmal. Außerdem hat das Bild von

Neowise einen mysteriösen Schatten.« Michelle deutete auf ein Display weiter rechts und machte einige Eingaben auf einer zweiten Tastatur. Ein Bild tauchte darauf auf und zeigte vermutlich Cassandra 22006 mit beeindruckendem Schweif und großer Koma, die sich nach hinten auffächerte. Doch mitten in der Koma befand sich ein dicker schwarzer Fleck. Michelles Finger wanderte genau dorthin.

»Seltsam«, murmelte Luc und rückte näher heran. Die Kamera seines Smartphones in seiner Hand folgte wie von selbst. »Wie geht das überhaupt? Ein Fleck auf der Linse?«

»Das haben wir uns auch gefragt. Aber Cassandra hat uns versichert, dass mit dem Objektiv alles in Ordnung ist. Vergleichsaufnahmen weisen keine solche Schwärzung auf.«

»Dann würde das aber bedeuten, dass sich ein Objekt vor dem Kometen befindet. Was könnte das sein?«

»Wissen wir nicht. Sollte es sich beispielsweise um einen Asteroiden handeln, wäre er viele Kilometer im Durchmesser und damit ein echtes Schwergewicht aus dem Kuipergürtel oder der Oortschen Wolke. Zwei Objekte von solch einer Masse fliegen normalerweise nicht so nahe beieinander. Ihre Gravitation hätte minimale Auswirkungen aufeinander, aber immer noch Auswirkungen. Sie wären wohl Millionen von Jahre parallel zueinander in relativer Nähe geflogen. Das scheint doch sehr unwahrscheinlich«, war sich Michelle sicher und zeigte auf Robertos Display mit den eingegebenen Codezeilen, als der gerade die Enter-Taste drückte und ein Ladebalken auftauchte. »Wie sieht's aus, Roberto?«

»Die Neuausrichtung ist abgeschlossen. Jetzt heißt es auf die Ergebnisse warten. Euclid schießt jetzt eine Serie von Bildern, die der Computer dann zusammenfügt. Nach einer Stunde, und nach weiteren zwölf Stunden, werden Vergleichsbilder gemacht und dann nochmal nach drei Tagen, einer Woche und zwei Wochen. Damit können wir dann recht zuverlässig sagen, wie schnell sich Cassandra bewegt und in welche Richtung.«

»Wie alt ist das Bild von der NASA?«, wollte er wissen.

»Ein paar Tage.«

»Also könnte der Vergleich eures ersten Bildes mit dem Original schon einige Hinweise liefern, oder?«

»Ja, das hoffen wir. Wie sieht es aus, Roberto?«, fragte Michelle. Der Astronom hatte konzentriert die Stirn gerunzelt und tippte auf seiner Tastatur herum, ehe er aufsah, auf *Enter* drückte und sich in seinen Stuhl zurückfallen ließ. Ein Foto setzte sich Pixel für Pixel auf dem untersten Display zusammen und formte nach und nach das Bild des Kometen. Etwas war anders.

»Das ist von gerade eben?«, fragte Luc.

»Ja«, versicherte Roberto ihm.

»Wo ist der Schatten?«

Die beiden ESA-Wissenschaftler gingen mit den Augen näher heran.

»Er ist nicht mehr da.«

»Stimmt«, murmelte Michelle und zeigte mit dem Finger auf eine helle Sichel, etwa einen Zentimeter daneben. »Was ist das?«

»Sieht aus wie ein Lichthalo«, meinte Roberto.

»Könnte das unser Schatten sein? Ein Asteroid?« Luc richtete die Kamera auf sich. Als er mit gedämpfter Stimme sprach, schienen die beiden anderen es gar nicht zu bemerken. »Leute, ich glaube, dass wir hier etwas Besonderem auf der Spur sind. Haben wir etwa gerade was entdeckt?«

»Einen Linseneffekt können wir jedenfalls ausschließen.«

»Es muss sich um einen Himmelskörper handeln. Der Bereich vor dem Halo ist eindeutig dunkler als die Umgebung.« Der spanische Astronom sprach mit immer stärkerem Akzent. Offensichtlich ein Phänomen, das auftrat, wenn er sich konzentrierte. »Wir müssen auf die anderen Bilder warten, sonst kommen wir da nicht weiter.«

Wie sich herausstellte, hatten Michelle und Roberto große Freude daran, die nächsten Stunden mit ihrem neuen Bild zuzubringen und es immer wieder mit dem ersten von Cassandra zu vergleichen. Fakt war, dass der Schatten nicht mehr da war und sich jetzt ein dunkler Fleck mit einem Lichteffekt – womöglich von hinten angestrahlt – links des Kometen zeigte. Luc war dermaßen müde, dass er sich irgendwann zurückzog. In einer der Büroparzellen hatte er eine Isomatte entdeckt, vermutlich von einem äußerst übereifrigen Angestellten. Er legte sich darauf und faltete die Hände hinter dem Kopf. Als die Matte weniger gemütlich war als erhofft, überlegte er, zu Michelle zu gehen und sie darum zu bitten, ihn wie vereinbart ins Hotel zu bringen, aber dann hätte er sich bloß schlecht gefühlt. Also verwarf er den Gedanken wieder. Erstens wollte er die beiden Wissenschaftlerkollegen nicht bei ihrer Arbeit stören, die ihnen gerade offensichtlich so viel gab wie sonst selten. Und zweitens wäre es ihm ein Graus, sollte sich etwas Neues ergeben, und er wäre irgendwo in einem Hotel und würde bei einem schlechten Film und noch schlechterem Rotwein dahinschlummern. Nein, das hier war wirklich spannend. Er hatte noch nie davon gehört, dass sich zwei verirrte Himmelskörper vom Rand des Sonnensystems zusammentaten und dicht an dicht die Bahnen der Planeten kreuzten. Das war eine Sensation, und wenn er es gut anstellte, dann wäre er der Erste, der darüber berichten würde. Im Kopf ging er wieder die Vereinbarung mit der ESA durch, die im Grunde genommen lediglich beinhaltete, dass er nur aufnehmen durfte, wenn er dazu die Erlaubnis erteilt bekam. Im Gegenzug musste er das Material nicht zu einer Sichtung und Freigabe herausgeben – sonst hätte er nicht eingewilligt. Der andere Punkt war, dass er das Logo der Weltraumagentur nicht ohne Zustimmung verwenden durfte. In diesem Fall waren sie sehr nachdrücklich aufgetreten, was ihn verwunderte, schließlich hatte die NASA mit der kommerziellen Freigabe ihres Logos für einen weltweiten Bekanntheitsschub gesorgt, seit jeder ihre Pullover trug. Aber so war es nun einmal.

Also rappelte er sich nochmal auf und zückte sein Smartphone. Seine Haare wuschelte er ein bisschen durcheinander, und die Brille legte er zur Seite. Auf dem Schreibtisch fand er im Halbdunkel eine kleine Batterielampe und schaltete sie ein, sodass ein diffuses Licht auf sein Gesicht fiel. Als er zufrieden war, aktivierte er die Aufnahme im Selfie-Modus.

»Hallo, liebe Geofreaks, hier ist wieder euer Lucky Luc«, flüsterte er verschwörerisch und mit verschlafener Stimme. »Ich befinde mich gerade im Gebäude der Cebreros-Bodenstation in Spanien und nehme für euch ein neues Video auf, das ihr am Sonntag in Gänze sehen könnt. Wenn ihr schon Bock darauf habt, dann lasst mir doch einen Daumen nach oben da und vergesst nicht, auf den Subscribe-Button zu drücken, wenn euch meine geheime Wissenschaftsmission schon ganz verrückt macht! Hier im Kontrollzentrum ist gerade die Nachtschicht am Werk, die nur aus zwei Personen – und mir – besteht. Die NASA hat vor Kurzem einen Kometen entdeckt, der besonders groß ist und gerade an der Sonne vorbeifliegt. Irre, dass er bisher noch nicht entdeckt worden ist. Aber es kommt noch spannender: So wie es aussieht, handelt es sich um ein Doppelpack, denn das Bild von Cassandra – so heißt der Komet – weist einen Schatten auf, bei dem es sich offenbar um einen Asteroiden handeln könnte. Genaueres wissen wir noch nicht, aber ich sage euch, da kommt am Sonntag eine geniale Folge *PlanetLuc* auf euch zu! Wie ihr wisst, war die Serie um Meteoriten und wie sie unsere Erdgeschichte beeinflusst haben, ein echtes Herzensprojekt. Im Studium der

Geophysik habe ich viel mit Überbleibseln einstiger Impakt-ereignisse gearbeitet und fand es schon immer faszinierend, wie fremde Besucher aus den dunkelsten Tiefen des Alls unseren Planeten verändert und beeinflusst haben. Wenn sich ein Brocken wie der, den wir da gerade auf den Schirmen hatten, unserer schönen Erde nähern sollte, dann wären wir echt im Eimer, das brauche ich euch nach meiner Videoserie aber nicht zu sagen. Denkt nur an das Tunguska-Ereignis oder das Aussterben der Dinosaurier. Wenn ihr die Serie noch nicht gesehen habt, klickt einfach hier oben im Bild auf den Link dazu. Ich bleibe für euch dran und halte euch auf dem Laufenden. Euer Lucky Luc!«

Er schaltete den Aufnahmemodus aus, setzte seine Brille auf, und begann damit, das Video grob zu bearbeiten und mit den entsprechenden Links zu füttern. Dann kamen noch die Tags an die Reihe: *Asteroid, Meteor, Komet, Einschlag, Impact, Tunguska, Dinosaurier, Armageddon.* Dann startete er den Upload. Der dauerte eine gefühlte Ewigkeit bei dem schlechten Empfang hier in der Provinz. Als der blaue Balken endlich sein Ende erreicht hatte, schaltete er die Lampe auf dem Schreibtisch aus. Er lugte über den halbhohen Sichtschutz seiner Büroparzelle zur Rückseite des Kontrollpanels, von wo die gedämpften Stimmen von Michelle und Roberte an sein Ohr drangen. Bevor er seine Reise angetreten hatte, war seine Befürchtung gewesen, dass dieser Trip ein Reinfall werden würde. Er hatte schon mit Musk gedreht und war seither von allem anderen enttäuscht worden, auch wenn es bei der NASA wirklich reibungslos und professionell abgelaufen war. Die ESA aber kam ihm immer wie dieser Dinosaurier unter den Weltraumagenturen vor. Verlässlich, technologisch bedeutend und präzise in allen Projekten, aber immer auch ein wenig vom Morast zu vieler Behörden und Ministerien behindert, durch den der Generaldirektor waten musste, um seine Gelder zu bekommen. Jetzt Zeuge einer wirklich spannenden Entdeckung zu werden, hätte er selbst in seinen kühnsten Träumen über dem Atlantik niemals erwartet. Eigentlich war es ihm mehr darum gegangen, weitere Perspektiven für seine Follower aufzumachen. Luc hatte reichlich Abonnenten aus Europa, die zwar SpaceX und NASA sicher sexy fanden, aber mit der ESA vor der Haustür einen unterschätzten Riesen neben sich hatten. Dieser erwartete von ihm, ihn ein bisschen moderner und offener zu zeigen, quasi von seiner jugendlichen Seite. Immerhin hatte sein Kanal zehnmal so viele Follower wie der der ESA, und Luc war eine Einzelperson. Ob es sich für sie rechnen würde, wusste er nicht, bei solchen Institutionen gab es nur so viel, das man tun konnte. Einen Elefanten konnte man nicht zu einem Leoparden machen. Aber das war auch nicht seine Aufgabe. Er war hier, um seinen Kanal mit spannendem Content zu füllen und neue Abonnenten dazuzugewinnen, und dieser Plan schien sich bisher wirklich gut zu entwickeln.

Als er aufwachte, wusste er gar nicht, dass er überhaupt eingeschlafen war. Im Kontrollzentrum herrschte noch immer ein düsteres Zwielicht, doch er hörte die beiden ESA-Mitarbeiter nicht mehr diskutieren. Stattdessen raschelte etwas ganz in seiner Nähe, und er musste einige Male blinzeln, bis er realisierte, was es war. Michelle durchwühlte einen Stapel Papier auf dem Schreibtisch in der Parzelle, die er als Nachtlager zweckentfremdet hatte.

»Was ist los?«, fragte er schlaftrunken und rappelte sich auf die Ellenbogen auf. Dann tastete er nach seiner Brille und setzte sie auf.

»Oh«, machte die Österreicherin und zuckte zusammen. »Es tut mir leid, ich wollte dich nicht wecken. Und sorry, dass ich dich nicht ins Hotel gebracht habe. Hier ist gerade einfach zu viel los.«

Luc machte eine wegwerfende Handbewegung. »Mich hättest du hier eh nicht wegbekommen. Was gibt es denn?«

»Ich suche eine Telefonnummer.«

»In einem Papierstapel? Mach dir doch das Licht an.«

»Danke.« Michelle drückte auf die Batterielampe und die Flut an Photonen ließ seine Augen brennen. »Die unseres Mathematikers, er heißt Filipe und ist erst seit zwei Tagen hier. Wir haben ihn noch nicht ins System eingetragen. Keine blöden Sprüche, okay?«

Luc hob abwehrend die Hände und sortierte sich die Haare. »Nee, nee. Wofür braucht ihr den?«

»Roberto meint, dass wir genügend Bilder von Euclid haben, um die Flugbahn des Asteroiden mit einer überschaubaren Abweichung berechnen zu können.«

»Asteroiden? Was ist aus Cassandra geworden?«

»Cassandra 22006 fliegt weiter, aber Cassandra *22007* kommt in unsere Richtung, wenn wir uns nicht vertan haben. Aber dafür müssen wir Filipe erreichen.«

»Also ist es wirklich ein Asteroid!«, sagte Luc triumphierend. »Hab' ich's doch gewusst!«

»Ja. Aber ich brauche jetzt Filipes Nummer.«

»Ihr wollt euch nicht blamieren, wenn wir wen-auch-immer aus dem Bett klingeln. Also soll der Mathefreak nochmal alles durchrechnen?«, dachte er laut. Michelle drehte sich um, und ihre Miene sah im schwachen Licht der Lampe aus wie die eines Geistes, der sich aus Schatten zusammensetzte. Erst dachte er, sie sei wütend, doch als sie sprach, klang sie ganz normal.

»Genau. So etwas kommt nicht oft vor, da wollen wir lieber sicher sein, dass alles Hand und Fuß hat. Wachklingeln werden wir zwar niemanden, aber direkt morgen früh sollten wir den Generaldirektor informieren«, sagte die Physikerin, drehte sich um und kramte weiter in dem Papierstapel, bis sie endlich

»Ha!« rief und einen Zettel aus dem Chaos zog. Sie wedelte damit in seine Richtung und lief aus dem Cublice hinaus.

Luc nutzte die Zeit des Wachwerdens, um die Reaktionen auf sein Kurzvideo vom Abend zu checken. Es hatte bereits mehrere tausend Likes und über sechshundert Kommentare erhalten. Nicht schlecht für einige Stunden. Eine Meldung ploppte auf. Sein Video war jetzt ausgegraut und mittendrin stand in emotionslos kleiner Schrift: *Dieses Video verstößt gegen die Richtlinien.*

»Was soll das denn?«, fragte er erbost. »Gegen die Richtlinien?«

Wütend begann er in den Einstellungen hin und her zu springen und nach der Ursache zu suchen, konnte sich jedoch nichts zusammenreimen. Er hatte weder Schimpfwörter benutzt, noch sexistische Dinge gesagt oder gezeigt und schon gar nicht das Wort *Virus* in den Mund genommen. Als das Licht im Kontrollzentrum plötzlich ausging, bemerkte er es erst gar nicht, da er so gebannt auf sein Display starrte. »Was ist mit dem Strom los?«, fragte Luc und sah vom Bildschirm seines Smartphones auf. Es war die einzige Lichtquelle, soweit er das beurteilen konnte.

»Stromausfall!«, antwortete Michelle von irgendwo.

Luc stand auf und lugte über den Sichtschutz der Büroparzelle, ehe er hinaus zum Kontrollbereich ging. Dort saß Roberto noch immer an seiner Tastatur und hob gerade frustriert die Arme. Die Physikerin leuchtete mit der Taschenlampenfunktion ihres eigenen Telefons und bildete eine Art Lichtinsel in der Dunkelheit.

»*Todito muerte*!«, schimpfte der Astronom und drückte wie wild auf irgendwelchen Knöpfen herum, aber es tat sich nichts.

»Kommt das öfter vor?«, wollte Luc wissen.

»Selten.« Michelle schüttelte den Kopf.

»Keine Generatoren für Fälle wie diesen?«

»Schon, aber die wurden gerade ausgetauscht und sollten am Wochenende angeschlossen werden.«

»Da hilft wohl nur warten«, befand Luc.

»Was für ein Scheißtiming!«, fluchte Michelle mit düsterer Miene und schlug mit einer Faust auf die Tischplatte. Als sie aufsah, verzog sie entschuldigend das Gesicht. »Sorry. Ich wollte nicht …«

»Schon gut, ich kann dich schon verstehen. Das ist wirklich ein Scheißtiming.«

»Ich wollte gerade die ganzen Daten weiterleiten«, meckerte Roberto und hörte damit auf, die Tasten seiner Tastatur zu malträtieren. Stattdessen warf er die Arme hinter den Kopf und zog dann sein eigenes Smartphone aus der Hosentasche. Mit vor Zorn gerunzelter Stirn tippte er eine Nummer ein.

»Wen willst du anrufen?«, wollte Michelle wissen.

»Die Techniker. Sie sollen sofort den neuen Generator anschließen!«

»Es ist mitten in der Nacht!«

»Ist mir egal.« Er wählte und hielt sich das Telefon ans Ohr, nur um es wieder sinken zu lassen und einen ganzen Schwall spanischer Flüche loszulassen.

»Was ist?«

»Kein Signal. Es rauscht und kratzt nur!«

Luc sah auf sein eigenes Display hinab. Er hatte immer noch drei von vier Empfangsbalken. Probehalber drückte er auf die Schnellwahl für seinen Bruder, doch auch aus seinem Smartphone drang nur ein hässliches Rauschen, das in seinen Ohren wehtat.

»Fuck, was ist das?«

»Irgendwas stört unser Signal«, antwortete Roberto überflüssigerweise. »Vielleicht hängt es mit dem Stromausfall zusammen.«

»Wenn es sich um ein großflächiges Problem handelt, könnten die Mobilmasten betroffen sein«, mutmaßte Michelle. »Da hilft wohl nur abzuwarten.«

Luc schielte auf seinen Akkustand. Fünfzig Prozent. Nicht viel, aber trotzdem kein Grund, sich das hier entgehen zu lassen. Er schaltete auf die Kamera-App und drückte auf den Selfie-Modus, bevor er den Aufnahmeknopf betätigte.

»Hey, liebe Geofreaks. So wie es aussieht, wird mein Abstecher zur ESA immer mysteriöser. Erst entdecken wir einen Asteroiden, der in − kosmisch gesehen − direkter Nähe eines bisher unentdeckten Kometen fliegt und uns so vermutlich seit Ewigkeiten entgangen ist. Er kommt auf die Erde zu, auch wenn er uns vermutlich nicht treffen wird. Wissen kann man es an dieser Stelle noch nicht mit einhundertprozentiger Gewissheit. Jetzt ist der Strom ausgefallen, und alle Systeme sind bis auf weiteres tot. Ich halte euch auf dem Laufenden. Wenn ihr gespannt seid auf die ganze Folge am Sonntag: Lasst doch einen Daumen hoch da und schreibt unten in die Kommentare, was ihr denkt, wie nahe uns Cassandra 22007 kommen wird. Ich werde jetzt erst einmal dafür sorgen, dass ihr das hier seht und zwar so schnell wie möglich. Euer Lucky Luc lässt sich nicht so schnell abschalten. Falls mein Video wieder gesperrt wird: Ich stelle es hiermit jedem frei, es zu reuppen, damit es sichtbar bleibt!«

»Echt jetzt?«, maulte Roberto und sah ihn wütend an. »Wir machen gerade eine wichtige Entdeckung und unsere ganzen Daten sind weg, und du hast nichts besseres zu tun, als eine Botschaft für deine Follower aufzunehmen?«

»Nein, habe ich nicht«, giftete Luc zurück. »Ich bin schließlich weder Elektriker noch der Mann mit dem Dieselaggregat. Oder würde es dir besser gehen, wenn ich mit einem Schraubenschlüssel in der Hand winke?«

»Ruhig Blut«, ging Michelle dazwischen. »Das hier ist nur

ein Stromausfall, kein Weltuntergang. Luc ist hier, weil er für seinen Kanal etwas über uns bringt, also kann er so viel filmen, wie er will, Roberto. Klar?«

»Ja, sorry, ist ja gut«, brummte der Angesprochene.

»Ich packe meinen Starlink-Empfänger aus«, entschied Luc. »Was dagegen, wenn ich ihn auf einem von euren Autos platziere?«

»Du bist Starlink-Kunde?« Die Physikerin klang überrascht.

»Äh, klar. Weltweites Internet egal wo ich bin? Ich bin Youtuber!«

»Cool, dann können wir Darmstadt und Paris schon mal informieren!«, freute sich Roberto und räusperte sich. »Falls das okay ist, meine ich.«

»Jo, wieso nicht? Ich lade mein Video hoch, das dauert keine Minute. Und dann könnt ihr eure Leute anrufen, abgemacht?«

»Abgemacht.« Der Astronom entspannte sich sichtbar.

»Nimm am besten meinen Pick-up«, schlug Michelle vor. »Der steht neben der Schüssel.«

»Alles klar, danke.«

Luc ging zum Flur, leuchtete den Weg mithilfe seines Displays aus, was gerade so ausreichte, um nicht gegen Türen und Wände zu stoßen. Seine Augen hatten sich mittlerweile an die erschwerten Bedingungen angepasst und erlaubten es ihm, auch mit dem Wenigen auszukommen, das ihnen an Photonen zur Verfügung stand. Er hätte die Taschenlampen-App benutzen können, aber das wäre bloß auf Kosten seiner Batterie gegangen. Erneut ärgerte er sich darüber, dass er die Powerbank während des Fluges aufgebraucht und nicht sofort wieder geladen hatte, als sich die Möglichkeit geboten hatte. Vielleicht sollte er tatsächlich mal ein Seminar gegen Flugangst belegen, um sich nicht ständig ablenken zu müssen.

Im Eingangsbereich stand noch immer sein großer Koffer wie vergessen im Foyer eines mittelmäßigen Hotels. Luc kippte ihn zur Seite und öffnete den Reißverschluss. Direkt darunter, über seinen Klamotten, Stativen und Kamera-taschen, lag eine flache Schachtel, die von ihren Dimensionen her in etwa an eine Pizzaschachtel erinnerte. An den Seiten klappte er sie auf und zog die Empfangsantenne für das Satellitensystem von SpaceX heraus, mit dem er an jedem Punkt auf der Welt schnelles Internet nutzen konnte. Ob Strom oder nicht. Der faustgroße Akku, den er neben das ausklappbare Dreibein pappte, reichte für den eingebauten Router etwa vier Tage. Durch die Tür nach draußen trat er unter einen klaren Sternenhimmel, wo es deutlich heller war als drinnen. Also steckte er das Smartphone weg und blinzelte ein paar Mal, bis er das Gefühl hatte, sich im Halbdunkel gut zurechtzufinden. Zwei Autos standen noch neben der Tür, über dicke Kabel mit den Stromsäulen verbunden, die jetzt nichts mehr zu geben hatten. Der staubige Platz zwischen ihm und der riesigen Antenne *Deep Space Antenna 2* sah aus wie die graue Oberfläche eines Sees, und die Bäume rechts und links wie dunkle Wellen am Horizont mit zerklüfteter Gischt.

Luc brauchte ein paar Atemzüge, bis er unter der mäch-tigen Anlage in etwa einhundert Metern Entfernung einen geradezu mickrigen Schatten ausmachen konnte. Das musste Michelles Pick-up sein. Er stand ein paar Meter von dem Ko-loss aus Stahl entfernt und würde ihm eine leicht erhöhte Po-sition mit freiem Blick zum Nachthimmel ermöglichen, also genau richtig. Gemäßigten Schrittes ging er über den Platz zu dem Wagen, bei dem es sich um einen Toyota mit kurzer Ladefläche und großer Kabine handelte. Er stieg hinten auf und platzierte die Empfangsantenne auf dem Dach, nach-dem er das Dreibein ausgeklappt hatte. Über den einzigen

Knopf an der Unterseite aktivierte er den Router und wartete darauf, dass die rote Leuchte auf Grün umsprang. Währenddessen blickte er zu der Anlage hinauf, die aus nächster Nähe noch viel gewaltiger und eindrucksvoller war als ohnehin schon. Wie ein Monster aus wirren Schatten mit all den Verstrebungen, Kabeln und kleinen Laufstegen für Ingenieure wirkte es wie aus der Zeit gefallen. Über dem gigantischen Gelenk, das für sich schon so groß war wie ein Wohnhaus, bildete die Antenne eine weit geöffnete Schale, als wolle sie die Sterne auffangen, die oben in der Dunkelheit glitzerten. Einige der Lichter waren heller, wie beispielsweise die Venus und der Mars, der durch seinen leichten Rotstich hervortrat. Aber es gab da auch einige andere Lichter, die gar keine Sterne waren, sondern Satelliten, so wie die ersten Starlink-Chargen, die noch stark reflektierten und den Zorn der Hobbyastronomen auf sich gezogen hatten. Zwei Kandidaten leuchteten relativ unstet, als wollten sie einen Morsecode aussenden. Mal stärker und mal schwächer glänzten sie am Firmament recht dicht über den Baumwipfeln im Westen.

Luc sah zu der Leuchtdiode seines Starlink-Empfängers und brummte zufrieden, als er sah, dass sie grün flimmerte. Rasch öffnete er die Youtube-App, um sein Video von eben hochzuladen. Der Stromausfall war nervig, aber er würde auch weitaus bessere Zuschauerzahlen bringen, als er sich von dem Termin mit der ESA erhofft hatte. Während der Ladebalken voranschritt, sah er wieder über die Baumwipfel, nur um festzustellen, dass die beiden Sterne oder Satelliten jetzt viel größer waren als gerade zuvor. Auch war ihr Leuchten noch immer unstet, aber von tiefem Gelb …

Im nächsten Augenblick jagten zwei Helikopter über die Lichtung und bremsten stark ab. Ihre Rotoren surrten nicht lauter als ein Auto mit Verbrennungsmotor, aber die Scheinwerfer, die sie soeben eingeschaltet hatten, waren so grell wie die Sonne und ließen die Nacht zu einer bloßen Erinnerung verpuffen, wo sie auf den Boden trafen. Luc stieß einen Fluch aus und sprang von der Ladefläche des Pick-ups, um dahinter in Deckung zu gehen.

Helikopter? Wo kommen die her? Und warum sind die so leise?, schoss es ihm durch den Kopf, und seine Hände waren plötzlich schweißnass. Über den hinteren Blinker hinweg sah er mit an, wie die Hubschrauber sich auf die staubige Lichtung zwischen Kontrollzentrum und Antenne herabsenkten und dabei kleine Windhosen aus Staub aufwirbelten. Diese jagten von den Rotorblättern davon und deckten die Karosserie des Wagens mit einem sanften Prasseln ein. Luc sah schemenhafte Gestalten, die sich von den Seiten der Kabinen lösten und in gebückter Haltung in Richtung des gedrungenen Gebäudes liefen. In ihren Händen hielten sie …

»Oh, Scheiße!«, fluchte er mit gepresster Stimme und drehte sich, mit dem Rücken gegen den mächtigen Hinterreifen gepresst, weg. Den Kopf lehnte er schwer atmend zurück, bis er den Gummi berührte. Das waren Gewehre. Bewaffnete! So wie sie gelaufen waren, erinnerten sie ihn an Spezialeinheiten in Actionfilmen oder Thrillern. Mit zitternden Gliedern kletterte er unter den Pick-up und duckte sich unter die Fahrzeugwanne, zog sein Smartphone heraus und stellte es schnell auf lautlos und das Display auf niedrigste Helligkeit. Dann drückte er den Aufnahmeknopf seiner Kamera-App.

»Leute«, keuchte er flüsternd und war selbst erschrocken von der Angst in seinem Gesicht, als er sein Ebenbild sah. »Hier wird es immer irrer! Zwei Helikopter sind aus der Nacht gekommen. Irgendwelche Stealth-Dinger, die waren total schwer zu hören! Sie sind gelandet und haben Männer mit Gewehren ausgespuckt. Ich glaube, dass irgendjemand was vertuschen will.« Luc stellte die Kamera um, so dass sie nach vorne zeigte, und filmte unter dem Auto hindurch die Szene. Ein halbes Dutzend Schatten mit langen Gegenständen in den Händen hielten auf das Gebäude zu, vier andere liefen in Richtung der Antenne, knapp an ihm und dem Pick-up vorbei. Sie bewegten sich katzenhaft und mit erschreckender Geschwindigkeit. Er sah, wie jemand aus dem Eingang herauskam und ein hell leuchtendes Smartphone vor sich hielt, vermutlich mit aktivierter Taschenlampe.

»Luc?«, hörte er Roberto rufen, der jedoch sofort wieder verstummte. Es machte ein paar Mal *Klick!,* und die Silhouette des Astronomen sackte zusammen. Das Handy in seinen Händen segelte zu Boden und leuchtete nicht mehr.

»Oh Scheiße!«, jaulte Luc auf, und sein Telefon fiel ihm aus der Hand. Mit zitternden Fingern nahm er es wieder auf und drehte die Kamera zu sich. »Leute, wenn ihr das hier seht: ich versuche zu entkommen. Irgendjemand will uns umbringen und zum Schweigen bringen!«

Hastig beendete er die Aufnahme und tippte sich durch bis zum Upload-Prozess, als ihn etwas am linken Sprunggelenk packte und über den Schotter zog, als würde er von einem Pferd mitgerissen. Unwillkürlich schrie er auf und verlor sein Smartphone. Die Fahrzeugwanne des Pick-ups schnellte an seinen Augen vorbei, und dann sah er plötzlich wieder den Sternenhimmel. Gleich darauf erblickte er das vermummte Gesicht eines Soldaten in schwarzem Anzug und Kampfhelm, der gerade seinen Fuß losließ und die Maschinenpistole von seinem Rücken zog, um auf ihn anzulegen. Luc starrte entsetzt in die Mündung und das Letzte, was er sah, war eine Feuerblume.

Kapitel 1

Jenna

Das Erste, was Jenna über Kuala Lumpur gelernt hatte, war, dass das auf Jawi in etwa *schlammige Flussmündung* bedeutete. Als sie am Vortag mit dem Learjet der CIA eingeflogen war, hatte sie sich den Kopf darüber zerbrochen, wie die ersten Siedler einen solchen Namen hatten wählen können. Die beiden Flüsse Gombak und Klang waren tatsächlich groß und so braun, dass sie aussahen wie Abwasserkanäle. Dort, wo sie sich mit dem Meer verbanden, wirkten sie wie ein geradezu krimineller Makel, der sich als eine Art optisches Krebsgeschwür ins einladende Blau der südlichen Andamanensee ergoss. Die Stadt selbst aber lag fast vierzig Kilometer entfernt und hatte rein gar nichts mit dieser *schlammigen Flussmündung* zu tun. Zumindest nicht geographisch. Hinter den Fenstern der glänzenden Wolkenkratzer und turmartigen Wohnanlagen des Zentrums sah das natürlich ganz anders aus, sonst hätte man sie nicht aus Langley hergeschickt. Während die Skyline den rasanten Aufstieg Malaysias dank seiner hochproduktiven chinesischen Minderheit verdeutlichte, zeugten die Vorstädte aus Wellblechhütten und von Schimmel befallenen Reihenhäusern, die sich geradezu scheu vor dem Bankenviertel wegzuducken schienen, davon, dass es auch eine Menge Verlierer dieser Entwicklung gab. So war es immer, das rief in ihr kein Mitleid hervor. Menschen waren einfach zu verstehen. Sie brauchten Nahrung, Sex und eine Aufgabe, und die meisten gaben sich damit zufrieden, dass es ihre Aufgabe war, für die beiden anderen Dinge Ersatzbefriedigungen zu finden. Sie zogen also in die Städte, um Geld zu verdienen und sich davon Zigaretten, Münzen für Zerstreuung am Spielautomaten, das Netflix-Abo und einen Internetanschluss zu sammeln, damit sie Pornos schauen konnten, wenn die Frau aus dem Haus war, während die ihre Unzufriedenheit mit dem unnötigen Konsum von Kosmetika und Kleidung zu verdecken versuchte. Wären sie in ihrem Dorf geblieben und hätten weiter das Feld bestellt, wäre ihr einziges Ärgernis die harte Arbeit hinter dem Pflug gewesen. Aber die Verlockungen der Zivilisation waren natürlich zu groß. Wieso unter der Sonne schuften, um karge Mahlzeiten einzunehmen und jeden Tag das Gleiche zu tun? Warum nicht lieber in die Stadt ziehen, wo es Supermärkte mit reichhaltigem Angebot an billigen Nahrungsmitteln gab? Wo man essen kann, was man will, ein Auto fahren und einen Arzt aufsuchen kann? Wie die Sirenen, die Odysseus ins Verderben rufen wollten, tat das auch der Kapitalismus mit ihnen. *Du kannst aufsteigen. Du kannst dir mehr leisten, wenn du produktiver bist. Du kannst ein Teil des Fortschritts sein.* Aber dieser Fortschritt gilt nicht für alle. Wenn sich viele Fische am Riff tummeln, haben die Haie ein Festmahl. Sie brauchen die Fische, aber die Fische brauchen die Haie nicht – nur, dass sie das nicht wissen. Also gehen sie in die Stadt, und plötzlich haben sie ein Loch in sich. Nichts ist je genug, keine der vielfältigen Ablenkungen macht sie glücklich, und die Hässlichkeit menschlicher Siedlungen mit ihren Betonwüsten und der schlechten Luft schließt sie ein wie ein glitzerndes Gefängnis.

Wir sind Affen ohne Haare, Jenna, hatte ihr Ausbilder Tony zu sagen gepflegt. *Die einen werfen mit Scheiße nach dir und tragen dabei Anzüge, die anderen werfen mit Scheiße nach dir und tragen Blaumänner oder fleckige weiße Unterhemden. Aber sie werfen alle mit Scheiße aus ihrem Käfig.* Dann hatte er ihr mehrere Jahre lang die verschiedenen Käfige gezeigt: von Meetings mit Bankenvorständen über Gewerkschaftsverhandlungen bis hin zu

Umschlagplätzen mexikanischer Drogenkartelle. Das Wissen über die Affen ohne Haare war daraufhin von selbst gekommen.

»Kennen Sie sich hier aus?«, fragte jemand, und Jenna sah mit einem freundlichen Lächeln nach links, stützte sich weiter auf die Brüstung des Infinty-Pools im 52. Stockwerk der Platinum Suites, von dem aus sie einen perfekten Blick auf die nächtlichen Zwillingstürme der Petronas Towers genoss. Sie glänzten wie zwei kunstvoll beleuchtete Phallussymbole, die männliche Affen ohne Haare gerne überall dort aufstellten, wo sie sich mit ihren wirtschaftlichen Leistungen rühmen wollten. Kuala Lumpur hatte lange die Höchsten gehabt. Nicht nur einen, sondern gleich zwei. Damals hatte sicher das gesamte Gehege getanzt und gekreischt.

Neben ihr stand ein chinesisches Pärchen mit breitem Grinsen und Spiegelreflexkameras um den Hals. Er Mitte fünfzig, schlecht rasiert mit schütterem Haar und Sonnenbrand. Die Uhr eine Omega, die Fingernägel zu lang, um noch als gepflegt durchzugehen und die Schuhe nachlässig geschnürt. Seine Frau war etwas jünger mit schiefen Zähnen, die aber weiß waren. Ihr rotes Kleid schrie nach Aufmerksamkeit.

Mittleres Management im Vorruhestand, dachte sie. *Er bereut seine Entscheidung, früh die Arbeit niedergelegt zu haben – ihre Reue geht noch viel weiter in die Vergangenheit zurück, aber sie kann aus ihrem möglicherweise nicht einmal selbstgeschaffenen Gefängnis nicht mehr entfliehen. Also betäubt sie sich mit Konsum und kleinen Zeichen der Freiheit.*

»Nicht wirklich«, antwortete sie entschuldigend und zupfte ihren Bikini zurecht. Das Wasser des Pools war eigentlich zu warm, dafür, dass die tropische Umgebungstemperatur eher nach Abkühlung schrie, als nach einer Badewanne. Immerhin war sie draußen und brauchte keine Klimaanlage.

Die hasste Jenna. Genauso sehr hasste sie es allerdings auch, wenn sie halbnackt war und nach oben schauen musste. Wie es gerade der Fall war, zu den beiden Touristen, die sich den Ausblick mit einem überteuerten Luxuszimmer erkauft hatten und lieber am Rand standen, um Fotos zu schießen, als sich nass zu machen. »Aber vielleicht kann ich Ihnen ja trotzdem weiterhelfen?«

»Ich habe mich bloß gefragt, was Sie sehen«, erwiderte der ehemalige Manager in gebrochenem Englisch und deutete nach unten. »Ihr Blick war so … fokussiert.«

»Oh, das ist ganz einfach. Ich bin Geheimagentin und spähe meine Zielpersonen aus«, antwortete sie ernst, und als er mit gerunzelter Stirn zu seiner Frau sah, prustete sie los und schlug sich belustigt eine Hand vor den Mund. Die Miene des Mannes klärte sich auf, und er bemühte sich redlich, seine kurzzeitige Verwirrung mit gespielter Belustigung zu kaschieren. »Reingefallen!«

»Sie sind lustig«, sagte er über beide Wangen grinsend. »Sind Sie geschäftlich hier?«

»Ja und nein. Ich bin eine Geschäftsreisende, aber ich habe gerade frei. Zumindest noch ein bisschen.«

»Was machen Sie?«

Jenna sah zu seiner Frau, die sich redlich bemühte, ihr Gespräch nicht zu verfolgen, aber es war offensichtlich, dass sie mit angespitzten Ohren und Fäusten in der Tasche zuhörte. Sie war nicht eifersüchtig, es war vielmehr die Respektlosigkeit ihres Mannes, der neben ihr mit einer attraktiven Amerikanerin flirtete, während sie im roten Kleid unbeachtet daneben stand.

»Ich bin Headhunter«, erklärte sie.

»Ah, Sie werben Talente ab.«

»Ich eliminiere die Konkurrenz«, berichtigte sie ihn, und sie lachten beide. Diesmal war es sein Lachen, das echt war.

»Ha, das ist gut. In der Firma, in der ich gearbeitet habe, waren die Leute in den Human Ress... Wie sagt man nochmal auf Englisch?«

»*Human Ressources*«, half Jenna ihm auf die Sprünge.

»Ja, genau. Die waren auch immer so lustig drauf wie Sie.«

»In meiner Firma gelte ich als humorlos.«

»Ach, Sie sind zu bescheiden. Auf Chinesisch haben wir ein Sprichwort: *Der Singvogel mit der schiefsten Stimme hat den geradesten Rücken.*«

»Das haben Sie sich gerade ausgedacht, oder?«

»Ja.« Der Chinese kicherte vergnügt, und sie tat es ihm gleich, was seine Selbstsicherheit bloß noch wachsen ließ. Er hielt sich ganz offensichtlich für sehr charmant und witzig. Jenna sortierte ihn neben seinem unattraktiven Äußeren, das offen verkündete, dass er sich noch nie für den Zustand seines Körpers interessiert hatte, als charakterlich abstoßend ein. Diese Schublade war bei ihr äußerst gut gefüllt, aber eine gewisse Ordnung war ihr wichtig.

»Sie Fuchs, Sie!« Jenna zielte mit einer imaginären Pistole auf ihn und zwinkerte. Gemeinsam lachten sie, als hätten sie eine gute Zeit und eine noch bessere Verbindung. Dann ließ sie ihr Lachen abebben und wandte sich wieder der Aussicht zu, als beginne sie, das Interesse zu verlieren.

»Arbeiten Sie für eine der Großen?«, fragte der Chinese erwartungsgemäß. Eigentlich schien er sagen zu wollen: *Ich will nicht, dass das hier endet. Es muss weitergehen. Es lief doch so gut.*

»Was meinen Sie?«

»Welche Firma Sie hergeschickt hat.«

»Ah.« Sie winkte ab. »Ich will wirklich nicht über meine Arbeit reden. Außerdem wette ich, dass Sie deutlich größeres erreicht haben.«

Der Chinese warf sich kaum merklich in die Brust, aber

für Jenna war der veränderte Habitus wie ein blinkendes Neonsignal. »Nun, ich habe tatsächlich einiges gesehen.«

»Lassen Sie mich raten: Rüstungsindustrie.«

»Habe ich ein Schild auf meiner Stirn?«

»Nein, aber Sie sehen aus wie ein Mann, der sich durchsetzen kann und genau weiß, worauf er abzielt.« Sie ließ ihren Mund ein Lächeln vollführen, dass sie schon oft mit Lipgloss vor dem Spiegel geübt hatte.

»Das kann man wohl sagen. Sie haben recht. Ich habe Kooperationen mit Russland in die Wege geleitet.«

»Wo waren Sie überall? In Russland, meine ich.«

»Hauptsächlich Krasnojarsk.« Er zögerte nur kurz und winkte dann ab. »Hässlich, wirklich. Kein Ort, an dem man Urlaub machen will.«

»Verstehe ich. Ich bin ohnehin eher für Sonnenschein und Strand zu gebrauchen.«

»Das glaube ich gern«, erwiderte er und blickte verstohlen zu ihren ansehnlichen Brüsten, die gerade so über die Wasserkante guckten und im richtigen Winkel gegen die Brüstung des Pools drückten. Er bemerkte natürlich nicht, dass es ihr aufgefallen war. Die meisten Affen ohne Haare waren gleich.

Jenna blickte sich im Pool um und sah jede Menge reicher Leute mit Smartphones und Selfiesticks durch das blaue Wasser waten. Zwischen ihnen gab es auch ein paar Backpacker, die sich für die richtige Instastory einiges leisteten. Ihr Gequatsche und Gekicher war der typische Lärm im Gehege, den sie kaum noch hörte. Sie sah stattdessen, was sie sehen musste, ehe sie sich wieder zu dem Möchtegern-Charmeur umdrehte, der bereits von dem Moment ihrer abdriftenden Aufmerksamkeit enttäuscht zu sein schien.

»Ist das Ihre Frau?«, fragte Jenna, und er hob erwartungsgemäß unwillig eine Augenbraue in Richtung seiner Begleitung im roten Kleid.

»Ah, ja. Sind Sie allein hier?«, wechselte er schnell das Thema.

»Ja. Mein Mann ist zu Hause geblieben. Aber er ist ohnehin nicht so sehr ein Kind der Freiheit.«

»Was meinen Sie?« Seine Augen glänzten.

»Oh, er reist einfach nicht so gerne«, stellte sie ihr Stoppschild auf und strich sich eine blonde Strähne aus dem Gesicht, bis sie sie mit dem Zeigefinger hinters Ohr geschoben hatte. »Hat mich gefreut, Herr …?«

»Xiami.«

»Xiaomi? So heißt doch dieser Telefonkonzern.«

»Nein, nein. *Xiami*. Ohne *O*. Das ist mein Name.«

»Klingt irgendwie nett«, befand sie und nickte, ehe sie sich umdrehte und in Richtung der anderen Poolseite watete.

»He«, rief er ihr hinterher. »Sie haben mir Ihren Namen noch nicht gesagt.«

»Stimmt«, antwortete sie lachend und steuerte auf ihr Ziel zu, einen jungen Mann mit durchtrainiertem Körper und brauner Haut, der gerade die Petronas Tower fotografierte. Vormittags hatte er in der Lobby gefrühstückt. Allein.

»Na, wird's was?«

»Wie bitte?«, fragte er und wollte sich schon wieder abwenden, ehe er sie genauer musterte und sein Smartphone senkte.

»Vorsicht!« Sie deutete auf das Handy, das er beinahe ins Wasser hielt.

»Oh. Danke. Äh, wie war die Frage?«

»Ob das Foto was wird. Die Nacht ist wirklich klar und der Smog überschaubar. Einen besseren Augenblick werden Sie nicht kriegen.«

»Ach. Es ist sowieso wichtiger, ihn zu genießen. Also den Moment.«

»Ich habe einen Tischkalender, der genau das Gleiche

sagt«, meinte Jenna und grinste, um die Falten der Verwirrung aus seiner Stirn zu vertreiben. Er war ein hübsches Äffchen, aber die Furchen in seiner Haut halfen nicht gerade, den Eindruck einer eher überschaubaren mentalen Leistungsfähigkeit zu verstecken.

»Was machen Sie hier?«, wollte der junge Mann wissen und wandte sich ihr nun vollends zu. Ein niedlicher Fehler, aber so waren sie fast alle.

Du siehst drei Personen, erinnerte sie sich an Tonys Worte. *Eine ist dir zugewandt, sieht dich direkt an, die andere siehst du nur im Profil, sie könnte sich ganz zu dir drehen, tut es aber noch nicht, und die dritte siehst du nur von hinten. Welche soll sich gefälligst für dich interessieren? Diejenige, die sich dir unbedingt anbieten will, die, die noch unentschlossen ist, oder die, die sich abwendet?*

Jenna wandte ihm ihre Seite zu und blickte zu den Petronas Towers hinaus. Weiter unten schob sich der Verkehr in endlosen Kolonnen, bestehend aus roten Rücklichtern und Perlenketten gelb-weißer Frontscheinwerfer, durch die Straßenschluchten. Ein brummender Organismus aus Blech und Benzin.

»Ach, ich vertreibe mir bloß die Zeit.« Aus den Augenwinkeln sah sie, wie der Chinese mit seiner Frau stritt, die kurz darauf in Richtung Ausgang davonstapfte, und ihn stehenließ. »Was machen Sie?«

»Urlaub.«

»Nein, ich meine beruflich?«

»Ich bin Soldat«, log er. Nun, zumindest war es eine Halbwahrheit.

»Wow. Ich mag Männer, die wissen, wofür sie kämpfen.« Sie fasste seinen Oberarm an und nickte bedächtig. »Und die sich fit halten.« Sie ließ wieder los und deutete auf den Rest des Pools. »Die sind alle wie Fettaugen auf der Suppe, wenn Sie mich fragen.«

Er kicherte. »Sie sind ja gemein.«

»Ich heiße Jenna.« Sie hielt ihm eine Hand hin, ohne sich ihm ganz zuzuwenden, und er schüttelte sie ein wenig länger als nötig.

»Brian. Wer war dieser Kerl?«

»Oh, ein reicher chinesischer Sack. Hat mich echt widerlich angegraben.« Jenna schüttelte sich, als bereite ihr die bloße Erinnerung Unbehagen.

»Soll ich dafür sorgen, dass er dich in Ruhe lässt?«, fragte er in vertraulichem Ton.

»Ich wünschte, dass solche Kerle ein einfaches *Nein* akzeptieren würden.«

»Hatte schon oft mit solchen Schwerenötern zu tun.« Brian gefiel sich ganz offensichtlich in der Rolle des hilfreichen Soldaten. Seine Schultern spannten sich etwas an, als wolle er das V seines Oberkörpers betonen. Als sie nicht antwortete, sah er zu Mr. Xiami. »Warte kurz. Bin gleich wieder da.«

»Soll ich uns Drinks holen?« Jenna legte ihm eine Hand auf den Unterarm, als wollte sie ihn ganz beiläufig zurückhalten, und zupfte an der Behaarung auf seiner Haut. Er grinste. »Wo sind deine Sachen? Dann warte ich da. Meine Haut wird schon ganz schrumpelig.«

»Die schwarze Adidas-Tasche, auf der das rote Käppi liegt!« Dann machte er sich auf den Weg, während sie sich in Richtung Bar aufmachte, die sich rechts vom Ausgang befand: eine kleine Theke mit blauem Ambientelicht, das genau auf den Pool angepasst war. Noch bevor sie das Wasser unter den Blicken einiger umstehender Männer verlassen hatte, sah sie aus den Augenwinkeln, wie Brian und Mr. Xiami miteinander stritten. Jenna nahm den Ausgang und fischte ihr Handtuch vom Haken neben der automatischen Tür, ehe sie sich damit einwickelte und zu Brians Tasche ging. Sie schnappte die Baseballcap und die Schlüsselkarte seines Zimmers und ging in Richtung der Aufzüge. Die Frau im roten Kleid wartete noch immer vor den Fahrstühlen, die erfahrungsgemäß sehr lange brauchten, bis sie einmal angekommen waren. Ihr Blick war gesenkt. Als die Türen endlich aufgingen, schoben sie sich mit mindestens zehn anderen Gästen, die fröhlich durcheinanderquasselten, in die Kabine. Xiamis Frau drückte auf die Fünfzehn.

Sagen Sie mir nicht, dass Sie Ihr Zimmer auch auf der Fünfzehnten haben, schienen ihre Augen zu sagen, als sich ihre Blicke trafen. Jenna zog entschuldigend die Schultern hoch und wich ihr aus. Unterwegs kamen und gingen neue Hotelgäste, die zumeist in bemüht lässiger Abendgarderobe gekleidet waren, um sich von der Lobby aus Taxis für eine Fahrt nach Bukit Bintang zu organisieren. Jede neue Zusammensetzung nutzte sie dafür, sich näher an die Türen zu stellen, und als sie endlich in der fünfzehnten Etage aufgingen, ging sie hinaus und suchte nach den kleinen Metallschildern mit den Zimmernummern, an denen sie sich orientieren konnte. Die Wände waren in dunklen Braun- und Grautönen gehalten, und das Licht leuchtete warm und heimelig aus Zierleisten heraus, ohne den gediegenen Anblick zu schmälern. Ehe es auffiel, dass sie nicht wusste, wohin sie gehen sollte, fand sie das entsprechende Schild und bog nach links ab. Hinter sich konnte sie die Schritte von Mr. Xiamis Frau hören.

Jenna sah auf die Scheckkarte in ihrer Hand hinab. *17. Zimmer 17.* Natürlich wusste sie es bereits, aber es war nie verkehrt, sich solche Dinge immer wieder einzuprägen. Kurz vor der großen Tür mit der eingravierten 17 blieb sie stehen und drehte sich auf dem Absatz um. Das rote Kleid rauschte leicht, als die Frau in ihrem Schlepptau erschrocken innehielt.

»Machen Sie sich keine Sorgen, Ihr Mann ist nicht mein Typ«, sagte sie und grinste unbeschwert. »Außerdem habe ich bereits ein anderes Date.« Sie deutete vielsagend auf die Tür neben sich.

Da ihre Gegenüber sie bloß ansah und dann nickte, wusste Jenna nicht genau, ob sie überhaupt Englisch verstand, doch sie wirkte nicht verwirrt. Das musste reichen. Sie zog die Schlüsselkarte über die Sensortafel und wartete auf das Klicken, bevor sie die Tür nach innen drückte und in Brians Appartement verschwand. Es war dunkel, da sie die Karte nicht in den vorgesehenen Kontaktschlitz steckte. Sie hielt kurz inne, bis ihre Augen sich an das Zwielicht gewöhnt hatten, das die Straßenlichter tief unten vor den verdunkelten Fenstern spendeten. Dann ging sie ins Badezimmer und zog zwei der durchsichtigen Hygienebeutel aus den Spendern, legte sie auf den Fernsehtisch und riss das Kabel einer der Nachttischlampen erst aus der Steckdose und dann aus der Lampe selbst, und platzierte es neben den Beuteln. Danach ging sie zur Tür, öffnete sie einen Spalt und lauschte. Nach zehn Minuten, in denen Brian wie erwartet nicht in sein Zimmer zurückkam, da er entweder noch im Pool war, oder aber seine Karte suchte, ging sie zum Nachttisch zurück. Dort platzierte sie eines der Haare, die sie aus dem Arm des Ex-Soldaten gezogen hatte, und zog einen der Hygienebeutel über ihre Hand, ehe sie nach dem Telefon griff und die Nummer der Bar im Erdgeschoss wählte.

»Platinum Lounge hier, wie kann ich Ihnen helfen?«, fragte eine jung klingende, männliche Stimme in ihr Ohr.

»Oh, hallo, Zimmer 15/17 hier. Ich würde gerne meinen Mann Mr. Xiami sprechen. Er hat sein Handy hier vergessen«, sagte sie leichthin.

»Warten Sie bitte, Ma'am.« Eine Melodie wurde eingespielt, und Jenna musterte ihre schrumpelige, von Chlor überzogene Haut an den Armen, bis es kurz knisterte. Ein Schwall Chinesisch spülte durch die Leitung.

»Hey, Mr. Manager«, stoppte sie ihn. »Sorry, wenn der Kerl da oben unbedingt den Gorilla spielen musste. Ich stehe nicht so auf Jungs. Ich hab's mehr mit echten Männern, die was geleistet haben und wissen, worauf es ankommt.«

»Oh. Sie?« Er klang betrunken.

»Ich wohne in Zimmer 17, fünfzehnter Stock. Mein Lieblingswein ist Shiraz.« Jenna legte auf und ging ins Badezimmer, wo sie die Dusche anstellte und den Vorhang zuzog. Das Radio dort stellte sie auf einen Sender ein, der himmelschreiend kitschigen Softrock spielte. Den weißen Bademantel für Gäste, der an einem Haken hing, drapierte sie im Durchgang zum Schlafzimmer und wickelte das noch nasse Handtuch um ihr rechtes Knie, ehe sie mit beiden Händen in den Hygienebeuteln das abgerissene Kabel von der Nachttischlampe hielt und sich hinter die Eingangstür stellte. Es dauerte keine fünf Minuten, dann klopfte es.

Ist offen, dachte sie, und nach einem Moment fand auch ihr Gast es heraus und drückte die Tür vorsichtig nach innen, bis das Kunstholz beinahe ihre Nasenspitze berührte. Eine schwarze gedrungene Silhouette kam herein und bemerkte sie nicht, stierte stattdessen in Richtung des Bademantels auf dem Boden, der wie ein Pfeil ins Badezimmer zeigte, aus dem das warme Licht ins Dunkel floss wie Ambrosia – zumindest in seinen Gedanken – dessen war sie sich sicher. Zögernd, vielleicht vorsichtig, ging er vor und trat achtlos mit dem Fuß nach hinten gegen die Tür, die gemächlich ins Schloss fiel. Jenna machte zwei Schritte nach vorne, warf das Kabel über Xiamis Kopf und drückte ihm ihr rechtes Knie zwischen Brust- und Lendenwirbelsäule. Als er erstickt aufschrie, zog sie kräftig am Kabel und schnürte ihm die Luft ab, während sie ihn gleichzeitig im Rücken den Rückzugsraum wegnahm.

»Hallo, Xiami Li«, presste sie in flüssigem Chinesisch an-

46

gestrengt zwischen den Zähnen hervor. »Wir sollten uns unterhalten.«

Es dauerte beinahe zwei Minuten, bis er seine Gegenwehr einstellte. Obwohl sie hinter ihm stand, konnte sie im Geist sein rot angelaufenes Gesicht und die hervorgetretenen Augen sehen.

»Ich werde das Kabel jetzt ein wenig lockern. Schreist du, ziehe ich es wieder fest, bewegst du dich auf eine Art und Weise, die mir nicht gefällt, ziehe ich es wieder fest. Hast du mich verstanden? Dann wackel mit dem rechten Fuß.«

Sein rechter Fuß ruckte hin und her.

»Sehr gut.« Sie ließ das Kabel, das sich in ihre Handflächen gegraben hatte, etwas locker. »Ich weiß von deinen Geschäften mit Petrolina Krasnojarsk. Für wen hast du den Kontakt hergestellt?«

»Was?«, röchelte Xiami. »Ich weiß nicht, wovon …«

Weiter kam er nicht, da Jenna das Kabel wieder festzog. Ihm entrann noch ein ersticktes Quieken, ehe er sich aus der Falle zu winden versuchte, doch jede Bewegung sorgte bloß dafür, dass sie ihr Knie weiter vordrückte und die Hände zurückzog.

»Falsche Antwort. Das war eine Testfrage. Du hast den Kontakt für Chiu Wai hergestellt, einem Mann, über den nicht viel herauszubekommen ist. Inhaber eines mittelständischen Unternehmens in Guangzhou. Die stellen Schulranzen her. Warum solltest du jemanden wie Chiu Wai mit Juri Golgorow an einen Tisch setzen wollen, dem zwielichtigsten Oligarchen der Russischen Föderation? Du hast keine Du-kommst-aus-dem-Gefängnis-frei-Karte mehr, Xiami Li. Noch ein Fehltritt, und ich ziehe das Kabel einen Zentimeter höher, das zertrümmert deinen Kehlkopf und du erstickst. Schmerzhaft und unnötig. Also: antworte.«

Jenna gab erneut nach, allerdings etwas weniger als zuvor.

»Sie haben … mich dafür bezahlt …«, ächzte er zwischen kratzigem Röcheln.

»Das weiß ich alles«, erwiderte sie ungeduldig. »Warum?«

»Ich weiß es … nicht. Ich weiß es nicht! Wirklich! *Wo-Chau!*«

»Selber! Was will Chiu Wai von Juri Golgorow?« Sie zog ein wenig fester. »Die beiden wollten sich bereits 2014 in Kuala Lumpur treffen, aber dazu ist es nie gekommen. Warum?«

»Er … er ist nie … angekommen.«

»Wer?« Sie gab etwas nach.

»Golgorow. Er hatte Flug MH17.« Xiami sog rasselnd Luft zwischen seinen blau angelaufenen Lippen ein.

»Der wurde von einer russischen Luftabwehrrakete über der Ostukraine abgeschossen.«

»J-ja.«

»Sie wollen andeuten, dass der Abschuss mit Juri Golgorow zu tun hatte? Aber wie konnte er sich dann vor zwei Wochen mit Chiu Wai treffen?«

»Juri Golgorow ist keine Person. Er ist ein … Prinzip.« Der Chinese versuchte, seine Finger zwischen Kabel und Haut zu schieben, was sie rasch mit einem kurzen Ziehen unterband.

»Was reden Sie da?«

»Juri Golgorow steht dafür, dass bestimmte Mächte nicht allein staatlicher Kontrolle unterliegen sollten.«

»Also wollte jemand Geld verdienen.«

»Ist es das nicht immer?«

»Wo finde ich Juri Golgorow? Den aktuellen, meine ich.«

»Ich weiß es nicht. Wirklich!« Seine Stimme klang schrill, beinahe panisch.

»Sie haben den Kontakt zu Chiu Wai hergestellt, also kennen Sie auch eine Möglichkeit, ihn zu kontaktieren.«

»Ein Einmaltelefon. Ich bekam es von einem Kontaktmann in Shanghai, mit dem ich bereits zusammengearbeitet hatte. Er bot mir zehn Millionen Yuan, wenn ich es Chiu Wai gebe. Chiu Wai gab mir eine Woche später eines für Juri Golgorow.«

»Und Sie sind zu Ihrem Kontaktmann gegangen, der Sie zu Juri Golgorow gebracht hat, nachdem Sie sich als hilfreich erwiesen haben«, folgerte Jenna.

»Nein, das wussten Sie bereits.«

»Golgorow wollte wissen, ob Sie am allgegenwärtigen Überwachungsapparat vorbeioperieren können.« Sie nickte. »Nützlich und rar. Wie kann ich Golgorow finden?«

»Gar nicht.«

»Sagen Sie jetzt nicht: *Er findet Sie.*«

»Er ist vollkommen paranoid. Selbst ich habe ihn nie direkt getroffen«, krächzte Xiami.

»Wie nehme ich Kontakt auf? Sie haben ein Telefon, nicht wahr? Sie machen hier doch keinen Urlaub. Wo wollten Sie ihn treffen? Ich habe übrigens keine Geduld mehr.«

»Schon gut, schon gut! Ich sollte nach Malakka fahren und jemanden am Yachthafen treffen. Ich weiß nicht wen. Es hieß bloß, dass man mich finden und abholen würde, um den nächsten Schritt zu gehen. Mein Telefon liegt im Safe in meinem Zimmer.«

Mist, dachte Jenna. Seine Frau gehörte nicht in ihren Plan. Also musste das reichen, was sie bekommen hatte. Abweichungen waren nicht akzeptabel.

»Welches Auto fahren Sie? Wie lautet das Kennzeichen?«

»Schwarzer Mercedes, S-Klasse 500. WHL–888. Getönte Scheiben.« Xiamis Stimme wurde schwächer. »Was wollen Sie mit …«

Jenna riss das Kabel mit einem heftigen Ruck zurück und ein hässliches Knirschen ertönte. Der Leichnam des Chinesen rutschte von ihrem Knie, bevor sie Brians Baseballcap nahm und neben dem Toten drapierte. Dann zog sie die Hygienebeutel von den Händen und wickelte sie in das Handtuch, ehe sie rasch das Zimmer verließ und mit dem Fahrstuhl nach oben fuhr. Kurz bevor sich die Türen schlossen, sah sie Brian aus einer anderen Kabine treten. In ihrem Appartement zwei Etagen höher angekommen, zückte sie ihr Handy und rief bei der Rezeption an.

»Hallo! Ich bin aus Etage 15 und ich habe gerade Geräusche aus Zimmer 17 gehört. Ich glaube, dass Sie die Polizei rufen sollten. Ich habe wirklich Angst.« Sie legte auf, zog sich die Perücke vom Kopf und ging ins Bad, um sich das Makeup abzuwischen, ehe sie sich anzog, ihre Habseligkeiten in ihren Koffer stopfte und das Hotel verließ.

Kapitel 2

Branson

»Nein, das ist kein Walpenis, das ist ein Stück vom Spritzschlauch«, brummte Branson McDee, und ein neuerlicher Sturm aus Gekicher und offenem Gelächter brandete auf. Er sah auf die Schar Viertklässler hinab, die dicht gedrängt vor ihm auf dem Boden der Brücke hockten, und ihre grinsenden Gesichter hinter ihren kleinen Händen versteckten. Seufzend schüttelte er den Kopf und rang sich ein Lächeln ab. Noch eine Stunde mehr und ihm würden die Wangen schmerzen. So sehr hatte er seine Wangenmuskulatur schon lange nicht mehr beansprucht, und er hoffte, dass das auch so bleiben würde. Zumindest in den nächsten Wochen. Er ließ das Schlauchstück auf eine der Konsolen fallen und löste sich von seinem Kapitänsstuhl, der mit vier hässlichen Plomben im lackierten Holzboden fixiert war. »Also, was denkt ihr? Sollen wir mal nach hinten gehen und nachsehen, ob der alte Joe was für euch gefunden hat?«

»Jaaa!«, riefen die Kleinen aufgeregt und sprangen begeistert auf die Füße. Einige klatschten gar in die Hände oder hüpften auf und ab. Die beiden Lehrerinnen begannen wieder zu schreien und ihren Schützlingen ein Grundmaß an Ordnung einzutrichtern, was auch halbwegs gelang. Eine von ihnen warf ihm einen vorwurfsvollen Blick über die Köpfe der Kinder zu, und er zuckte bloß mit den Schultern. Der Exkurs über moderne Schatzsuche war länger angesetzt gewesen, aber Branson wusste mittlerweile genau, was den kleinen Besuchern gefiel und was nicht. Was sollte er ihnen auch stundenlang davon erzählen, wie sie nach Tauchgängen die

Fundstücke abspritzten und abpinselten, nur um danach das meiste wieder ins Meer zu werfen, weil es wertlos war. Wie vermittelte man einen auf dem Papier so uninteressanten Job?

Gar nicht, dachte er und gab seiner Assistentin Xenia einen Wink, die an der Tür zur Steuerbordreling stand und sie rasch öffnete. Sie war noch jung, nicht viel älter als zwanzig, aber sie machte ihre Arbeit gut und besaß eine sehr hohe Frustrationstoleranz. Was mehr war, als Branson von den vielen anderen jungen Leuten behaupten konnte, die in den vergangenen Jahren immer wieder bei ihm angeheuert hatten. Die meisten wollten bloß ein paar Wochen Abenteuer und schicke Fotos für Instagram bekommen, aber nicht wegen Dekompressionskrankheit tagelang im Krankenhaus liegen, jeden Tag Fisch und Pommes essen, oder für lange Zeit auf eine Dusche verzichten. Hier trennte sich die Spreu vom Weizen, so viel stand fest. Außerdem war sie hübsch und stellte keine dummen Fragen.

Die Kinder strömten um sie herum wie eine Sturmflut, doch Xenia behauptete sich mit lauten Befehlen und strengen Blicken, sodass sie gerade noch so dafür sorgen konnte, dass die kleinen Racker nicht durch die Querstreben der Reling ins Hafenbecken stürzten. Branson folgte ihnen gemeinsam mit den beiden Lehrerinnen, die immer wieder lautstark einzelne Kinder zur Räson riefen und zusehends gestresst wirken. Sie würden sicher mit ihm schimpfen, genau wie die unzähligen anderen ihrer Kolleginnen und Kollegen vor ihnen. Aber das störte ihn nicht weiter. Die Entscheidungen über die Klassenfahrten der Grundschüler wurden letztendlich auf den Elternabenden getroffen, und dafür waren Xenia und die begeisterten Berichte der Kinder da, auf die er sich verlassen konnte. Spätestens nach Joes kleiner Show.

Auf dem Achterdeck seines Schiffes, das deutlich flacher

war als das Vordeck, und sich bis zum eingefahrenen Kran am Heck streckte, warteten bereits Marv und Johnny. Die beiden Taucher trugen Shorts und Neoprenschuhe, waren ansonsten aber nackt, woran sich hier auf Hawaii niemand störte. Sie teilten die Klasse in zwei Gruppen und lotsten sie auf die notdürftig abgepolsterten, festmontierten Kisten, die das Achterdeck säumten, das ansonsten aus einer freien Fläche aus zerkratzten Holzbohlen bestand. Der an hohen Stangen mit Seilen befestigte Sonnenschutz knatterte im leichten Wind und half dabei, die feuchte Hitze ein wenig erträglicher zu machen.

Als die kleinen Besucher und ihre Aufpasserinnen saßen, nickte Johnny ihm zu und sortierte seine lockige blonde Mähne, die in starkem Kontrast zu seinen braungebrannten Muskeln stand, ehe er auf einen Wink Bransons hin zum Kran schlenderte.

»So, meine lieben Schatzsucher«, intonierte Branson und lehnte sich mit vor der Brust verschränkten Armen neben die Tür vom Treppenabgang, der in die Innereien der *Triton One* hinabführte. »Wisst ihr denn, was der aufregendste Teil im Leben eines Schatzsuchers ist?«

»Neeeein!«, riefen einige, während andere zu tuscheln und zu kichern begannen.

»Nein? Na dann helfe ich euch mal auf die Sprünge: Warum fahren wir zu See?«

Einige Hände wurden gehoben und mit Mienen der absoluten Dringlichkeit auf den kleinen Gesicherten wild geschüttelt, damit er sie auch ja nicht übersah. Branson grinste und zeigte auf ein Mädchen mit roten Haaren und Sommersprossen.

»Wie heißt du?«

»Lisa«, antwortete sie schüchtern, und ihm entgingen nicht Marvs geweitete Augen, als der dunkelhäutige Seebär sie anstarrte, als handle es sich um ein gefährliches Raubtier und nicht um eine Zehnjährige.

»Okay, Lisa. Warum fahren wir Schatzsucher zur See?«

»Äh, um einen Schatz zu finden?«, kam es mehr als Frage aus ihr heraus.

»Richtig! Wer würde alles gern einen Schatz sehen?«, rief er und klatschte in die Hände. Die Begeisterung brandete sofort auf. Große Augen und aufgerissene Münder richteten sich auf ihn und folgten dann seiner ausgestreckten Hand in Richtung des Krans.

»Nanu. Hört ihr das auch?«

Zuerst plätscherte es bloß ein wenig hinter dem Boot, und das Wasser brodelte und kräuselte sich. Da direkt dahinter bereits das Schiff von Dwight Decker lag, und der verdammte, reiche Arsch seinen Liegeplatz bis zum Äußersten ausreizte mit seinem hochmodernen Bonzenschiff, war nicht viel Platz zwischen ihrem Heck und seinem Bug, der so hoch aufragte wie ein Dom über einem Pilger. Auf der rechten Seite standen ein paar Schaulustige am Hafenkai und beobachteten das Treiben aufmerksam, als ein Taucher aus dem Wasser auftauchte und prustend sein Mundstück ausspuckte. Der alte Joe zog die Maske vom Gesicht und sein weißes Grinsen strahlte im Kontrast zu seiner ebenholzfarbenen Haut.

»Ho, Käpt'n!«, rief er mit seiner tiefen Reibeisenstimme. »Ich hab' da was gefunden, unten bei den Krabben und einem ziemlich dicken weißen Hai!«

»Joe!«, antwortete Branson und lief barfuß über das freie Achterdeck. Unterwegs streckte er eine Hand nach Lisa aus, die sie zaghaft ergriff und mit vor Aufregung großen Augen mit ihm mit kam. Am Ende der Sitzenden, die sich rechts und links vorbeugten, um nichts zu verpassen, hielt er sie weiter fest und stemmte die freie Hand in die Hüfte. »Da bin ich aber froh, dass der Hai dich nicht gefressen hat!«

»Ich habe ihn weggelockt von dem Schiffswrack«, brummte Joe, sein ältester Matrose und Mitinhaber der *Triton One*. »Ich lasse mir doch den Schatz nicht von einem Hai wegschnappen!«

»Lisa, siehst du einen Schatz?«, fragte Branson und deutete auf den im Hafenwasser treibenden Joe. Sie schüttelte den Kopf.

»Sollen wir ihn fragen, wo er ist?«

Sie nickte und steckte sich einen Finger in den Mund, bevor sie schüchtern wegguckte. Dann fasste sie ihren Mut und rief: »Wo ist der Schatz denn?«

»Oh«, machte der Matrose und zog ein betroffenes Gesicht. »Ich bin ein ziemlich alter Haudegen, weißt du? Die Kiste ist echt schwer. Ich glaube, dass wir den Kran brauchen werden, wenn wir die heben wollen. Das ist ein echt dicker Schatz! Vielleicht kannst du Johnny überreden, dass er uns hilft!«

Alle sahen zum halbnackten Johnny, der in Surfershorts neben dem Kran lag und die Hände hinter dem Kopf verschränkt hatte, als würde er schlafen.

»Schläft der etwa?«, fragte Branson in Richtung der artig hinter ihm sitzenden Schulklasse und tat empört.

»Jaaa!«, riefen sie.

»Sollen wir ihn wecken? Damit wir den Schatz heben können?«

»JAAA!« Das Tosen der hohen Kinderstimmen war lauter als ein Orkan und schwoll noch weiter an, als er »Johnny, Johnny, Johnny!« intonierte, und sie sofort mit einstimmten. Der dreißigjährige Maschinentechniker tat, als würde er aus einem Nickerchen aufschrecken und blickte sich verwirrt um.

»Was ist denn los?«, fragte er und rieb sich über den kurzrasierten Schädel. Sein hübsches Gesicht wurde nur noch von

seinem charmanten Grinsen übertroffen, das die beiden Lehrerinnen zu schmachtenden Blicken verleitete. Um den
nächsten Klassenausflug brauchte er sich einmal mehr keine
Sorgen zu machen.

»Wir brauchen den Kran!«, sagte Lisa mit einiger Dringlichkeit in ihrer Stimme, und von Schüchternheit war kaum
noch etwas zu hören.

»Oh, haben wir etwa einen Schatz gefunden?« Johnny tat
verwirrt und sah sich um, als müsse er sich erst einmal orientieren.

»Daaa!«, riefen die Viertklässler und zwanzig Finger zeigten hinters Heck zu Joe, der noch immer im Wasser zwischen
ihnen und Dwight Deckers Schiff trieb.

»Oh. Hi, Joe!«

»Johnny, du Schlafmütze, lass doch bitte mit unserer
neuen Matrosin Lisa hier den Kran runter, damit wir den
Schatz heben können!«

»Klar, äh, sofort!« Die Kinder lachten, während Johnny
sich beeilte, an das Schaltpult für die Maschine zu gelangen.
Dabei musterte er die vielen Knöpfe und rieb sich über die
Bartstoppeln am Kinn. »Lisa, kannst du mir mal helfen?«

Lisa lief zu ihm, und er deutete auf die beiden Knöpfe
für das Hoch- und Runterlassen der Lastenkette.

»Ich muss den Kran steuern. Wenn ich *runter* sage, dann
drückst du auf den Pfeil nach unten, und wenn ich *hoch* sage,
auf den, der nach oben zeigt, okay? Ich schaff' das nicht
ohne dich, also lass mich nicht hängen, ja?« Leiser fügte er
hinzu: »Sonst werde ich nachher noch kielgeholt!«

Lisa verstand seinen Scherz nicht und auch die anderen
Kinder taten, als hätten sie ihn nicht gehört, damit sie sich
keine Blöße geben mussten, während die Lehrerinnen die
Stirn runzelten.

Mit Johnny muss ich wohl nochmal über kindertaugliche Witze sprechen, dachte Branson und sah mit an, wie der junge Maschinist Lisa zuzwinkerte und den an mehreren Stellen verrosteten Kran in Bewegung setzte. Joe lotste sie mit den Händen, bis die dröhnend herabgleitende Kette direkt auf seinen Kopf zeigte und er sie mitsamt der drei Haken daran zu packen bekam.

»So, jetzt immer weiter schön runterlassen«, sagte Joe zufrieden, setzte sich wieder die Taucherbrille auf und drückte das Mundstück in seinen Mund, ehe er in einem weißen Gewusel aus Wasserblasen verschwand. Es wurde still, bis es an der Kette rüttelte und Johnny und Lisa begeistert in die Hände klatschen. Die Schülerin drückte auf ihren Knopf, und die Maschinen des Schiffs begannen grummelnd, den Kran mit genug Strom zu versorgen, damit er die Kette mit dem Gewicht am anderen Ende stemmen konnte.

Kurze Zeit später gab es kein Halten mehr für die Klasse: Jungen und Mädchen, die ohnehin schon ihre Hälse gereckt hatten, um genug zu sehen, sprangen auf und rannten zu ihnen, als Joe auf einer uralt aussehenden Kiste sitzend aus dem Hafenbecken gehoben wurde. Lässig baumelten seine Beine von dem Holzimitat und Massen von Wasser plätscherten zu allen Seiten von ihm und dem Schatz. Johnny rief Lisa etwas zu, und sie kam zu Branson, um mit ungelenken Handbewegungen Anweisungen zu geben, damit der Matrose seinen Kameraden und die wertvolle Fracht auch präzise lenkte.

Als Joe und die Kiste zwischen ihnen auf dem letzten Teil des Achterdecks aufsetzte, watschelte er mit seinen Flossen und der ganzen Ausrüstung ein paar Meter und ließ sich von neugierigen Kindern bestaunen, denen er hier und da etwas erklärte, während der Großteil dabei zusah, wie Branson die Ketten löste und so tat, als würde er den Schatz nachdenklich begutachten.

Marv kam herbei und reichte ihm – ganz dem einstudierten Ablauf entsprechend – ein Brecheisen, das er an der winzigen, nur für ihn sichtbaren Markierung ansetzte.

»Was meint ihr? Ist es sicher, die Schatzkiste zu öffnen?«, fragte er in die Runde, und die Gesichter der meisten Kinder waren so von Staunen ergriffen, dass sie nicht antworten konnten. Ein paar riefen jedoch aufgeregt, dass sie den Schatz sehen wollten. »Also gut.« Er räusperte sich und bedeutete ihnen, einen halben Schritt zurückzugehen. Dann tat er, als würde er das Brecheisen mit aller Kraft hochstemmen, brach jedoch entkräftet ab. »Puh, ganz schön schwer. Könnt ihr mir mal helfen?«

Einige Jungen und Mädchen rannten sofort herbei und griffen nach dem Eisen, das er gestern mit Rostfarbe besprüht hatte. Zusammen drückten sie es noch einmal nach oben, und diesmal führte Branson es bis an den Punkt, an dem er ein leichtes Klicken im Metall spürte. Der Deckel sprang auf, und er winkte auch die anderen Kinder herbei. Mit beiden Händen bedeutete er ihnen, die Ränder zu packen und mit ihm zu schieben, beziehungsweise zu ziehen. Es quietschte und kratzte, und ein paar Tropfen salzigen Hafenwassers liefen zwischen ihren nackten Füßen über die Planken, dann landete der Deckel auch schon in Marvs und Johnnys Händen, die durch Zufall plötzlich da waren, und dafür sorgten, dass keiner zu genau hinschaute und die Gummiränder erkannte.

Staunend und begeistert klatschend beugten sich die vielen Kindergesichter über die mächtige Truhe, und sie wurden vom goldenen Schein fingergroßer Gummibärchen erwartet, der in ihren großen Augen glänzte.

»Woooaaah!«, machten sie begeistert und zögerten dann. Erste vorsichtige Blicke trafen den seinen, und als Branson schließlich die Hände in die Hüften stemmte und sagte: »Na, worauf wartet ihr denn? So einen Schatz gibt es nicht alle

Tage!«, begannen sie zuzugreifen und plapperten so laut, dass der ganze Hafen es hören konnte.

»Lasst es euch schmecken«, rief er lachend und fügte hinzu: »Diese Gummibärchen von *Vosko Sweets* sind wirklich irre wertvoll!«

Branson ersparte es sich, zu den Lehrerinnen zu sehen, da er kritische Blicke wie ihre schon oft genug gesehen hatte. Zweimal die Woche, um genau zu sein.

Als die Kinder und Lehrer wieder fort und Johnny und Marv damit beschäftigt waren, die letzten Überbleibsel des Besuchs aufzuräumen und für die nächste Klasse am Donnerstag vorzubereiten, stand Branson mit Joe am Heck und zählte das Bündel Geldscheine in seiner Hand.

»Mach dir nichts draus«, riet ihm sein alter Freund und verschränkte die trotz seiner sechzig Jahre noch immer kräftigen Arme über seinem Bauchansatz. »Immerhin können wir die *Triton* behalten. Wärst du nicht auf diese Idee gekommen, würden wir jetzt die Parks in Honolulu fegen.«

»Wir sind *Schatzsucher*, Joe«, brummte Branson und steckte seufzend die Geldscheine in die Brusttasche seines bunten Hawaiihemds. Ein einzelner Zettel verblieb in seiner Hand. Damit wedelte er vor dem Gesicht seines Gegenübers. »Die wollen sogar jedes Mal eine Rechnungsdurchschrift. Auf dieses Taschengeld dürfen wir auch noch Steuern zahlen!«

»Es ist genug.«

»Genug? Wir machen uns hier dafür zum Affen und spielen Ringelpiez, allein dafür, dass wir damit weitermachen können, uns zum Affen zu machen!«

»Wir werden schon wieder was finden«, versicherte ihm Joe und deutete in die Abendsonne, die im Westen hinter den Mauern der Mole unterging und die gesamte Anlage des Jachthafens in ein romantisches warmes Licht tauchte. Die

Sehnsucht in Bransons Brust war stark und pulsierte auch mit Anfang vierzig noch so sehr wie eh und je. Es war, als würde die See nach ihm rufen und ihm all ihre Geheimnisse preisgeben wollen. Doch er kannte sie, hatte sie über zwanzig Jahre befahren und wusste um ihre gespaltene Zunge, das Lied der Sirenen, die ihn in die Irre führen wollten.

»Ein rostiger Dolch in zwanzig Jahren«, knurrte er frustriert und zerknüllte die Rechnungsdurchschrift in der Faust. Er überlegte, sie in einem sinnfreien, wenn auch sich gut anfühlenden Akt der Rebellion ins Wasser zu werfen, doch schließlich steckte er sie missmutig in die Hosentasche. Diese simple Handlung war ein weiterer Beweis für seine Niederlage. Der erste und auffälligste war der polierte Bug, der vor ihnen aufragte, als wolle er das Heck ihrer geliebten *Triton* rammen. Er war so hoch, dass Branson dahinter gerade noch den breiten Brückenaufbau mit dem Radarturm erkennen konnte. Die *Decker I* sah mehr aus wie eine Militärfregatte, als wie das Schiff eines Schatzsuchers.

»Sie ist hässlich«, befand Joe, der seinen Blick offenbar bemerkt hatte und nun ebenfalls hinauf sah.

»Nein, sie sieht verdammt gut aus. Außerdem ist sie schon vollelektrisch, fährt anderthalbmal so schnell wie wir und wird nicht regelmäßig von Umweltaktivisten mit Farbe beworfen.«

»Ich dachte schon, du würdest wieder damit anfangen, dass sie bessere Sonargeräte haben und sich durch ihre teure Technik den Erfolg erkaufen«, lachte sein Stellvertreter und klopfte ihm auf die Schulter, bevor er anfing, ihn nachzuäffen: »*Oh, ich bin Dwight Decker, der reichste Furz auf Maui. Ich suche Schätze für* National Geographic *und schmeiße mit meinem Millionenerbe um mich, weil ich Pirat spielen und reihenweise Frauen flachlegen will. Ich kann zwar keinen Hai von einem Rochen unterscheiden, geschweige denn ein Schiff steuern, aber ich kaufe mir einfach die besten Computer, die alles für mich erledigen, was schwerer ist, als in die Hände zu klatschen.«*

»Er hat die Hafeneinfahrt in O'ahu gerammt«, beharrte Branson und musste widerwillig in das Lachen seines Freundes einstimmen. »Ich habe auf der Brücke einen Zeitungsbericht im Bilderrahmen, der das bezeugt.«

»Ja, das hat er.« Zusammen lachten sie eine Weile und starrten dann auf die Reflexionen der untergehenden Sonne im ruhigen Hafenbecken. Hinter ihnen summten Marv und Johnny gemeinsam ein Lied, und Xenia war auf der Brücke zu hören, wie sie mit ihrem Freund telefonierte. Das Geschrei setzte jeden Abend um dieselbe Zeit ein, und als Joe ihm einen wissenden Blick zuwarf, und Branson daraufhin müde mit den Schultern zuckte, glucksten sie erneut. Branson schüttelte den Kopf.

»Weißt du was? Scheiß drauf. Wir machen das hier nicht nur für unseren Traum, wieder rausfahren zu können, sondern um zusammenzubleiben.«

»Amen«, flüsterte Joe, und der sonst so gleichmütige Seebär seufzte hörbar. Sie waren Schatzsucher, aber in erster Linie Träumer und Abenteurer, die in eine Welt geboren worden waren, die für solcherlei Freigeister nicht mehr viel übrig hatte. Sie waren unkonventionell und konnten in keinem Hamsterrad leben, und das sah man eben nicht gern. Welche Chance hatten sie schon, außer weiterzumachen und darauf zu hoffen, irgendwann wieder die Segel zu setzen? Joe hatte noch zehn Jahre auf Bewährung, Marv und Johnny wurden in Europa per Haftbefehl gesucht und nur von der Dickköpfigkeit des Außenministeriums geschützt, was sich mit jedem Regierungswechsel ändern konnte. Xenia wusste es nur noch nicht, wollte aber um jeden Preis ihre Nabelschnur zum Festland durchbeißen. Sie brauchtes ihr nur einen Grund geben, der gut genug war, und das bedeutete: Cash. Sie war jung und musste eine Perspektive sehen, damit sie den Sprung in jenes Leben wagen konnte, das sie sich wünschte.

Und er selbst? Er hatte neben einer gescheiterten Ehe und einem Sohn, der nichts von ihm wissen wollte, nichts, was ihn noch an Land hielt. Im Gegenteil: Jedes Mal, wenn er die Taue betrachtete, mit denen sie am Kai festgemacht waren, spürte er sie wie Ketten an seinen eigenen Handgelenken.

»He, ihr alten Säcke! Hört auf über alte Zeiten zu sinnieren und kommt mal her!«, rief Xenia von irgendwo. Erst jetzt fiel Branson auf, dass ihr Geschrei aufgehört hatte, obwohl die Stunde noch nicht um war. Er sah auf seine Taucheruhr und runzelte die Stirn. Auch Joe schien überrascht und blickte sich um.

»Hier, an Land!«

Sie drehten sich um und sahen die Assistentin auf dem brüchigen Beton des Hafenanlegers stehen. Barfüßig beugte sie sich unter den Sonnenschutz des Achterdecks, das ein wenig tiefer lag als das Gemäuer, und ihre dicken blonden Zöpfe hingen beinahe bis zum Boden durch. Eilig winkte sie sie herbei.

»Kommt schnell! Hier ist ein Kerl im feinen Zwirn, der gerade mit ziemlich hohen Summen um sich wirft!«

Branson horchte auf und sah zu Joe. Sein älterer Freund mit den grauen Stoppeln an den Schläfen war erstaunlicherweise fast noch schneller an Land als er selbst.

Kapitel 3

Lee

Lee betrachtete sein Spiegelbild in der Panzerglasscheibe, fuhr mit den Augen über den Aufnäher »L. Rifkin« auf der Brust seines blauen Overalls und lächelte. Sein kaffeebraunes Gesicht mit den kurzgeschorenen schwarzen Haaren, den runden und doch an den Seiten irgendwie schlitzförmigen Augen sah unter dem strahlend weißen Lächeln glücklich aus. Wirklich glücklich. Vor fünf Jahren, als er seine Ausbildung begonnen hatte, war dieses Lächeln längst keine Garantie gewesen. Zehn Männer und Frauen wie er waren ausgewählt worden, alle in dem Wissen, dass nur einer das tun würde, wofür sie ausgebildet wurden und einer als Back-up bereitstehen würde. Der Rest musste sich mit anderen Funktionen zufriedengeben. Heute fragte sich Lee, wie er diese fünf Jahre mit dem Damoklesschwert des Scheiterns über seinem Kopf überhaupt ausgehalten hatte. Sechzehnstundentage an sechs Tagen in der Woche waren keine Kleinigkeit, wenn man bedachte, dass am Ende alles umsonst gewesen sein könnte.

Aber du hast es geschafft, und jetzt bist du schon den sechsten Monat hier oben, sagte er sich und veränderte seinen Blick so, dass er nicht sein Spiegelbild sah, sondern das, was sich vor dem Fenster befand: die Erde. Gerade zog über vierhundert Kilometer unter ihm Afrika vorbei, mit seinen Braun-, Gelb- und Grüntönen, die sich ungleichmäßig verteilten. Der Blick aus der Cupola, dem Observationsdeck der internationalen Raumstation war faszinierend und erinnerte ihn immer wieder daran, wie verrückt dieser Ort war. Er raste gerade mit mehr als zwanzigtausend Kilometern die Stunde um den Planeten und doch sah es aus, als wäre es andersherum, als würde Afrika sich von ihm fortdrehen wie ein schüchternes Mädchen. Die Wolkenbänder über dem Atlantik bildeten ein weitläufiges Karussell, das sich um das Auge eines massiven Sturms drehte, der sich westlich von Kapverden zusammenbraute.

»Na, fütterst du wieder deinen Instagramkanal mit Angeberfotos?«, fragte eine Stimme hinter ihm, die gleichzeitig *unter* ihm war. Es war Sarah MacDougall, die zu ihm hereingeschwebt kam. Die Astronautin, die genau wie Lee zur aktuell nur zweiköpfigen NASA-Crew gehörte, zwängte sich zwischen ihn und die vielen Kabel, festgehakten Laptops und Haltegriffe, bis sie sich zwangsweise sehr nah waren, und blickte mit hinaus.

»Ich habe immer noch keinen«, erwiderte er.

»Man darf ja noch Hoffnung haben, dass du deinen Ruhm auch in den Social Media bekommst.« Sarah war mit vierunddreißig Jahren nur zwei Jahre jünger als er und wunderschön. Die Sommersprossen auf ihrer zierlichen Nase verliehen ihr genau wie der stets leicht spöttisch verzogene Mund etwas Jugendliches, das von ihrem dunkelroten Zopf noch unterstrichen wurde.

»Ich habe so schon kaum Freizeit, und die verbringe ich lieber hier und schaue mir unseren Heimatplaneten an.«

»Diesen Anblick hat man nie über, was?«, fragte sie ernst und seufzte. »Sie sieht so zerbrechlich aus.«

»Ja. Die Atmosphäre sieht nach nicht mehr aus als einem winzigen Gasfilm, so schutzlos gegenüber der unendlichen Schwärze des Vakuums, das sie umgibt. Kaum zu glauben, dass es bloß die Gravitation ist, die sie an diesem bunten Steinklumpen kleben lässt.« Er lächelte. »Was für ein Wunder.«

»Es verändert die Perspektive. Dieser eine Blick. Wenn nur mehr Leute von da unten hier oben sein und es so sehen könnten wie wir.« Sarah seufzte und klang mit einem Mal melancholisch. »Stattdessen streiten sie sich darum, welche Lügen aus dem Internet ihre Lieblingswahrheit sind, und zerstören alles, was unsere Spezies über Jahrtausende erreicht hat.«

»Noch vor sechs Jahren saß ich als Kampfpilot in einem Cockpit und war dazu da, andere Männer, die an eine andere Flagge glaubten, abzuschießen, wenn es ein Anzugträger in Washington so wollte. Heute klingt das für mich reichlich absurd.«

»Das hören die Pinguine im Weißen Haus aber bestimmt nicht gerne.«

Lee drehte seine freie Hand mit der Innenfläche nach oben, dem Null-G-Pendant zu einem Achselzucken. »Die können ja herkommen und mit mir streiten.«

»Dafür lieben sie dich viel zu sehr − als ihren Posterboy von der Airforce, der jetzt den amerikanischen Adler in den Weltraum trägt. Stoisch, konservativ, ohne Social-Media-Account. Ein hemdsärmeliger Junge aus Kentucky mit indianischen und taiwanesischen Vorfahren. Liebling der Social Justice Warriors und Senatoren, bescheiden, bodenständig und Sinnbild für gelungene Integration und Versöhnung mit der Vergangenheit.«

»Die perfekte Projektionsfläche für jeden«, brummte er. »Quasi nicht mehr als eine Leinwand.«

»Immerhin eine hübsche«, frotzelte sie, und ihr Mund nahm einen noch spöttischeren Ausdruck an. »Ach, komm schon, Lee-Boy. Sei nicht immer so ernst und gedankenversunken. Das ist dein letzter Monat hier, bevor du abgelöst wirst. Du wirst doch nicht wehmütig werden, oder?«

»Ich will eigentlich gar nicht weg.« Lee sah ihr ins Gesicht, und sie erwiderte seinen Blick, ehe er sich mit einem Räuspern abwandte und nach draußen deutete. Um dabei nicht in eine Rotation zu geraten, die ihn mit ihr oder den Arbeitsgeräten aneinanderstoßen ließ, hakte er dabei seinen rechten Fuß hinter eine der blauen Haltestangen. Etwas verlegen blickte er auf seine Armbanduhr. »Nur noch drei Stunden, bis die Falcon eintrifft.«

»Endlich wieder Arbeit«, seufzte Sarah.

»Immerhin darfst du diesmal raus.«

»Und du darfst mich stundenlang einkleiden. Ich kenne ein Dutzend Kerle, die zu Hause auf der Erde ein Jahresgehalt dafür ausgegeben hätten.«

»Fürs Ein- oder Auskleiden?«

»Das ist ja bloß eine Frage des Zeitpunktes.« Sie grinste und drückte ihre Füße zusammen, ehe sie sich mit den Händen vom Panzerglas abstieß und durch den runden Adapter zurück ins Tranquility-Modul schwebte.

Die für heute geplante Falcon Heavy Schwerlastrakete der Firma SpaceX, war etwas Besonderes: Es war das erste Mal, dass der kommerzielle Raumfahrtanbieter ein Projekt für die russische Seite durchführte. Bisher hatte sich Musks Konzern immer als Lieblingskind der US-Regierung sehen können, doch der fünfhundert Millionen Dollar schwere Auftrag aus Russland unterstrich, dass es sich bei SpaceX nicht um eine Schwester der NASA, sondern ein Unternehmen handelte, und so war die Entscheidung letztendlich nachvollziehbar. Nach den ersten innenpolitischen Querelen, die dieser Zug in Washington ausgelöst hatte, hatte sich die Lage in den letzten Monaten vor Missionsstart deutlich entspannt, als der russische Konzern RJKK Energiya einen Deal mit der NASA geschlossen hatte: Bei dem Payload der aktuell stärksten Rakete am Markt handelte es sich um ein Radioteleskop, das mit der ISS verbunden werden sollte. Zuerst war offenbar ein Satellit geplant, aber nach dem öffentlichen Aufschrei von USA und Russland über den Vertrag mit SpaceX, entschied man sich, die internationale Raumstation als Einsatzort vorzuschlagen, da sich das Teleskop auch an einen Mating Adapter anbringen ließ. Die russischen Kosmonauten würden es warten und seine Daten auswerten, aber an denen ließ man im Geiste der Wissenschaft – laut Pressemitteilung – auch gerne die Amerikaner und Europäer teilhaben. Die Lieferung erfolgte also heute und stand bisher unter keinem guten Stern: Ihr russischer Kollege Anatoli war vor einer Woche krank geworden, als es um die ersten Trainings für den Außeneinsatz ging, also musste Sarah einspringen, um zusammen mit dem zweiten Russen an Bord, Dima, den Anbau des Radioteleskops einzustudieren. Nun war Anatoli zwar wieder gesund, hatte aber nicht geübt und war deshalb keine Option mehr. RJKK Energiya war darüber nicht besonders erfreut, hatte sich jedoch offenbar dazu entschlossen, diese neue Situation für sich auszuschlachten und sich als zutiefst offen darzustellen. Im Dienste von Wissenschaft und Fortschritt für die gesamte Menschheit ließ man sogar eine Amerikanerin am sündhaft teuren Eigentum herumschrauben.

Eine Viertelstunde später befanden sie sich gemeinsam mit Dima im Quest-Modul, der amerikanischen Luftschleuse für Außeneinsätze, die aus einem inneren und einem äußeren Teil bestand. Im Inneren waren zwei der weißen Raumanzüge aufgehängt, in deren Hosen sich Dima und Sarah gerade hineinzwängten, indem sie die kreisrunden Metallränder packten, und sich nach unten zogen. Markus, ihr Kollege von der ESA, kümmerte sich um den Russen, während Lee Sarah unterstützte. Die Prozedur dauerte insgesamt zwei Stunden und war äußerst kompliziert. Immer wieder mussten sie Kabel und Schläuche anschließen und abtrennen, Daten überprüfen, kleine Ösen festzurren, Klettverschlüsse, Bügel und Halterungen testen, den korrekten Sitz bestätigen und abzeichnen und die einzelnen Teile der Raumanzüge miteinander verbinden und vorschriftsmäßig verschließen. Dabei war es auch noch äußerst eng mit vier Personen und den vielen Kabeln und Laptops, die sie umgaben, sodass jede Bewegung in der Schwerelosigkeit mit größter Vorsicht und maximalem Geschick ausgeführt werden musste.

Sarah und Dima waren während der gesamten Zeit zum Nichtstun verdammt, steckten in den klobigen Anzügen, ohne sich viel bewegen zu können und sagten kaum etwas, da sie sich bereits auf den für etwa acht Stunden geplanten Außeneinsatz vorbereiteten. Von seinen eigenen Space Walks wusste Lee, wie wichtig es war, sich mental zu fokussieren. Die Anstrengungen einer solchen Mission waren mit nichts zu vergleichen. Man atmete aufbereitete Luft, steckte in einem unbeweglichen Mammut von einem Anzug und mit den Fingern in dickem Gummi, über den man präzise handwerkliche Tätigkeiten vollführen musste.

Nach einer Stunde schmerzte jedes Gelenk von der Fingerkuppe bis zum Mittelhandknochen und nach sechs Stunden fühlte man fast gar nichts mehr. Noch herausfordernder aber war die Konzentrationsleistung. Pausen gab es keine, und jedes Werkzeug musste vorsichtig und mit Bedacht eingesetzt werden. Ein einziges Mal zu vergessen, die Karabiner einzuhaken, konnte bedeuten, dass sich ein Elektroschraubenschlüssel löste und unwiederbringlich ins Vakuum davontrieb, wo er in einigen Jahren mit einem Satelliten oder sogar ihrer Station kollidieren konnte. Und das war potenziell tödlich.

»Sieht alles gut aus«, sagte er am Ende der Vorbereitungen und lächelte Sarah aufmunternd zu, ehe er ihren riesigen Helm von der Halterung nahm und zu ihnen herüberzog. Unter der weißen Bundhaube auf ihrem Kopf sah sie beinahe aus wie ein junges Mädchen.

»Danke.« Sie grinste und streckte einen Daumen hoch.

»Viel Glück da draußen. Ich bin immer hier, okay?« Er

tippte sich gegen das Headset in seinem rechten Ohr. Als sie nickte, setzte er den Helm auf den Ringverschluss und verriegelte ihn. Dima und Sarah machten einen letzten Funkcheck untereinander sowie mit ihm und Markus, und als alle Daumen nach oben zeigten, zog sich Lee mit seinem deutschen Kollegen zurück, verschloss das Quest-Modul und wartete, bis Kosmonaut und Astronautin in die äußere Luftschleuse geglitten waren.

Die Ankunft des oberen Teils der Schwerlastrakete erfolgte kurz darauf. Lee überwachte alles aus der Cupola, während Markus den Canadarm 2 steuerte, um die finale Andockprozedur zu unterstützen. Die Falcon agierte vollautonom, doch das Missionsprotokoll schrieb vor, dass sie jederzeit eingreifen können mussten, sollte etwas schiefgehen.

Der lange Zylinder zeigte sich als helles Glänzen und wurde dann vor dem unendlichen Schwarz des Weltalls größer, während unter ihnen die Erde um ihre Achse rotierte. Erratisch anmutende Korrekturschübe der Kaltgasdüsen feuerten immer wieder stoßweise Fontänen aus, um den Kurs anzupassen. Er näherte sich dem Sojus-Dockring, den Lee gut erkennen konnte. Es war das erste Mal, das SpaceX beweisen konnte, auch die russischen Adapter bedienen zu können. Wie erwartet funktionierte es, und nach zwanzig Minuten steckte die überdimensionierte weiße Röhre an dem russischen Modul wie eine Gaskartusche und glitt mit der Station zusammen über den Himmel. Sarah und Dima hatten sich bereits vom Quest auf die andere Seite begeben und warteten am Adapter, dass sich der Zylinder öffnete, was er auf eine Computereingabe Lees hin auch tat. Die beiden Klappen öffneten sich wie in Zeitlupe und gaben das Innere frei, in dem sich das Radioteleskop befand. Zusammengepackt sah es aus wie eine Libelle mit angelegten Flügeln, wie er fand.

Sarah schwebte mit langer Nabelschnur in die Ladebucht und verschwand aus seiner Sicht, ehe Dima ihr auf der anderen Seite folgte. Nach etwa vierzig Minuten hatten sie sämtliche Halterungen gelöst, und das zehn Meter lange Ungetüm von einem Teleskop glitt unter ihren Händen aus seinem Kokon. Da es in der Schwerelosigkeit, die sie durch ihre Wurfparabel um die Erde erreichten, kein Gewicht besaß, konnten sie auch ein viele Tonnen schweres Objekt recht mühelos bewegen. Trotzdem war dieser Einsatz äußert gefährlich, da sie es vom Sojus-Adapter aus hinüber zum Equipment-Rack des russischen Stationsteils schaffen mussten. Das bedeutete, dass die Manöverdüsen, die SpaceX am Gestell des Teleskops befestigt hatte, über Displaysteuerungen auf den Ärmeln von Sarahs und Dimas Anzügen angesteuert werden mussten, bis sie es händisch an den Adapter anschließen konnten. Das bedeutete zwölf Meter Flug durch das All, bei dem nichts schiefgehen durfte, sonst hätten sie ein massives Wurfgeschoss in direkter Nähe, das ihrer Station ernsthaften Schaden bereiten konnte.

»Alle Systeme nominal«, verkündete Markus, der dem Radioteleskop mit dem Canadarm folgte. Die beiden weißen, geradezu winzig anmutenden Gestalten ihrer Kollegen klemmten an der Rückseite ihrer Mitfluggelegenheit wie Ertrinkende, während sie quälend langsam durch die Schwärze flogen. Mittlerweile befanden sie sich über der Nachtseite, sodass die Lichter der Station und ihrer Anzuglampen eine bizarre Atmosphäre erschufen. »Schön langsam, Leute.«

Es dauerte insgesamt eine Stunde, bis das Teleskop angedockt war, und letztendlich hatten sie den Canadarm zur Hilfe genommen, als ein Sensor ausgefallen war. Die Leute von Ground Control, die jeden Schritt überwachten und über Funk Anweisungen gaben, hatten dazu geraten, und am Ende war es besser so. Nun fing die eigentliche Arbeit für

Sarah und Dima an, die für den Aufbau des Radioteleskops zuständig waren. Die insgesamt sechs Meter durchmessende Empfangsschüssel musste entfaltet und fixiert werden, genau wie einige andere Systeme darunter, einschließlich ihrer Extrasolarsegel, für die interne Stromversorgung, da die Station für den Betrieb nicht genug geliefert hätte. Am Ende lief alles glatt. Markus und Lee verfolgten den Einsatz per Auge und über Kameras an der Hülle und in den Helmen ihrer Kameraden. Sarah und Dima folgten ihren Anweisungen und denen von Ground Control und bestätigten und kommentierten jeden ihrer Handgriffe. Es war professionelle Arbeit und nicht weniger als ein Novum in der Raumfahrt, denn so ein Stunt wurde seit den Space Shuttle Missionen zum Aufbau der ISS nicht mehr hingelegt. Lee wusste, dass Markus und Anatoli sie darum beneideten, dass sie bei einem so wichtigen Außeneinsatz rausdurften, aber er selbst sah das anders. Er freute sich für Sarah und auch für Dima, der ein äußerst kluger und fleißiger Kosmonaut war, was man nicht von allen Russen behaupten konnte, da die meist nicht viel zu tun hatten hier oben, außer im Namen ihres Landes im Weltraum zu sein. Bei der NASA wurden sie häufig auch spöttisch als *Hausmeister* bezeichnet, die sich um die Wartung kümmerten und sonst Fotos schossen und Karten spielten, während die Amerikaner, Japaner und Europäer sechzehn Stunden am Tag Experimente durchführten.

Als Sarah und Dima wieder im Quest-Modul ankamen, war Lee mit Markus zur Stelle und befreite seine Freundin aus ihrem Anzug. Ihr Gesicht war blass und komplett verschwitzt, wie üblich nach der Anstrengung eines solchen Einsatzes. Aber sie lächelte noch.

»Puh«, machte sie. »Das war wirklich eine … *neue* Erfahrung.«

»Ja, reib es mir bloß in die Wunde, dass ich nicht dabei

war«, scherzte Lee und löste die Verschlüsse an Hüfte und Handschuhen.

»Du warst ja fast dabei, zumindest mit den Augen. Ich konnte deinen Blick fast spüren auf meinem Hintern. Sexy in diesem Ungetüm, was?«

»Ich werde sicher Albträume davon bekommen.«

»Hey, Dima, wann nehmt ihr das Ding eigentlich in Betrieb?«, rief sie dem Russen zu, der gerade von Markus umsorgt wurde.

»Geheim«, antwortete der mit seinem erstaunlich akzentfreien Englisch. »Du weißt ja, wie das ist.«

»Bist du dafür zuständig oder Anatoli?«, wollte Lee wissen.

»Anatoli natürlich. Er ist ein persönlicher Freund von RJKK Energiya-Gründer Oleg Sniezewa, was habt ihr erwartet? Aber wenn ihr mich fragt, kann ich gut darauf verzichten, zwei Stunden am Tag einen Monitor anzustarren und mich darüber zu freuen, dass nur ich das Training für diesen Monitor erhalten habe.«

»Dich lassen die da auch nicht dran?«, fragte Sarah verwundert.

»Nö. Aber ich darf mit euch die Daten auswerten, wenn sie aufbereitet sind. Mehr Tabellen.« Dima schnaubte. »Wie sagt ihr Yankees immer: Yay!«

»Yaaay«, machten Sarah und Lee im Chor und grinsten sich an. Er liebte die ausgelassene Atmosphäre nach erfolgreichen Außeneinsätzen, wenn sich Entspannung breitmachte, weil alle heil zurückgekommen waren. Der Kontrast zwischen Ein- und Auspacken war riesengroß, so als hätten sie gerade zusammen eine wilde Party gefeiert und säßen beieinander, während es wieder stiller wurde. Er würde all das vermissen, wenn er zur Erde zurückkehrte.

»Vielleicht luge ich kurz mal auf die Daten, wenn Anatoli

schläft, damit ich wenigstens mal sehe, was die da überhaupt angucken mit diesem kleinen Ding, das unsere geliebte Station so verschandelt«, meinte Dima und gluckste. »Oder was für eine überragende Fähigkeit mein schweigsamer Freund Anatoli mitbringt, die ich nicht habe. Abgesehen von seinem Vitamin-B-Wert natürlich.«

»Wie illegal«, kommentierte Markus trocken, und sie lachten gemeinsam.

Im Anschluss kehrten sie in ihre jeweiligen Module zurück. Dima ins russische Swesda, Markus ins Columbus und Sarah und Lee ins Destiny, wo sie ihre Missionsberichte anfertigten, bevor es ins Bett ging. Nach der Kür kam in diesem Fall die Pflicht. Sie klemmten sich im Schneidersitz unter ihre Laptops, bis sie einen guten Halt gefunden hatten und begannen dann zu tippen. Immer wieder beredeten sie zwischendurch ihre Sichtweise der Dinge und ergänzten einander, wo sie kurze Lücken hatten, was bei einem so langen Einsatz schon mal vorkam.

»Wenn ich hier durch bin«, meinte Sarah irgendwann, als ihr schon beinahe die Augen zufielen, »kann ich irgendwo als Tippse anheuern.«

»Diese Berichte sind die wohl dümmste neue Einsatzrichtlinie, die sich unsere Jungs da unten ausdenken konnten«, stimmte er ihr zu und klopfte ihr gegen den Oberarm. »Geh schlafen, ich mache den Rest für dich fertig.«

»Vorsicht, ich bin so müde, dass ich nicht aus Höflichkeit ablehnen werde.«

»Kein Problem. Ich wollte ohnehin noch zu Dima und mit ihm einen *Vodcast* aufnehmen«, gab er zurück.

»Du? Einen Vodcast?«

»Ja, er hat mich darum gebeten. So wie es scheint, hat er einen erfolgreichen Videostream auf Youtube und hat mich schon mehrfach gebeten, mich dafür interviewen zu dürfen.

Du weißt, dass ihm der Graben zwischen Russland und den USA zuwider ist, und diese Meinung teilen wir. Da ich ab morgen noch weniger Zeit habe, und die acht Stunden während deines Einsatzes nur aus einem Fenster geschaut habe, war heute der beste Termin.«

»Wie macht Dima das bloß?«, seufzte Sarah. »Ich fühle mich, als hätte mich ein Lastwagen überfahren, und er nimmt mit dir noch ein Interview auf. Im Swesda!«

»Er ist Russe«, erwiderte Lee knapp, und Sarah lachte.

»Touché. Ich gehe schlafen. Danke nochmal.« Sie drückte seine Schulter und schwebte dann davon in Richtung ihrer Schlafkammern.

Lee beendete ihren Bericht, da er mit seinem längst fertig war, und unterdrückte ein Gähnen, als er zum Interkom glitt. Er drückte den Knopf für das Swesda.

»Hey, Dima, Kumpel. Ich wäre so weit. Ich bin fünf Minuten zu spät dran, aber ich bin noch wach.« Er wartete eine Antwort ab, bekam aber keine. Also versuchte er es nochmal, doch weder Dima, noch Anatoli, der eigentlich laut Plan wach sein müsste, reagierten.

Seltsam. Sind die beiden eingeschlafen?, dachte er und überlegte, ob er sich einfach schlafen legen oder zu ihnen gehen sollte. Zwar war er nicht scharf auf das Interview, aber er hatte es seinem Freund versprochen, und der Zweck war wirklich einer, der ihm am Herzen lag. Also machte er sich schließlich auf den Weg, glitt geschickt von Haltestange zu Haltestange und flog durch den Pressurized Mating Adapter in das Zarya-Frachtmodul, das bereits zum russischen Bereich gehörte. An den Wänden befanden sich lauter cremefarbene Schubladen, die in alle vier Richtungen mit Verschlüssen versehen waren. Lee erinnerten sie immer an die früheren Monitore, als Computer gerade in den Massenmarkt vorgedrungen waren. Es war eng und fühlte sich stickig an. An der Decke gab es tellergroße, quadratische Lampen, wie in einem Schulkorridor und am Ende wartete der Verbindungskopf von Swesda, dem Swesda-Servicemodul und dem Cargomodul. Gegenüber im Swesda lebten und arbeiteten die Russen, doch wie Lee verwirrt feststellen musste, war die Luke geschlossen und das kleine Sichtfenster zugehangen oder zugeklebt.

Verschlossen?, dachte er und klopfte an die Scheibe. »Hey, Jungs. Alles in Ordnung bei euch?«

Niemand antwortete ihm. Er presste sein Ohr gegen den Einstieg und lauschte, hörte klickende Geräusche und eine gedämpfte Stimme, aber der Durchgang öffnete sich nicht. Die Luke war niemals verschlossen, das gehörte zur Etikette an Bord, und dass diese jetzt plötzlich keine Rolle mehr spielte, bereitete ihm Sorge. Also flog er zum nächsten Interkom zurück und rief im Columbus an.

»Hey, Markus, bist du da?«

»Jo«, kam nach einer Minute die Antwort. »Was ist los, Kumpel?«

»Das Swesda ist abgeschlossen und das Fenster verhängt.«

»Was?« Der Deutsche klang ungläubig.

»Ich bin eigentlich mit Dima verabredet. Wirklich merkwürdig.«

»Ich rufe Ground Control an und frage mal nach, ob uns hier etwas vorenthalten wurde. Warte.«

Es dauerte zwei weitere Minuten, dann war er zurück.

»Ground Control weiß auch nichts. Sie haben bei den Russen angefragt, aber die wissen auch von nichts. Ich komme vorbei.«

»Ja, mach das«, meinte Lee und starrte besorgt auf das verhangene Sichtfenster. *Was ist da los?*

Kapitel 4

Jenna

Jenna verließ das Foyer der Platinum Suites in die Nacht von Kuala Lumpur hinein. Einen ihrer Trolleys wuchtete sie auf einer Nebenstraße beiläufig in einen vorbeifahrenden Müllwagen, dessen beide Müllarbeiter mit Zigaretten in den Händen diskutierten und sie nicht einmal bemerkten. Dann zückte sie ihr Satellitentelefon und wählte auswendig eine lange Nummer. Als die Leitung offen war, sagte sie: »Im November wiegt der Regen schwer« und fügte den Code für einen Anruf ohne feindlichen Zwang hinzu: »Acht-vier-sieben-eins-Washington.«

Es dauerte beinahe eine Minute, bis sie am anderen Ende eine tiefe männliche Stimme hörte: »Jenna. Gibt es Neuigkeiten?«

»Ja. Ich habe einen Kontaktort.«

»Du meinst wohl einen Kontakt*mann*, hoffe ich.«

»Nein, einen Ort. Xiami kannte die Person nicht, aber er sollte jemanden am Yachthafen von Malakka treffen.«

»Hast du einen Plan?«

»Ja. Ich gehe zum Treffpunkt und gebe mich als Xiami aus«, sagte sie.

»Riskant. Du gehst davon aus, dass Xiami nie in persönlichen Kontakt getreten ist.«

»Natürlich ist er das. Ich habe nicht vor, mich zu zeigen.«

»Ist Xiami tot?«

»Ja.«

»Sehr gut. Eine ganze Generation im Jemen wird dir dafür danken.«

»Er war ein Schwein.«

»Bist du clean geblieben? Oder muss ich Wolf anrufen?«, fragte die tiefe Stimme, die dem Deputy Director gehörte.

»Nein, ich bin clean. Ein korrupter Ex-Soldat, der mit ziemlicher Sicherheit an einem Kriegsverbrechen in Aleppo beteiligt war, wird an meiner statt lange ins Gefängnis gehen«, antwortete sie ohne jegliche Genugtuung in der Stimme.

»Gut. Was brauchst du?«

»Mehr Geld.«

»Ist es je etwas anderes?«

»Luftaufklärung auf Abruf wäre nett«, säuselte sie.

»In malaysischem Luftraum?«

»Ja.«

»Wie viel Geld?«

»Einhundertfünfzigtausend in bar. Außerdem benötige ich Waffen.«

»Ich schicke dir einen Treffpunkt. Gib mir drei Stunden«, sagte der Deputy Director. Sie wollte schon auflegen, da fügte er noch hinzu: »Pass auf dich auf, Jenna.«

Sie legte auf und verließ die Gasse in Richtung Bukit Bintang. Sie brauchte dringend etwas zu essen. Die Nacht war noch jung und befand sich gerade in dem alltäglichen Austauschprozess von Tagestouristen, Pendlern und nachtschwärmenden Teenagern und alten Typen in Anzügen, die nach einem anstrengenden Tag voller Meetings und Termine nach Zerstreuung suchten. Überall roch sie die exotischen Gewürzmischungen, die in den vielen Straßencafés und internationalen Restaurants der gut betuchten City Verwendung fanden. Die Bäume auf den Bürgersteigen waren in Netze aus kleinen Lichtern gehüllt, sodass sie aussahen wie magische Gebilde, die hier gelblich leuchteten und in den Nachbarstraßen rot, blau oder grün.

Jenna mochte das nicht und fragte sich nicht zum ersten Mal, weshalb so viele junge Leute stehenblieben und fasziniert die Straßenzüge hinauf- und hinabblickten. Das Maß an Eindrücken verwirrte bloß das Auge und störte die Orientierung. Sie holte sich ein Pancit in einem kleinen Imbiss, der irgendwie aus der Zeit gefallen zu sein schien mit seinen verwitterten Schildern und dem von Stickern umrahmten Fenster, hinter dem eine alte Philippina das Essen kochte und an einen einzigen Wartenden ausgab.

Keine Schlange, also muss ich nicht warten, dachte sie. *Ich hasse warten. Normalerweise ein Zeichen, dass das Essen nicht besonders gut ist, aber diesen Laden gibt es ganz offensichtlich schon sehr lange, was auf eine treue Stammkundschaft hinweist, deshalb sollte ich zumindest nicht krank werden.*

Das Pancit dauerte fast zehn Minuten, bis es fertig war, und schmeckte erstaunlich gut. Die Zwiebeln sortierte sie aus und überließ sie den Ratten, von denen es in dieser Stadt mit Sicherheit mehr gab, als menschliche Bewohner. Aber sie unterschied beide nicht zwangsweise voneinander. Die Zeit bis zur Nachricht des Deputy Director verbrachte sie in der Bukit-Bintang-Nachtmeile, die abends für den Verkehr abgesperrt wurde und nur noch Fußgängern offenstand. Hier reihte sich eine Kneipe an die nächste, so dicht, dass die vielen übersteuerten Musikstücke sich in einem unangenehmen Gemisch überlappten, als wollten sie die anwesenden Ohren beleidigen. Jenna streifte durch die Menge, sah kleine Grüppchen westlicher Männer mit Bier in der Hand, die wild über Fußball diskutierten, chinesische Frauen mit blinkenden Regenschirmen und junge Leute in leichter Kleidung, die sich durch das Gedränge schoben auf der Suche nach der einen Kneipe, die ihnen der *Lonely Planet* empfohlen hatte, und die doch war wie alle anderen auch. Zwischen zweien davon befand sich eine zwei Meter breite Fassade mit geschlossenen

Rollläden, an die sie sich mit dem Rücken lehnte und einfach nur das Treiben beobachtete. Sie sah in Gesichter und hinter ihnen ihre potenziellen Lebensgeschichten und Verhaltensweisen, prägte sich Bewegungsmuster und Mienenspiel ein und sog alles auf wie ein Schwamm. Als es in ihrem kleinen Rucksack piepte, war sie überrascht, dass bereits drei Stunden vergangen waren.

Auf dem Display des Satellitentelefons tauchte eine simple Nachricht auf: *3.146920, 101.707455.* Jenna zückte ihr Smartphone und gab die Koordinaten in der Google Maps App ein, ehe sie das Telefon wieder im Rucksack verstaute und sich auf den Weg machte, den Pin zu erreichen. Dazu musste sie die Menge durchstreifen, hier und da eine Entschuldigung murmeln und sich dann in eine kleine Gasse kurz vor dem oberen Ende der Jalan Bukit Bintang quetschen, wo sie mit einigen Mülltonnen und einer Handvoll Ratten alleine war. Die kämpften gerade um einen verfaulten Hamburger in einer offenen McDonald's Schachtel und froren auf der Stelle ein, als sie das Fressen störte. Nach einer Sekunde des Verharrens stoben sie auseinander und waren schneller verschwunden, als sie blinzeln konnte. Die Koordinaten führten sie zu einem alten Müllcontainer. Zuerst inspizierte sie die Unterseite, entdeckte jedoch nichts, dann blickte sie sich nach rechts und links um, wartete, bis eine grölende Gruppe Engländer auf der Feiermeile vorbeigegangen war und öffnete anschließend den Deckel. Den schwarzen Jutebeutel, den sie darin fand, nahm sie und verstaute ihn ungeöffnet in ihrem Rucksack, ehe sie die Gasse in die andere Richtung verließ und sich ein Grab-Taxi rief.

In ihrem neuen Hotel angekommen – einem austauschbaren Fünf-Sterne-Wolkenkratzer am Times Square – nahm sie die Teile einer Maschinenpistole und die drei Bündel mit Einhundertdollarscheinen in Augenschein. Die Waffe, die sie rasch zusammengebaut hatte, entpuppte sich als MP5 ohne Registriernummer mit drei Reservemagazinen. Eine gute Wahl, wie sie fand. Sie ging zum Telefon und rief in der Lobby an.

»Hallo, Zimmer 102 hier«, sagte sie nach einer knappen Begrüßung des diensthabenden Rezeptionisten. »Ich möchte gern ein Auto kaufen, eine Mercedes S-Klasse 500 mit getönten Scheiben. Ich habe leider wenig Zeit, da ich morgen nach Süden fahren muss. Könnten Sie einen Verkäufer für mich finden?«

»Oh, es ist bereits spät und das ist ein sehr spezielles Fahrzeug. Außerdem bin ich kein …«

»Ich verstehe das«, unterbrach sie den Mann. »Ich kann mich auch selbst darum kümmern, aber ehrlich gesagt bin ich sehr müde und würde die fünf Prozent Provision lieber Ihnen geben als einem Händler. Die haben eh schon Geld genug.«

»Fünf Prozent? Also, ich mache ein paar Anrufe. Wenn es dieses Fahrzeug gibt, dann in Kuala Lumpur Ma'am. Hier gibt es praktisch alles.«

»Wunderbar. Ich bin um neun Uhr beim Frühstück.«

»In Ordnung, ich kümmere mich darum, darauf können Sie sich verlassen.«

»Das tue ich.« Sie legte auf, ging ins Badezimmer und danach ins Bett.

Am nächsten Morgen säuberte sie ihr Zimmer rasch mit chlorhaltigem Spray, packte ihren Rucksack und begab sich zum Frühstücksraum, wo sie aber nichts anrührte, sondern direkt zur Rezeption stapfte. Ein junger Malaie mit penibel ausrasierten Konturen und kurzem Haar sah sie an und widmete sich wieder seinem Bildschirm, bis sie sich vor ihn an den Tresen stellte und ein Lächeln aufsetzte.

»Hi. Zimmer 102.«

Aus dem gelangweilten Gesicht begegnete ihr plötzlich ein helles Strahlen. »Ah! Hallo, Ma'am. Ich hoffe, dass Sie gut geschlafen haben?«

»Ja, total. Danke. Haben Sie ein paar Autoschlüssel für mich?«

»Natürlich, Ma'am. Ich fürchte aber, dass das nicht ganz günstig wird.«

»Kein Problem.« Jenna grinste und zuckte mit den Schultern. »Ist der Wagen schon da?«

»Oh, nein, nein. Aber ich bringe Sie hin«, versicherte ihr der junge Mann und winkte eine Empfangsdame herbei, der er einen Schwall Malaysisch entgegenwarf, ehe er den Tresen umrundete und auf den Ausgang deutete. »Kommen Sie.«

Er war nicht sicher, ob ich überhaupt das Geld habe, oder alles nur der Scherz einer betrunkenen reichen Göre ist, schloss sie und lächelte.

»In Ordnung. Ich habe bloß nicht viel Zeit.«

»Es wird nicht lange dauern!« Vor der Tür winkte er eines der Taxis heran, wechselte ein paar rasche Worte mit dem Fahrer und stieg dann mit ihr in den Fond ein. Jenna sah aus dem Fenster, um ihm zu signalisieren, dass ihr nicht nach Reden zumute war, aber die Fahrt dauerte tatsächlich nicht lange. Kurz darauf standen sie vor einer Mercedes-Niederlassung, die sich in den ersten zwei Etagen eines verglasten Wolkenkratzers befand. Wie sich herausstellte, hatte der Rezeptionist nicht zu viel versprochen. Ein Mitarbeiter präsentierte ihr mit unterwürfigem Gebaren eine schwarze S-Klasse 500 mit getönten Scheiben. Nicht schlecht. Sie bezahlte einhundertdreißigtausend Dollar in bar und gab dem Mann vom Hotel zehntausend. Die waren nicht nur großzügig, sondern würden auch dafür sorgen, dass er all das für sich behielt, um keine Fragen aufzuwerfen – sei es vom Finanzamt oder Neidern bei der Arbeit. Die restlichen zehntausend gab sie dem Mitarbeiter von Mercedes, einem älteren Inder, der ihr in seiner freudigen Erregung noch ein Nummernschild anbrachte, das eigentlich zu einem Vorführwagen gehörte.

Sie bedankte sich artig und fuhr dann die Autobahn in Richtung Süden. Ihr Plan war gewagt, das war ihr klar, doch die gesamte Mission war nichts anderes als ein unterfinanzierter und unter dem Radar des Verteidigungsministeriums stattfindender Versuch, ein Phantom zu jagen, an dessen Existenz viele Entscheider in Washington nicht einmal glaubten. Man schickte sie nicht auf die normalen Einsätze, daran hatte sie sich bereits früh gewöhnt. So saß sie in ihrem protzigen Mercedes, fuhr an einer Palmölplantage nach der anderen vorbei und benötigte weniger als zwei Stunden, da der Verkehr nach dem Verlassen der Metropolregion Kuala Lumpur äußerst schnell abebbte. Die ehemalige Kolonialstadt, die in den vergangenen Jahrhunderten durch sowohl portugiesische als auch niederländische und britische Hände gegangen war, bildete einen scharfen Kontrast zur Landeshauptstadt. Hier gab es bunte, europäisch anmutende Gebäude zwischen Moscheen und Pagodenbauten, alte Kirchen und Festungstore und alles in einem verwinkelten Gewirr einzelner Palmen und Gruppen von Makaken-Affen, die auf der Suche nach Touristen mit Essen durch die Stadt jagten. Die Hafenanlage, lange Zeit wichtiger Umschlagplatz für den Gewürzhandel der verschiedenen Kolonialherren, war hässlich mit ihren rostigen Kränen und den dicken Containerpötten an den Anlegern. Selbst der Yachthafen weiter südöstlich konnte nicht mit der ansonsten schönen Touristenstadt mithalten und bestand bloß aus zwei Kais, an denen ein paar polierte Segel- und Motoryachten vertäut lagen, aber vor allem Holzkähne und offensichtlich schlecht in Schuss gehaltene Kleinboote auf Holzböcken, die auf Zuwendung eines Technikers warteten. Es gab ein kleines Häuschen mit Schlagbaum, in dem ein dürrer alter Mann in Uniform saß und sich sichtlich aufrichtete, als sie vorfuhr. Er drückte einen Knopf und winkte sie mit einer angedeuteten Verbeugung hindurch, bevor sie das Fenster herunterlassen konnte.

Mit knirschenden Reifen, die sich über Staub und Steinchen auf dem Betonanleger schoben, rollte sie auf den rechten Kai, der breit genug für zwei Autos war. Wenn ihr Plan aufging, würde sich die Kontaktperson irgendwann in Erwartung von Mr. Xiami bemerkbar machen. Aber sie tat es nicht.

Jenna parkte ganz am Ende, wo die Hafenmauer so hoch war, dass sie das Meer nicht sehen konnten. Dort stand das größte anwesende Schiff, eine Achtzig-Fuß-Yacht unter der Flagge von Mauritius, mit dem Namen *Hamburg*. Sie lud ihre MP5 durch und verstaute sie im Fußraum, während sie ihre Hände gut sichtbar am Lenkrad hielt und immer wieder zu sprechen begann. Ihre Lippen bewegte sie dabei sehr betont.

»Ich weiß es nicht, Sir«, sagte sie. Oder »ich weiß, dass Sie wenig Zeit haben, Sir, aber der Kontaktmann wird sich schon zeigen«, und ähnliche Dinge. Auf dem Kai herrschte kaum Betrieb – kein Wunder bei dreißig Grad und neunzig Prozent Luftfeuchtigkeit. Von der Javasee drückten sich schwere Quellwolken über die malaysische Halbinsel und waren in der Ferne dunkel und regenschwer auszumachen. Ab und zu kamen die Bootsbesitzer an Land und stiegen auf Roller, um in die Stadt zu fahren. Einmal fuhr ein Tankwagen direkt bis hinter sie und zwei Mitarbeiter des Hafens in Warnwesten betankten mit einem dicken Schlauch die große Yacht neben ihr. Das war es aber schon, und so fiel der einzelne Mann sofort auf, den sie in der Dämmerung in den Rückspiegeln sah. Er sah aus, als würde er schlendern in seinen weiten Khakihosen und dem verboten-bunten Hawaiihemd, das bis zum Brustansatz aufgeknöpft war. Jenna drapierte eine blonde Haarsträhne in ihrem Gesicht und überprüfte ein letztes Mal den richtigen Sitz der MP5 zwischen ihren Knien, ehe der Fremde an ihrem Fenster ankam und dagegen klopfte. Er war jung, wie sie, vielleicht Anfang dreißig und Skandinavier oder Mitteleuropäer mit heller Haut und hellen Haaren. Allerdings zeigten Brillenabdrücke an den Schläfen und zarte Hände, dass er nicht zu den Aufräumern gehörte, sondern vermutlich eher auf Taschenrechnern herumtippte und sich Bleistifte hinter die Ohren klemmte.

Sie drückte auf den Fensterknopf und das Glas fuhr langsam in die Tür zurück.

»Machen Sie auf«, sagte der Fremde.

»Und Sie sind?«, fragte sie gelassen.

»Ein Freund.«

»Welcher? Mein Boss hat viele Freunde. Er sagt, dass seine Freunde üblicherweise besser gekleidet sind.«

»Ich kann auch wieder gehen.«

Jenna drückte erneut den elektrischen Fensterheber und die Scheibe hob sich. »Schönen Tag.«

»Wiesbaden«, knurrte der junge Mann.

»Geht doch.« Sie tat, als würde sie einer Stimme in ihrem Ohr lauschen, indem sie eine Hand nach oben nahm und an ihrem Ohrläppchen zupfte. »Setzen Sie sich in den Fond. Andere Seite.«

Wiesbaden löste sich von dem Auto und umrundete es. Als er einstieg, hielt sie ihm die Mündung der Maschinenpistole ins Gesicht.

»Hi«, sagte sie gut gelaunt. »Fangen wir von vorne an.«

Die Miene des Kontaktmanns fror ein. Sein Blick glitt nach links, und seine Zähne begannen zu mahlen, als er dort niemanden sitzen sah. Er schwieg, also war er ein Profi. Oder versuchte, wie einer zu wirken, was für sie genauso gut war.

»Ich will ihn treffen.«

Sein linkes Auge zuckte.

»Ich will *sie* treffen.«

»Das können Sie vergessen«, antwortete Wiesbaden.

»So?« Jenna senkte die MP5 und drückte die Mündung auf sein linkes Knie.

»CIA? MI6? BND?« Er schüttelte den Kopf. Über seinen Augenbrauen bildeten sich einzelne Schweißperlen. »Wenn ich Sie hinbringe, bin nicht nur ich tot, sondern auch Sie. Also schießen Sie ruhig.«

»Sicher? Es geht um Ihr Knie. Wissen Sie, was interessant ist?«

»Sie werden es mir bestimmt gleich verraten.«

»Wo Sie schon fragen: Es gibt keine OP der Welt, die einen Schuss durch Kniescheibe und Kniegelenk wieder hinbiegen könnte. Sie werden Ihr Leben lang humpeln, keinen Sport mehr treiben können und am Stock gehen. Wollen Sie das? Letzte Chance.«

»Ich sagte Ihnen doch, dass ...«

Jenna drückte ab. Der Knall war ohrenbetäubend laut und ihre Trommelfelle schienen zu vibrieren. Es klingelte in ihrem Kopf, als hätte jemand einen Gong geschlagen. Der Fremde schrie und fasste sich an sein halb zerfetztes Knie. Es war ein guter Treffer mit wenig Blutfluss durch die Patella. Langsam, geradezu mechanisch, drückte sie die Mündung an sein anderes Knie.

»Eins ist noch da. Aber der Knall war sehr laut. Ich denke, dass irgendjemand die Polizei ruft. Wollen Sie dann noch hier sein? Oder bringen Sie mich zu Ihrem Boss? Eine Yacht vor der Küste, schätze ich? Die *Wiesbaden* vielleicht?«, fragte sie nachdenklich. Er nickte mit blassem Gesicht und dichtem Schweißfilm auf der Stirn.

»Ich h-h-habe ein M-Motorboot in der Nähe«, stammelte er.

»Gut. Das nehmen wir und sagen, dass uns die Behörden

aufgelauert und auf Sie geschossen haben. Mein Boss ist dabei draufgegangen, und ich habe Sie gerettet. Wie klingt das für Sie?«

»Plausibel.«

»Gut. Auf geht's!« Sie beugte sich zu ihm nach hinten und griff unter sein Shirt, wo es sich allzu offensichtlich ausbeulte. Die Pistole steckte sie sich in die Hose und zog ihre Jacke aus, ehe sie ausstieg und die Klappe für den Tankstutzen öffnete. Dort steckte sie den gezwirbelten Ärmel bis hinter die Rückstauklappe hinein, damit er sich mit Treibstoff vollsog, umrundete das Auto, zog den jungen Mann heraus, der wimmernd an ihrer Seite humpelte, und zündete dann mit einem Feuerzeug den Stoff an, der eine Armlänge bis über die Reifen herunterhing.

So schnell sie mit ihrem neuen Ballast konnte, lief sie den Kai hinab, bis der Fremde auf ein stattliches Zodiac deutete. Gerade, als sie ihn hineinbugsierte und das Tau von dem Poller löste, explodierte der Mercedes. Durch den zu zwei Dritteln leeren Tank war genug Sauerstoff vorhanden gewesen, um für einen ordentlichen Wumms zu sorgen, der weithin zu sehen und zu hören war.

Genau, was sie brauchte. Sie warf das dicke Seil neben den wimmernden und sich windenden Fremden auf das Boot und sprang hinter den kleinen Fahreraufbau mit Sonnenschutz, ehe sie die beiden 250-PS-Außenborder anwarf und sie aus dem Yachthafen lenkte. Als sie in das endlose Blau hinaus rasten, hörte sie die ersten Sirenen.

»Wo muss ich hin?«, schrie sie über das Donnern der Motoren und das Tosen der Gischt hinweg.

»Der Kurs ist im GPS eingespeichert. Die obersten Koordinaten!«, kam die gebrüllte Antwort.

Jenna navigierte mit dem Zeigefinger durch das Navigationsgerät hinter dem kleinen Steuer und brauchte mehrere

Anläufe, da alles auf Deutsch war und sie nur einen Basiskurs absolviert hatte – vor zehn Jahren an der Universität. Als sie es endlich geschafft hatte, nahm sie die Pistole, die sie dem Kontaktmann abgenommen hatte, und leerte das Magazin ins Wasser, ehe sie ihm die Waffe hinwarf.

»Sie haben gut gekämpft!«

Er antwortete nicht.

Nach zehn Minuten kam die Yacht in Sicht. Sie war vielleicht sechzig Fuß lang, also nicht so groß wie erwartet, dafür unauffällig und schnittig. Die Aufbauten waren schlank und modern, aber nicht so protzig wie die Schiffe der Milliardäre. Deutsches Understatement gepaart mit einem kriminellen Leben unter dem Radar, schätzte sie.

Bis jetzt lief es gut, dachte Jenna, während sie auf die Brücke am Heck zuhielt und einen weiten Bogen beschrieb. Als das Funkgerät kratzende Geräusche von sich gab, zog sie es aus seiner Halterung und warf es dem Kontaktmann zu. Der hielt es sich vor den Mund und begann zu sprechen. Sie musste darauf vertrauen, dass ihm sein Leben lieber war, als seine Loyalität, aber wenn man auf etwas bauen konnte, dann auf den menschlichen Überlebenstrieb. Als sie kurz davor war, anzulegen, sah sie zwei Crewmitglieder: stämmig, mit Bürstenschnitt und Tarnhalftern unter den Windjacken. *Das wird spannend.*

Kapitel 5

Branson

Branson kletterte auf den Kai und wollte Joe helfen, der jedoch schnaubend seine Hand wegwedelte. Der Yachthafen in Lahaina im Westen Mauis war recht klein, doch der Hauptanleger für die größeren Boote war vor einigen Jahren ausgebaut worden und konnte sogar von den Tanktrucks problemlos befahren werden. Hinter einem hohen Drahtzaun, durch den sich die tropische Vegetation hindurchzwängte wie eine angestaute Masse Groupies, die ihre Hände durch die Maschen streckten, um die beiden Männer zu berühren, befanden sich einige hässliche Versorgungsanlagen und die Ringstraße, die einmal um die Insel führte.

Von da zweigte der geschotterte Weg ab, dessen Rolltor direkt auf Dwight Deckers Protzkahn zuführte und dort parkte jetzt ein GMC-SUV, vor dem ein Mann in weißem Hemd und Kakihosen stand und einen Schwarm Fliegen abzuwehren versuchte. Er sah mit seiner akkurat gekämmten Frisur, die irgendwie aus der Zeit gefallen zu sein schien, aus, als hätte er ›Fremder‹ auf der Stirn stehen, und die polierten Lederschuhe unterstrichen diesen Eindruck. Niemand auf Hawaii lief so herum, abgesehen von den Mormonen, die ab und zu in den Urlaub herflogen. Aber ein Mormone war er ganz sicher nicht.

Ashley, Deckers Assistentin, die mit ihren Kurven und den braunen Locken, die stets so zu fallen schienen, als habe sie ein ganzes Team mit Ventilatoren und Lichtanlagen bei sich, aussah wie ein Playmate, hatte den Fisch bereits am Haken und unterhielt sich mit dem Neuankömmling.

»Wer ist das?«, fragte Branson, doch Xenia zuckte bloß mit den Schultern und richtete ihr fleckiges Blumenoberteil, das mehr zeigte, als es verhüllte. Allerdings sah es bei ihr nicht anzüglich aus wie bei Ashley, sondern eher nachlässig und hawaiianisch gelassen.

»Keine Ahnung, aber Jim kam eben vorbei und meinte, dass er im Vorbeigehen gehört hat, dass der Schnösel da jemanden sucht, der ihn für eine Menge Kohle nach Französisch-Polynesien bringt.«

»Eine Passage für *einen* Mann?«, fragte Joe ungläubig und rieb sich das ergraute Kinn.

»Wenn Ashley immer noch mit ihm redet, dann schmeißt er wohl tatsächlich mit Geld um sich«, dachte Branson laut. »Gehen wir mal hin, bevor Decker aufkreuzt und ich seine Visage sehen muss.«

Die Sonne war bereits untergegangen, aber es war noch immer hell, und der Himmel schien in Flammen zu stehen. Ein fernes Wolkenband über dem Meer wurde in sattes Putterrot getaucht und ließ die gesamte Marina erglühen. Auch die schwüle Hitze war – zwar nicht mehr so drückend – durchaus präsent genug, um ihm den klebrigen Schweißfilm auf seiner Haut unangenehm ins Gedächtnis zu rufen.

»Ho!«, rief er, als sie nur noch wenige Meter entfernt waren und schob dabei seine Sonnenbrille über die Stirn, damit sie seine schulterlangen Dreadlocks bändigte. Der Fremde und Ashley drehten sich zu ihm um – sie mit säuerlicher Miene, er mit einem unsicheren, aber nicht unfreundlichen Lächeln. »Habe gehört, dass Sie eine Passage in den Süden brauchen?«

»Äh, ja, das ist korrekt«, bestätigte der Neuankömmling und streckte ihm eine Hand zur Begrüßung hin. Branson schüttelte sie kräftig und schnalzte mit der Zunge.

»Tja, dann sind Sie bei mir goldrichtig. Meine *Triton One*

ist das verlässlichste Schiff in ganz Hawaii. Das hier sind mein erster Offizier Joe und meine Assistentin Xenia.«

»Äh, Entschuldigung? Wir befinden uns bereits in Gesprächen?«, mischte sich Ashley schnippisch ein und machte ein Gesicht, als hätte er sie gerade geohrfeigt, während auch Joe und Xenia dem Fremden die Hand schüttelten.

»Wunderbar!«, erwiderte er gut gelaunt, ohne näher darauf einzugehen.

»Du kennst die Regeln!«, setzte Ashley nach.

»Welche meinst du?«, stellte Branson sich dumm. Natürlich wusste er es genau. Wenn Auftraggeber in die Marina kamen, hatte immer derjenige das Recht des ersten Gesprächs, der als erstes den Kontakt herstellte. Danach war es den Interessenten freigestellt, sich auch andere Angebote einzuholen. Aber die Schatzsucher-Etikette war diesbezüglich recht deutlich. Allerdings scherte Decker sich nicht im Geringsten darum. Erst letztes Jahr hatten sie einen Claim zweihundert Meilen westlich gesteckt und eine spanische Galeone gefunden. Dann hatten sie bemerkt, dass Decker ihnen gefolgt war und mit seinen sündhaft teuren Unterseebooten schon am Suchen war, während sie noch überlegt hatten, wie sie die Tiefe von einhundertfünfzig Metern mit ihrem Tauchequipment überhaupt stemmen sollten. Obwohl es einigen Aufruhr in der Szene verursacht hatte, wollte sich niemand mit dem mächtigen Dwight Decker und seinem Freund, dem Gouverneur, anlegen, zumal es ohnehin nichts zu finden gegeben hatte – die Galeone war leer gewesen.

Kampfeslustig sah Branson Ashley an und setzte dann eine neugierige Miene auf. »Möchtest du uns die Regeln vielleicht kurz erklären?«

»Ich hole Decker«, brummte sie und machte auf dem Absatz kehrt, um ihr Smartphone aus der Tasche zu ziehen und mit gedämpfter Stimme ein Gespräch zu beginnen.

»Also, Mr. …?«

»Fred Perkins«, stellte sich der Fremde vor. »Sehr erfreut. Sie müssen Branson McDee sein. Ich habe schon viel von Ihnen gehört.«

Branson runzelte die Stirn. Er liebte sein Schiff und seine Freunde und Crew, aber zu großer Bekanntheit hatten sie es höchstens durch ihr Pech gebracht – und das auch nur in der Szene.

»Wirklich?«, rutschte es ihm heraus.

»Ja, tatsächlich. Joe Kamaka, einundsechzig Jahre alt, geboren auf Big Island, saß zehn Jahre im Gefängnis, weil er den Liebhaber seiner Ex-Frau erschlagen hat. Die letzten zehn Jahre war er auf Kaution frei und hat noch zehn auf Bewährung«, erklärte Perkins, als redete er bloß übers Wetter. »Sie dagegen«, er deutete auf Branson, »sind Australier und werden dort unter ihrem richtigen Namen Jefferson Daunton als flüchtiger Gefängnisinsasse geführt. Aber da Ihr spektakulärer Ausbruch bereits zweiundzwanzig Jahre her und Ihr gefälschter US-Pass wirklich gute Arbeit ist, denke ich, dass diese Tatsache, gepaart damit, dass Ihre Akten in der Heimat in irgendeinem Papierarchiv verstauben, keine große Rolle spielt.«

Ashley kam zurück, und Branson nutzte den Augenblick der absoluten Verblüffung, um einen Seitenblick mit Joe zu wechseln, der aussah, als hätte er einen Geist gesehen.

»Er ist unterwegs«, sagte sie und bedachte ihn mit einem triumphierenden Grinsen.

Perkins, dieser Fremde, der über Wissen verfügte, das nur zwei Menschen auf diesem Planeten besaßen – von denen einer Joe war – setzte ein sorgloses Gesicht auf und wartete ab. Branson vermied es, Xenia anzuschauen, die gerade Dinge über ihre Chefs und Kameraden erfahren hatte, die ihr sicher noch eine Weile Kopfzerbrechen bereiten würden.

»Ich versichere Ihnen, Mister, dass die *Decker I* Sie deutlich schneller an Ihr Ziel bringen kann.«

»Ist das so?«, fragte Perkins und musterte das blitzsaubere Schiff, das erst Anfang des Jahres vom Stapel gelaufen war und in das die *Triton One* zweimal hineingepasst hätte. Bransons Schiff sah dagegen aus wie ein abzuwrackender Piratenkahn mit seinen Holzaufbauten und der breiten Wanne. Es konnte sein Alter nicht verbergen, trotz des Geldes, dass sie über die Jahre in verschiedene Überholungen und Extras gesteckt hatten.

»Oh ja. Wir haben den neuesten Elektroantrieb von B+V verbaut mit Akkupacks, die wir über ausfaltbare Solarsegel unterwegs aufladen. Das ist nicht nur schnell und effizient, sondern gut für die Umwelt!«

»Ach ja, ihr seid wirklich gute Umweltschützer, deswegen habt ihr auch den noch halbvollen Frachter *Eglund* vor der Küste versenkt, um eure neuen Taucher ausbilden zu können. Schade nur, dass da zwei Container mit Arsen drin gelagert waren. Das kann einem bei so viel Umweltbewusstsein ja schon mal entgehen«, schnaubte Xenia.

»Moment, Augenblick …«, ging Branson dazwischen und hob abwehrend beide Hände. »Ist gut. Wir sind nicht interessiert. Ihr könnt den Job haben.«

Nun schien Ashley völlig verdattert und musterte ihn abschätzig. Er konnte förmlich dabei zusehen, wie es hinter ihrer Stirn ratterte und sie sich fragte, ob sie etwas übersehen hatte, dass er so rasch klein beigab und sich zurückzog.

»Was?«, kam es schließlich aus ihr heraus.

»Du kannst den Job haben. Mr. Perkins hier – das ist übrigens sein Name – sucht eine Schiffspassage nach Maupiti, und ich denke, dass so eine Taxifahrt genau das Richtige für euch ist. Dann können wir hier wenigstens in Ruhe einen *Claim* suchen, ohne dass ihr ihn uns klaut.«

»Entschuldigen Sie, aber ich würde gerne *Ihre* Dienste in Anspruch nehmen«, mischte sich der Fremde ein wie ein Zaungast.

Branson sah zu Joe, der ein kaum merkliches Kopfschütteln andeutete.

»Tut uns leid«, sagte er laut in Perkins Richtung. »Die Fahrt dauert recht lang, und wir haben zu viel zu tun. Es gibt auch noch einige Reparaturen durchzuführen, und ...«

Weiter kam er nicht, da in diesem Moment das Röhren eines Sportwagens zu hören war. Sekunden später schoss ein knallgelber Lamborghini durch die Zufahrt und kam mit quietschenden Reifen vor Perkins SUV zum Stehen. Dwight Decker, ein solariumbrauner Mann Anfang vierzig mit graumelierten Schläfen und pomadigen Haaren, stieg aus. Sein Dreitagebart war so perfekt frisiert, dass er wie ein Statement wirkte, und seine goldene Armbanduhr rundete gemeinsam mit den Krokodillederstiefeln den Eindruck eines Playboys ab, der vergessen hatte, dass das fortschreitende Alter auch ihn betraf.

»Da bin ich!« Decker präsentierte ein viel zu weißes Lächeln, das vor Überheblichkeit troff. Branson wusste, dass Perkins es nicht erkennen würde, sondern ihn vielmehr für charmant hielt, aber so waren Blender nun einmal. Der Millionär streckte dem Fremden eine Hand entgegen und begrüßte ihn. »Ich bin Dwight Decker.« Er deutete auf sein zugegebenermaßen eindrucksvolles Schiff. »Das ist meins, und ich kann Ihnen versichern, dass es Ihre einzige Wahl ist, wenn sie einen professionellen Service erwarten.«

Branson versuchte, seine aufkommende Wut herunterzuschlucken. Decker war sich stets zu schade für direkte Angriffe und abfällige Bemerkungen und stichelte lieber indirekt. Er war nun einmal ein verlogener und gieriger Raffzahn, der sich zu präsentieren wusste und so lange mit Honig um sich warf, bis jemand kleben blieb.

»So scheint es«, stimmte Perkins ihm zu Bransons Empörung zu und seufzte. »Da Ihre Kollegen von der *Triton One* ohnehin gerade abgelehnt haben, ohne mein Angebot zu hören, bleibt mir wohl keine andere Wahl, als Ihnen meine anderthalb Millionen US-Dollar anzubieten. Ich zahle fünfhunderttausend im Voraus, fünfhunderttausend bei Ankunft am Zielpunkt und die restlichen fünfhunderttausend bei Rückkehr und Ausführung meines Auftrages.«

Joe verschluckte sich, und Branson musste ihm kräftig auf den Rücken schlagen, damit er wieder Luft bekam.

»Außerdem«, fuhr Perkins fort, »benötige ich keine Rechnung und zahle in bar.«

Xenia räusperte sich.

»Anderthalb Millionen?«, fragte Branson heiser. *In bar ohne Rechnung.*

»Ja.«

»Wunderbar, dass Sie sich für das richtige Schiff entschieden haben«, grätschte Decker dazwischen, ohne ihn auch nur eines Blickes zu würdigen. »Wann soll es denn losgehen?«

»Moment mal!« Branson machte einen Schritt vor. »Dieser Herr hat explizit nach uns gefragt.«

»Aber Sie haben abgelehnt«, wandte Perkins ein.

»Siehst du?« Decker grinste breit. »Qualität setzt sich eben durch.«

»Du kannst doch nicht einmal einen Schraubenschlüssel von einer Bohrmaschine unterscheiden!«

»Das muss ich auch nicht, weil mein Schiff im Gegensatz zu deinem nicht ständig auseinanderfällt.«

»Klar, und wenn was ist, dann hast du Leute dafür. Nicht, dass du dir Hände schmutzig machst, die nur mit dem Zählen von Geldscheinen beschäftigt sind«, konterte Branson.

»Ist da jemand neidisch?«, wollte Decker wissen und setzte

einen mitleidigen Blick auf. »Weißt du, warum du immer am Existenzminimum lebst, Branson?«

»Du wirst mich sicher gleich erhellen, auch wenn ich mir nicht vorstellen kann, dass ein reicher Erbschnösel wie du überhaupt weiß, was ein Existenzminimum ist.«

»Dir fehlt es am Verständnis des Marktes. Das beste Produkt setzt sich immer durch. Jetzt wirf einen Blick auf dein Schiff und dann auf meines. Was siehst du? Ah, aber natürlich! Du siehst einen schrottreifen Kahn aus dem letzten Jahrhundert und ein *echtes* Schiff. Geld fließt dahin, wo es sich lohnt, nicht dahin, wo das Mitleid am größten ist. Übrigens habe ich die Liegegebühr für das volle Jahr gestern für dich bezahlt. Sag also nicht, dass ich nicht großzügig wäre. Wer viel hat, trägt auch die Verantwortung, etwas an die weniger Privilegierten abzugeben.« Decker zuckte zurück, als Branson mit schäumendem Gesicht auf ihn zustürzte, und Joe ihn im letzten Moment abfing, indem er ihn mit einem seiner starken Arme wie ein Sitzgurt an seine Brust presste.

»Hey! Sachte, Bruder. Lass dich nicht von ihm provozieren!«

»Du bist ein verdammter Dieb und Betrüger!«, knurrte Branson, und das ungerührte Gesicht Deckers machte ihn nur noch wütender.

»Ein Heißsporn«, seufzte der und bedachte Perkins mit einem Blick, der zu sagen schien: »Sehen Sie?«. »Das ist natürlich ein Verhalten, das für einen Kapitän auf See ein No-Go ist. Ein klarer Kopf − auch in schwierigen Situationen − ist unabdingbar für eine Hochseereise. Das Meer ist nichts für Hitzköpfe.«

»Da stimme ich Ihnen zu«, sagte Perkins, und Branson fluchte innerlich. Er hatte schon wieder zugelassen, dass dieser Drecksack Decker ihn vorführte. Es war an der Zeit, dass er seine Emotionen besser in den Griff bekam. Aber selbst wenn: Vielleicht hätte er nicht so gierig sein und nach Perkins' Geld greifen sollen, obwohl sein Instinkt ihm sagte, schnell umzudrehen und wieder Schulklassen zu empfangen, egal wie zuwider ihm das war, oder wie demütigend und frustrierend. Dieser Mann musste tief gegraben haben, um sie überhaupt hier zu finden und zu identifizieren. Aber dass er von seiner Flucht aus Australien wusste, trieb ihm Gänsehaut über den Rücken. Niemand wusste davon, Joe war der Einzige, und jetzt war Xenia eine Mitwisserin, was alles noch komplizierter machte. Da kam ihm ein weiterer Gedanke: Was, wenn die Tatsache, dass Perkins seine Informationen direkt auf den Tisch gelegt hatte, eine unverhohlene Drohung gewesen war? Wenn er ihnen damit klarmachen wollte, dass er ihre Geheimnisse kannte und gegen sie verwenden würde, sollten sie sich weigern, ihn mitzunehmen?

Scheiße!, dachte er.

»Sie haben es sich also anders überlegt?«, fragte Perkins in seine Richtung, die Miene ungerührt und geschäftsmäßig.

»Ja«, brummte Branson, obwohl alles in ihm danach schrie, *NEIN!* zu rufen. Er sah zu Joe, der nickte. Xenia hielt sich im Hintergrund und schwieg. Vermutlich war sie damit beschäftigt, das bisher Gehörte für sich zu sortieren, und stieß immer wieder an dieselbe Hürde: warum ihr Arbeitgeber ein gesuchter Gefängnisausbrecher war. »Ja, wir kommen ins Geschäft. Ich würde vorschlagen, dass wir die weiteren Details an Bord besprechen.«

Deckers Grinsen geriet ins Wanken. »Moment mal! Ich dachte, Sie hätten sich für die *Decker I* entschieden!«

»Meine erste Wahl ist die Crew der *Triton One*«, korrigierte Perkins ihn emotionslos. »Das Schiff ist zweitrangig, zumal für meine Fracht beide geeignet sind.«

»Fracht?«, fragte Joe.

»Ihnen ist doch wohl klar, dass Sie mit diesem kriminellen Haufen nur Ärger kriegen werden?«, wandte Decker ein.

»Ärger erwarte ich, ja. Aber keinen mit Ihnen, weil Sie meinen Auftrag nicht bekommen. Oder habe ich mich in Ihrer selbst angepriesenen *Professionalität* etwa getäuscht?«

Der reiche Kapitän schien noch etwas sagen zu wollen, biss sich jedoch stattdessen auf die Zunge und packte Ashley am Arm, um sie mit sich fortzuziehen. »Komm, wir gehen.«

»Sie erwarten Ärger?« Joe musterte Perkins, doch der deutete bloß auf die *Triton One* und warf Xenia die Schlüssel seines SUV zu.

»Könnten Sie mir einen Gefallen tun und meinen Wagen irgendwo abstellen? Im Kofferraum liegt ein Aktenkoffer mit der Anzahlung.«

Xenia sah vollkommen verdattert zu Branson, doch er nickte ihr bloß zu und bedeutete ihrem Gast, ihnen zu folgen.

»Sie haben etwas von einer Fracht erwähnt?«, hakte Branson bei Perkins nach.

»Ja. Ich habe ein kleines Unterseeboot im Hafen von Big Island geparkt. Wir müssten es mitnehmen.«

»Ein U-Boot?«, Joe machte große Augen.

»Richtig. Ich muss einen Ort aufsuchen, der zu tief liegt, als dass wir ohne Hilfsmittel tauchen könnten. Das macht doch keine Umstände, oder?«

»Nein«, versicherte Branson ihm. »Wenn wir das Sonnensegel entfernen, sollte das kein Problem sein. Wie groß ist es denn?«

»Es hat nur einen Sitz, und der ist für mich. Ich habe mir die Maße Ihres Schiffes vorher angesehen und mich vor Ort davon überzeugt, dass es passen sollte.«

»Sie haben …«, setzte Branson zu einer Erwiderung an,

schüttelte jedoch den Kopf und atmete tief durch. Dieser Mann wusste Dinge über ihn, die kaum jemand sonst kannte, nicht einmal das FBI. Wenn er sich also darüber wunderte, dass er seine Hausaufgaben auch bezüglich der *Triton One* gemacht hatte, würde er sich nur lächerlich machen. »Wie es scheint, haben Sie gründlich recherchiert.«

»Natürlich«, meinte Perkins und nahm dankend Joes Hand, als er ihm dabei helfen wollte, unter dem Sonnensegel aufs Achterdeck zu steigen. Ihm entging dabei nicht, wie ihr erster Kunde seit Ewigkeiten peinlich darauf bedacht war, sich die Hose nicht schmutzig zu machen. Vielleicht hätte die *Decker I* doch besser zu ihm gepasst.

Aber Geld stank nicht, und Branson gewann immer mehr den Eindruck, dass die anderthalb Millionen tatsächlich existieren könnten, und das würde bedeuten, dass er und Joe ihren Traum von der Fahrt zum Golf von Mexiko noch nicht begraben mussten.

»Anderthalb Millionen Dollar gebe ich nicht leichtfertig aus, und meine Auftraggeber schon gar nicht. Dementsprechend hoffe ich, dass Sie diesen Auftrag so diskret und gewissenhaft ausführen, wie es eine solch hohe Summe erwarten lässt. Wir wissen alles über Sie und sind sicher, dass wir die richtige Wahl getroffen haben. Denken Sie nicht auch?«

Branson entschied sich, seine Wut auf diese unverhohlene Drohung herunterzuschlucken und so zu tun, als hätte er sie nicht bemerkt.

»Na klar. Nur eine Frage: Sie haben erwähnt, dass es Ihnen um mich und meine Crew geht und nicht um das Schiff, und dass Sie Ärger erwarten. Meinten Sie damit uns oder die Umstände Ihrer geplanten Fahrt?«

»Hoffentlich nur Letzteres«, erwiderte Perkins und sah sich auf dem Achterdeck um. Branson war erleichtert, dass Marv und Johnny offenbar schon geputzt hatten. Schließlich nickte er zufrieden. »Es ist möglich, dass wir auf der Reise den einen oder anderen Kompromiss in Bezug auf geltendes Recht eingehen müssen, wenn Sie verstehen.«

»Äh …« Das hatte er sich bereits gedacht, als er *in bar und ohne Rechnung* gehört hatte.

»Das wird doch kein Problem sein, oder?«

»Nicht, wenn Sie das Geld wirklich haben«, warf Joe ein.

»Wunderbar. Machen Sie sich diesbezüglich keine Sorgen. Ich habe außerdem ein eigenes Set an Satellitentelefonen dabei und muss darum bitten, dass Sie Ihre Geräte während der Reise abschalten und mir übergeben.«

»Was?«

»Das ist eine Voraussetzung. Mir und meinen Klienten ist Diskretion äußerst wichtig, und ich verspreche Ihnen, dass mein Equipment zuverlässig funktioniert.« Perkins deutete auf den Aufbau am Heck. »Möchten Sie mir meine Kajüte zeigen?«

»Natürlich. Joe, kannst du das übernehmen?«

»Klar, Käpt'n!« Der dunkelhäutige Hüne gab Perkins einen Wink, und sie gingen los, ehe Branson ihren Gast am Arm packte und zurückhielt. Der sah auf seine Hand hinab und hob eine Augenbraue.

»Wann geht es los?«

»Natürlich sofort.«

Kapitel 6

Lee

»Sie ist von innen verriegelt«, erklärte Lee, als Markus durch das Zarya-Modul geschwebt kam und sich an den Haltegriffen neben der Luke zum russischen Swesda abfing. Der Deutsche mit den grauen Schläfen und der hohen Stirn hatte selbige in tiefe Falten gelegt, als er den versperrten Durchgang sah.

»Hast du geklopft?«

»Klar.« Lee tippte gegen die Scheibe. »Ich habe auch gelauscht und jemanden sprechen hören, aber niemand hat reagiert. Haben Dima oder Anatoli in den letzten Stunden mit dir gesprochen?«

»Als Letztes habe ich mit Dima geredet. Er wollte nach dem EVA einen Powernap machen und sich dann auf euer Interview vorbereiten. Ich habe ihm gesagt, dass er ein verrückter Russe ist, und er meinte, das sei ein Pleonasmus.«

»Komisch«, erwiderte Lee und schwebte durch das Zarya zurück zum Unity-Node, wo er eine der Konsolen aus der Wand zog und die Lebenserhaltungssysteme aufrief. Sie zeigten keine Fehlfunktionen an. Markus tauchte neben ihm auf und tippte mit einem Finger durch das Menü, bis er die entsprechende Luke aufgerufen hatte. Sie war als elektronisch verriegelt markiert.

»Wir könnten einen Notfall-Override probieren«, schlug der ESA-Astronaut vor. »Damit würde sie sofort entsperrt.«

»Das würden die Russen niemals erlauben.«

»Wir brauchen sie ja nicht fragen. Was, wenn Anatoli und Dima etwas zugestoßen ist? Eine kritische Fehlfunktion oder so? Immerhin haben wir gerade ein neues Modul an die Station gebaut, dessen Verankerung viele als improvisiert und riskant eingestuft haben.«

»Aber die Umweltkontrolle zeigt keine Probleme an«, gab Lee zu bedenken und schüttelte den Kopf. »Nein, wenn wir das tun, sind wir unsere Jobs los.«

»Zumindest wäre der politische Druck danach groß genug, dass sie uns nie wieder hier hoch lassen«, stimmte Markus ihm zu. »Sollen wir Sarah wecken? Sie ist die Kommandantin.«

»Das ist wohl eine gute Idee. Aber sie war echt fertig. Ich telefoniere noch einmal mit Ground Control und wenn die mir keine anderen Anweisungen geben, wecke ich sie.« Lee hangelte sich an den Haltegriffen der Station durch die engen, mit Laborequipment, Laptops und Kabeln vollgestopften Module, die reichlich chaotisch aussahen, bis ins Destiny, wo er seinen Laptop aus dem Schlafmodus holte und die Verbindung nach Houston herstellte. Normalerweise waren sie gerade in ihrer Auszeit, in der man den Astronauten ihren Schlaf ließ, aber nachdem die Bodencrew informiert war, dass bei den Russen etwas Seltsames vor sich ging, durfte das nicht der Fall sein. Und so dauerte es keine zwei Sekunden, bis er auf dem Bildschirm das Gesicht von Michelle Ferguson sah, die die Nachtschicht leitete.

»Hey, Lee. Was gibt es Neues?«

»Die Luke ist verriegelt. Ich höre mindestens eine Person auf der anderen Seite sprechen, aber uns wird nicht geöffnet. Laut Umweltkontrolle gibt es aber kein Problem. Wir machen uns hier oben ein bisschen Sorgen.«

»Ja, wir haben die Daten schon gesehen. Auch auf unsere Anfragen und die der Kollegen von Roskosmos reagiert niemand. Der Direktor hat angeordnet, dass wir uns zurückhalten.«

»Was?«, fragte er ungläubig. »Die Tür ist verriegelt, und Dima und Anatoli antworten nicht!«

»Das wissen wir.« Sie sah nicht glücklich aus, schüttelte den Kopf. »Das kam eben erst von ganz oben. Wir sollen uns nicht einmischen und uns dem Protokoll entsprechend vom russischen Stationsteil fernhalten«, antwortete die betagte Physikerin mit der grauen Mähne und sah zur Seite, als jemand etwas in ihre Richtung sagte. Nach einem kurzen Augenblick wandte sie sich wieder an Lee. »Hey, wir haben gerade einen Anruf von Boris Uljana in der Leitung. Er will sich zuschalten.«

»Klar.«

Boris Uljana war der aktuelle Roskosmos-Direktor, und dass er persönlich anrief, war entweder ein sehr gutes oder ein sehr schlechtes Zeichen – jedenfalls keines, das man ignorieren sollte.

Ein zweites Bild tauchte auf Lees Laptop auf, und jetzt teilte sich Michelle das Display mit einem breitflächigen speckigen Gesicht mit roten Wangen und kleinen Augen.

»Hallo, Michelle. Hallo, Lee«, begrüßte er sie knapp. »Lee, wir geben Ihnen die Erlaubnis, einen unserer Vorrangcodes zu nutzen, um die Luke zu entsperren.«

»Äh, wie bitte?«, fragte er vollkommen verdattert.

»Der Code lautet Alpha-Alpha-Bravo-2-2-2-1-9-8-8-Zulu-Delta«, fuhr Uljana ungerührt fort. Er wirkte ein wenig gehetzt. »Sie haben hiermit die offizielle Genehmigung von Roskosmos, sich Zugang zum Zarya zu verschaffen. Wenn es ein Problem mit dem *Astron* oder Anatoli gibt, haben sie außerdem freie Hand, was eine Intervention angeht.«

Astron, das Radioteleskop. Warum betont er das so?, dachte Lee, nickte jedoch in die Kamera. »Danke, Sir. Wir kümmern uns darum. Sollten wir etwas bezüglich Anatoli wissen?«

»Nein. Verschaffen Sie sich Zugang und vergewissern Sie

sich, dass alles in Ordnung ist. Wir können unsere Kosmonauten nicht erreichen.«

»In Ordnung.«

»*Spaziba*«, bedankte sich der Direktor und verschwand aus der Leitung.

Michelle wirkte bedrückt. »Lee, ihr müsst vorsichtig vorgehen, ja? Das ist wirklich merkwürdig. So etwas hat es in der dreißigjährigen Geschichte der Raumstation noch nicht gegeben. Die Russen lassen uns nicht einmal in ihren Teil der ISS, wenn kein Kosmonaut anwesend ist, und jetzt geben sie uns den Vorrangcode für ihre Systeme. Ihr geht streng nach Boris' Vorgaben vor, verstanden? Wir haben seine Anweisungen auf Video, aber darüber hinausgehen werden wir nicht.«

»Verstanden«, bestätigte er und wechselte einen besorgten Blick mit Markus, der neben ihm schwebte und große Augen machte.

Michelle sah wieder weg von der Kamera, ehe sie mit ihrer Aufmerksamkeit zu ihnen zurückkehrte. »Wir wollen, dass ihr Headsets mitnehmt, damit wir bei euch bleiben können.«

»Geht in Ordnung. Wir melden uns.« Lee trennte die Verbindung und sah, dass sein Kollege bereits zu dem entsprechenden Frachtcompartment flog, sich davor abfing wie ein Äffchen und sich mit seinem aufgeblähten Overall so vor den Schubladen positionierte, dass er mit einer Hand sicher eine davon öffnen konnte. Er zog zwei dünne Headsets mit tiefen Ohrstücken und festen Bügeln heraus, legte sich eines an und warf das andere in Lees Richtung. Der fing es auf, nachdem es in gerader Linie mit leichter Linksdrehung in seine Finger geglitten kam und folgte Markus' Beispiel. »Das ist doch wirklich verrückt.«

»Was?«

»Dass unser Direktor uns strikt verbietet, dieser Sache nachzugehen und dann der von Roskosmos ankommt und uns geradezu aufträgt, genau das Gegenteil zu tun.«

»Ja, das ist in der Tat verrückt. Wieso sollten wir nicht versuchen, zu helfen oder zumindest sichergehen, dass niemand Hilfe braucht? Das macht keinen Sinn, und das weiß jeder Astronaut. Wir sind hier oben das Einzige, was uns am Leben hält. Die Crew.«

»Ja«, murmelte Lee.

»Sollen wir Sarah wecken?«, fragte Markus wieder.

»Nein. Wahrscheinlich ist es nichts, oder nur ein Missverständnis oder eine Fehlfunktion, und das wäre mir echt unangenehm. Falls doch etwas ist, können wir sie immer noch wecken.«

»Sie ist Ärztin«, wandte der Deutsche ein.

»Wäre es ein medizinischer Notfall, hätten uns Dima und Anatoli schon informiert«, hielt Lee dagegen und tippte den Vorrangcode in das zentrale Steuerungssystem ein, wo sich der Schnittpunkt zu dem russischen System befand, das natürlich auf Kyrillisch arbeitete. Danach wählte er die Luke zwischen Zarya- und Swesda-Modul aus und entriegelte sie mit einem Knopfdruck. Sie nickten sich ein letztes Mal zu und hangelten sich zurück. Wie zwei Fische schwebten sie geschickt an den vielen sündhaftteuren Apparaturen vorbei, umgeben von dem allgegenwärtigen Summen und Brummen der Elektrik, die diese Raumstation am Leben hielt und in Form von Kabeln und Schaltern wie ein gigantisches Wirrwarr hinter den Verkleidungen versteckt war.

Im Zarya musste Lee sich aufgrund der Enge weiter nach vorne hieven und klemmte sich dann rechts der Luke an den Haltegriff, bis Markus links angekommen war und ihm zunickte. Erst dann zogen sie daran und öffneten den Durchgang zum russischen Wohnmodul.

Was ihnen als Erstes entgegenschlug, war ein von Ozon und Schweiß geschwängerter Geruch. Anatoli klemmte vor einem Laptop, der mittels verschraubter Halterung an einem Teleskoparm aus der Wand hing. Er hatte die Beine unter sich an einem Haltegriff verknotet und sah überrascht auf, als er sie hereinkommen sah. Ein Anflug von Zorn schlich sich in seine Augen, doch der verflog rasch wieder.

»Hey, Jungs«, begrüßte er sie in gebrochenem Englisch. »Kann ich euch helfen?«

»Uns helfen?«, fragte Lee irritiert. »Die Luke war verriegelt, und du hast nicht geantwortet. Wir haben die ganze Zeit geklopft und versucht, euch zu erreichen.«

»Ah.« Anatoli machte eine wegwerfende Handbewegung. »Alles in Ordnung, Jungs.«

Lee fiel auf, dass der Russe, während er mit ihnen sprach, weiter auf seinem Laptop herumtippte und sein Lächeln reichlich gezwungen aussah.

»Wo ist Dima?«, wollte Markus wissen.

»Er schläft.«

»Wir sollten ein Interview führen«, dachte Lee laut und sah in Richtung der Schlafkabinen, die über einen winzigen Durchgang weiter hinten erreicht werden konnten, den er aus diesem Winkel aber kaum einsehen konnte. »Das war ihm eigentlich sehr wichtig.«

»Er hat gesagt, dass er müde ist und er es morgen mit dir macht.«

»Aber morgen habe ich keine Zeit, und das wusste er auch.«

Anatoli seufzte, hielt kurz in seiner Arbeit inne, drehte den Bildschirm etwas weiter von ihnen weg und blickte drein, als müsse er zwei renitenten Kindern etwas Lästiges erklären. »Hört mal, Jungs. Ich muss die ersten Analysen von Astron abschließen, und das ist eine furchtbare Plackerei. Die Luke hatte wahrscheinlich eine Fehlfunktion, aber jetzt ist sie ja wieder offen.«

»Eine Fehlfunktion? Dass sie sich automatisch verschlossen hat?«, fragte Lee ungläubig. »Und zufällig haben auch die Kommunikationssysteme versagt und du unser Klopfen nicht gehört? Was ist hier los, Anatoli?«

Etwas im Augenausdruck des Russen änderte sich. Er tippte wieder auf seiner Tastatur herum, und Lee und Markus wechselten einen Blick.

»Können wir das nicht morgen analysieren? Ich bin mir sicher, dass wir schon herausfinden, was da los war. Dass ich euch nicht gehört habe, tut mir leid. Ich war sehr vertieft, wisst ihr?« Der Russe drückte auf eine Taste und löste sich dann von dem Laptop, den er gerade zuklappen wollte.

»Nein, ich will mit Dima sprechen. Er ist Kommandant in eurem Teil«, beharrte Lee, und Anatoli hielt in seiner Bewegung inne. Er hob den Blick und seine Augen verengten sich leicht.

»Wie bitte?«

»Ich will mit Dima sprechen«, wiederholte Lee mit fester Stimme. »Jetzt.«

»Er schläft, habe ich doch gesagt.«

»Dann hast du ja sicher nichts dagegen, wenn ich ihn aufwecke?«, mischte sich Markus ein und wollte sich gerade in Richtung der Schlafkammer abstoßen, als Anatoli ihn mit ausgestreckter Hand zurückhielt.

»Moment mal. Ihr Yankees dürft gar nicht hier sein. Also, wenn ihr nicht wollt, dass ich in Moskau anrufe, dann verschwindet besser wieder.«

Die geradezu wütenden Einlassungen des Russen waren für Lee wie ein Schlag ins Gesicht. Hier auf der Station waren sie alle miteinander befreundet, lebten unter den unwirtlichsten Bedingungen, denen Menschen ausgesetzt sein konnten, umgeben von Vakuum und einer Kälte nahe am Stillstand der Atome, vierhundert Kilometer über den Köpfen aller anderen Geschöpfe. Sich aufeinander zu verlassen war die wichtigste Regel und schweißte die Crew stets in Windeseile zusammen. Es gab keinen Platz für Animositäten, und ins Astronautenkorps schaffte es ohnehin nur, wer psychisch ausgeglichen, von entspanntem Gemüt und kompromissbereit war. Anatoli war das neueste Mitglied der Besatzung und erst vor zwei Wochen mit einer russischen Sojus eingetroffen, um als Operator des Astron-Radioteleskops zu arbeiten. Doch selbst nach dieser kurzen Zeit war ein Verhalten wie dieses vollkommen inakzeptabel.

»Wir wurden von Boris Uljana persönlich autorisiert, herzukommen, um nach dem Rechten zu sehen«, knurrte Lee, der langsam die Geduld verlor. Irgendetwas stimmte nicht, das konnte er riechen und spüren. Sämtliche Haare in seinem Nacken waren aufgestellt, und die Anspannung in der recycelten Luft knisterte förmlich. »Und genau das werden wir tun. Wenn wir mit Dima gesprochen haben und sicher sind, dass ihr beide wohlauf seid, werden wir dabei helfen, nach den technischen Problemen zu suchen, die du erwähnt hast. Aber erst dann.«

»Der Direktor?« Anatoli schien überrascht, und sein Gesicht sah im kühlen Blaulicht des halb geschlossenen Laptops blasser aus als sonst und seine Augenringe tiefer.

»Ich sehe nach Dima«, entschied Markus nach einem Blickwechsel mit Lee und stieß sich mit den Füßen ab. Der Russe verlagerte seine Position und hielt sich an einer Stange zwischen zwei festgezurrten Gummimatten fest, während er dem Deutschen dabei zusah, wie er durch das Modul flog, das aussah, als wäre es in den Achtzigerjahren designt worden. Lee wartete ab, bis der Kosmonaut urplötzlich in Bewegung kam.

Der ESA-Mann war gerade auf seiner Höhe und schwebte langgestreckt an ihm vorbei, als er die Hand nach vorne riss, mit der er sich festhielt. Erst jetzt war zu sehen, dass die Stange zwischen seinen Fingern nur lose eingehakt war, als hätte er sie dort mit Absicht so platziert. Er schlug nach Markus' Kopf und traf ihn mit voller Wucht direkt hinter der Schläfe.

»Scheiße!«, fluchte Lee entsetzt und drückte sich eher reflexhaft von der Wand über der Luke ab. Wie ein Pfeil stieß er auf Anatoli zu. Der Russe geriet, von seiner eigenen Schlagbewegung in einen Drall versetzt, ins Taumeln, während aus der Platzwunde des Deutschen Blutkugeln in die Schwerelosigkeit schossen. Die Verletzung sah er nur kurz, aber sie sah nicht gut aus, und die Augen seines Kollegen waren geschlossen. Durch den Impuls auf sein Haupt drehte er sich und prallte gegen die Wand, von der er abgestoßen wurde und einen neuen Impuls bekam. Je länger es andauerte, desto mehr würde er sich verletzen.

Lee stieß mit Anatolis Brust zusammen und hörte den Kosmonauten aufkeuchen. Er drückte ihn mit dem Rücken gegen die Wand und packte mit der rechten Hand die Halterung des Laptops, um einen unkontrollierten Drall zu verhindern.

Sein Kontrahent ruderte mit den Armen und schlug sich dabei an einem Pinverschluss den Handrücken auf. Neue Blutkügelchen schwirrten durch die Schwerelosigkeit, und einige davon zerplatzten an den Wandpaneelen.

»Was ist in dich gefahren, du verdammter Mistkerl?«, knurrte Lee und fing einen Schlag des in Null-G deutlich unerfahreneren Mannes mühelos ab, tauchte unter seiner Schulter weg, als er sich zu schnell drehte, und packte ihn dann von hinten mit einem Arm um seinen Hals. Mit dem anderen bildete er einen Hebel unter seiner Hand und drückte zu, während seine Füße Halt suchten. Erst als er ihn gefunden hatte, verstärkte er die Kraft in seinem Würgearm, bis Anatoli zu röcheln begann und wirkungslos nach ihm auszuschlagen versuchte. Es nützte ihm nichts, denn Lee war nicht nur ein erfahrener Astronaut, sondern auch Soldat, und er dachte gar nicht daran, seine entsprechenden Reflexe zu unterdrücken. Erst als der Kosmonaut sich nicht mehr wehrte und erschlaffte, ließ Lee ihn nach einigen Sekunden, in denen er sicherstellte, dass er nicht hereingelegt wurde, los. Jetzt drehte er sich um und sah zu Markus, der noch immer unkontrolliert um drei Achsen gleichzeitig wirbelte. Lee behielt seine Füße verankert und lehnte sich weiter in das Modul hinein, bis er den Deutschen einfangen konnte. Das brachte ihm einen schmerzhaften Hieb gegen seine Schläfe ein, der kurzzeitig Sterne in seinem Sichtfeld tanzen ließ, aber er schaffte es, seinen Kollegen zu stabilisieren. Als Nächstes sah er sich nach einem Erste-Hilfe-Paket in Reichweite um und fand es über sich hinter einem Netz. Er zog es hervor, klemmte es zwischen seine Knie und zog ein Pflaster heraus. Es war äußerst mühselig, es korrekt auf der Platzwunde anzubringen, die seitlich auf Markus' Stirn klaffte, da jede Berührung einen Impuls erzeugte und unvorhersehbare Bewegungen mit sich brachte. Als es Lee endlich gelungen war, wickelte er einen Druckverband herum und tastete nach dem Puls seines Kollegen.

Flach, aber stabil, befand er und setzte ihn vorsichtig an einer Wand ab, die jetzt für ihn *unten* war. Dann machte er sich daran, Anatoli mit Kabeln zu fesseln, die rund um den Laptop lose an der Wand hingen. Sobald er mit seiner Arbeit zufrieden war und seinen eigenen Puls überprüft hatte, schwebte er zu den Schlafkabinen und steckte den Kopf hinein. Dima schien tatsächlich zu schlafen, aber Lee traute dem ersten EIndruck nicht und presste ihm zwei Finger gegen den Hals. Sein Herzschlag war sehr schwach und unregelmäßig, und er ließ sich selbst durch sachte Schläge auf die Wangen nicht aufwecken.

»Wir brauchen Sarah«, entschied er und ärgerte sich, dass er diese Sache nicht ernst genug genommen und sie gleich geweckt hatte. Erst jetzt fiel ihm auf, dass er die ganze Zeit über keine Stimmen in seinem Ohr gehört hatte, dabei hatte Ground Control doch im Funkkontakt bleiben wollen. Kurzentschlossen kehrte er zurück in den Hauptbereich des Swesda und wollte gerade einen Arm um den bewusstlosen Markus legen, um ihn ins Destiny-Modul zu manövrieren, als sein Blick auf den noch immer halb geöffneten Laptop fiel.

Ein kurzer Blick wird ja nicht schaden. Was zur Hölle hat der Kerl da gemacht?, dachte er und klappte den Bildschirm ganz auf. Er sah ein Diagramm, das zuerst keinen Sinn machte, bis er aus den Fundamentaldaten ablesen konnte, dass es sich um einen Sensortest des Astron-Teleskops handelte. Ein weiterer Reiter zeigte das Steuerungsprogramm für die Ausrichtung der Schüssel und einen digitalen Notizzettel mit exakten kosmischen Koordinaten. Lee kehrte zu dem Diagramm zurück und verfolgte die Signalstärke und relative Position der beiden Achsen.

Die haben schon was gemessen? Die Daten – sofern sie echt waren – ließen keinen Zweifel zu: Astron hatte ein Radiosignal entdeckt. Aber warum sollte Anatoli seinen eigenen Landsmann und Kollegen aus dem Weg schaffen, um ein wissenschaftliches Experiment zu machen? Und wieso sich dafür abschotten? Lee musterte die Koordinaten des Signals, als der Bildschirm plötzlich auf Russisch ›Herunterfahren‹ anzeigte, zusammen mit einem Kringel, der sich im Kreis drehte. Dann war der Monitor schwarz, und der Laptop ließ sich nicht mehr einschalten.

»Was zur Hölle?«, murmelte er und wich zurück. Dabei

stieß er gegen Markus und erinnerte sich daran, dass er noch etwas Wichtigeres zu tun hatte. Er brachte seinen europäischen Freund ins Destiny-Modul und weckte Sarah auf, die wie eine Tote in ihrem Mumienschlafsack steckte, der nur ihr hübsches Gesicht freiließ. Um Brust, Bauch und Beine waren dicke Gurte festgeschnallt, die sie an Ort und Stelle hielten. So wie er hereingeschwebt kam, lag sie für ihn relativ gesehen auf dem Kopf und so drehte er sich erst einmal um seine Querachse, ehe er die Verschlüsse löste und an ihrer Schulter rüttelte.

»Sarah!«

»Hm?«

»Sarah, wach auf!«, sagte er lauter.

Als sie ihre Augen öffnete, waren diese klein und gerötet. Verwirrt sah sie sich um und dann in sein Gesicht. »Lee? W-was ist los? Mein Wecker hat gar nicht geklingelt.«

»Es gab einen Zwischenfall.«

Sarah war sofort wach und schälte sich aus dem Schlafsack.

»Was ist passiert?«

»Anatoli hat Markus angegriffen und vielleicht auch Dima. Sie sind alle bewusstlos, und ich glaube, sie brauchen deine Hilfe.«

»Was?«, fragte sie ungläubig, als sie durch den Durchgang zum Destiny glitten, wo Markus wie ein Dummy mit verbundener Stirn in der Luft lag. Er erzählte ihr rasch, was vorgefallen war – mit einiger Erleichterung, dass sie keinen Wutanfall bekam, weil er sie nicht sofort geweckt hatte – während sie sich eingehender um ihren verletzten Kollegen kümmerten. Seltsamerweise war Ground Control auch wieder zu hören und versicherte ihm, dass sie keine Verbindung gehabt hatten, als er im Swesda gewesen war. Als Sarah Markus nach der Behandlung in seine Schlafkabine verfrachtete und ihn an einen Null-G-Tropf anschloss, kehrte Lee ins Swesda zurück, wo Anatoli mittlerweile aufgewacht war und ihn wütend anstarrte.

»Du verdammter Mistkerl!«, knurrte er ihn an. »Bist du vollkommen irre geworden?«

Der Russe antwortete nicht.

»Was hast du hier getrieben? Wieso ist dein Laptop eingefroren? Du willst nicht reden, was? Ich bin mir sicher, das wird sich ändern, sobald du zurück in Baikonur bist. Und warum gibt es hier keinen Funkempfang? Was hast du angestellt?«

Sarah kam herein, würdigte Anatoli keines Blickes und glitt behände direkt zu den Schlafkabinen, wo sich der bewusstlose Dima befand. Der Medizinkoffer auf ihrem Rücken beulte sich aus wie ein Geschwür. Lee bemerkte, wie Anatolis Blick kurz nach oben ging, bevor er rasch wieder zu ihm schaute.

»Was ist da?«

»Nichts«, zischte der Kosmonaut mit düsterer Miene. Aber Lee ließ sich davon nicht beeindrucken und schwebte zu der Stelle, auf die Anatoli gerade geschaut hatte. Dort gab es ein kleines Panel mit der kyrillischen Aufschrift für »Wartung 2«. Wie gut, dass Astronauten der ISS noch immer Russisch lernen mussten. Er suchte nach einem Akkuschrauber und öffnete das Panel. Dahinter verliefen diverse Kabel mit Kennnummern, die er nicht zuordnen konnte, da er an diesem Teil der Station nicht ausgebildet war. Was er aber erkannte, war ein kleines Gerät, nicht größer als die Faust eines Babys. Es handelte sich um einen schmucklosen Kubus, der an einem der Kabel klemmte und einen stechenden Ozongeruch ausströmte. Er überlegte einen Augenblick, ob er das Ding entfernen sollte, entschied sich jedoch dagegen. Auf einer Raumstation tat man nichts, von dem man sich nicht absolut sicher war, dass es so sein musste. Das war so etwas wie die wichtigste Regel.

»Sarah?«

»Ja?«, kam die knappe Antwort aus der Schlafkammer.

»Ich gehe ins Unity und spreche mit Michelle. Bin gleich wieder da. Wenn was ist, ruf einfach!«

»Ja.«

Lee schwebte zurück durch das Zarya und glitt zu seinem Arbeitslaptop, wo er eine Verbindung mit Houston öffnete. Michelles Gesicht war sofort da.

»Lee.«

»Ich brauche eine private NASA-Verbindung.«

»Ist sie bereits. Wir gehen aktuell keine Risiken ein.«

»Gut. Ich glaube, dass Anatoli die Funkanlage des Swesda sabotiert haben könnte. Ich habe …« Er stockte und atmete tief durch, bevor er fortfuhr: »Ich habe nachgesehen, was er auf dem Laptop für das Astron gemacht hat, als er sich eingeschlossen hat.«

»Lee, du weißt, dass …«

»Ja, ich weiß, aber ich wollte wissen, warum er Dima augenscheinlich kaltgestellt hat.«

Michelle sah aus, als würde sie sich unwohl in ihrer eigenen Haut fühlen und blickte sich an ihrem Platz in der letzten Reihe des Kontrollzentrums um. »Und?«

»Das Teleskop war schon online, offenbar für einen Testlauf, und es hat ein Signal aufgefangen. Kurz nachdem ich mir die Daten angesehen habe, ist das ganze Betriebssystem abgestürzt und ließ sich nicht mehr starten. Ich habe gesehen, dass eine Internetverbindung aktiv war.«

»Ein softwareseitiges Problem?«

Lee nickte. »Ich glaube, dass jemand Zugriff darauf hatte.«

»Also haben die Russen ihr neues Spielzeug direkt in Betrieb genommen. Das wirkt ein wenig unnötig hektisch für einen Forschungsgegenstand, aber erklärt noch nicht …«

»… warum Anatoli deswegen wie ein Saboteur vorgeht! Ich dachte mir, dass ihr euch die Koordinaten mal ansehen könnt. Vielleicht verrät uns der Ursprung des Signals mehr über diesen verrückten Vorgang«, unterbrach Lee Michelle und erntete eine hochgezogene Braue.

Schließlich seufzte sie jedoch nachgiebig. »In Ordnung. Schick sie mir rüber. Ich werde fragen, ob unsere Leute vom VLA in New Mexico einen Blick drauf werfen können. Der Direktor wird sicherlich nichts dagegen haben.«

»Anatoli hat irgendetwas zu verbergen. Er ist nicht einfach verrückt geworden. Im Gegenteil, er ging sehr systematisch vor, und wenn ich mir seine Berufungshistorie so ansehe, scheint mir irgendwas faul.«

»Wir haben leider keinen Einfluss darauf, wen sie hoch-schicken. Wenn Roskosmos meint, unter Einfluss aus dem Kreml den Schützling eines Oligarchen nominieren zu müs-sen, dann ist das so. Das schließt wohl einen der Leibwächter von Juri Golgorow ein, der für ein paar Wochen im Weltall beweisen soll, wie viel Macht sein Herr hat. Es ist eine Farce, Lee, aber wir müssen da mitspielen.« Ihr Blick glitt zur Seite. »Boris Uljana ruft an. Ich regle das.«

Er nickte dankbar und beendete die Verbindung, ehe er zu Sarah zurückkehrte.

Kapitel 7

Jenna

»Keine Zeit!«, rief Jenna über das Dröhnen der Außenborder hinweg und schaltete die Motoren aus. Während der letzten Meter, die ihr Zodiac auf die kniehohe Brücke über der Wasserlinie am Heck der *Wiesbaden* über die sanften Wellen zuglitt, warf sie ihre MP5 über Bord, umrundete die Pilotenkanzel und zog den Kontaktmann auf die Beine. Trotz seiner schweren Verletzung spielte er seine Rolle gut, hatte noch immer die leergeschossene Pistole in der Hand, deren Schlitten nach hinten eingerastet war und kämpfte sich mit ihrer Hilfe hoch. Jenna ignorierte die beiden Schusswaffen, die von den Crewmitgliedern auf sie gerichtet wurden. »Könntet ihr mit anpacken?«

»Keine Bewegung!«, knurrte einer von ihnen. Seinem Teint nach stammte er aus Europa oder Nordamerika.

»Sogar von hier müsst ihr die Explosion gesehen haben!«, keifte sie zurück, setzte sich auf die Brücke und zog den Kontaktmann zwischen ihren Beinen hoch auf die Yacht. Die beiden Bewaffneten zögerten und machten je einen halben Schritt zurück, als hätte sie eine ansteckende Krankheit.

»Eine Falle!«, keuchte der junge Mann, den sie neben sich auf die eingefassten Holzplanken hievte. »Ein Scharfschütze hat Xiami erwischt und dann war überall Polizei.«

»Wer ist die?«, fragte einer der Gorillas auf Deutsch.

»Seine Leibwächterin. Hat mich rausgeholt, als ich getroffen wurde«, antwortete er auf Englisch. »Wir …« Er verzog vor Schmerzen das Gesicht. »Wir müssen weg. Sofort!«

Wieder gab es eine Pause. Jenna sah auf, während die beiden Crewmitglieder sich unschlüssige Blicke zuwarfen und dann den Horizont musterten, wo die Silhouette von Malakka aus dem Meer ragte. Schließlich nickte einer von ihnen Richtung Treppenaufgang, worauf der andere loslief und dabei sein Funkgerät zückte. Kurze Zeit später kamen zwei weitere Männer und trugen den Verletzten fort. Jenna nickte ihm zu, doch seine Erwiderung war hasserfüllt.

Hättest ja nicht den starken Macker spielen müssen, dachte sie und ließ eine ziemlich unsittliche Durchsuchung über sich ergehen.

»Irgendwas gefunden, dass du noch nicht kennst?«, knurrte sie.

»Halt's Maul und beweg dich«, schnauzte einer sie an und zeigte mit dem Lauf seiner Pistole auf den rechten Treppenaufgang. Er scheuchte sie über einen mit wetterfesten Sofas gesäumten, überdachten Außenbereich durch eine Glastür in ein Wohnzimmer. Dort saß ein untersetzter Mann mit schütterem Haar und hochgekrempelten Ärmeln auf einem Sofa. In den Händen hielt er eine Zeitung. Goldschmuck zierte seine Finger sowie Handgelenke, und sein Gesicht war das eines grobschlächtigen, aber gebildeten Menschen, der erst spät zu viel Geld gekommen war. Um ihn herum war alles prunkvoll, von den Mahagoniarmaturen über die goldverzierten Zierelemente bis hin zum penibel gewienerten Boden. An einem Esstisch saß eine Frau mit zwei kleinen Kindern, denen sie offenbar bei den Hausaufgaben half, vor einem riesigen Fernseher.

»Das ist sie, Boss«, sagte der Gorilla in ihrem Rücken und stupste Jenna mit der kalten Pistolenmündung in die Wirbelsäule, was ihr einen Schubs nach vorne gab.

Der »Boss« sah auf und legte die Zeitung zur Seite. Sein Blick war feindselig und berechnend.

»Wer sind Sie?«, fragte er mit deutschem Akzent.

»Ich bin Xiamis Leibwächterin.«

»Er hatte noch nie eine Leibwächterin.«

»Sie haben mich bloß nicht gesehen. Ich bin gut in meinem Job«, entgegnete sie kühl.

»Ihr Mandant ist tot. Das haben Sie meinen Männern gesagt.«

»War eine Falle, lag nicht an mir. Sie haben doch nichts damit zu tun, oder? Ich kenne eine Menge Leute, die sonst ziemlich sauer werden würden.« Jenna hatte kaum ausgesprochen, da bekam sie von hinten einen brutalen Schlag in die Nierengegend und sackte auf die Knie. Die Schmerzen breiteten sich aus wie entzündetes Napalm und beinahe hätte sich ihre Blase entleert.

»Nennen Sie mir einen Grund, warum ich Sie nicht hier und jetzt erschießen sollte«, forderte sie der »Boss« geradezu gelangweilt auf und musterte sie eingehend.

»Ich hätte einen, aber den würde ich lieber der Person mitteilen, die hier das Sagen hat.«

»Wie bitte?«

»Ersparen Sie mir das billige Spiel. Sie haben hier nicht das Kommando und nach dem, was ich am Hafen erlebt habe, sollten wir schleunigst von hier verschwinden, bevor Helikopter und Schnellboote anrücken«, entgegnete Jenna genervt und stand wieder auf, um sich hin und her zu bewegen. Die Schmerzen ließen nur langsam nach.

»Was hat mich verraten?«, wollte die Frau wissen, die vom Tisch aufstand und zu ihnen herüberkam. An den Mann gerichtet sagte sie: »Geh mit den Kindern runter.«

Er stand auf, nickte und folgte der Anweisung. Die eigentliche Besitzerin der *Wiesbaden* war über sechzig, hatte lange graue Haare, die zu einem dicken Zopf geflochten waren. Sie besaß die sehnig-schlanke Statur einer Asketin, und ihre eingefallenen Wangen mit dem Ansatz einer Hakennase verliehen ihr das Äußere einer altertümlichen Hexe, wären da nicht der volle Mund und die großen, wachen Augen gewesen. Sie bedeutete Jenna, sich zu setzen, und tat es ihr dann gleich.

»Ein Krimineller, der mit Substanzen handelt, an die nicht einmal die CIA herankommt, hat es nicht nötig, seine Geiseln zu verprügeln, um seine Macht zu demonstrieren. Seine *Russischer-Oligarch-Nummer* war nicht schlecht, aber solche Leute legen ihre Rolex niemals ab. Seine ist verrutscht, und die Haut darunter war braun. Keine Abdrücke, nichts. Er hat sie extra angelegt«, zählte Jenna auf. »Außerdem hat er die wichtigste Frage nicht gestellt, und mit fehlender Umsicht und Direktheit bringt man es nicht zu einem Schiff wie diesem hier und einem Kontakt wie meinem Boss.«

»Was ist denn die *wichtigste Frage*?«, wollte die Frau wissen.

»Für welche Behörde ich arbeite, natürlich.«

Ihre Sitznachbarin überschlug die Beine und lächelte. Es war ein falsches Lächeln, berechnend und alles andere als belustigend oder *nett*. Ihre aufblitzenden weißen Zähne waren die eines Raubtiers im Schafspelz.

»Und? Für welche Behörde arbeiten Sie?«

»Die CIA«, sagte sie unumwunden, und ein kurzer Moment der Überraschung huschte über das Gesicht der Frau. »Was? Haben Sie gedacht, dass ich irgendeine schlechte Lüge erfinde? In Ihrem Gewerbe erkennen Sie Unwahrheiten auf eine Meile Entfernung gegen den Wind, oder Sie gehen drauf, ehe Sie über das Meer schippern und Deals mit den großen Kids machen können.«

»Gut, und was also sollte Ihrer Meinung nach meine nächste Frage sein, wenn Sie ohnehin schon so gut Bescheid wissen?«

»Warum Sie mich nicht auf der Stelle töten sollten.«

Jenna hätte beinahe gelächelt, als sie hörte, wie die Motoren gestartet wurden und das Deck unter ihren Füßen zu vibrieren begann.

»Und was ist die Antwort?«

»Die Antwort ist, dass Sie davon keinen Vorteil hätten. Ihr Gorilla mit der harten Rechten hier«, Jenna nickte in Richtung des muskelbepackten Crewmitglieds, das keine zwei Meter entfernt stand und die Hände über der Pistole vor der Hüfte gefaltet hielt wie ein Türsteher, »hat mich sicher schon auf Wanzen gescannt, als wir hier hochgekommen sind. Mich zu töten wäre eine Verschwendung von Ressourcen und wieso sollten Sie eine Karte aus Ihrem Stapel geben, die Sie noch nicht umgedreht haben?«

»Viele Spiele erlauben keinen Joker«, gab die ältere Frau zu bedenken.

»*Ihr* Spiel lebt von ihnen.«

»Also gut. Ich höre Ihnen … sagen wir … zehn Minuten lang zu, bevor ich Sie zu den Haien schicke. Was halten Sie davon?«

»Einiges. Sicher wollen Sie wissen, wie ich zu Xiamis Leibwächterin werden konnte, denn er ist genauso paranoid wie lüstern«, sagte Jenna.

Ihre Gegenüber sah auf ihre Armbanduhr und machte ein fragendes Gesicht.

Also gut. Alles auf eine Karte. Wie immer.

»Am 7. April 2016 ist in Sibirien Anthrax ausgebrochen. Der erste Fall seit fünfundsiebzig Jahren«, sagte Jenna. »Der kleine Ort Chatanga im arktischen Norden war betroffen. Ein BND-Agent war zufällig vor Ort, als es passiert ist. Der Erreger steckte im Permafrost. Durch die milden Temperaturen ist er angetaut, und eine Gasblase hat sich gelöst. Der halbe Ort ist eingestürzt, und die überlebenden Bewohner haben sich an den dadurch freigelegten Tierkadavern angesteckt, die möglicherweise bereits seit tausenden von Jahren im Eis konserviert waren. Russland hat Unterstützung durch die WHO in dem Fall abgelehnt, obwohl der BND-Agent nach Berlin gemeldet hat, dass womöglich mehrere hundert Menschen infiziert sind. Als wir dann eigene Informanten vor Ort htten, waren alle Bewohner verschwunden und wir fanden heraus, dass sogar die russische Regierung nach ihnen suchte. Vor einem halben Jahr wurde in Paris der Dissident Aleksander Chrogaschwili ermordet, einen Monat später Sergej Morosow und Boris Tatischtschew in Sofia. Wissen Sie, was alle drei gemeinsam haben? Natürlich wissen Sie es: Alle drei sind Kinder russischer Oligarchen, die viel Einfluss im Kreml haben. Sind aber auch bekannt dafür, Fehden mit Juri Golgorow auszutragen, der nicht bloß den Pharmariesen Golgorow Sistema besitzt, sondern auch nicht unerhebliche Teile eingemotteten russischen Kriegsgeräts ins Ausland verkauft haben soll.«

»Ich bin immer gerne informiert, aber warum erzählen Sie mir das?«, fragte die grauhaarige Frau gelassen.

»Alle drei Morde wurden von einer Person begangen, die es eigentlich gar nicht mehr geben dürfte, weil sie vermutlich mit Lungenmilzbrand infiziert war und aus Chatanga stammte: Pjotr Wolkonski. Bei der Flucht vor der Pariser Polizei wurde er nachweislich angeschossen und schwer verletzt, aber einen Monat später begeht er den Doppelmord an Morosow und Tatischtschew. Wie ist das möglich?«

»Er hat vermutlich sein Grünzeug aufgegessen. Ich bin keine Ärztin, aber Sie haben nur noch drei Minuten Zeit.«

»Vor zwei Monaten erschüttert eine Autobombenexplosion Shanghai. Das Opfer ist ein hochrangiges Parteimitglied, das ein Korruptionsverfahren gegen Chiu Wai einleiten wollte, einen seltsam reichen Unternehmer, dafür, dass er nicht besonders viel Umsatz macht. Der Täter? Pjotr Wolkonski«, fuhr Jenna ungerührt fort. »Wo ist die Verbindung zwischen Wai und Golgorow, und was hat ein eigentlich totes Milzbrandopfer mit beiden zu tun? Als wir herausfanden, dass selbst der KGB keine Idee hat und das halbe Land umkrempelt, wurden wir hellhörig.«

»Milzbrand soll doch angeblich heilbar sein.«

»Dank eines neuen Medikaments von Golgorow Sistema.« Jenna schnaubte. »Befindet sich in der klinischen Phase und soll eine Heilungsrate von einhundert Prozent haben. Das stinkt doch zum Himmel.«

»Sie sind sicher nicht gekommen, um mit mir über Medikamentenforschung zu sprechen?«, fragte die Frau, sah auf die Uhr und rieb sich über die Knie, die von ihrem Kleid bedeckt waren. »Danke, dass Sie mich auf den Kenntnisstand der CIA gebracht haben, das war hilfreich. Leider muss ich mich jetzt um wichtigere Dinge kümmern, und Sie haben eine Verabredung mit den Haien.«

»Wer sind Sie, und warum wollte Xiami den Kontakt zwischen Ihnen und Chiu Wai herstellen?«

»Ach, kommen Sie. Sie haben so gut angefangen. Sehr abgeklärt und klug für eine so junge Frau. Zerstören Sie diesen Eindruck nicht in Ihren letzten Minuten durch Naivität.«

»Sie werden mich nicht töten«, befand Jenna.

»Nein?«

»Nein. Ich weiß nichts über Sie, außer wie Sie aussehen, dass Ihr Schiff unter der Flagge der Seychellen fährt – wie so ziemlich jedes andere auch –, und es sich um eine Yacht von der Stange handelt. Wenn ich noch nie von Ihnen gehört habe, hat es die Agency auch nicht. Das heißt, dass Sie Ihren Job gut machen und Sie uns bisher nicht in die Suppe gespuckt haben. Wenn Sie mich töten, dreht meine Behörde jeden Stein um. Vielleicht dauert es fünf Jahre, bis sie Sie schnappen, oder auch zehn, aber Sie werden geschnappt. Die

Zeit dazwischen dürfte nervig werden. Geben Sie mir etwas und lassen Sie mich gehen, dann folge ich meiner Spur und Sie gehen Ihres Weges.« Jenna konnte sehen, wie es im Gesicht ihrer Gegenüber arbeitete. »Kein guter Spürhund geht seine Fährte rückwärts.«

»Ich bin alt. Ich kann das aussitzen.«

»Sie haben scheinbar Enkelkinder. Wollen Sie Ihre letzten zwanzig Jahre auf der Flucht verbringen? Nie mit ihnen eine Stadt oder einen Park besuchen? Keine Sandburgen bauen? Wofür der ganze Reichtum, wenn Sie ihn nicht mehr nutzen können?«

»Ich kenne Golgorow nicht, aber ich hatte eine kurze Geschäftsbeziehung mit Xiami.«

»Was ist Ihr Geschäft?«

»Man könnte sagen, dass ich im Logistikgewerbe in China tätig bin«, antwortete die Frau etwas nebulös. »Das sollte Ihnen reichen. Ich nenne Ihnen den Ort, wo ich Xiami getroffen habe. Was Sie damit machen, ist Ihre Sache.« Sie gab ihrem Gorilla einen Wink, der daraufhin einen Stift zückte und ihn ihr reichte. Nach einer eindeutigen Geste streckte Jenna ihr ihre Hand hin, und sie begann drei chinesische Schriftzeichen in ihre Innenfläche zu schreiben. »Jetzt runter von meinem Schiff. Unser Deal ist zu meiner Zufriedenheit, aber es wird der Einzige sein. Wenn ich Sie noch mal sehe …«

»Schon klar. Eine Sache noch, das Satellitentelefon. Ich will es zurückhaben.«

»Natürlich wollen Sie das.« Die Frau lachte und machte eine wedelnde Geste mit ihrer Rechten. Der Mann mit der Pistole zerrte Jenna grob auf die Beine und stieß sie in Richtung Tür. Die Maschinen der Yacht drosselten die Fahrt, und es wurde ein kleines Schlauchboot mit winzigem Außenborder aus einem Verdeck geholt, in das man sie grob hineinstieß. Als die *Wiesbaden* wieder beschleunigte, kenterte sie in ihrer Nussschale beinahe aufgrund der entstehenden Bugwellen.

Das hätte auch schlechter laufen können, dachte sie, wischte sich die Gischt aus dem Gesicht und packte den Hebel des kopfgroßen Motors. Bis zum Festland war es eine lange Fahrt, und ihr Boot war nicht schnell. Der Wellengang war vernachlässigbar, obwohl er ihr deutlich stärker vorkam als auf dem viel größeren Zodiac mit dem harten Rumpf. Je näher sie der malaysischen Küste kam, desto häufiger sah sie einzelne Fischerboote, die nach ihren Bojen suchten, an denen die Fangleinen befestigt waren. Sie schienen sich allerdings nicht besonders für ein winziges Schlauchboot mit Außenborder zu interessieren.

Bis an Land brauchte sie beinahe zwei Stunden und war entweder stark abgetrieben oder hatte sich verschätzt, denn sie war nicht einmal in der Nähe von Malakka. Stattdessen musste sie an einem unbewohnten Küstenstreifen entlangfahren, bis ihr Sprit aufgebraucht war. Sie setzte das Boot an den langen Sandstrand und zog es ein Stück hinauf, ehe sie weiterging. Schließlich fand sie eine Schotterstraße, die auf eine ausgedehnte Palmölplantage führte, wie sie hier überall vorkamen. Irgendwann traf sie auf einen älteren Mann mit Gebetskappe, die viele Malaysier im Alltag und während der Arbeit trugen. Er stand hinter einem rostigen Toyota Pick-up und verlud Bastkörbe mit kopfgroßen Palmfrüchten.

»He!«, rief er mit finsterer Miene, als er sie sah. Ein Schwall Malaysisch folgte. Sie verstand kein Wort.

»Ich habe mich verlaufen. Ich muss telefonieren!«, sagte Jenna und betonte jede Silbe, ehe sie sich pantomimisch ein Handy ans Ohr hielt.

»No! No!«, sagte der Mann und wedelte abwehrend mit seinen Händen vor ihrem Gesicht herum. Sie stellte sich dumm und lächelte, ehe sie erneut das Zeichen für ein Handy machte. Schließlich stieß er eine Reihe unverständlicher Flüche aus, ging zur Fahrerkabine und zog die rostige Tür auf. Als er sich wieder zu ihr umdrehte, hielt er ihr widerwillig ein uraltes Nokia-Telefon hin.

»Danke!« Jenna strahlte unbedarft und wählte eine Nummer. Als die Verbindung stand, sagte sie: »Die Winde des Westens bringen Wärme. Acht-vier-sieben-eins-Washington.«

Eine ungewöhnlich lange Stille trat ein, während der der Plantagenarbeiter sie argwöhnisch musterte. Aber er verstand kein Wort, so viel war aus seiner ledrigen Miene abzulesen.

»Jenna? Wofür brauchst du eine Extraktion?«, fragte der Deputy Director, nachdem es kurz in der Leitung geknackt hatte. »Und was ist das für eine Nummer?«

»Ich habe einen wichtigen Hinweis bekommen, allerdings stecke ich jetzt in der Pampa südlich von Malakka fest«, erklärte sie mit aufgeregtem Blick und wilden Gesten. Sollte der Arbeiter ruhig denken, sie hätte sich verlaufen, und ihr Freund müsse sie abholen. Immer diese Touristen.

»Geht es dir gut?«

»Ja, ja, alles bestens. Ich musste ein wenig improvisieren. Das Handy gehört einem Plantagenarbeiter, kannst du es anpeilen?«

»Schon dabei, gib uns etwas Zeit. Ich werde sehen, was sich machen lässt. Wir haben niemanden in der Nähe, aber ich kann mich unter den Five Eyes umhören. Die Aussies werden bestimmt Agenten vor Ort haben. Es gibt da noch den einen oder anderen Gefallen, den ich gut habe.«

»Danke.«

»Was hast du rausgefunden?«

»Ist die Leitung sicher?«

»Sonst würde ich nicht fragen. Gib mir ein kurzes Update von Beginn an«, bat der Deputy Director.

»Juri Golgorow war die richtige Spur. Er ist bei dem Abschuss von MH17 ums Leben gekommen, aber danach wieder in Erscheinung getreten, wenn auch nicht direkt gesichtet.«

»Was ist mit der Substanz?«

»Darauf habe ich keine Hinweise gefunden. Weder Xiami noch die Person, mit der er hier Kontakt aufnehmen sollte – eine Frau, möglicherweise Deutsche, vielleicht war das aber auch nur eine Ablenkung – haben mit der Substanz zu tun. Falls MH17 deswegen abgeschossen worden ist, dann wussten sie entweder nichts davon oder interessierten sich nicht dafür. Beide waren bloß Handlanger, Glieder in einer langen Kette«, sagte Jenna. Der Plantagenarbeiter wurde ungehalten. »Irgendjemand hat Juri Golgorow beerbt und führt weiter, was auch immer er in Sibirien ausgeheckt hat, und China – oder zumindest mächtige Chinesen – scheinen mit drin zu hängen.«

»Also zeigt deine Spur nach China? Das ist heikel, Jenna. Du weißt, wie angespannt die Beziehungen zum Reich der Mitte ohnehin schon sind.«

»Es ist nicht meine Aufgabe, darüber nachzudenken.« Sie blickte in ihre Handfläche und prägte sich einmal mehr die drei Schriftzeichen ein. »Diese Frau, die ich getroffen habe … sie ist abgebrüht und klug. Lange im Geschäft und äußerst berechnend.«

»Ein Schatten?«

»Ja.« Als *Schatten* bezeichneten sie bei der CIA Großkriminelle, die sich stets im Hintergrund hielten und auf magische Weise niemals in Erscheinung traten. Ihre Finger reichten beinahe überall hin, und doch wurde man ihrer kaum jemals habhaft. Sie galten als die wirklichen Mächte, mit denen man es in diesem Spiel im Dunkeln zu tun hatte. »Ich habe einen Deal mit ihr gemacht, und ich schätze sie als jemanden ein, der sich daran hält.«

»Sie hat dir etwas Nützliches verraten?« Der Deputy Director klang ungläubig.

»Ich denke ja, aber nichts, das sie oder ihren Job gefährden würde. Für mich nützlich, für sie entbehrlich.«

»Also ist dieser Job entweder schon gelaufen, und die Anbahnung durch Xiami war für eine erneute Zusammenarbeit gedacht, oder aber das, was du bekommen hast, ist einen feuchten Furz wert.«

»Das werde ich wohl herausfinden müssen.«

»Du willst, dass wir dich nach China einschleusen?«

»Ja. Mir wurde ein Ort genannt, an dem ich Antworten finden würde.«

»Klingt wie eine Schnitzeljagd.«

»Du möchtest wissen, was *Compound X* ist?«

»Schon gut. Ich lasse dich abholen. Geh zur nächsten Straßenkreuzung. Das Telefon ist geortet.«

Jenna legte auf und wollte die gewählte Nummer löschen, aber das Handy war auf Malaysisch eingestellt, also gab sie die Versuche auf und händigte es dem unfreundlichen Kerl aus.

»Danke vielmals.«

Sie ging den Weg weiter, bis sie auf eine kleine geteerte Straße traf, setzte sich dort unter eine Palme in den Schatten und wartete insgesamt vier Stunden, bis ein alter Pick-up auftauchte und neben ihr anhielt. Er sah dem des Plantagenarbeiters nicht unähnlich. Eine Frau saß am Steuer, asiatische Züge, durchtrainiert, wacher Ausdruck. Sie nickten sich stumm zu, dann fuhr sie los. Nach einem Blick auf den Rücksitz fand sie einen Rucksack und eine Umhängetasche, in der sich ein Pass, ein Smartphone, fünftausend Dollar in bar und ein Make-up-Set befanden. Jenna richtete das Telefon ein und googelte nach den drei Schriftzeichen.

Hm, das wird interessant, dachte sie.

Kapitel 8

Branson

Branson stand mit verschränkten Armen auf dem Gittersteg hinter der Brücke und starrte auf das Achterdeck hinab. Das Sonnensegel hatten Marv und Johnny zu einer Plane umfunktioniert, mit der sie das fünf Meter lange U-Boot abgedeckt hatten, das nun wie ein verhüllter Zylinder zwischen den Sitzbänken vertäut war. Die schweren Zurrgurte waren in den dicken Lastenösen im Deck verankert und sorgten dafür, dass es sich selbst bei dem aktuell beachtlichen Wellengang keinen Zentimeter bewegte.

»Sieht aus wie ein Weihnachtsgeschenk, oder?«, meinte Joe, der sich zu Branson gesellte und sich eine Zigarette ansteckte. Joe hielt ihm die Schachtel hin, und Branson nahm ebenfalls eine und entzündete sie an Joes hingehaltenem Sturmfeuerzeug. Nach ein paar tiefen Zügen nickte er.

»Stimmt. Auch wenn mir das Teil nicht ganz geheuer ist.«

»Wieso nicht? Hat zumindest keine russischen Torpedos an Bord oder sowas.«

»Nein, aber das Ding selbst ist sicher ein Vielfaches von unserem Lohn wert.«

»Ich weiß, worauf du hinaus willst. Geh nicht in diese Richtung, alter Freund«, seufzte Joe.

»Ich meine ja nur. Er reibt uns unter die Nase, dass wir Kriminelle sind und vertraut uns dann sein sündhaft teures Spielzeug an?« Branson schüttelte den Kopf und stützte sich mit den Unterarmen auf der vom Salzwasser klebrigen Brüstung ab. »Wir wissen außerdem, dass er mindestens eine weitere halbe Million in seiner Kabine hat. Wer sucht freiwillig

127

nach Verbrechern, mit denen er mit so einer Fracht ins Nirgendwo des Pazifiks aufbrechen kann?«

»Na ja, er scheint sich genauestens informiert zu haben. Er weiß mit Sicherheit, dass du wegen eines Banküberfalls gesessen hast, bei dem zwar jemand gestorben ist, aber nur, weil du bei der Rettung deines Kameraden durchs falsche Fenster gesprungen bist. Ich habe meine Ex-Frau beim Fremdgehen erwischt und ihren Liebhaber im Affekt angegriffen, und er ist ungünstig mit dem Hinterkopf aufgeschlagen und ums Leben gekommen. Ich habe im Knast zu Jesus gefunden, und wir beide sollen die schlimmen Schurken sein, vor denen er sich fürchten muss?« Der alte Seebär winkte ab. »Vergiss es. Wir sind die Cola Light des Bösen, Branson. Wir sind vielleicht tätowiert bis zum Anschlag, aber die Tattoos verblassen bereits und sind nicht mehr als Zeichen für das, was wir längst hinter uns gelassen haben. Das bisschen Schwarzgeld, das wir machen? Die paar Ölfässer, die wir heimlich entsorgt haben? Darüber lacht doch heutzutage selbst ein Vorstadtspießer in San Francisco.«

»Trotzdem wird es einen Grund geben, dass er unbedingt uns wollte«, beharrte Branson.

»Na klar. Er weiß genau, dass wir ihm aus der Hand fressen. Bei mir langt ein einziges Ölfass, und ich sitze wieder zehn Jahre. Und bei dir reicht ein Tipp an die australischen Behörden, und du siehst nie wieder das Tageslicht. Einen besseren Dienstleister hätte er nicht finden können. Aber weißt du was?« Joe legte ihm eine Pranke auf die Schulter. »Das kann uns alles egal sein, denn so wie ich diesen Perkins einschätze, gibt es einen triftigen Grund, warum er keine Rechnung verlangt und mit dem am wenigsten beachteten und erfolglosesten Schatzsucherschiff im Pazifik unterwegs sein will.«

»Hey, das mit dem *am wenigsten beachtet* nimmst du zurück!«, brummte Branson und grinste. »Immerhin sind wir berühmt für unsere Erfolglosigkeit!«

Gemeinsam glucksten sie und sahen der Sonne dabei zu, wie sie schräg hinter dem Heck am Horizont versank. Die Silhouette der hawaiianischen Inselkette war gerade noch hinter den Wellen erkennbar und schälte sich scharfkantig vor der roten Scheibe aus dem Meer. Der Duft der Meeresbrise umwehte Bransons Nase und erinnerte ihn einmal mehr daran, dass er genau hierher gehörte.

Joe war wie ein Bruder für ihn, Marv und Johnny wie Söhne, auch wenn sie vom Alter her nicht so viele Jahre trennten. Sie waren gute Jungs, konnten anpacken und begnügten sich mit dem einfachen Leben, das sie hier führten. Sie schätzten das abendliche Bier und die endlosen Kartenspiele mit schlechten Witzen ebenso sehr wie er selbst und stellten nie unbequeme Fragen. Er wusste, dass sie beide drogenabhängig waren und zu viel tranken, aber solange sie ihr Gras außerhalb ihrer Arbeitszeiten rauchten oder zumindest einsatzfähig waren, sollte es ihm egal sein. Auch, dass sie in Europa Koks geschmuggelt hatten, um sich ihren Roadtrip zu finanzieren, war ihm einerlei. Sie waren weder gefährlich noch aggressiv oder unberechenbar, und das reichte ihm.

Xenia hingegen war ein besonderer Fall. Er fühlte sich für sie verantwortlich und wollte eigentlich dafür sorgen, dass sie etwas Anständiges machte und nicht zu einer Verliererin wurde wie er selbst. Man konnte sich ihr Abenteurerleben schönreden, so sehr man wollte, aber am Ende reichte es nicht, um eine Familie zu ernähren und einen wirklichen Heimathafen im Leben zu finden.

»Was ist los, alter Freund?«, fragte Joe.

»Ach, ich weiß nicht.« Branson zog ein letztes Mal an der Zigarette und drückte sie an der Brüstung aus, ehe er den Stummel in die kleine Metallschatulle in seiner Hosentasche packte und seufzte. »Ich denke darüber nach, dass *Freiheit* manchmal auch nur ein nettes Wort für *Gefangenschaft* ist.«

Die Tatsache, dass Joe darauf nichts antwortete, sondern nachdenklich in die Wellen starrte, verriet ihm einmal mehr, dass er den bestmöglichen Freund an seiner Seite hatte. Heimat war manchmal genau dort, wo man sich mit der richtigen Person an *irgendeinem* Ort befand.

»Komm, wir gehen runter.« Er deutete auf seine Taucheruhr. »In fünf Minuten ist das *Briefing*. Ich schätze, dass der Kerl schon längst auf uns wartet.«

Gemeinsam gingen sie zurück zur Messe und überließen Marv und Johnny die Brücke. Die beiden hatten sich Leinenhemden angezogen und diskutierten gerade über die Vorzüge hawaiianischer Frauen gegenüber südamerikanischen und schienen zu dem Schluss zu kommen, dass ein Joint der bessere Begleiter war. Durch den Treppenabgang, der durch fünf Decks bis in den Maschinenraum führte, gingen sie auf Deck 2 und nahmen die Tür geradeaus, vor der bereits Xenia wartete.

»Xenia, was tust du denn hier? Wolltest du nicht die Lenzpumpen sauber machen?«, fragte er überrascht.

»Ich will mit zu dem Gespräch«, protestierte sie und verschränkte die Arme vor der Brust.

»Das geht nicht.«

»Warum nicht?«

»Weil …« Branson blickte hilfesuchend zu Joe, der seinen Blick jedoch nicht bemerkte und stattdessen die Studentin musterte. »Weil das eben nicht geht. Es wäre ungerecht Marv und Johnny gegenüber. Wir haben gesagt: nur die Leitung.«

»Ach, komm schon! Wir sind zu fünft auf diesem Schiff! Außerdem weiß dieser Kerl mehr über euch als ich! Ist es wahr, was er erzählt hat?«

»Pssst!«, machte Branson und schürzte die Lippen. »Nicht jetzt, okay?«

»Ich will mit rein!«, beharrte sie. »Hört zu, es ist mir egal, was ihr getan habt. Ich weiß, dass ihr gute Jungs seid. Aber ich baue auf diesem Scheißkahn mein Leben auf und will integriert werden, klar? Ich gehe da mit rein!«

Ihre Blicke trafen sich und blieben für eine Weile miteinander verwoben. Ihre Augen funkelten wie Opale, und Branson wusste bereits, dass er verloren hatte. Außerdem hatte sie recht. Immerhin hatten sie ihr die Idee mit den Schulklassen zu verdanken und wären sonst schon vor einem Jahr pleite gewesen.

»Also gut«, lenkte er widerwillig ein. Sie lächelte nicht und zeigte auch keinen triumphierenden Ausdruck in ihrer Miene, was er sehr zu schätzen wusste. Stattdessen ging sie durch die Tür in die Messe, die sie vormittags aufgeräumt hatte, als sie auf Hawaii angelegt hatten, um das U-Boot zu verladen. Auf dem großen Tisch, der gegenüber in die Wand eingelassen war wie ein kleiner Tunnel, lag ein handgroßer Beamer, und die beiden Trainingsgeräte standen an den Küchenzeilen rechts und links, sodass eine beachtliche freie Fläche geschaffen wurde. Branson konnte sich nicht daran erinnern, dass es hier schon einmal so ordentlich ausgesehen hatte.

Fred Perkins wartete neben der Tür, bis sie sich hingesetzt hatten, und schob dann eine portable Leinwand davor, ehe er mit seinem Smartphone den Beamer einschaltete und das Licht löschte.

»Schön, dass Sie so pünktlich sind«, sagte er und sah zu, wie sie es sich auf der hufeisenförmigen Sitzbank bequem machten. Branson schämte sich beinahe, dass es hier so sehr nach Zigaretten stank, wenn er sich die teure Kleidung ihres Passagiers und sein vornehmes Benehmen so anschaute.

131

»Wie Sie wissen, führt uns der Weg nach Maupiti, einer eher kleineren Insel in Französisch-Polynesien. Unser genaues Ziel liegt achtundsiebzig Kilometer nordwestlich in einem relativ flachen Seegebiet. Dort müssen wir halten und meinen Tauchgang durchführen. Ich werde dafür etwa drei Stunden benötigen, wenn alles gut geht.«

»Gibt es da ein Wrack, von dem wir nichts wissen?«, fragte Joe.

»Nein, aber ich werde − vorausgesetzt, meine Mission ist ein Erfolg − etwas vom Grund bergen, das wir nach Wladiwostok bringen müssen.«

»Wladiwostok?«, fragte Branson. »Wo ist das denn?«

»Russland«, antwortete Joe. »Übles Loch.«

»Davon war aber nicht die Rede!«

»Wird das ein Problem?«, wollte Perkins mit neutralem Gesichtsausdruck wissen.

»Nein, nicht unbedingt.«

»Wunderbar. Diese Mission ist von äußerster Wichtigkeit für mich und meine Auftraggeber, darum bin ich dazu befugt, Ihnen sämtliche Details zu unserem Vorhaben offenzulegen. Aber ich warne Sie vor: Sobald Sie dieses Wissen besitzen, gibt es kein Zurück.«

»Was soll das heißen? Dass Sie uns verpfeifen, wenn wir uns an die Medien wenden?« Branson schmunzelte, doch Perkins' Miene blieb ernst.

»Nein«, sagte der bloß. »Ich fürchte, dass die Konsequenzen deutlich … *endgültiger* wären.«

Noch während er darüber nachdachte, was dieser Mann gerade gesagt hatte − seine Worte schienen so gar nicht zu dem verklemmten Auftreten zu passen −, fuhr der auch schon fort.

»Aber ich bin mir sicher, dass Sie sich an unsere Verabredungen halten und Ihrer aller Historie der Verschwiegenheit

Beweis genug für Ihre diesbezüglichen Fähigkeiten ist. Immerhin sind Sie und Ihre Crew das beste Beispiel dafür, wie man Geheimnisse für sich behält. Das Gute daran ist: Wenn das hier gut funktioniert, werden wir Sie für mindestens zwei weitere Jahre anheuern, und zwar für deutlich mehr Geld.«

Branson tauschte einen Blick mit Joe.

»Haben Sie schon einmal von Unterwasserkornkreisen gehört?«, fragte Perkins in die Runde.

»Nee«, antwortete Joe und auch Branson und Xenia schüttelten ihre Köpfe.

Auf der Leinwand tauchte das Bild eines merkwürdigen komplexen Musters im Sand auf, das aufgrund von Schwebepartikeln eindeutig auf dem Meeresgrund lag. Es erinnerte an ein Mandala zum Ausmalen mit speichenartigen Streben und kleinen Punkten dazwischen.

»Dieses Muster hat einen Durchmesser von etwa zweieinhalb Metern und wurde 1995 vor der Küste Japans entdeckt«, fuhr Perkins fort. In schneller Abfolge zeigte er weitere dieser Muster an offenbar verschiedenen Stellen. »Mexiko, Argentinien, Kamtschatka, Alaska, Sulawesi, Palawan. Bis vor Kurzem dachte man noch, dass es sich um Gebilde von Kugelfischen handelt, die sie für Paarungszwecke anlegen. Die NASA hat diese Theorie allerdings widerlegt − und zwar vor zwei Wochen.«

»Äh, die NASA?«, fragte Joe und kratzte sich am Kopf.

»Ja. Mit der neuen Satellitenkonstellation *MASTA − Magnetic Anomaly Sensor and Tracking Array* sollten Besonderheiten in den Magnetfeldlinien der Erde aufgedeckt werden, ursprünglich, um die Wanderrouten einiger Herdentiere und Zugvögel besser zu erforschen. Dabei kam es aber zu unerwarteten Ergebnissen.« Perkins drückte auf sein Smartphone, und ein animierter Globus tauchte auf. Er drehte sich gemächlich um seine Achse und zeigte rot blinkende Punkte an insgesamt sechs Stellen. Eine befand sich vor der Küste Japans, eine irgendwo in Russland und weitere vor Argentinien, Kamtschatka, Alaska, Sulawesi und Palawan. »Seltsamerweise befinden sich diese merkwürdigerweise extrem starken Magnetfelder genau an jenen Orten, an denen Unterwasserkornkreise gefunden wurden.«

Branson hob eine Hand.

»Ja?«

»Aber diese Markierung in Russland. Die ist doch nicht unter Wasser, oder?«

»Nein, da wird es noch seltsamer. Diese Anomalie befindet sich im Mittelpunkt des Ortes, der gemeinhin für das sogenannte Tunguska-Ereignis bekannt ist«, erklärte Perkins und blickte in drei ratlose Gesichter. »Tunguska ist ein Fluss. Podkamennaja Tunguska, um genau zu sein. Dort ist es 1908 zu einem massiven Meteoriteneinschlag gekommen, der mehrere zehntausend Quadratkilometer Forstfläche zerstört hat und in dessen Impaktkrater bis heute nichts wächst. Die Anomalie befindet sich im Zentrum des Kraters. Wir verstehen nicht, was es damit auf sich hat, aber wir wissen auch nichts über diese Anomalien als solche. Außer, dass die Russen jene vor Japan bereits untersucht haben.«

Wieder wechselten die Bilder und zeigten jetzt eine körnige Aufnahme von einem Schiff, das mit einem Kran, ähnlich dem der *Triton One*, ein grob kugelförmiges Objekt aus dem Wasser barg. Aufgrund der schlechten Qualität war kaum etwas zu erkennen.

»Was ist das?«, fragte Branson.

»Wir wissen es nicht, aber von einem Informanten haben wir erfahren, dass es von unter dem japanischen Unterwasserkornkreis geborgen wurde. Die US-Regierung stellt momentan eigene Bergungsmissionen auf«, sagte Perkins. »Wir müssen schneller sein.«

»Moment mal.« Joe machte eine abwehrende Geste. »Ich glaube, ich bin im falschen Film! Die *NASA* hat irgendwelche neuen Satelliten da hochgeschossen und will herausgefunden haben, dass es magnetische Anomalien auf der Erde gibt, die zufällig mit diesen seltsamen Alienkreisen da zusammenpassen? Und wir sitzen hier auf unserem Schiff und fahren zu so einer Stelle hin?«

Branson musste gestehen, dass es tatsächlich komisch klang, und hätte er die fünfhunderttausend Dollar nicht persönlich gezählt, hätte er das alles für einen schlechten Witz gehalten. Zumal es kaum absurder klingen konnte, wenn Joe, dieser Seebär von einem Mann mit seinen kleinen Augen und dem martialischen Aussehen, es vortrug.

»Das ist korrekt«, entgegnete Perkins ungerührt.

»Woher haben Sie diese Daten überhaupt?«, machte sich Xenia zum ersten Mal bemerkbar.

»Meine Auftraggeber haben eine Quelle bei der NASA. Sie wurde gut bezahlt.«

»Und wer sind diese Auftraggeber?«

Perkins lächelte bloß und schüttelte den Kopf. »Unsere Aufgabe ist es, dort in der Nähe von Maupiti das zu finden, was die Russen nahe Japan gefunden haben. Was auch immer für dieses Magnetfeld dort verantwortlich ist: Ich will es haben. Wenn wir so weit sind, bringen wir es nach Wladiwostok und Sie erhalten die dritte und letzte Charge Ihrer Belohnung.«

»Jetzt verstehe ich zumindest, warum Sie uns angeheuert haben«, meinte Branson. »Sie dürften eigentlich gar nichts von diesen Daten wissen.«

»Ursprünglich waren die Satellitendaten sogar auf der NASA-Website zugänglich, wenn auch etwas umständlich zu erreichen. Jedoch nur für zwei Tage. Als US-Regierungsstellen von der Bergungsaktion der Russen Wind bekommen haben, wurde alles direkt unter Geheimhaltung gestellt. Ich bin mir sicher, dass die NSA akribisch daran arbeitet, sämtliche Spuren aus dem Internet zu löschen und herauszufinden, ob die Russen einfach sorgfältig die NASA-Seite gelesen haben, oder über andere Wege an die Daten gelangt sind. Außerdem waren sie erstaunlich schnell vor Ort.«

»Mit was haben wir es hier genau zu tun?«, fragte Joe. »Irgendwelche chinesischen Sachen?«

»Ich denke nicht.«

»Was denn sonst?«

Perkins antwortete nicht und zuckte bloß mit den Achseln. »Das wissen wir erst, wenn wir etwas gefunden haben. Aber ab diesem Zeitpunkt muss Sie all das nicht mehr kümmern. Sie haben, wenn ich mich nicht täusche, einen nicht zugelassenen Zweitmotor eingebaut und nicht eingetragene Extras verbaut, die Ihr Schiff um insgesamt acht Knoten schneller machen.«

Branson antwortete nicht, und als sein Gegenüber ihn fragend anschaute, tat er überrascht. »Oh, ich habe keine Frage gehört.«

Perkins lächelte.

»Gut. Ich schlage vor, dass wir mit voller Kraft fahren, denn wie ich vor einer Stunde erfahren habe, ist ein von der US-Küstenwache begleitetes Forschungsschiff aus Honolulu aufgebrochen. Wie es aussieht, peilt es dieselbe Position an wie wir. Ich würde es begrüßen, wenn wir wieder verschwunden wären, bevor sie auftauchen. Halten Sie das für möglich?«

»Das sollte kein Problem sein.« Branson rutschte auf dem Sitzpolster hin und her. »Allerdings wäre es mir lieber, wenn wir keine Probleme mit der Küstenwache bekämen.«

»Dann sind wir uns ja einig. Sehr gut.« Perkins schien seinen Vortrag beenden zu wollen, doch Joe hielt ihn zurück.

»Ihre Auftraggeber – mir ist klar, dass sie nichts über sie verraten werden –, aber sie sind zweifelsfrei mächtig. Handelt es sich um Mitglieder der US-Regierung?«

»Nein.« Ihr Passagier lächelte humorlos. »Nein, Mr. Kamaka, das sind sie nicht.« Perkins packte Beamer und Leinwand ein und verschwand ohne ein weiteres Wort aus der Messe.

»Das war der kürzeste und am wenigsten informative Vortrag, den ich je gehört habe«, brummte Branson.

»Hast du überhaupt schon mal einen gehört?«, fragte Joe.

»Ich war verheiratet.« Sie lachten kurz, aber es war kein freudiges Lachen, eher eines, das auf die Notwendigkeit für ein Ventil ihrer Anspannung hinwies.

»Du hast recht«, antwortete Xenia. Ihre Miene verriet eine Mischung aus Besorgnis und Aufregung. »Er hat uns weniger über unseren Auftrag verraten als darüber, wie mächtig er ist und wie unbedeutend wir sind. Das war doch ein einziger Einschüchterungsversuch. Von wegen er will uns einbinden und Details mit uns teilen. Wir wissen jetzt nur, dass es um irgendwelchem Magnetkram am Grund des Ozeans geht und er sich dort irgendein Artefakt erhofft, weil eine schrecklich verpixelte Aufnahme von irgendwo ein Schiff zeigt, das eine Kugel birgt.«

»Mhm, das stimmt«, pflichtete Joe ihr mit getragener Stimme bei. »Ich werde das Gefühl nicht los, dass wir hier in etwas Größeres hineingeraten sind, als es dieser Schnösel vermuten lässt.« Unruhig blickte er sich um. »Wer weiß, ob er hier schon alles verwanzt hat, immerhin war er die ganze Zeit allein hier drinnen.«

»Jetzt beruhigt euch mal«, sagte Branson, obwohl er zugeben musste, dass auch er das ungute Gefühl in seinem Magen nicht ignorieren konnte. Irgendetwas an diesem Fred Perkins machte ihm Angst. Zuerst hatte er noch wie ein ahnungsloser Tourist gewirkt, als sie im Hafen gestanden hatten, doch seither entpuppte er sich immer mehr als äußerst selbstsicherer und berechnender Zeitgenosse. Wie ein Puppenspieler, der zufrieden mit ansieht, wie alles nach seiner Pfeife tanzt. »Er hat gut bezahlt, und wir sollen ihn in den Südwesten bringen. Das ist eine Woche Fahrt mit ein bisschen Arbeit, vielleicht etwas Schlechtwetter übermorgen. Da gibt es doch Schlimmeres. Für wen auch immer er arbeitet, das kann uns egal sein. Magnetfelder? Russen? NASA? Interessiert mich alles nicht.«

Branson bemühte sich, nicht in die Ecken des Raumes zu blicken und seinem Drang nachzugehen, nach Wanzen zu suchen.

»Ich bin vielleicht noch jung, und ihr könnt mich gerne eine naive Landratte nennen«, wandte Xenia ein, »aber meiner Intuition konnte ich schon immer vertrauen, und diese ganze Sache riecht nach Ärger. Der Job mag leicht klingen, aber ich bin mir sicher, dass er alles andere als das werden wird.«

»Ich würde der Kleinen ja widersprechen«, meinte Joe in Bransons Richtung. »Doch das deckt sich auch mit meinem Bauchgefühl. Wir sollten vorsichtig sein, so oder so.«

»Das sind wir doch immer«, sagte Branson leichthin, zwinkerte den beiden aufmunternd zu und stand auf. »Zeit fürs Abendessen! Ich gehe die Jungs auf der Brücke ablösen und denkt dran: Ihr schuldet mir noch zwei *Big Blinds*!«

Joe und Xenia spielten sein Spiel mit und frotzelten, dass er heute Nacht verlieren würde, und sie ihn nur hatten gewinnen lassen. Und doch konnte auch er sich nicht von dem Stein befreien, der in seinem Magen lag, seit sie Hawaii verlassen hatten. Nur zu gut hatte er noch die schweigsamen Männer im Hafen im Gedächtnis, die das U-Boot verladen hatten und dann in einem schwarzen Lieferwagen verschwunden waren.

In was bin ich hier bloß hineingeraten?

Kapitel 9

Lee

»Ein Asteroid?«, fragte Lee und starrte in die Kamera seines Laptops. Das Destiny-Modul kam ihm mit einem Mal viel enger vor, als es ohnehin schon war. Die mit Forschungscompartments, Armaturen und Maschinen vollgepackten Wände und Paneele erschienen ihm noch chaotischer und dichter.

»Ja.« Michelle nickte müde. »Er ist bereits ziemlich nah und ziemlich groß.«

»Wie nah?«

»Knapp dreizehn Millionen Kilometer, nach unseren bisherigen Berechnungen, die allerdings recht vage sind. Unsere Teleskope hätten ihn fast übersehen, obwohl wir ihn direkt anvisiert haben.«

»Dreizehn Millionen?« Lee schüttelte ungläubig den Kopf. »Das ist ... *sehr* nah.«

»Ich weiß. Der Direktor ist in ziemlich heller Aufregung. Zwar wird Cassandra 22007 die Erde knapp verfehlen – in etwa doppeltem Erde-Mond-Abstand, aber wir müssen trotzdem erklären, wie das NEOWISE so einen Brocken übersehen konnte. Immerhin misst er mindestens zwanzig Kilometer im Durchmesser.«

»NEOWISE ist ein Infrarotsystem. Das kann schon mal falsch liegen oder etwas übersehen, bei dem riesigen Himmel – immerhin kommt das doch regelmäßig vor«, widersprach er. »ATLAS hätte aber doch längst Alarm schlagen müssen. Immerhin ist es für sehr nahe Objekte zuständig.«

»Ja. Fakt ist aber, dass keines unserer Frühwarnsysteme angeschlagen hat, und wir wissen noch nicht wieso.« Michelles Stimme klang wie ein Flüstern. Die dunklen Ringe um ihre Augen waren tief und wie eingemeißelt. »Cassandra 22007 ist sehr dunkel und müsste eigentlich Sonnenlicht reflektieren. Das tut er aber nicht. Walters Abteilung hat sich sämtliche Kaffeemaschinen unter die Arme geklemmt und drüben im Hangar eingesperrt. Die brüten da seit Stunden drüber und haben einige Theorien, woran das liegen kann.«

»Aber noch nichts Konkretes.«

»Nein. Das ist aber auch nicht das Problem, Lee. Ein echt großer Stein rast in Kürze an der Erde vorbei. So weit weg, dass man den Maßstab auf einer Tafel nicht angemessen einzeichnen könnte. Die Medien werden wieder Meldungen bringen für ein bisschen Clickbait und dann war's das.«

»So wie immer«, brummte er.

»So wie immer.« Ihre Stirn legte sich in Falten, und ihr rechtes Augenlid zuckte leicht. Lee kannte diesen Reflex nur zu gut. Wenn ein EVA anstand und sie Dienst hatte, war sie stets angespannt und trotzdem ruhig gewesen. Die Physikerin war gut darin, sich ihren emotionalen Zustand nicht anmerken zu lassen. Vermutlich war das der Tatsache geschuldet, dass man als Frau in einer Männerdomäne wie der NASA trotz all der weiblichen Leistungen in der Historie der Behörde noch immer wie ein Mann auftreten musste, um voranzukommen.

»Was ist?«

»Hm?«

»Da ist doch noch etwas, das dich beschäftigt«, bohrte Lee nach, und eine Weile wurde es still – abgesehen von dem Rauschen der Elektronik um ihn herum.

»Wir halten es geheim. Vorerst«, sagte sie schließlich mit einigem Widerwillen.

»Was? Seit wann halten wir solche Entdeckungen geheim?« Lee spürte, wie sich in seinem Magen eine Faust zusammenballte. Er hasste Geheimnistuerei – was einer der Gründe dafür gewesen war, warum er sich aus der Air Force heraus in eine zivile Behörde beworben hatte, die sich Transparenz und Fortschritt auf die Fahnen geschrieben hatte. Die NASA veröffentlichte ihre Entdeckungen stets ohne größeren politischen Einfluss auf ihrer Website. Klar gab es regelmäßig Versuche aus Washington, die Weltraumagentur irgendwie für sich einzuspannen, aber die Transparenz hatte man sich – abgesehen von einigen Sonderfällen im Kalten Krieg – nie nehmen lassen.

»Ich weiß, was du davon hältst«, erwiderte sie in beschwichtigendem Tonfall. »Aber die Sache ist äußerst delikat. Eine unserer Astronominnen, Cassandra Miles, hat vor Kurzem einen Kometen entdeckt, den sie mithilfe des neuen Euclid-Weltraumteleskops der ESA ablichten lassen wollte. Seine Koma hatte einen Fleck. Bei dieser Stelle handelte es sich offenbar um einen bisher unentdeckten Asteroiden von der Klasse eines Planetenkillers.«

»Cassandra 22007«, dachte er laut und schnaubte. »Ich schätze, da freut sich jemand *nicht*, dass eine Entdeckung nach ihr benannt wurde. Zumal der Name gar nicht zulässig ist. Es gibt schon einen Kassandra.«

»Darum schert sich doch niemand mehr seit dem Video. Für die ganze Welt ist es eben Cassandra. Schlimmer ist, dass er überall Meteor genannt wird. Schlimmer ist, dass wir von der ESA-Entdeckung nur durch eben dieses Video des luxemburgischen Youtubers Luc Breusch wissen.«

»Lucky Luc? Der Geophysiker?«

»Ja.« Michelle nickte und sah aus, als würde sie in Sekundenschlaf verfallen. Sie griff nach etwas außerhalb des Kamerawinkels und kurz darauf kam eine weiße Kaffeetasse mit angetrockneten braunen Flecken ins Bild. Nach einem Schlürfen verzog sie angewidert das Gesicht und seufzte. »Er wollte in Spanien bei der Bodenstation von Euclid ein neues Video für seinen Kanal aufnehmen. Dank ihm weiß eine wachsende Öffentlichkeit im Internet jetzt von Cassandra 22007. Es handelte sich nur um ein Vorschauvideo, das er hochgeladen hat, aber das hatte es in sich. Retrospektiv. Dabei hat er bloß davon gesprochen, dass er in Cebreros sei und es sich um einen spannenden Clip handele, der nächsten Sonntag erscheinen würde. Hätte er nicht die Entdeckung von Cassandra erwähnt und mit der Frage gekoppelt, ob er uns treffen könnte.«

»Das klingt nach typischem Influencer-Clickbait.« Lee winkte ab und musste sich mit der anderen Hand am Haltegriff neben dem Laptop festhalten, um nicht von dem Bewegungsimpuls wegzudriften. Er wurde langsam zu müde und sollte wirklich schlafen. Wenn er denn nur könnte. Sarah hatte Dima zu ihnen ins Destiny geholt und in den freien Schlafplatz neben Markus gesteckt, wo sie ihn einfacher überwachen konnte. Sie fühlte sich offenbar wohler, wenn sie ihren Freund und Patienten »zu Hause« behandelte.

Nachdem Roskosmos sie dazu angewiesen hatte, hatten sie Anatoli in seiner eigenen Schlafkammer gefesselt und gaben ihm zweimal am Tag etwas zu essen und trinken. Er sollte mit Dima zur Erde zurückkehren, sobald der fit und in der Lage war, die angedockte Sojus zu steuern. Der Kosmonaut wachte zwar immer wieder auf, doch der Beule auf seinem Hinterkopf nach zu urteilen, hatte sein Kamerad sich nicht zurückgehalten, als er ihm die Lichter ausgeknipst hatte. Dima klagte über Übelkeit und Schwindel und zeigte einige neurologische Ausfälle, die in den letzten vierundzwanzig Stunden zwar besser geworden waren, aber noch kein Gespräch zuließen, aus dem man mehr Details aus dem Vorfall im Swesda ziehen konnte.

Sarah war allerdings optimistisch, dass die Symptome der

schweren Gehirnerschütterung sich bessern würden. Zeit war hier der relevante Faktor.

»Lee? Lee!«

»Hm? Ja? Entschuldige.« Er zwinkerte einige Male und schnaubte. »Sorry. Bin echt müde. Was hast du gesagt?«

»Nach dem Ankündigungsvideo kam nichts mehr und Youtube hatte den Clip anfangs sogar blockiert, wegen eines angeblichen Richtlinienverstoßes. Einige Nutzer hatten es aber bereits heruntergeladen und auf Konkurrenzplattformen wie Vimeo und so weiter hochgeladen. Mittlerweile ist es auch wieder bei Youtube zu finden.

Vor einigen Tagen ist das Kontrollzentrum in Cebreros vollständig ausgebrannt. Aus den Trümmern wurden die Leichen von Michelle Daubner, Roberto Camacho – und – halt dich fest – Luc Breusch geborgen. Es konnten keine Daten gerettet werden, und die Umstände sind äußerst mysteriös. Offenbar gab es dort eine Phosphorquelle, und die Flammen waren heiß genug, um Knochen und Metallteile zu schmelzen. Außerdem haben irgendwelche Kids eine Viertelstunde vorher bei einem nahen Umspannwerk randaliert und für einen Stromausfall gesorgt, der angeblich Auslöser für den Brand war.«

»Die sind alle gestorben?«, vergewisserte sich Lee traurig. »Verdammt.«

»Ja und zusammen mit der ach so mysteriösen Videobotschaft des verstorbenen Breusch ergibt das Ganze ein super Bild für alle möglichen Verschwörungstheoretiker im Internet.«

»Und jetzt wollt ihr ihnen kein neues Futter geben, indem ihr sagt: *Ta-da! Es gibt ihn wirklich, den Asteroiden, aber er verfehlt uns.* Und dann kocht das Netz über vor noch schlimmeren Verschwörungstheorien, und man wirft uns vor, die angehende Apokalypse zu verheimlichen, um keine Panik auszulösen. *Das* wird dann sogar der Mainstream glauben, und es wird zu *echter* Panik kommen.«

»So in etwa.« Michelle nickte. »Man kann es den Leuten auch nicht verübeln. Das ist eine echt kuriose Verkettung unglücklicher Umstände, die zum Tod unserer europäischen Kollegen geführt haben. Zumal immer noch nicht geklärt ist, wieso sie bei einem Brand nicht das Weite gesucht haben. Die Ermittler in Spanien durchsuchen noch die wenigen Trümmer, aber mit vielen Antworten brauchen wir nicht rechnen, so viel haben die dortigen Behörden schon verraten.«

»Wäre es nicht zu diesem *Unfall* gekommen, wäre die Öffentlichkeit längst informiert. Zumindest darüber, dass Cassandra 22007 überhaupt existiert.«

»Ja. Und jetzt finden wir heraus, dass das neue Spielzeug von RJKK Energiya direkt auf den Asteroiden gerichtet ist, um den es ging. Da glaubt in Houston und Moskau niemand mehr an Zufall.«

»Was unternehmen die Russen? Hat Uljana was durchblicken lassen?«, wollte Lee wissen.

»Die waren schon schnell. Der Kreml hat FSB und Spezialeinheiten der Polizei die Moskauer Räumlichkeiten des Konzerns durchsuchen lassen. Das ist aber alles noch im Gange, und sie wollen hauptsächlich wissen, wo der Zusammenhang zwischen Golgorow und RJKK Energiya besteht und wer schuld daran ist, dass jemand wie Anatoli – offenbar unter der Anleitung von einer dritten Partei – zur ISS reisen und irgendeinen geheimen Mist abziehen konnte.«

»Astron interessiert sie nicht?«

»Zumindest klang es so. Offenbar halten sie es entweder für unwichtig, oder für Zufall, dass das neue Radioteleskop direkt auf einen bisher unentdeckten Asteroid gerichtet ist, der von dort auch noch ein Radiosignal empfängt.«

»Wissen die Russen etwas darüber? Handelt es sich um Abstrahlung von dem Felsen?«

Michelle schüttelte entschieden den Kopf, und die Locken ihrer dichten Mähne flogen hin und her. »Nein. Die haben keinerlei Daten erhalten. Mit wem auch immer Anatoli in Kontakt war, bevor sein Laptop den Geist aufgegeben hat – die Person saß nicht bei Roskosmos.«

»Deswegen auch die Durchsuchungen.« Lee seufzte. »Ich brauche dir ja nicht zu sagen, dass ich nicht besonders gut schlafe in dem Wissen, dass Anatoli einer unbekannten Fraktion Zugriff auf die ISS-EDV gegeben hat, oder?«

»Nein, das ist auch das, was uns hier gerade am meisten zu schaffen macht. Aber wir sind dran, und unsere IT-Fuzzis sind der Meinung, dass aufgrund der fehlenden Integration der IT-Infrastruktur von russischer und westlicher Seite der Station keine Gefahr besteht. Zumindest keine große.«

»Aber wir können nicht ausschließen, dass Anatoli irgendetwas angestellt hat, um das zu umgehen.«

»Nein, können wir nicht. Aber hätte er die Station ernsthaft sabotieren wollen, wäre doch schon längst etwas passiert. Gehen wir also vorerst davon aus, dass es eher um die ersten Datensätze von Astron ging.« Michelle lächelte freudlos in die Kamera. »Dann kannst du hoffentlich auch besser schlafen. Was du übrigens langsam tun solltest. Wir haben immer noch strikte Tagesabläufe, und wir sind hier alle der Meinung, dass ihr euch daran halten solltet.«

»Ist gar nicht so leicht, nachdem es in der engsten und gefährlichsten WG der Menschheit zum ersten Gewaltverbrechen im Weltraum gekommen ist.« Lee gähnte und dachte nicht einmal mehr daran, sich eine Hand vor den Mund zu halten. »Entschuldige.«

»Geh schlafen, Lee. Wir wecken dich, sobald es Neuigkeiten gibt, klar?«

»Verstanden.« Er beendete den Videocall per Knopfdruck und löste sich von dem Laptop. Für ein paar Augenblicke schloss er erschöpft die Augen und ließ sich in dem Modul treiben, indem er die Knie anzog und sich mit den Händen selbst umarmte, sodass er wie ein Fötus dahin schwebte. Leicht um seine Längsachse rotierend konzentrierte er sich auf den Geruch nach angebranntem Steak, der hier oben stets herrschte. Bis heute hatte er nicht ergründen können, woher dieser Duft kam und warum alle Astronauten und Kosmonauten diese Assoziation mit ihm teilten, seit es die ISS gab. Anatolis offensichtlicher Angriff auf Dima, den er als guten Freund schätzen gelernt hatte, war erschütternd. Er hatte Lee seiner Illusion beraubt, dass sie hier oben ein Beispiel dafür waren, wie freundschaftliches und konstruktives Miteinander funktionieren konnte. Über alle Sprachen und Kulturen hinaus, jenseits aller Konflikte, die ihren Mitmenschen unten auf der Erde so wichtig und dramatisch vorkamen. Der Weltraum rückte so einiges in Perspektive, aber das galt offenbar nicht für Anatoli und diejenigen, die es geschafft hatten, für seine Ausbildung und seinen Flug hier hoch zu lobbyieren. Er wollte gar nicht wissen, wie tief in eine sehr gut gefüllte Tasche gegriffen worden war, um das zu ermöglichen, und wie viele Funktionäre in Moskau sich schuldig gemacht hatten. Dass ihr korrupter Arm es mittlerweile bis zu ihnen in die ISS geschafft hatte, fühlte sich für Lee wie ein Betrug an, der das gesamte Projekt derart beschmutzte. Er sich kam sich vor wie ein beschädigter Mensch.

»Hey«, riss ihn Sarahs Stimme aus seinem dösigen Zustand des Alleinseins, indem er sich in einem Moment der Stille aus allem hatte zurückziehen wollen, was um ihn herum geschah. Selbst das Summen der Rechner und Maschinen hatte er ausgeblendet.

»Hey«, krächzte er, räusperte sich und öffnete die Augen.

Seine Kollegin schwebte – aus seiner Sicht – kopfüber im Durchgang zum Columbus-Modul und musterte ihn besorgt.

»Du siehst wirklich müde aus.«

»Das sieht nicht nur so aus.« Wie um seine Worte zu unterstreichen, gähnte er, dass sein Kiefer knackte. Er deutete auf die Beutel in ihrer Hand. »Die sind für Dima, schätze ich?«

Sie nickte und sah auf die Infusionen hinab. »Er schlägt sich gut, ist ansprechbar, aber noch etwas verwirrt. Aber das wird. Wie steht's mit dem Arschloch?«

Sarah nannte Anatoli seit dem Vorfall bloß noch »das Arschloch«, was sie dem Russen auch in zwei kurzen Ausbrüchen klargemacht hatte. Sein unberührtes Schweigen hatte ihren mühsam unterdrückten Zorn bloß noch schlimmer werden lassen.

»Er hat gegessen und nichts gesagt. Wie davor.« Lee hob beide Handflächen nach oben. »Die Fesseln waren nach wie vor fest und gut fixiert. Er hat es nicht gerade bequem und wird beim Abflug ordentlich atrophiert sein aufgrund des Bewegungsmangels, aber wenn es nach mir geht, hat er das verdient.«

»Der kann froh sein, dass wir ihn nicht aus der Luftschleuse werfen«, brummte sie und stieß sich ab, um an ihm vorbei zu den Schlafkammern zu schweben. Lee fing sie mit den Armen ab, sodass sie vor ihm verharrte und ihn überrascht ansah.

»Wir lassen uns nicht von ihm zu Dummheiten verleiten, okay? Du, Markus und ich sind immer noch ein Team und werden auch das hier regeln«, sagte er ernst und blickte ihr eindringlich in die Augen. »Nicht einmal ein gewalttätiger Russe kann dafür sorgen, dass wir unser Training vergessen und unseren klaren Kopf verlieren.«

»Ich habe nichts gegen Russen«, erwiderte sie ernst, bis

sich ein müdes Lächeln auf ihre Miene stahl. »Aber sie sind alle Klingonen.«

Lee schnaubte belustigt und schüttelte den Kopf. »Und Dima ist unser Commander Whorf, ich weiß.«

»Und diesen Whorf muss ich jetzt versorgen. Mach dir keine Sorgen, ich würde Anatoli gern den Kopf abreißen. Nicht nur dafür, dass er unseren Freund angegriffen und verletzt hat, vor allem dafür …«

»… dass er diesen Ort beschmutzt hat und wir ihn nie wieder von diesem Makel werden befreien können«, beendete er ihren Satz, und sie nickte, nachdem sie tief Luft geholt hatte.

»Ja. Ich bin mir sicher, dass es das Beste ist, wenn wir ihn so gut versorgen, dass er unbeschadet in Kasachstan landet und vom FSB begrüßt wird.« Sarahs Gesicht nahm einen schadenfrohen Ausdruck an. »Ich glaube nicht, dass ich es ihm auch nur annähernd zu unangenehm hier oben machen kann, wie der russische Inlandsgeheimdienst unten auf der Erde, wo er sich nach einer Woche Bewegungslosigkeit hier oben fühlen wird wie ein Greis mit Glasknochen.«

»Da hast du wohl recht.«

»Aber dafür muss ich sicherstellen, dass Dima wieder fit wird und die Sojus steuern kann.« Sie blickte an ihm vorbei und deutete auf seinen Laptop. »Wart ihr nicht gerade fertig?«

Lee drehte sich um und sah einen eingehenden Videoanruf. Er kam nicht von Michelle, sondern von Ulysses Keinzman persönlich.

»Ulysses?«, fragte er laut, packte die Halterung des Laptops und zog sich mit einer Hand näher heran, während Sarah im Schlafteil verschwand. Er nahm das Gespräch an und sah das große Gesicht des erst seit einem Jahr im Amt befindlichen NASA-Direktors, das den gesamten Bildschirm ausfüllte. Rechts und links ließ sich gerade noch die Vitrinenwand seines Büros erkennen, die aussah wie das Interieur eines Südstaatenanwesens um die Jahrhundertwende. Es war ein recht junges Gesicht, das ihm da mit roten Wangen entgegenblickte, das schon so manchen politischen Widersacher zu dem Fehler verleitet hatte, ihn, seine Ambitionen und vor allem seine Kontakte nach Washington zu unterschätzen.

»Lee?«, hörte er.

»Hallo, Direktor.«

»Nicht so förmlich, es ist wichtig, und das hier ist ein direkter Kanal.«

Inoffiziell. Ein großer Teil von Lees Müdigkeit verschwand wie durch Zauberei, und er spannte sich kaum merklich an.

»Ich verstehe.« Er sah sich nach rechts und links um, aus dem Gefühl heraus, seinem Vorgesetzten den Eindruck zu vermitteln, dass er Diskretion gewährleistete, obwohl er wusste, dass Sarah sie vermutlich hören konnte. Aber von Geheimnissen hielt er ohnehin nicht viel.

»Ich möchte, dass du eine kleine Wartungsarbeit vornimmst.«

»Ein EVA?«, fragte Lee überrascht, doch der Direktor schüttelte den Kopf.

»Nein, nein, *in* der Station. Unsere IT hat einen Verbesserungsvorschlag für die Ansteuerung der Sicherheitsluken«, erklärte Keinzman. »Ich will, dass du ihre Lösung ausprobierst und sagst, ob es machbar und sinnvoll ist.«

»Jetzt? Ich sollte eigentlich seit zwei Stunden schlafen, um meinen Rhythmus einzuhalten.«

»Ich weiß, ich weiß, aber ich denke, dass es schnell gehen wird. Ich schicke dir eine Datei, da steht alles drin. Arbeite einfach die einzelnen Punkte ab, verstanden?«

»Äh, klar«, antwortete Lee irritiert. *Eine Datei?*

»Und Lee?«

»Ja?«

»Ich will, dass du daran arbeitest und niemand sonst. Und ich will, dass du die Datei in den Eraser jagst, wenn du sie gelesen hast.«

Ich soll sie komplett löschen?

»Verstanden«, sagte er, obwohl er rein gar nichts kapierte. Was sollte diese Heimlichtuerei? Natürlich hatte es mit der angespannten Situation zu tun, und niemand wusste, was das alles für die Zusammenarbeit zwischen ihnen und Russland bedeutete.

Aber immerhin kümmerten sie sich gerade um Dima und die Einzigen, die im Moment überhaupt ansprechbar waren, waren er, Sarah und Markus von der ESA, die so etwas wie ihre Zwillingsbehörde aus Europa war. Keinzmans Anruf und die Art und Weise des Gesprächs konnten also nur bedeuten, dass er entweder auf eigene Faust agierte, direkt aus Washington beauftragt worden war, oder man einen Maulwurf fürchtete.

Oder irgendwas, an das ich gerade einfach nicht denke, weil ich todmüde bin, dachte er, nickte jedoch in die Kamera.

»Gut, ich melde mich, wenn die Arbeit abgeschlossen ist.«

»Das wird schnell gehen«, war sich der Direktor sicher und lehnte sich etwas zurück, bis auch die US-Flagge in seinem Rücken sichtbar wurde. »Du brauchst dich nicht zu melden. Viel Erfolg.«

Der Bildschirm wurde schwarz, und Lee sah das verzerrte Spiegelbild seines eigenen Gesichts, als wäre er im Nichts allein zurückgelassen worden. Und genau so fühlte er sich auch.

»Sarah?«, rief er und wartete, bis ihr Kopf im Durchgang zu den Schlafkammern auftauchte.

»Ja?«

»Wenn du Dima versorgt hast, will ich dir und Markus was

zeigen«, murmelte er und sah wieder das Textdokument an, das ihm gerade gemailt worden war. Es stammte vom Direktor und dazu gehörte eine recht große Datei, die das Programm immer noch herunterlud.

Fünf Minuten später schwebten Markus und Sarah neben ihm und starrten auf die Zeilen. Sie waren gerade im geplanten Time-out, sodass Ground Control gemäß des Dienstplans, der ihnen während der Schlaf- und Ruhephasen Privatsphäre zugestand, von der es im Weltall nicht besonders viel gab, weder über Funk noch über die Kameras zugeschaltet war.

»Ist das sein Ernst?«, fragte Sarah ungläubig. »Die wollen, dass wir einen USB-Stick mit einem Computervirus im Swesda anschließen?«

»Ja.« Lee nickte mit düsterer Miene. Die Anweisungen im Dokument waren deutlich genug. Direktor Keinzman – und wer immer die Backdoor programmiert oder ausgegraben hatte – wollte offenbar genau das. In nüchternen Textzeilen stand beschrieben, wie er die mitgeschickte Datei auf einen portablen Datenspeicher zu laden und in einen USB-Anschluss des russischen Main-Bus zu stecken habe. Alles andere würde dann von selbst geschehen. Ganz oben und ganz unten stand großgeschrieben, dass dieses Dokument mit einem Eraser-Programm vernichtet werden müsse.

»Das kann doch nur ein Witz sein! Es gibt einen Zwischenfall, und das Erste, was Ulysses einfällt, ist, die Russen auszuspionieren?« Sarah schnaubte wie ein Büffel. »Du denkst doch nicht wirklich darüber nach, diesen Scheiß durchzuziehen, oder?«

»Doch, aber ich komme zu dem Ergebnis, dass mir das nicht gefällt.«

»Moment mal«, sagte Markus, der die ganze Zeit über sehr ruhig geblieben war. Der Verband, der sich um seinen

Kopf zog wie eine wulstige weiße Schlange, ließ sein Gesicht irgendwie komisch aussehen. »Wir sollten das zumindest diskutieren.«

Lee und Sarah drehten sich zu ihm und warfen ihm überraschte Blicke zu.

»Wir spionieren nicht nur die Russen aus, sondern haben damit die vielversprechendste Möglichkeit, Anatolis Spuren nachzugehen. Immerhin hat er irgendjemandem auf der Erde Zugriff auf unsere Systeme verschafft. Die Techies in Houston alle Dateien durchsuchen zu lassen ist keine schlechte Idee, wenn wir herausfinden wollen, was da los ist.« Markus' Blick wurde düsterer. »Es kann immer noch sein, dass er eine Sabotage geplant hat, und wenn dieser Fernkontakt nach wie vor besteht, sind wir alle in Gefahr. Die Russen haben keinen Zugriff mehr – falls sie die Wahrheit sagen, und jetzt gerade wird nichts aufgezeichnet. Einen besseren Zeitpunkt gibt es nicht.«

»Mhm«, machte Lee. »Ich wünschte, du hättest nicht recht.«

Sarah seufzte und wandte sich ab.

»Und *ich* wünschte, dass ich nicht recht haben müsste und wir in einer anderen Situation wären. Fakt ist aber, dass wir einen fremdgesteuerten Kosmonauten an Bord haben, der mir eins übergezogen hat und Dima auch – nur dass es ihn übler erwischt hat. Auf der anderen Seite dieses Korridors«, Markus deutete in Richtung des Zarya, »liegt das Problem, und wir müssen Licht ins Dunkel bringen. Für unsere Sicherheit und für die der Station.«

»Ich mach's«, entschied Lee widerwillig und zog die große Datei, die sein E-Mail-Programm gerade fertig heruntergeladen hatte, auf den USB-Stick.

»Wir kommen mit.«

»Nein, Sarah, das werdet ihr nicht. Er wollte, dass ich es

mache, und es reicht, wenn einer von uns rote Linien über-
schreitet und sich die Hände schmutzig macht.«

»Musst du immer so verdammt … *gut* sein?«, murrte sie
und er lächelte.

»Wie viele Astronauten braucht es, um einen USB-Stick
in einen Slot zu stecken?«

»Na, dann mach schon.«

Kapitel 10

Jenna

Der Flug nach China dauerte mit über sechs Stunden erstaunlich lange. Wie immer hatte Geld das Problem der Dringlichkeit gelöst und Jenna in kürzester Zeit ein elektronisches Touristenvisum für vierzehn Tage beschert. Während des Fluges las sie alles, was sie über die Provinz Xinjiang und ihre Hauptstadt Ürümqi auf ihr Smartphone geladen hatte. Wie sich herausgestellt hatte, bezogen sich die drei Schriftzeichen auf ein entlegenes Dorf weit im Westen an der kasachischen Grenze. Mehr Informationen gab es im Internet allerdings nicht zu finden, was wohl zum einen an der restriktiven Zensurpolitik der kommunistischen Partei und zum anderen an dem besonderen Status der autonomen Provinz lag. Die war Heimat der islamischen Minderheit der Uiguren, von denen viele in sogenannten Umerziehungslagern lebten, wo ihnen die Kultur, Sprache und politische Einstellung der dominierenden Han-Chinesen eingetrichtert wurde. Männer mussten zudem Zwangsdienst leisten und Frauen wurden angeblich sterilisiert, während gleichzeitig Han-Chinesen aus anderen Regionen dorthin umgesiedelt wurden, um die Muslime langsam zu verdrängen. Peking schmeckten die Autonomiebestrebungen und der gefährliche religiöse Eifer nicht, also versuchte man, Fakten zu schaffen.

Jenna war es gleich, sie interessierte sich für Politik und Religion ebenso wenig wie für Menschenrechte. Wann immer sie darüber nachdachte, fragte sie sich, wie Menschen für sich beanspruchen konnten, dass es so etwas wie universelle und unveräußerliche Rechte für sie gab. Wer sagte das? Auch dabei handelte es sich doch bloß wieder um ein ausgedachtes Konzept, an das man zu glauben hatte, das die alleinige Wahrheit sein musste, für die man in den Krieg zog. Würden sich mehr Erwachsene eingestehen, dass sie von der Welt und ihrer Komplexität nicht den blassesten Schimmer hatten, wäre die Erde ein besserer Ort. Man würde situativ moralisch handeln und weniger mit dem erhobenen Finger durch die Gegend laufen und stattdessen mit offenen Augen.

»Waren Sie schon mal dort?«

Sie sah zu ihrem Sitznachbarn, einem Neuseeländer, wie sie an seinem Akzent hören konnte. Bisher hatte er die ganze Zeit über geschwiegen. Jenna tat, als freue sie sich über das Gespräch und lächelte.

»Nein, erstes Mal. Und Sie?«

»Für mich auch.« Er war ein paar Jahre älter als sie, vielleicht vierzig, hatte aber etwas Jugendliches an sich mit seinem kurzen Haarschnitt, der Nerdbrille und den tätowierten kräftigen Unterarmen. »Was machen Sie?«

»Wie bitte?«

»Nicht viele Westler fliegen nach Xinjiang. Nicht gerade das Touristenparadies im Reich der Mitte«, sagte er lächelnd und deutete an ihr vorbei aus dem Fenster. Sie befanden sich bereits im Anflug auf die Hauptstadt Ürümqi.

»Ach so.« Jenna klatschte sich an die Stirn und gluckste künstlich. »Ich bin Naturfilmerin und hoffe, eine Menge guter Fotos und Kurzfilme machen zu können.«

»Für einen Fernsehsender in den USA?«

»Nein, so weit bin ich noch nicht. Ich bin Stockfotografin für Naturmotive. Am liebsten bezeichne ich mich aber als Naturfilmerin, das klingt doch spannender als *unterbezahlte Fotomaschine.*«

»Für mich klingt es so oder so spannend, denn meine Fotografiekenntnisse beschränken sich darauf, das Smartphone zu zücken und überall draufzuhalten. Danach sehe ich die Bilder aufgrund ihrer überwältigenden Menge erst dann wieder, wenn ich den Telefonspeicher entschlacken muss.« Er grinste und hielt ihr eine Hand hin. »Ich heiße Thomas. Aus Auckland, hat man bestimmt gehört.«

»Julie.« Sie schüttelte seine Hand und tat, als würde sie sich an einen imaginären Hut tippen. »Aus Texas.«

»Haben Sie Ihre Waffen eingecheckt oder ins Handgepäck geschmuggelt?«

»Beides.« Sie kicherten gemeinsam, bis die Fahrwerke ausgefahren wurden und das Flugzeug den Schub stark drosselte.

»Bleiben Sie in Ürümqi?«, wollte Thomas wissen.

»Nein, ich reise mit der Bahn weiter nach Westen.«

»Ach, witzig. Ich auch! Und danach? Norden oder Süden?«

»Norden.«

»Ah.« Er zuckte enttäuscht mit den Schultern. »Für mich geht es nach Südwesten. Wäre ja schön gewesen, wenn ich nicht der einzige Westler gewesen wäre, mit dem die Locals ständig Fotos machen wollen, als wäre ein Alien aus dem All herabgestiegen.«

»Wir werden schon klarkommen.«

»Gute Weiterreise. Hat mich gefreut.«

Als ihre AirAsia-Maschine gelandet war, lief Jenna rasch zur Passkontrolle und verließ den Flughafen über die Metro in Richtung Fernbahnhof. An die Menschenmassen musste sie sich gewöhnen, denn wie in den meisten chinesischen Metropolen war jede Ecke voller Menschen. Obwohl es sich um eine große Stadt handelte, schenkte ihr trotz ihrer offensichtlichen Exotik an diesem Ort kaum jemand Beachtung. Sie war nur eine weitere hektische Person unter vielen. Der Fernbahnhof sah aus wie ein groß angelegtes Gewerbegebiet, dessen einfache Flachbauten zu nah aneinandergelegt worden waren. Er drückte sich zwischen die vielen hässlichen Wohntürme aus Beton, mit denen die Regierung versuchte, den stetig wachsenden Städten ihres Landes neuen Wohnraum zu geben. Da Jenna Mandarin beherrschte, konnte sie sich anhand der Schilder bis zu dem Zug durchquetschen, den sie sich in Malaysia herausgesucht hatte. Von den Waggons blätterte bereits die Farbe ab, und die Fensterrahmen waren verrostet, was ihr viel über die Region verriet, in die sie unterwegs war. Durch das Projekt der neuen Seidenstraße, das China seit vielen Jahren aggressiv vorantrieb, hatten die meisten entlegenen Gegenden des Landes eine deutlich bessere Infrastruktur und Verkehrsanbindung erhalten, als man eigentlich vermuten mochte.

So auch in Xinjiang, das erst seit fünf Jahren überhaupt eine richtige Autobahn besaß, die irgendwann über Kasachstan und Usbekistan bis nach Duisburg in Deutschland reichen sollte. Aber selbst von dieser Lebensader aus Asphalt und Schienen war ihr Reiseziel nicht bloß viele Meilen, sondern auch einige Dekaden entfernt. Entsprechend wurde sie im Zug beäugt. In ihrem Abteil roch es unangenehm nach menschlichen Ausdünstungen und Desinfektionsmitteln. Neben den typischen Han-Chinesen sah sie auch eine Menge Frauen mit Hijab und Männer mit eher kasachischen und mongolischen Zügen.

Die Stimmung war zwar nicht angespannt, aber doch so, als läge eine nasse Decke auf diesem Ort. Niemand redete laut, die Blicke waren verschlossen und die leise Hintergrundmusik, die kratzig aus den Lautsprechern dröhnte, wirkte geradezu störend laut.

»Ni-hao-ma«, murmelte sie höflich, als sie sich neben einen älteren Han-Chinesen auf ihren reservierten Sitzplatz niederließ. Er lächelte freundlich und deutete eine Verbeugung an.

Die Zugfahrt dauerte insgesamt acht Stunden, bis sie die nördliche Grenzregion mit der Stadt Altay erreichte. Die meiste Zeit schlief sie oder blätterte in ihrem Mandarin-Wörterbuch, das sie am Flughafen in Kuala Lumpur gekauft hatte. Ihre Chinesischkenntnisse waren nicht schlecht, aber schon ein bisschen eingerostet, und sie wollte die wenige Vorbereitungszeit so effektiv wie möglich nutzen.

Altay war mit knapp zweihunderttausend Einwohnern eine sehr kleine Stadt in China und eine Besonderheit unter den Besonderheiten. Sie war nämlich die Hauptstadt eines kasachischen autonomen Bezirks innerhalb der uigurisch autonomen Provinz Xinjiang. Hier sah sie auf den Straßen eine Menge kasachischstämmiger Menschen zwischen den vielen zugezogenen Han-Chinesen, die von der Regierung bei ihrer Umsiedlung unterstützt und gefördert wurden. Selbst die Gebäude erinnerten hier mit einigen Bauten im Zuckerbäckerstil und farbenfrohen Fassaden eher an Kasachstan oder das russische Sibirien.

Da es bereits Herbst war, explodierten die vielen Bäume in und um die Stadt förmlich vor lauter Farben. Braun-, Grün- und Orangetöne wechselten sich gar an einzelnen Ästen ab, und der kühle Ostwind wehte kleine Windhosen mit Laub durch die Straßen. Auch hier war es voll, gab es Unmengen Autos, von denen die meisten noch Verbrenner waren, und genauso viele Fahrräder und sogar einige Eselskarren, die den ländlichen Charakter der Stadt unterstrichen.

Obwohl Jenna todmüde war, suchte sie sich direkt ein Taxi, was sich als gar nicht so einfach herausstellte. Sie musste mehrfach Passanten anhalten und bemerken, dass sie mit ihrem Mandarin hier nicht von jedem verstanden wurde. Erst ein Kioskbesitzer, der ihr ein paar Hühner anzudrehen versuchte, tat es schließlich, obwohl sie nicht sicher war, ob sie aus Versehen nach einer Brechstange gefragt hatte, statt nach einem Taxi. Er nickte immer wieder und grinste über beide Ohren, ehe er ein altes Nokia aus der Tasche holte und laut mit jemandem sprach.

»Warten Sie hier! Taxi kommt!«, freute er sich daraufhin und bot ihr eine chinesische Cola an. Sie nickte dankbar, wollte ihm ein paar Yuan geben, doch er lehnte protestierend ab, indem er geradezu empört beide Hände hob. »Nein, nein! Ein Geschenk! Wir haben hier nicht oft Touristen.«

»Nicht oft?«, fragte sie, eher um sicherzugehen, ihn richtig verstanden zu haben, denn sein Dialekt war für sie äußerst schwer zu verstehen.

»Eigentlich nie.« Er lachte, als hätte er einen guten Witz gemacht, und nickte immer wieder mit halb geschlossenen Augen. Schließlich kam ein weißer Sedan vorgefahren, der schon einmal bessere Zeiten gesehen hatte. Jenna überlegte für einen Moment, ob es so eine gute Idee war, in dieser Region mit einem fremden, nicht als Taxi lizenzierten Auto in die entlegensten Gebiete zu fahren. Sollte der Fahrer versuchen wollen, sie zu entführen, dann wünschte sie ihm viel Glück.

»Xiexie!«, rief sie dem Kioskbesitzer zu und hielt prostend die Coladose hoch, als der Fahrer ausstieg, um ihr die Tür aufzuhalten. Er war Han-Chinese, beinahe einen Kopf kleiner als sie und reichlich schmächtig, trug ein weißes Hemd unter seiner Jacke und Lederschuhe. Seinem gehobenen Alter nach zu urteilen einer vom entsprechenden Schlag, der zwar nicht viel Geld hatte, aber doch stets halbwegs stilvoll aus dem Haus ging.

»Xiexie«, sagte sie auch zu ihm und setzte sich in den Fond, dessen vermutlich durchgesessene Sitzbank mit einer weißen Decke ausgelegt war, die ein wenig nach Schaf oder Ziege roch.

»Ich heiße Li«, stellte er sich vor, als er wieder am Steuer saß und sie im Rückspiegel musterte. »Wohin möchten Sie fahren?«

»Ich heiße Julie, und ich möchte gerne nach Hemukanasixiang.«

»Wie war der Name?«

»Hemukanasixiang«, wiederholte sie langsamer und betonter.

»Oh nein, Lady. Sie müssen das verwechseln. Es gibt eine Stadt, die ganz ähnlich betont wird, aber ...«

»Nein, ich möchte nach Hemukanasixiang. Das ist nördlich von hier in der Nähe eines Flusses.«

»Aber Lady, das ist über vier Stunden von hier. Da wohnen nur Kasachen. Die haben nicht einmal Strom, glaube ich. Nein, nein, das ist sehr gefährlich!« Der Fahrer schien sich ernsthaft Sorgen zu machen.

»Ich bezahle in Dollar.« Sie griff in ihren Rucksack und zog ein Bündel Fünfziger heraus, mit denen sie in Richtung des Rückspiegels winkte. »Können wir los?«

Es brauchte nicht lange, um ihn zu überzeugen – nur einen Anruf bei seiner Familie, dass er heute erst sehr spät nach Hause kommen würde. Die Fahrt führte sie über eine halbwegs gut ausgebaute Landstraße in Richtung Westen, ehe sie in nördliche Richtung abbogen. Dieser Weg kostete sie etwa zwei Stunden, bis sie auf eine Schotterpiste in Richtung Nordosten fuhren, die rechts und links von dichten Wäldern gesäumt war. Dörfer oder gar Städte waren schon zuvor rar gewesen, doch jetzt nicht mehr existent.

Sie waren allein in einer unberührten, weiten Natur. Dicht bewachsene Hügel und Berge in warmen Herbstfarben wirkten auf Jenna geradezu heimelig und erinnerten sie ein wenig an ihre Heimat in Montana. Einige der höheren Gipfel waren schon schneebedeckt. Zur Zeit der Kulturrevolution war die gesamte Region – besonders nach Norden hin – für den Bergbau erkundet und viele Stollen angelegt worden. Soweit sie herausgefunden hatte, gab die kommunistische Führung das Vorhaben aber schließlich auf, da die gefundenen Erzadern den Aufwand nicht lohnten, diese entlegene Gegend an die Infrastruktur des damals noch äußerst armen Landes anzubinden.

»Dieser Ort ist wirklich nicht gut, Lady«, sagte Li nach einer langen Phase des Schweigens. Die Schottersteine knirschten unter den Reifen und erzeugten ein konstantes Dröhnen im Auto.

»Was stimmt damit nicht?«

»Die Leute leben da sehr einsam und zurückgezogen. Das sind Kasachen, die mit China eigentlich nichts zu tun haben wollen, wissen Sie?« Er schüttelte den Kopf. »Die KP hat hier zwar ein Büro, aber es ist selten besetzt und man sagt, dass der zuständige Beamte selbst aus dem Dorf stammt. Hier gibt es nicht einmal einen Supermarkt.«

»Ach, die werden mich schon nicht umbringen, oder?«, fragte sie eher scherzhaft, doch er machte keine Anstalten zu lachen.

»Das sind kriminelle Leute. Sie kennen kein Gesetz.«

»Waren Sie schon einmal dort?«

»Nein!« Li klang empört.

»Woher wissen Sie dann, dass die Menschen in Hemukanasixiang so schlecht sind?«

»Jeder weiß das. Kasachische Separatisten leben so zurückgezogen wie die hier.«

War ja klar, dachte sie und seufzte in sich hinein. Als sie endlich Hemukanasixiang erreichten, war sie zuerst verblüfft von der Schönheit des Ortes. Links befand sich ein riesiger, natürlich aufgestauter Fluss, der wie ein langgezogener See inmitten eines wannenförmigen Tals, das von hohen, dicht bewachsenen Bergen gesäumt war, aussah. Das Dorf selbst bestand aus langen einstöckigen Holzhäusern, deren graue Dächer aus Latten beinahe bis zum Boden reichten. Sie waren alle von West nach Ost ausgerichtet und erstaunlich zahlreich. Es mussten mindestens fünfzig Stück sein, zwischen denen staubige Wege wie kleine Bäche hindurchführten. Hier und da gab es kniehohe Zäune, die grob gezimmert und halb verfallen waren, und überall grasten Ziegen, Rinder und sogar einige Pferde. Hundegebell war zu hören, und als sie das Fenster herunterkurbelte, rief ein Adler in der Höhe. Alles sah sehr friedlich und geradezu idyllisch – wenn auch heruntergekommen – aus.

»Wo sind denn alle?«, dachte sie laut und sah auf die Uhr. Es war erst sechzehn Uhr.

»Das sind Kasachen, vielleicht schlafen sie schon.« Li klang angespannt und hielt am Rand des Dorfes neben einem Brunnen. Jenna gab ihm den vereinbarten Betrag, stieg aus und wollte die Tür hinter sich zuschlagen, als er ihr hinterherrief: »Ich bleibe noch zehn Minuten, falls Sie es sich anders überlegen.«

»Danke, Li«, sagte sie und ging zu dem Brunnen. Eine alte Gießkanne hatte ihre Aufmerksamkeit erregt. Sie stand auf dem Rand der Brüstung aus grob gehauenem Stein und war vollkommen trocken. Mit gerunzelter Stirn sah sie zu der Winde und drehte prüfend daran. Sie quietschte laut, funktionierte aber. Ein Blick auf das Dorf offenbarte absolute Bewegungslosigkeit, wenn sie von den Tieren absah, die ungehindert durch das stapften, was man mit zwei zugedrückten Augen Vorgärten nennen konnte.

Ist ja merkwürdig. Jenna ging auf das erste Haus zu, dessen winzige Fenster aus Butzenglas direkt unter der Dachkante waren, die ihr bis zur Hüfte reichte. Ein offener Hundezwinger stand vor der Eingangstür, und der Zaun um den Garten schien seit Längerem eingefallen. Unkraut spross überall, und eine selbstgebaute Holzwippe bewegte sich quietschend im kühlen Wind, der in den Gräsern sang. Sie klopfte an die Haustür.

»Hallo? Ist da jemand?«, fragte sie auf Mandarin.

Niemand antwortete.

Als sie leicht gegen die Tür drückte, stellte sich heraus, dass sie nicht abgeschlossen war. Das Innere des Hauses bestand aus einem großen Raum, der in einem unnatürlichen Zwielicht lag. Die winzigen Fenster ließen kaum Licht herein und waren verhangen, und sie selbst versperrte die beste Lichtquelle. Sie suchte nach einem Lichtschalter, doch fand keinen, also nahm sie die Taschenlampe aus ihrem Rucksack. Vor ihr befand sich ein großer Tisch, dahinter ein Wohnbereich mit Kamin und einem alten Sofa, das an ein Podest angrenzte, auf dem dicke Matratzen und Decken lagen. Vermutlich schlief dort eine ganze Familie. Jenna ging auf den Tisch zu und war überrascht, Teller, Töpfe und halb vergammelten Schinken auf einem Servierbrett vorzufinden. Das Besteck lag teilweise auf dem Boden, teils schmutzig auf der Holzplatte, und der Geruch wurde immer unangenehmer, je näher sie kam. Die Reste mussten mindestens eine Woche alt sein, wenn nicht mehr.

Aber wo waren die Bewohner?

Sie ging zu einem offenen Werkzeugregal. Es schien gut gefüllt. Als sie eine Machete fand, nahm sie sie an sich, prüfte ihre Schärfe und umfasste den Griff so fest, dass es knirschte. Ihre Nackenhaare stellten sich auf, und auch die Gänsehaut auf ihren Armen wurde nicht weniger, als sie zum nächsten Haus ging, das ebenfalls aussah, als hätten seine Bewohner es überstürzt verlassen. Der Unterschied zum Ersten bestand lediglich darin, dass der Tisch hier umgestürzt war und das Essen auf dem Boden lag.

Als sie gerade auf dem staubigen Untergrund nach Spuren suchte, hörte sie etwas an der Tür und fuhr blitzartig herum.

»Woah, nicht gleich erschlagen!« Die Stimme kam ihr bekannt vor, aber auch das Gesicht mit den zusammengekniffenen Augen im grellen Schein ihrer Taschenlampe.

»Thomas?«, fragte sie und war für einen Moment vollkommen baff. Dann hob sie ihre Machete.

»Hey, kein Grund, Gewalt anzuwenden.« Es gab keinen Zweifel. Das war der Neuseeländer, der im Flugzeug neben ihr gesessen hatte und jetzt abwehrend die Hände vor sich hielt.

»Ich gebe dir drei Sekunden, mir die Wahrheit zu sagen. Warum bist du mir gefolgt?«, knurrte sie. »Drei.«

»Ich habe meine Pläne geändert. Du warst wirklich sympathisch, und ich dachte …«

»Zwei.«

»… ich bin auf der Suche nach Inspiration für mein …«

»Eins.« Jenna machte einen Satz auf ihn zu und schwang die Machete auf Kopfhöhe. Thomas wich geschickt aus, indem er unter ihrem Schlag hindurchtauchte und versuchte, sie von der Seite zu packen. Sie hatte aber damit gerechnet und nicht ihr gesamtes Gewicht auf die Klinge verlagert, und so tänzelte sie um ihn herum und trat mit der Hacke auf seinen rechten Fuß. Er grunzte überrascht auf und taumelte zurück, doch den Stoß mit dem Griff in seinen Bauch sah er kommen und parierte mit einem Kreuzblock seiner Unterarme. Wieder versuchte er es mit einem Haltegriff und bekam sie um die Schulter zu fassen, aber Jenna rammte ihn den Ellenbogen in den Solarplexus, wirbelte herum und holte ihn mit einem Fußfeger von den Beinen. Schwer atmend drückte sie ihm das linke Knie auf die Brust und zielte mit der Spitze ihrer Waffe auf seinen Kehlkopf.

»Letzte Chance«, zischte sie, bereit, zuzustechen.

»MI6«, keuchte er mit plötzlich britischem Akzent und setzte ein gequältes Lächeln auf, als sie einen sanften Druck in ihrer Seite spürte. Ein kurzer Blick nach unten zeigte ihr, dass es sich um den Lauf einer Pistole handelte. Sie tat unbeeindruckt.

»Warum folgt mir ein Agent des britischen Auslandsgeheimdienstes?«

»Juri Golgorow. Compound X. Wir wollen es auch in die Finger kriegen. Könntest du jetzt bitte von meiner Brust runter?«

»Nein.«

»Hey, ich hätte auch versuchen können …«

»Ist mir egal. Warum folgst du mir?«

»Ich hatte keine Spur, aber ein Informant hat mich darauf hingewiesen, dass Mr. Xiami, ganz oben auf meiner Liste, in Kuala Lumpur ermordet wurde. Also habe ich mir den Fall angesehen, da ich gerade vor Ort war und …« Er machte eine Pause und versuchte es erneut mit einem charmanten Lächeln. Genauso gut hätte ein Regentropfen versuchen können, eine Windschutzscheibe zu durchschlagen. »Ich bin nicht so doof wie die Cops vor Ort, sagen wir so. Ich erkenne Geheimdienstarbeit, wenn ich sie sehe.«

»Du hast dich an meine Fersen geheftet, um an Juri Golgorow zu gelangen?«

»Ja. Aber du hast Chiu Wai gefunden, das war auch schon nicht schlecht.«

Jenna verengte irritiert die Augen zu Schlitzen. »Chiu Wai?«

»Die Frau auf der Yacht.«

»Das war Chiu Wai?«

Thomas versuchte zu lachen. Mit ihrem Gewicht auf seiner Brust klang es wie ein Röcheln. »Offenbar könnte es sich

lohnen, wenn wir uns austauschen. Am besten ohne das da.«
Er tippte mit der freien Hand gegen ihr Knie und senkte seine
Waffe.

Kapitel 11

Branson

Branson ging an Perkins' Kabine vorbei und konnte sich ein Grinsen nicht verkneifen, als er durch die geschlossene Tür laute Würgegeräusche vernahm. Die *Triton One* rollte heftig im Sturm, und das Auf und Ab war so stark, dass er sich immer wieder festhalten musste. Er kam von der Kombüse und hatte sich eine Flasche Bourbon in den Gürtel geklemmt. Über die Treppe ging es zurück zur Brücke, wo Marv und Johnny bereits warteten. Marv mit seinen blonden Surferlocken und Johnny, der wie ein Abziehbild seines besten Freundes aussah, wenn man von seinem breiteten Gesicht und dem dichten Vollbart absah, der ihn deutlich älter aussehen ließ, als er wirklich war. Beide trugen ihre weißen Leinenhemden und Pluderhosen, als wollten sie einen indischen Ashram besuchen. Branson hatte schon vor langer Zeit damit aufgehört, Witze über ihr Äußeres zu machen. Ein Nachteil an ihrem Graskonsum war, dass sie sich kaum noch aufziehen ließen, so entspannt traten sie auf.

»Yo, Boss«, rief Marv, der am Ruder stand und es immer wieder nach rechts und links drehte, um die Route zu halten und das Schiff mit dem Bug in die auf sie zurollenden Wellen zu steuern. Die Brecher schlugen so hoch, dass die Gischt bis gegen die Brückenfenster spritzte und die Scheibenwischer auf voller Leistung laufen mussten, damit sie überhaupt etwas erkennen konnten. Im Lichtschein der Bugscheinwerfer sah Branson eine Welle nach der anderen, die sich vor ihnen auftürmten wie eine graue, geisterhafte Wand. Immer wieder blitzte es, und der folgende Donner war laut genug, um selbst das Prasseln der Gischt und das Wummern der Dieselmotoren zu übertönen.

»Bestes Wetter für'n Bourbon«, befand er grinsend und nahm die Flasche aus dem Gürtel. Auf dem Weg zu seinem Platz, dem fest vernieteten Kapitänssitz am Ruder, wankte er hin und her, glich geschickt das Rollen seines geliebten Schiffes aus und scheuchte Marv fort, als er selbst das Steuerrad übernahm. »Wollt ihr auch 'nen Schluck?«

»*No way*, Mann!«, sagte Johnny, der zwischen Radarschirm und elektronischer Karte stand und immer wieder kleinere Berechnungen vornahm. »Das Zeug ist reines Gift!«

»Voll!«, stimmte Marv seinem besten Freund zu und ging in Schlangenlinien auf Joes Sitz neben Branson zu, der noch immer verwaist war, da sein erster Offizier gerade schlief.

»Johnny, wie sieht 's am Radar aus? Und was sagt der Wetterbericht?«

»Der wirkliche heftige Teil wird uns noch zirka fünfzig Meilen begleiten. Bei der wenigen Fahrt, die wir machen, wird das 'ne Weile dauern. Danach sollte es aber besser werden.«

Branson brummte unzufrieden. Seine frisierte Maschine brachte ihnen herzlich wenig bei dieser Dünung, und jedes Mal, wenn einer dieser Kaventsmänner an seinem Bug brach, zuckte er innerlich zusammen. Seine alte Lady steckte für seinen Geschmack zu viel ein. Aber das hatte er schon häufig gedacht, und bisher war sie noch nie auseinandergebrochen.

»Alles klar.« Er nahm einen Schluck aus der Flasche und steckte sie dann in die Ledertasche, die er vor ein paar Jahren extra für seinen Lieblingsbourbon angebracht hatte. Die Pulle passte exakt hinein und löste sich selbst bei schlimmsten Wetterverhältnissen nicht. »Marv, schmeiß doch mal die Glotze an. Mit der neuen Schüssel sollten wir doch auch in diesem Dreckswetter was reinkriegen. Zumindest wissen wir dann, was die Versprechungen von Oskar wert sind.«

Marv nickte, sprang aus seinem Sitz direkt neben ihm und blieb einen Augenblick schwankend stehen, um mit ausgestreckten Armen seine Balance zu finden, ehe er den kleinen Flachbildfernseher aus der Armaturenkonsole zog, die die gesamte Breite unter den Brückenfenstern einnahm. Danach schnappte er sich die Fernbedienung, die behelfsmäßig auf dem Display mit Panzertape befestigt war, und kletterte zurück auf seinen Sitz.

»Irgendwelche Programmpräferenzen, Boss?«

»Nö, schmeiß einfach an, die Kiste.«

Marv tat es und tatsächlich bekamen sie ein Bild, obwohl es körnig und immer wieder von weißem Rauschen unterbrochen war. Oskar hatte also nur halb gelogen. Unter *auch bei schlimmstem Wetter astreiner Empfang* stellte Branson sich definitiv etwas anderes vor. Allerdings konnte man zumindest Dinge erkennen und hören, was bereits eine hundertprozentige Verbesserung zu ihrer bisherigen Antenne darstellte.

»*... unter mysteriösen Umständen verschwunden. Die spanischen Behörden gehen davon aus ...*«, sagte eine weibliche Stimme, während im Bild undeutliche Fotos gezeigt wurden.

»Weiter«, brummte Branson, und Marv schaltete auf den nächsten Sender.

»*... haben auch Einwohner des Dorfes bestätigt, dass in der Nacht vom ...*«

»Weiter! Laufen denn nur Nachrichten?«

»Die haben alle das gleiche Thema«, antwortete sein Crewmitglied entschuldigend.

Der nächste Sender hatte ein etwas besseres Bild. Branson sah eine verwackelte Aufnahme bei Nacht, die undeutliche Gestalten mit Gewehren zeigte, die geduckt von zwei Helikoptern in Richtung eines schattenhaften Hauses liefen. Wieder erzählte eine weibliche Stimme aus dem Off, die beinahe so klang wie die erste: »*Der bekannte Youtuber Luc Breusch stammt aus Luxemburg und lebt seit zwei Jahren in San Francisco, Kalifornien, und war für Videoaufnahmen nach Cebreros gereist. In einer ersten Stellungnahme zeigte sich ESA-Generaldirektor Dietrichs besorgt über die Szenen, die seit dieser Nacht im Internet viral gehen.*« Das Bild wechselte zu einer ganzen Reihe Tweets von Prominenten, in denen Dinge wie »Rettet Luc Breusch« oder »Die Wahrheit darf nicht entführt werden« standen. »*Fragen*«, fuhr die Nachrichtensprecherin fort, die jetzt hinter einem Studiotisch eingeblendet wurde und äußerst attraktiv war, »*werfen vor allem die Umstände von Breuschs Verschwinden auf. Der Geophysiker mit über zwei Millionen Abonnenten, der auch regelmäßig in TV-Shows an der Westküste zu Gast war, berichtete in einem nur wenige Stunden auf Youtube verfügbaren Clip von einem bisher unentdeckten Meteor, der möglicherweise die Erde treffen könnte. Youtube sperrte das Video kurze Zeit später aufgrund von angeblichen Verstößen des Inhalts gegen die Richtlinien der Plattform. Mehrere Nutzer, die es zuvor heruntergeladen hatten, luden es immer wieder hoch, sodass es auch jetzt noch verfügbar ist. Auf eine Anfrage der Redaktion mit der Bitte um eine Stellungnahme, erreichte uns bis jetzt eine einzige Antwortmail mit dem Hinweis, dass man diesen Fall aktuell einer internen Überprüfung unterziehe.*«

»Das heißt Asteroid«, raunte Johnny, ohne von seinen in die Armatur eingelassenen Bildschirmen aufzublicken.

»Was?«, fragte Branson.

»Das heißt *Asteroid* und nicht *Meteor. Meteor* heißen die Brocken erst, wenn sie in die Atmosphäre eingedrungen sind, und dieses Ding, von dem die reden, befindet sich offensichtlich noch im All. Also ist es ein Asteroid!«

»Wusstest du schon, dass niemand Klugscheißer mag?«

»Nein, klär' mich auf, du Klugscheißer!«

Branson lachte über die Antwort und bedeutete Marv, den Fernseher lauter zu drehen, während er weiterhin am Steuerrad drehte und sie frontal in die Wellen lenkte.

»Die spanische Bundespolizei untersucht die Leichen von Breusch und der zuvor ebenfalls vermissten Michelle Daubner, einer österreichischen Physikerin, die die Kontrollstation der Deep Space Antenna 2 geleitet hat. Aus den gelöschten Flammen des Gebäudes konnte eine weitere Leiche geborgen werden, die bereits als Roberto Camacho identifiziert wurde. Der Astronom war erst vor Kurzem von der ESA zum Projekt Euclid berufen worden und hinterlässt eine Frau und zwei Kinder. Aguirre Fuentes, Präsident der spanischen Bundespolizei Cuerpo Nacional de Policía, äußerte sich nachmittags vor Journalisten zu dem Fall, der aktuell die weltweiten Nachrichten dominiert.« Ein übergewichtiger Mann mit schütterem Haar in Anzug und Krawatte tauchte an einem Rednerpult vor einem Säulengang auf und begann zu sprechen: *»Zum aktuellen Zeitpunkt kann ich keine Details zur laufenden Fahndung nennen. Was wir bisher wissen, ist, dass das Opfer Roberto Camacho spanischer Staatsbürger war und durch zwei Schüsse in den Kopf und drei in den Rumpf getötet wurde, bevor das Kontrollzentrum abgebrannt ist. Alle Indizien deuten daraufhin, dass eine paramilitärische Einheit oder verdeckte ausländische Kräfte für den Mord und die Doppelentführung verantwortlich sind und versucht haben, es wie einen Unfall aussehen zu lassen.«* Laute Stimmen riefen wild durcheinander, und der Polizeichef deutete in die Kamera. Es wurde ruhig, und eine einzelne Frau begann auf Spanisch zu sprechen. Sie wurde vom Nachrichtensender simultan übersetzt: *»Senor Aguirre, was wissen Sie über den Stromausfall in der Region um Cebreros? Gibt es einen Zusammenhang?«*

»Ja«, antwortete der Politiker und nickte. *»Wir können bestätigen, dass sowohl drei Empfangs- und Sendemasten für den Mobilfunk als auch das Umspannwerk West-Madrid sabotiert wurden. Aktuell suchen wir nach Hinweisen auf die Saboteure und haben eine Belohnung von einhunderttausend Euro ausgelobt, für Hinweise, die zur Ergreifung der Schuldigen führen. Dementsprechend bitte ich alle Anwohner um ihre Unterstützung.«*

Die Nachrichtensprecherin kam wieder ins Bild. »*Auf eine Bitte um Stellungnahme zur Möglichkeit einer Kollision von Cassandra 22007 mit der Erde reagierte bereits am Vormittag ein NASA-Sprecher mit folgenden Worten.*« Die Schönheit verschwand und ein junger Mann mit zurückgegelten Haaren und NASA-Anstecker tauchte vor einem ganzen Strauß hingestreckter Mikrofone auf. Seine Stimme war weich wie Samt, als er zu sprechen begann: »*Zusammen mit unseren europäischen Freunden von der ESA haben wir Cassandra 22007 im Auge und können nach bisherigen Berechnungen Entwarnung geben: Der gefundene Asteroid wird die Erde um mehr als einhundertachtzig Millionen Kilometer verfehlen. Das ist kosmisch gesehen wirklich nahe, aber immer noch weit genug entfernt, dass Sie ihn nicht einmal mit einem teuren Hobbyteleskop sehen könnten. Sie brauchen sich also keine Sorgen zu machen.*«

Das Bild brach in weißes Rauschen ab, das immer stärker wurde und schließlich den gesamten Fernsehbildschirm ausfüllte. So wie es aussah, machte die Antenne doch nicht so viel mit, wie erhofft.

»Da fährt man einmal in den Süden und schon entspinnt sich in den Nachrichten ein zweitklassiger James-Bond-Film«, gluckste Branson und drehte das Steuerrad nach links, als ein besonders großer Brecher im geisterhaften Licht der Frontscheinwerfer auftauchte. Die Gischt peitschte ohrenbetäubend gegen die Fensterfront der Brücke, und die Scheibenwischer quälten sich unter der Last der Wassermassen.

»Ich kenne Lucky Luc«, meinte Marv und schaltete auf einen Wink Bransons hin den Fernseher aus. »Ein cooler Kanal, da lernt man echt viel!«

»Hab noch nie von dem gehört.«

»Der erklärt viel über die Erde. Wie sich die Kontinente entwickelt haben, wie Vulkane funktionieren und im Verlauf der Erdgeschichte hinweg alles verändert haben. Außerdem hat er bezeichnenderweise eine Reihe über Meteoriten gemacht. Wusstest du, dass mindestens einer für eine ganze Eiszeit verantwortlich war?«

»Nee. Ich habe aber auch nicht studiert.«

»Tu nicht so. Du bist cleverer als dein Crocodile-Dundee-Äußeres es vermuten lässt. Deine *unterschätzt-mich-bitte*-Strategie brauchst du bei uns doch nicht zu fahren.«

»Okay, also der Typ ist 'ne große Nummer auf Youtube und ein schlauer Physiker-Kopf«, fasste Branson zusammen. »Er hat bei der ESA was gesehen und meint, dass da ein bisher unentdeckter Brocken auf uns zukommt, ein *Asteroid.*« Er schielte zu Johnny, der aber zu sehr mit Radar und Satellitenbildern beschäftigt zu sein schien. »Er sagt, dass er uns treffen wird, dann kommen finstere Gestalten von Big Brother und sacken ihn ein, aber nicht, bevor er ein Beweisvideo hochlädt. Jetzt sucht die halbe Welt nach ihm und erspinnt sich eine Menge Verschwörungstheorien. Das hatten wir doch erst vor ein paar Jahren, als Demokraten angeblich Pizzerien als geheime Zugänge für ihre Vampirrituale und Kinderporno-Binges missbraucht haben.«

»Krass, dass man die Entführung auf Youtube sehen kann. Oder zumindest den Beginn davon.« Marv schien nachdenklich, was sonst recht selten vorkam. »Ich hoffe, dass die Behörden die Kerle schnappen.«

»Unglaublich eigentlich, dass so etwas mitten in einem Land wie Spanien passieren kann. Da wird einem ja angst und bange«, fand Johnny und verschob mit der linken Hand den Zoomregler für die Satellitenbilder.

»Ich habe mehr Sorge vor den ganzen Hohlköpfen in unserem eigenen Land, die ihre Nachmittage damit verbringen, im Garten mit Schrotflinten auf schmutzige Kuscheltiere zu schießen und durch ihre Zahnlücken Mountain Dew zu schlürfen«, erwiderte Branson und kniff die Augen zusammen, als die Sicht vor lauter Gischt an den Fenstern so schlecht wurde, dass er für einige Atemzüge kaum etwas sehen konnte. »Die werden sich auf diese Sache stürzten und von einer großen Regierungsverschwörung sprechen, die uns die Wahrheit über diesen Meteoriten um jeden Preis verschweigen will.«

»Asteroid«, korrigierte Johnny ihn.

»Ja, meinetwegen. Ich kann vor meinem inneren Auge schon die Ausschreitungen im Süden sehen. Wartet's ab. Dauert nicht mehr lange.«

»Ich fürchte, da könntest du recht haben. Außerdem wäre es nicht das erste Mal, dass man was vor uns verheimlicht«, stimmte Marv ihm zu.

»Boss, ich habe hier was auf'm Radar«, meldete sich Johnny erneut zu Wort.

»Was denn?«

»Zwei Schiffe auf Nordnordost, dreißig Meilen.«

»Wie konnten wir die übersehen?«

»Der Sturm.« Johnny zuckte mit den Achseln und winkte ihn herbei. »Guck du dir das mal an. Eben hatten die noch eine automatische Radarkennung nach dem Transponderabgleich, aber jetzt sind sie plötzlich blank.«

»Marv, nimm das Steuer«, befahl Branson und rutschte aus seinem Sitz auf den polierten Holzboden, der von vielen Jahrzehnten unzähliger Stiefel und Schuhe farblos wirkte. Schwankend ging er zu seinem Crewmitglied und beugte sich neben ihm über den schräg in die Armatur eingelassenen Radarschirm. Tatsächlich tauchten dort in zweisekündigem Abstand zwei relativ dicht beieinander befindliche Punkte auf. »Hm, die sind nicht klein.«

»Nein. Seltsam viel Verkehr dafür, dass wir mitten im Nirgendwo in einem Sturm fahren.«

»Das kannst du laut sagen.« Er musterte die beiden Punkte, die immer wieder auftauchten und verblassten, bis der Radarkreis sie erneut erfasste und verfestigte, als wolle er sie einbrennen. »Haben wir irgendein gesperrtes Seegebiet übersehen, von dem wir wissen müssten?«

»Nee.« Johnny schüttelte den Kopf und rieb sich den drahtigen blonden Bart. »Hier draußen ist wirklich rein gar nichts. Die nächste Funkstation ist dreihundertzwanzig Seemeilen entfernt. Achtzig in Richtung Steuerbord befinden sich zwei Containerschiffe, ein weiteres südwestlich. Diese zwei hier aber«, er deutete mit dem Finger auf die beiden Punkte, »befinden sich auf demselben Kurs wie wir, wenn ich es richtig sehe.«

»Und da wäre noch die Sache mit den Transpondern. Die darf man nicht abschalten.«

»Nein, aber haben wir doch auch schon öfter gemacht.«

»Eben deshalb macht mich das stutzig. Kannst du dich an die Kennungen erinnern?«

»Hinten standen vier Zahlen und vorne zwei Buchstaben. Ich glaube, sie haben mit U angefangen, bin aber nicht sicher.«

»Wir beobachten sie weiter. Erstmal müssen wir ohnehin aus diesem Sturm raus, und dann schauen wir, ob sie sich immer noch auf demselben Kurs befinden«, entschied Branson, ehe er zu seinem Kapitänssitz zurückging. Dabei musste er sich zweimal unterwegs festhalten, als die *Triton One* nach rechts und links rollte. »Würde mich nicht wundern, wenn sie einen kleinen Umweg fahren, um nicht längs zu dieser Dünung zu stehen. Das bekommt keinem Schiff gut. Abgesehen von diesen Container-Ungeheuern natürlich.«

Der Sturm dauerte noch zwölf Stunden an und zog dann weiter in Richtung Japan, das viele tausend Seemeilen entfernt im Westen lag. Die brodelnden, dunklen Wolkenberge mit der Sonne im Rücken sahen geradezu romantisch schön aus am Horizont. Nichts deutete darauf hin, dass sie zuvor noch dafür gesorgt hatten, dass das Meer getobt und geschäumt hatte und vor lauter Energie wie entfesselt gewesen war. Branson genoss die Stunden nach rauem Wetter sehr, was vermutlich seiner Zeit als Krabbenfischer geschuldet war, als er mehrfach im Jahr geglaubt hatte, zu kentern und endgültig vom Glück verlassen zu sein. Aber er war immer mit seinem Fang zurückgekehrt. Die *Triton* hatte ihn nie im Stich gelassen, und ein ums andere Mal hatte er Ausblicke wie diesen aufgesogen und gewusst, dass er einmal mehr verschont geblieben war. Schatzsuchen war nicht wie Krabbenfischen und deutlich weniger gefährlich, denn man stand nicht so sehr unter Druck, musste nicht um jeden Preis bei jedem Wetter rausfahren und Kopf und Kragen riskieren. Außer natürlich, ein Schnösel vom Land kam vorbei und winkte mit anderthalb Millionen Dollar.

Die restliche Fahrt war recht ereignisarm. Die beiden Schiffe auf demselben Kurs waren ihre Verfolger, die Perkins angekündigt hatte. Durchs Fernglas war das weiß-rot der Küstenwache mit seinem Geschützturm gut zu erkennen gewesen, sobald sich der Sturm gelegt hatte. Auch das Forschungsschiff, das eher an einen übergroßen Walfänger erinnerte, befand sich in dessen Schatten. Aber ohne die heftigen Winde und großen Wellen konnte die *Triton One* ihr einziges Ass wieder ausspielen: Geschwindigkeit. So schüttelten sie die Regierungskähne ohne Mühe ab und verloren sie nach einem Tag aus der Sicht, und nach vieren bereits aus dem Nahbereichsradar. Bis in die Gewässer Französisch-Polynesiens benötigten sie insgesamt zehn Tage, während derer es immer heißer und schwüler wurde. Perkins blieb die meiste Zeit in seiner Kabine, und wenn er es nicht tat, saß er in seinem Mini-U-Boot, um mit den Instrumenten zu spielen. Da Branson ihn als Hundertprozenter einschätzte, ging er seinen Tauchgang vermutlich Tag und Nacht durch, sooft er konnte.

Ungefähr einmal am Tag kam er auf die Brücke und wollte sich davon überzeugen, dass sie wirklich maximale Fahrt machten, nachdem er bemerkt hatte, dass sie etwa fünf Prozent einsparten. Die sich daraufhin entbrennende Diskussion war kurz und heftig ausgefallen. Perkins bestand auf voller Geschwindigkeit, damit sie um jeden Preis als Erste an Ort und Stelle waren, während Branson darauf hinwies, dass der Spritverbrauch dann zu hoch ausfiel, und sie es womöglich nicht in einem Rutsch bis nach Wladiwostok schaffen konnten. Trotz der vielen Extrafässer, die sie rechts und links des U-Boots aufs Deck geschnallt hatten. Schließlich hatte Perkins sich durchgesetzt, weil er mit dem Geld gedroht hatte, und so fuhren sie bei voller Kraft. Branson tat der enorme Verbrauch geradezu körperlich weh, aber er wollte auf keinen Fall seine Bezahlung riskieren. Letztendlich riskierte er dennoch einiges, als er sicher war, dass er die Zeiten, in denen Perkins im U-Boot war, genau kannte: Er durchsuchte seine Kabine. Darin befand sich Kleidung, drei Smartphones, was Branson irritierte, ein Notebook mit Fingerabdrucksensor und ein Satelliten-Uplink. Den Koffer mit Zahlenschloss hatte er schon beim Einsteigen gesehen und hoffte, dass in ihm die restliche Zahlung war. Alles in allem fand er nichts Verdächtiges. Aber er wusste auch nicht, was er zu finden erwartet hatte. Am Ende war es allerdings seine Neugier und der Drang, genau wissen zu wollen, auf was er sich einließ. Nicht um seinetwillen – er war ein alter, verbitterter Seebär – aber um seiner Crew willen.

Am zehnten Tag erreichten sie dann endlich die GPS-Koordinaten, die Perkins ihnen geliefert hatte. Es handelte sich um eine unscheinbare Stelle, die wie jede andere im Pazifik aussah: tiefblaues Meer, gemächliches Auf und Ab der Wellen, Herden von watteartigen Quellwolken am ebenfalls blauen Himmel, und weit und breit nichts, wenn man von der geradeso erkennbaren Silhouette Maupitis absah, die wie eine Fata Morgana am Horizont klebte.

Marv und Johnny hatten gerade die Brücke, als Branson ihren Gast aus seiner Kabine holen wollte, doch niemand antwortete auf sein Klopfen.

»Joe?«, fragte er über sein Walkie-Talkie.

»Yo, was gibt's?«, kam die blecherne Antwort aus dem kleinen Gerät in seiner Faust.

»Hast du unseren Passagier gesehen?«

»Ja, Xenia und ich sehen ihm gerade dabei zu, wie er das U-Boot klar macht.«

»Meine Güte, der verliert aber auch keine Zeit.« Branson wollte zu ihnen gehen, als das Funkgerät piepte und Marvs kratzige Stimme erklang.

»Yo, Boss. Wir kriegen Besuch!«

»Besuch?«

»Andere Schiffe, die auf unsere Position zuhalten.«

»Aus welcher Richtung?«

»Gefühlt aus allen. Ich glaube, das solltest du dir ansehen.«

»Ich bin unterwegs«, erwiderte er und verzog das Gesicht. Von wegen mitten im Nirgendwo. Scheinbar waren sie am neuen Hotspot des Pazifiks angelangt. Zum ersten Mal wünschte er sich, dass sie die Antenne repariert hätten, die während des Sturms eins mitbekommen haben musste. Aber er hatte es nicht als besonders wichtig angesehen. Jetzt hatte er jedoch das Gefühl, etwas verpasst zu haben. Was zur Hölle suchte Perkins hier bloß?

Kapitel 12

Lee

Lee fühlte sich schlecht, nachdem er die Anweisungen des Direktors befolgt und den USB-Stick im Swesda-Modul angeschlossen hatte. Zwar war nicht mehr nötig gewesen, als ihn einzustecken, zwei Minuten zu warten und ihn wieder herauszuziehen, aber es hatte sich falsch angefühlt. Wie ein Verrat an seinem Zuhause über den Wolken. Erschrocken hatte ihn auch, wie effizient und heimlich er ganz automatisch vorgegangen war. Laut Roskosmos waren die Systeme im russischen Teil der Station nicht mehr von der Bodenstation aus ansteuerbar, allerdings konnte er da nicht sicher sein. Also hatte er im Durchgang zwischen Zarya und Swesda kurz verharrt, den USB-Slot ausgemacht, den er bereits auf der Zeichnung im Dokument gesehen hatte. Er war dann geradezu beiläufig daran vorbeigeflogen, als er auf dem Weg zu Anatoli war, den er ja regelmäßig füttern musste. Dass es neben dem Anschluss einen Haltegriff gab, hatte ihm geholfen.

Auf dem Rückweg hatte das Ganze auch in umgekehrter Reihenfolge funktioniert, und er war direkt schlafen gegangen. Am nächsten Morgen – der sich bloß durch die interne Uhrzeit von jeder anderen Zeit unterschied – war alles seltsam normal gewesen. Sarah und Markus ließen sich nichts anmerken, spielten ihre üblichen Abläufe durch, die lediglich durch die Versorgung, beziehungsweise Kontrolle von Dima und Anatoli verändert war. Auch Lee stürzte sich in seine Arbeit, um sich nicht ständig den Kopf darüber zu zerbrechen, was er getan hatte und was mit Anatoli, RJKK Energiya und diesem Asteroiden Cassandra 22007 überhaupt vor sich ging.

So zogen insgesamt drei Tage ins Land, in denen er sich um die geplanten Experimente kümmerte, die er für einige Universitäten vornahm. Es handelte sich dabei um neue Medikamente, das Verhalten von Blutzellen auf Nährböden in der Schwerelosigkeit und Veränderungen in der Durchlässigkeit der Blut-Hirn-Schranke ohne Schwerkraft. Alles benötigte seine volle Aufmerksamkeit und Konzentration, und erst bei seinen täglichen zwei Stunden Training konnte er wieder die Gedanken kreisen lassen.

Am Morgen des vierten Tages ging es Dima bereits deutlich besser, obwohl er sich nicht daran erinnern konnte, was geschehen war. Der Kosmonaut war wütend, als sie ihm erklärten, dass Anatoli ihn K. O. geschlagen hatte, hielt sich aber an Sarahs Vorgaben, vorerst gegen die Atrophie nur leicht zu trainieren und ansonsten viel zu schlafen.

Lee erreichte ein Anruf von Michelle, als er gerade den Plan für den Tag erneut durchscrollte.

»Hallo, Michelle«, sagte er, als ihr Gesicht auf dem Schirm auftauchte. Sie sah noch immer so müde aus wie bei ihrem letzten Gespräch, doch die Sorgenfalten auf ihrer Stirn hatten sich vertieft.

»Hallo, Lee. Holst du bitte Sarah und Markus dazu? Es gibt etwas Wichtiges zu besprechen.«

»Äh, klar.«

Als Markus aus dem Columbus und Sarah von der anderen Seite des Destiny-Moduls herbeikamen und sie sich mit einigem Abstand vom Laptop so positioniert hatten, dass sie sich nicht mehr bewegten, nickte Michelle.

»Ich will direkt zur Sache kommen. Es gibt neue Erkenntnisse, die wir euch als Erstes mitteilen wollen.«

»Oh, wir sind ausnahmsweise nicht die Letzten«, scherzte Sarah, doch Michelle reagierte nicht auf den Spruch, was Lees ungutes Gefühl noch verstärkte.

»Cassandra 22007 befindet sich auf Kollisionskurs mit der Erde.«

Ein paar Augenblicke lang herrschte Schweigen. Etwas in Lees Kopf wollte nicht verstehen, was diese einfache Aussage bedeutete, und ein anderer Teil *konnte* nicht verarbeiten, was sie für eine Tragweite hatte.

»Aber ich dachte, dass er in einiger Entfernung an uns vorbeifliegen wird«, murmelte Markus betroffen.

»Das dachten wir auch. Offensichtlich waren unsere Berechnungen falsch. Jetzt, wo der Asteroid so nahe ist, können wir ihn trotz seiner merkwürdig geringen Albedo deutlich besser erkennen.«

»Kann es sein, dass es sich um einen Irrtum handelt?« Lee wusste selbst, dass es kläglich naiv klang, und biss sich auf die Unterlippe. Den Schmerz bemerkte er kaum.

»Nein. Wir sind alles dreimal durchgegangen. In etwa fünf Tagen wird Cassandra in der Nähe des Okavango-Deltas im nordöstlichen Botswana einschlagen.«

»Aber das bedeutet, dass …«, setzte Sarah an, ihre Stimme versagte jedoch, und Michelle nickte.

»Ich weiß.«

»Wie haben es die Menschen aufgenommen?«, wollte Markus wissen.

»Gar nicht. Wir haben noch niemanden informiert. Ulysses hat nicht einmal in Washington angerufen. Er will sich Zeit erkaufen, indem er eine weitere Berechnungsrunde angeordnet hat.«

»Aber er muss doch …«

»Nein«, unterbrach Lee seinen Freund und Kollegen. »Er weiß, dass sich Demokraten und Republikaner zerfleischen werden und es keine Lösung gibt. Keine Atomwaffen können dieses Problem lösen, und auch keine Bohrer oder Solarsegel. Fünf Tage sind nichts. In fünf Tagen bekommt der Senat nicht einmal einen Eilantrag zusammen.« Er sah zu Michelle. »Wie stehen die Prognosen?«

»Nicht gut«, erwiderte sie kopfschüttelnd. »Wenn wir von unserer geschätzten Größe von fünfundzwanzig oder dreißig Kilometern im Durchmesser ausgehen, dann ist Cassandra 22007 das Ende. Die Dinosaurier wurden von einem Zehn-Kilometer-Brocken beinahe ausgelöscht, mitsamt 70 Prozent aller Lebensformen. Der Einschlagkrater war 180 Kilometer breit und hat die gesamte Erde unter einer Ascheschicht erstickt. Was ein dreimal so großer Brocken macht, können wir also nur erahnen.«

»Sie müssen es wissen«, sagte Sarah mit bebender Stimme. Lee fühlte sich wie versteinert. Er dachte an seinen Bruder, seinen Neffen Charlie und seine Freunde und ehemaligen Kameraden, auf die er sich bei seiner Rückkehr so gefreut hatte. Er würde sie nie wiedersehen. Dieser Gedanke war so unwirklich, dass ihm nichts mehr real vorkam. Selbst das Summen der Elektronik schien weit weg und surreal zu sein. Für Sarah und Markus musste es noch schlimmer sein. Der Deutsche war verheiratet und hatte zwei Kinder, Sarah mehrere Geschwister und ihre Eltern. Das konnte es doch nicht gewesen sein.

»Ulysses hat gesagt, dass wir in sechs Stunden den Präsidenten informieren, wenn der letzte Durchlauf keine Entwarnung bringt – aber dieser Fall ist sehr unwahrscheinlich. Das Team hier in Houston und unsere Freunde in München und Köln haben Maulkörbe verpasst bekommen, genau wie ihr übrigens auch. Niemand geht hier nach Hause, bis wir Anweisungen aus Washington beziehungsweise Paris haben, damit es nicht zu Durchstechereien an die Medien kommt«, erklärte Michelle, und die Klarheit und Direktheit ihrer Stimme machte Lee noch nervöser. »Dann wissen wir hoffentlich mehr.«

»Wir dürfen nicht mit unseren Familien sprechen?«, fragte Sarah.

»Nein. Tut mir leid. Morgen vielleicht, aber heute nicht. Bitte seht es uns nach, dass dieses Vorgehen notwendig war.«

»Wissen die Russen Bescheid?« Lee straffte sich und bemühte sich um einen gemessenen Gesichtsausdruck. Normalität. Er musste Normalität weiterleben, um die emotionale Orientierung nicht komplett zu verlieren in diesem Sturm aus Konsequenzen und Szenarien, der sich in seinem Kopf ausbreitete und kaum noch Platz für etwas anderes ließ, wenn er sich nicht konzentrierte.

»Nein. Wir wissen nicht, wie sie reagieren würden. Aber wir haben das System des Swesda ausgelesen und die Daten analysiert.« Michelle setzte ein leeres Lächeln auf. »Ulysses hat uns informiert. Jetzt spielt es ohnehin keine Rolle mehr, ich kann euch die Ergebnisse trotzdem schicken. Was auch immer die da gemacht haben, ist äußerst merkwürdig, aber was dahinter steckt, wird mit uns allen untergehen.«

»Schick' es mir bitte.« Sie tauschten einen langen Blick, und schließlich nickte die Leiterin der Bereitschaft im Kontrollzentrum in Houston. »Ich denke, dass es für uns alle jetzt das Beste ist, wenn wir unsere Arbeit weitermachen. Wir sind diejenigen, die Cassandra im Auge haben und vielleicht schon morgen dafür sorgen müssen, dass die Politiker nichts Dummes tun – was schwer genug sein wird.«

»Noch sind wir nicht tot«, stimmte Lee ihr zu und war überrascht, als er bemerkte, dass er Sarahs Hand in seiner hielt. Seine Kollegin sah aus, als hätte sie einen Geist gesehen, blass und mit einer Unterlippe, die in ständiger Bewegung war. Markus dagegen war so still geworden wie ein Stein und sagte selbst dann nichts, als Michelle sich verabschiedete und die Verbindung unterbrach.

»Ich sehe mir die Daten an«, entschied Lee, als eine bedrückende Stille das Modul erfüllte. Er drückte sich mit den Füßen von der Schublade des kleinen CT-Geräts ab, um in Richtung Unity zu fliegen, wo er in die Cupola kletterte und die Panzersegmente per Knopfdruck öffnete. Sie lösten sich wie klobige Lotusblätter von den Fenstern, die sie ironischerweise vor Mikrometeoriten schützen sollten. Entschlossen und methodisch ging er vor, als er den dortigen Laptop hochfuhr und per Passwort auf seinen persönlichen Account zugriff. Als sein Blick einmal nach oben abschweifte, sah er die Tagseite der Erde, dieses blaue Paradies inmitten endloser Finsternis, das von blütenweißen Wolkenbändern überzogen war. Sie sah so friedlich aus wie eh und je und gleichzeitig viel zerbrechlicher und kostbarer. Es war leicht, von hier oben das große Ganze zu sehen und zur selben Zeit aus den Augen zu verlieren, dass winzige Lebewesen – Menschen – dort unten lebten, litten, liebten und starben und ganz weltlichen Herausforderungen nachgingen.

Während aus der Dunkelheit der Tod auf sie zurast, ohne, dass sie es wissen, dachte er und schluckte mehrmals, als sich der dicke Kloß in seinem Hals zurückmeldete. *Ich denke gar nicht daran, mir jetzt die Decke über den Kopf zu ziehen! Wo sind die Daten?*

Lee klickte auf den Posteingang und erhielt in genau dem Moment eine E-Mail von Michelle, die er öffnete und rasch überflog. Sie bestand aus der Kopie eines internen Berichts aus der IT- und Cybersicherheitsabteilung der NASA, der mit *streng geheim* gekennzeichnet und an Direktor Ulysses Keinzman adressiert war. Die vertraute Anrede konnte nur bedeuten, dass dieses Schriftstück niemals offizielle Stellen zu Gesicht bekommen sollten.

Ulysses,

Nachdem wir in der Lage waren, das russische System von

184

innen heraus zu analysieren und aufzubrechen, sind uns interessante Dinge aufgefallen: So wie es aussieht, hat Kosmonaut Anatoli Timoschtschuk nach seiner Ankunft bei der Einrichtung seines Accounts Dateien aufgespielt, die sich tief in die Code-Infrastruktur eingenistet haben. Zudem deutet einiges darauf hin, dass ein Störsender für Funksignale installiert worden war. Es gab mehr als zwei Dutzend Kontakte von Anatoli Timoschtschuks Account zu einer verschleierten IP-Adresse auf den Philippinen. Die Anbahnung fand jedes Mal auf Kyrillisch und äußerst knapp statt, die eigentlichen Gespräche waren kurz und gesprochen, sodass wir darüber leider keinerlei Informationen besitzen. Interessant wird es ab dem Zeitpunkt, zu dem das Astron installiert worden ist. Offenbar war der unbekannten Fraktion, die ihre Finger im Spiel hatte, sehr bewusst, dass es ein Signal geben würde und woher es stammt. Allerdings nicht so, wie wir es bisher vermuteten. Das Astron-Radioteleskop hat keine Radiowellen aufgenommen, die von Cassandra 22007 abgestrahlt werden, sondern welche von der Erdoberfläche, die direkt auf den Asteroiden gerichtet waren.

Lee rieb sich die Augen und überflog die letzten Zeilen nochmal, ehe er weiterlas:

Wir fanden in versteckten Dateien in Anatoli Timoschtschuks Account Koordinaten, die exakt mit dem Mittelpunkt des Kraters in Sibirien übereinstimmen, der weithin als Tunguska-Krater und Epizentrum des Tunguska-Ereignisses Anfang des letzten Jahrhunderts bekannt ist. Die Richtung des Signals war ebenfalls bekannt, und anstatt bloß eines aufzufangen, gab es offenbar ein enges Zeitfenster, in dem Astron aktiviert werden musste, da es sich mit der Station nur einmal in vierzehn Wochen direkt über den Koordinaten befindet. Das Teleskop ist sozusagen in ein bestehendes, von Sibirien aus gesendetes Signal hineingeflogen und hat in den insgesamt zwei Sekunden eine Antwort erhalten. Das klingt erstmal normal, da es sich bei einem Asteroiden um einen passiven Sender handelt, aber das eingefangene Signal erinnert in seiner Grundstruktur sehr an das ausgesendete aus Russland. Die Verarbeitung der Signaldaten hat keinerlei Bild ergeben, was sie eigentlich hätte tun müssen.

Nun war Lee vollkommen irritiert. Der normale Sinn von Radioteleskopen war, ein Radiosignal auszuwerfen und die von Objekten – wie Asteroiden – reflektierten Signale so auszuwerten, dass ein Bild mit klaren Umrissen und einer Form entstand. Wie bei einem Echo. Aber dieses Echo hatte offenbar nicht wie erwartet stattgefunden oder war zumindest so entartet, dass es dieses Bild eben nicht ergab, dafür vielleicht etwas anderes. Wieso verhielt sich dieser kosmische Steinbrocken nicht, wie er sollte, und warum sendete etwas aus dem Tunguska-Krater genau in seine Richtung? Dort gab es kein Radioteleskop, von dem er gewusst hätte. Und wie war es möglich, dass jemand ganz offensichtlich von der Existenz Cassandras wusste, ohne, dass die NASA oder ihre Partneragenturen auch nur den Hauch einer Ahnung gehabt hätten? Selbst wenn an den Verschwörungstheorien um eine Vertuschung der Entdeckung etwas dran war, die sich seit dem Brand in der ESA-Einrichtung in Spanien verbreiteten, erklärte das noch nicht, weshalb jemand schon vor Wochen, Monaten oder gar Jahren gewusst hatte, dass er Astron bauen und zur ISS schaffen muss.

Lee kehrte zu Sarah zurück, die sich im Destiny befand und genau wie Markus still und präzise wie ein Roboter ihren täglichen Aufgaben nachging, als sei nichts gewesen. Ihre Handgriffe waren zackig, aber kontrolliert, ihr Gesicht vor Konzentration starr.

»Sarah, hier ist etwas echt merkwürdig«, sagte Lee und musste sie antippen, um ihre Aufmerksamkeit auf sich zu ziehen.

»Meinst du?«

»Im Ernst. Ich habe nachgesehen, was die Computerfreaks daheim herausgefunden haben. Die Russen – oder wenigstens irgendjemand in Russland – wusste schon seit längerer Zeit von dem Asteroiden.«

»Was? Wovon redest du?«

»Das Astron«, erklärte er ungeduldig. »Es wurde seit zwei Jahren gebaut und vor Monaten zum Transport vorbereitet. Ein Kosmonaut wurde im Eilverfahren trainiert und zugelassen und nimmt das Radioteleskop zu einem fest definierten Zeitpunkt in Betrieb, um zwei Sekunden lang ein Signal von Cassandra aufzufangen, nachdem der Asteroid zuvor aus Tunguska mit einem anderen Signal bombardiert wurde. Jemand weiß Bescheid, und ich frage mich, wie das überhaupt möglich ist.«

Sarah runzelte die Stirn und nahm das Tablet entgegen, das er ihr hinstreckte. Nach einer gefühlten Ewigkeit löste sie sich aus einer Art Gedankenstarre und atmete tief ein. »Das müssen wir uns genauer ansehen. Und wir müssen nochmal ein ernstes Wörtchen mit Anatoli sprechen.«

Das taten sie, wobei der Russe nach wie vor nicht besonders gesprächig war, obwohl sein körperlicher Zustand sich durch die fehlende Bewegung in der Schwerelosigkeit nicht gerade verbesserte. Doch auch wenn er kaum etwas sagte, verriet sein Schweigen eine Menge: Beispielsweise schien es ihn kaum zu irritieren oder zu überraschen, als sie ihm mitteilten, dass Cassandra 22007 in wenigen Tagen auf die Erde stürzen und sie dabei vernichten würde. Entweder es war ihm also gleich, oder er wusste etwas, das sie nicht wussten, das zu einer anderen Reaktion führte. Beides war beunruhigend.

So blieb ihnen nichts anderes, als den Brief an den Direktor immer wieder durchzugehen und zu diskutieren – natürlich nur in den geplanten Time-outs, in denen nicht jeder Atemzug auf der Station überwacht wurde. Bis am nächsten Tag erneut ein Anruf einging, wieder von Michelle, nur dass diesmal der Direktor neben ihr saß. Beide befanden sich offenbar im Kontrollzentrum, denn er konnte hinter ihnen die weißen Wände mit den Glasfenstern erkennen. Anders als sonst war es um sie herum nicht ruhig. Stattdessen hörte Lee laute Gespräche, vereinzelte Zwischenrufe und das Geraschel von Papier.

»Wir haben Neuigkeiten«, sagte Michelle, und die Anspannung war aus ihrer Stimme zu hören, wie bei einer zu stark gespannten Gitarrensaite, die mit jeder Berührung zu intensive Vibrationen erzeugte.

»Cassandra 22007«, fiel ihr Ulysses Keinzman ins Wort, »er wird langsamer.«

Lee glaubte, sich verhört zu haben, und sah erst zu Markus, dann rechts zu Sarah, die jedoch ebenso verwirrt schien wie er.

»*Wie bitte*, Sir?«, fragte sie.

»Der Asteroid, er wird langsamer«, wiederholte der Direktor und scheuchte jemanden außerhalb des Bildes mit einer unwirschen Geste fort.

»Alle sind vollkommen aus dem Häuschen«, nutzte Michelle die kurze Gedankenpause ihres Vorgesetzten. »Wir versuchen gerade, parallel die Berechnungen zu überprüfen und gleichzeitig Szenarien durchzuspielen, in denen so ein Himmelskörper …«

»… *bremsen* kann?«, sprang Lee ihr zur Seite. »Das ist doch vollkommen unmöglich!«

»Wir wissen nicht, wieso«, schaltete sich Keinzman wieder ein und zeigte mit ausgestrecktem Zeigefinger in die Kamera.

»Aber das bedeutet nicht, dass wir schon zu Absolutismen greifen müssen. Cassandra wird langsamer, das ist so gut wie sicher. Seit wir ihn entdeckt haben, richten wir jedes Teleskop, das uns zur Verfügung steht, auf diesen tödlichen Riesen. Ich habe den Präsidenten bereits informiert und kann euch nur sagen, dass ich wirklich erleichtert bin, dass er noch nicht an die Öffentlichkeit gegangen ist. Es sieht aus, als würde der Weltuntergang vorerst auf sich warten lassen.«

»Was wissen wir denn über die Verlangsamungsrate?«, fragte Markus.

»Nicht viel, nur, dass sie zunimmt.«

»Das Ding sollte eigentlich schneller werden, weil es vom Gravitationstrichter der Erde angezogen wird«, erklärte Michelle überflüssigerweise. »Es tut aber genau das Gegenteil, und das macht uns hier ziemlich nervös.«

Lee verstand, was sie meinte. Instinktiv wollte er erleichtert sein, in der Hoffnung, dass Cassandra 22007 doch nicht mit der Erde kollidieren oder durch die veränderte Geschwindigkeit an ihr vorbeifliegen oder vom Mond abgelenkt werden würde. Gleichzeitig widersprach das Verhalten dieses kosmischen Besuchers allem, was sie bisher über Himmelskörper und Orbitalmechanik wussten, und das war nie ein gutes Zeichen.

»Einige hier haben vorgeschlagen, dass extreme Sonnenwinde, die uns entgangen sind, für Ausgasungen auf der uns zugewandten Seite sorgen könnten, die Cassandra abbremsen, aber noch spricht nichts dafür, und wir sehen keine solchen Aktivitäten«, übernahm der Direktor wieder das Gespräch. »Fakt ist aber nun mal, dass wir es jetzt mit einem Asteroiden zu tun haben, der abbremst, und darauf müssen wir reagieren.«

»Was können wir tun?«

»Wir haben nach Rücksprache mit dem Präsidenten die

Russen und Europäer mit einbezogen. Nachdem der Kreml das Astron im Schnellverfahren der RJKK Energiya enteignet hat, haben wir die Erlaubnis, Dima dabei zu unterstützen, es wieder zu aktivieren und diesen merkwürdigen Besucher abzulichten. Alles was hilft, hilft eben.«

Lee, Sarah und Markus nickten.

»Gut. Fangt am besten gleich an und lasst uns sofort wissen, wenn ihr etwas habt.«

»In Ordnung.« Sie beendeten die Verbindung und wechselten einige von Schweigen begleitete Blicke, ehe Sarah es brach.

»Das ist wirklich gruselig.«

»Kannst du laut sagen«, stimmte Lee ihr zu. »Ich habe das Gefühl, in einem Traum festzustecken und nicht mehr aufzuwachen.«

»Ein verrücktes Ereignis nach dem anderen.« Markus nickte. »Aber wir sind hier oben und was passiert, passiert wirklich. Ich habe keine Ahnung, wie das alles zusammenhängt, aber ich glaube nicht an gehäufte Zufälle. Irgendetwas sehen wir nicht, und ich will wissen was.«

»Dann fangen wir doch am besten damit an, uns dieses mysteriöse Objekt selbst anzuschauen, das gerade in unsere Richtung abbremst«, schlug Lee vor.

»Ihr glaubt aber nicht, dass das ein Raumschiff von Aliens ist, oder?« Sarah musterte sie mit großen Augen und machte einen leidenden Gesichtsausdruck, als sie nichts erwiderten. »Ach, kommt schon.«

»Nein, ich glaube nicht an ein Alienraumschiff«, versicherte er ihr. »Die grobe Struktur eines Asteroiden wurde schon bestätigt und ich glaube nicht, dass Lebewesen, die eine Technologie entwickelt haben, um hierher zu gelangen, sich nicht melden würden. Spätestens dann, wenn wir sie erfasst haben.«

»Außerdem«, fügte Sarah hinzu, »würden Aliens wohl kaum mit den Russen in Kontakt stehen.«

»Russen?«, fragte Markus verwirrt und Sarah verzog den Mund.

»Wir haben die Ergebnisse von der …«, Lee blickte sich verschwörerisch um, »USB-Stick-Sache. Es wurde ein Signal von Tunguska aus zu Cassandra 22007 geschickt, und auf irgendeine Art gab es eine Antwort. Aber dabei kann es sich auch einfach um ein unnatürliches Echo gehandelt haben.«

»Unnatürlich ist alles an dieser Sache. Aber Tunguska? Oh Mann.« Der Deutsche atmete langgezogen aus. »Ich hoffe, dass das all die Verschwörungstheoretiker da unten nicht hören.«

»Wenn das so weitergeht, gehöre ich auch bald zu denen«, brummte Sarah. »Kommt, wir sollten mit Dima sprechen. Ich will mir diesen Brocken mit eigenen Augen ansehen.«

Kapitel 13

Jenna

Jenna stand mit Thomas, der in Wahrheit Colin hieß, falls es sich nicht um einen weiteren Decknamen handelte, unter dem Vordach des verwaisten Hauses.

»Der Schiffseigner der *Wiesbaden* war Chiu Wai? Wie kann das sein?«, fragte sie und spürte Wut in sich aufsteigen. Hatte sie etwas übersehen, oder sich gar von der Frau aufs Kreuz legen lassen? Sie hasste es, wenn jemand klüger war als sie.

»Du weißt, dass in China Ausländer ohne chinesische Beteiligung keine Geschäfte machen können?«

»Ja. Außer Musk.«

»Genau. Im Normalfall sieht das so aus, dass beispielsweise General Motors sein Chinageschäft aufziehen will und dafür eine fünfzigprozentige Beteiligung eines heimischen Partnerunternehmens akzeptieren muss. So protegiert die kommunistische Partei Land sowie Arbeitsplätze und saugt gleichzeitig Technologien und Know-how ab. Im Gegenzug öffnet es seinen riesigen Markt, der größer ist als der des gesamten Westens«, erklärte der MI6-Agent. »Das gilt im großen Stil ironischerweise auch für westliche Kriminelle, die ja nichts anderes sind als Geschäftsleute, die sich nicht an Regeln halten. Diese eine Direktive aber können sie nicht umgehen, da sie als Westler sofort auffallen. Chiu Wai ist ein unbedeutender Niemand und gleichzeitig einer der bekanntesten Schieber im Human Trafficking, den es gibt.«

»Chiu Wai ist ein nichtiger Unternehmer aus dem Mittelstand, der mit Schulranzen so ziemlich das Unverfänglichste herstellt, was man sich vorstellen kann. Kein großes

Geschäft, dafür aber auch keine großen Wellen«, sagte sie nachdenklich. »Der perfekte Strohmann für jemanden, der für seine illegalen Geschäfte eine legale und handlungsfähige Person braucht. Aber wer war die Frau, die hinter ihm steht?«

»Wir kennen ihren Namen nicht, aber wir glauben, dass es sich dabei um die Schwarze Witwe handelt.«

Jenna erstarrte. Die Schwarze Witwe war lange Zeit nicht mehr als ein Phantom gewesen, ein Gespenst der Geheimdienste. Sie war angeblich direkt oder indirekt für vierzig Prozent der globalen Zwangsprostitution verantwortlich, da sie ein Untergrundnetzwerk geschaffen hatte, über das junge Frauen weltweit geködert, entführt und verschleppt wurden, um in reichen Ländern als Prostituierte zu arbeiten. Erst 2016 gelang es skandinavischen Behörden, sechshundert von ihnen aus russischen Lkws zu befreien, die als Lebensmitteltransporte getarnt zum Hafen von Oslo unterwegs gewesen waren. Wie schon in früheren Fällen hatten Ermittlungen zu den Drahtziehern wenig ergeben, außer, dass die festgenommenen Ganoven aus Furcht vor einer *Schwarzen Witwe* lieber ins Gefängnis gegangen waren, als auszusagen und ihre Strafen zu mildern.

»Also ist Chiu Wai so etwas wie ihr Briefkasten in China«, folgerte sie.

»Richtig. Davon gehen wir zumindest aus.«

»Woher stammt diese Information?«

»Wir konnten Chiu Wais Telefonverbindungen anzapfen und haben bemerkt, dass er immer vor und nach Treffen mit als kriminell eingestuften Kontaktpersonen dieselbe, nicht verfolgbare Nummer gewählt hat. Wir haben dann versucht, einen Zusammenhang herzustellen und seine Kontobewegungen ausgewertet. Das war gar nicht so einfach für unsere Analysten, weil der echte Chiu Wai äußerst gut darin ist, seine Finanzen zu verschleiern.«

»Sonst hätte sich die Schwarze Witwe sicher nicht ihn ausgesucht.«

»Ja. Es gab in China zwei große Entführungswellen, vornehmlich von Jungen. Beide Male handelte es sich um mehrere tausend, die aus drei Industriemetropolen gleichzeitig verschleppt wurden und nie wieder aufgetaucht sind. Meist werden sie an neue Familien verkauft, nachdem die Ein-Kind-Politik im Reich der Mitte Kinder zu einer Rarität gemacht hat. Sie wachsen bei anderen auf, mit neuen Namen und verändern sich schnell genug, dass sie für die Behörden praktisch unauffindbar sind. Beide Wellen haben Chiu Wai reich gemacht, weil sein Geschäft zur selben Zeit extreme Ausschläge nach oben gemacht hat«, erklärte Colin. »Da sind wir hellhörig geworden.«

»Ihr habt einen Informanten«, sagte Jenna und schüttelte den Kopf. »Sonst hättet ihr nicht so schnell auf ein Phantom des Entführungsgewerbes getippt.«

»Ja«, gab er schließlich zu. »Den haben wir auch.«

»Und jetzt wollt ihr ihn schnappen.«

»Natürlich. Aber damit sind viele meiner Kollegen befasst. Ich bin nach einem etwas unglücklichen Einsatz im letzten Jahr quasi auf der Ersatzbank und soll einem Hirngespinst nachjagen. Einer Formel.«

»Du glaubst nicht, dass es sie gibt?«

»Ein russischer Oligarch, der eine Substanz entwickelt, ein Wunderheilmittel? Die für die wenigen Infizierten und Toten in China verantwortlich ist?« Der Agent schnaubte. »Kommen Sie schon. *Compound X* ist eine Fantasie. Wir haben nicht mehr als den Teil einer chemischen Formel, der keinen Sinn ergibt, und der angebliche Erfinder wurde mit Flug MH17 über der Ukraine abgeschossen.«

»Meine Ermittlungen zu dieser Fantasie haben mich auf die Fährte deiner Schwarzen Witwe gebracht. Wenn jemand wie Juri Golgorow, der angeblich tot ist, aber immer noch wirkt, sich die Dienste von so jemandem erkauft, glaubst du nicht, dass dann etwas im Busch ist?«, fragte Jenna rhetorisch, als sie Motorengeräusche hörte und reflexartig in Deckung ging. Erst nach einem Blick über das hüfthohe Unkraut des Vorgartens sah sie, dass es Li, ihr Taxifahrer war, der auf dem staubigen Platz wendete und seinen Heimweg antrat. Sie überlegte, ob sie einen Fehler gemacht hatte, immerhin war sie ohne besonders viel Ausrüstung gekommen und hatte nur wenig Wasser und ein paar Schokoriegel dabei. »Wie bist du hergekommen?«

»Mit dem Motorrad. Steht am Fluss.«

»Wir sollten uns weiter umsehen. Hast du auf dem Weg hierher irgendjemanden im Dorf gesehen?«

Colin schüttelte den Kopf. »Nein, ist wie ausgestorben.«

»Es gibt doch bestimmt so etwas wie ein Dorfzentrum. Der Ort ist abgeschieden und zurückgeblieben, aber nicht besonders klein. Eine lokale Kleinwirtschaft wird es gegeben haben. Bauern, die ihre Erzeugnisse verkaufen, Metzger, Zimmerleute, einen Versammlungsort. Sehen wir uns mal um«, schlug sie vor, und er nickte. Sie musste gestehen, dass es sie zwar ärgerte, dass ein anderer Agent sie als Trittbrett benutzt hatte, aber es sie gleichzeitig beruhigte, nicht alleine zu sein und seine Pistole in Reichweite zu haben. Dieser Ort hier war so unheimlich wie seine Stille, die ihn umgab. Das Wissen, dass sie vollkommen abgeschieden waren und selbst die allmächtige KP hier kaum aktiv war, verbesserte diesen Eindruck nicht unbedingt. Der Weg in Richtung Zentrum, tiefer in das Dorf hinein, ließ ihre Gänsehaut nur noch unangenehmer werden. Kleine Staubhosen flogen über die kaum festgetrampelten Pfade, und immer wieder stießen sie auf Spuren dicht gedrängter Schuhabdrücke, die allesamt nach Osten führten. Die meisten stammten offenbar von Erwachsenen, aber viele waren auch klein genug, um von Kindern hinterlassen worden zu sein.

Der Himmel zog immer stärker zu und tauchte die zuvor noch idyllische Landschaft, die im scharfen Kontrast zur unheimlichen Szenerie stand, in ein tristes Grau, als hätte jemand ein Leichentuch über das Tal gelegt. Ein paar Kühe glotzten sie aus dem Vorgarten eines eingefallenen Hauses heraus an und hielten in ihrem ständigen Wiederkäuen inne, bis sie vorbeigegangen waren. Ein paar Pferde scheuten zwischen zwei dunklen Schuppen und galoppierten davon, als hätten sie einen Geist gesehen. Jenna fühlte sich wie ein Fremdkörper, ein Stachel, wie jemand, der eigentlich nicht hier sein sollte. Obwohl dieses Gefühl so gut wie immer während ihrer Einsätze auftrat, weil es dem Wesen ihrer Arbeit entsprach, war es hier anders. Die Häuser schienen Augen zu haben und die Berge Ohren.

»Wo sind die alle?«, wisperte Colin, als habe er Sorge, irgendjemanden – oder irgendetwas – aufzuwecken, das man besser schlafen ließ.

»Ich weiß es nicht. Aber ein ganzes Dorf verschwindet nicht einfach so«, brummte sie.

Als sie einen geräumigen Platz erreichten, der in etwa so groß wie zwei Tennisplätze war, standen sie vor einem stattlichen Gebäude, das hufeisenförmig angelegt war. Auch seine Wände bestanden aus von der Feuchtigkeit schwarz gewordenen Holzlatten, die eher grob als künstlerisch aneinandergehauen waren, und einem mehrfach geflickten Dach. Unter ihren Füßen hatte der Wind bereits für einige Verwehungen gesorgt, doch auch so konnte sie immer noch eine Menge Schuhabdrücke erkennen, die sich teilweise in verschiedene Richtungen drehten. Da wo Wege zwischen die anderen Häuser führten, fanden sie auch Reifenspuren, die sich erstaunlich tief in die Erde gegraben hatten.

Das große Gebäude war ebenfalls verlassen, allerdings waren dort keine Essensreste oder umgestoßene Möbel zu finden. Die simplen Tische und Stühle standen im Gegenteil ordentlich aufgereiht. Dafür erweckte etwas anderes ihr Interesse, als sie über den knarzenden Dielenboden schritten: eine Schmiererei an der Rückwand zwischen den Geweihen zweier Hirsche.

»Kannst du Kyrillisch lesen?«, fragte sie.

»Ja, aber kein Mandarin«, erwiderte der Brite und lächelte. »Siehst du, wir ergänzen uns perfekt.«

Jenna setzte eine säuerliche Miene auf und deutete auf die hektisch oder nachlässig geschriebenen Sätze auf der verschimmelten Holzwand.

»Nieder mit dem Pekinger Diktat. Kehrt heim in den Schoß der Nation«, las Colin vor und zuckte mit den Schultern. »Das darunter sind Striche, vielleicht wurde eine Abstimmung abgehalten oder sowas.«

»Heim in den Schoß der Nation? Die meinen sicher Kasachstan, oder?«

»Da gehe ich von aus. Die Bewohner hier müssten alle kasachischstämmig sein. Aber das macht keinen Sinn. Sie leben seit Jahrhunderten in China, vermutlich, weil sie in Kasachstan eine verfolgte Minderheit waren, oder die Grenzen unglücklich gezogen wurden. So oder so hätten sie doch jederzeit zurückgehen können, wenn sie drüben willkommen gewesen wären.«

»Vielleicht wollte Chiu Wai es so aussehen lassen, als wären sie freiwillig abgehauen«, mutmaßte Jenna. »Sie steckt doch dahinter, oder? Die Schwarze Witwe, die eigentlich Chiu Wai ist, wenn man so will?«

»Wenn jemand ein ganzes Dorf in China verschwinden lassen kann, dann sie. Wir haben genauso wie ihr ganze Regalwände voller böser Menschen, die für dieses oder jenes in

Frage kommen, aber für die ganz großen Dinger der verschiedenen Wirtschaftszweige des Bösen kommen immer nur sehr wenige in Betracht. Die Nummer hier trägt eindeutig ihre Handschrift.«

»Das ist merkwürdig. Sie war es schließlich, die mich auf die Fährte dieses Ortes gebracht hat«, sagte sie mit düsterer Miene und fühlte sich mit einem Mal wie der einsamste Mensch auf der Erde, als hätte jemand sehr weit herausgezoomt. »Ich wusste ja nicht einmal, wer sie ist.«

»Mhm«, machte Colin nachdenklich und sah düster aus dem Fenster. »Das kann nur bedeuten …«

»… dass sie mich genau hier haben wollte.« Jenna folgte seinem Blick und tastete nach der Machete, die sie sich in den Gürtel gesteckt hatte. »Es gibt keinen besseren Ort, als unliebsame Agenten auszuschalten, die ihre Nase zu tief in Angelegenheiten stecken, deren Fortbestand davon abhängt, ungesehen zu bleiben. Es war ein Fehler, hierher zu kommen. Wenn sie mich töten, werde ich einfach verschwinden, und wo sonst die Hölle losbrechen würde, wenn eine US-Agentin ermordet wird, bleibe ich *irgendwo in China* verschollen.«

»Wer ist dumm? Der Tor, oder der Tor, der ihm folgt?«, fragte der britische Agent und schnalzte mit der Zunge. »Was denkst du? Scharfschützen? Ein Killerkommando?«

»Ich bin nicht sicher. Falls sie noch Kräfte vor Ort oder zumindest in China hatte, dürfte sie sich über einen ordentlichen zeitlichen Vorsprung freuen. Falls nicht, ist alles möglich. Scharfschützen in den Bergen, Claymores zwischen den Häusern, ein Einsatzteam … Dieser Fauxpas hätte mir nicht passieren dürfen.«

»Du bist ziemlich hart zu dir selbst. Ich bin immerhin derjenige, der sich an deine Fersen geheftet hat und jetzt mit im Schlamassel steckt.«

Jenna ging die ständige Witzelei des Kerls langsam auf die Nerven, also lenkte sie sich mit Nachdenken ab.

»Scharfschützen sind eine Möglichkeit, aber die bedeuten immer eine Sauerei. Blut und DNA-Spuren überall, Körper, die man verschwinden lassen muss. In dieser Umgebung ist es die Hölle, menschliche Überreste lückenlos zu beseitigen. Sollte meine Regierung melden, dass eine US-Staatsbürgerin hier verschollen ist, wird Peking sicher Ermittler herschicken. Sprengfallen kommen also auch kaum infrage, da man sich nicht damit rausreden kann, ich hätte mich aus Versehen in ein Jagdgebiet begeben. Der Ort scheint perfekt für einen Hinterhalt, aber die Umstände sind schwieriger, als es auf den ersten Blick wirkt.«

»Sch. Hörst du das auch?«, fragte Colin, als Jenna im selben Augenblick Fahrzeuggeräusche vernahm. Sie liefen zur Tür, stellten sich rechts und links hinter den Rahmen und spähten hinaus. Und tatsächlich rollten zwei Polizeiwagen mit Blaulicht vorbei.

»*Das* ist also ihre Falle«, grunzte sie frustriert. »Diese Frau ist noch gerissener, als ich dachte.«

»Sie hat offenbar gute Kontakte in der KP.«

»Davon leben diese Leute. Sie hat mich ausmanövriert. Wahrscheinlich hat sie ihnen ein Bild von mir geschickt und mich als Agentin enttarnt. Den lokalen Polizeichef wird es freuen, eine US-Spionin in die Finger bekommen zu haben – vielleicht inklusive Beförderung – und sie ist fein raus, ohne sich die Hände schmutzig gemacht zu haben. Elegant, muss ich gestehen. Wenn wir hier einmal in einer Blacksite landen, sehen wir das Tageslicht nie wieder, und die Chancen stehen gut, dass unsere Regierungen die Compound X-Untersuchungen fallen lassen. Stiefmütterlich behandelt werden sie ohnehin bereits. Das wird ihnen den Rest geben.« Jenna sah mit an, wie die Wagen schräg zum Eingang fuhren und rasch bremsten.

Das Versammlungshaus, in dem sie sich befanden, besaß keine anderen Ausgänge, und als rechts wie links jeweils vier Türen der Fahrzeuge aufgingen, wusste sie auch, dass sie sich nicht freikämpfen konnten. Die Falle war tatsächlich perfekt.

»Chūlái!«, rief einer der Beamten, die mit gezückten Waffen hinter ihren Türen in Deckung gegangen waren und auf den Eingang zum Haus zielten. Sie trugen die dunkelgrünen Uniformen und ausladenden Hüte der chinesischen Militärpolizei.

»Ich schätze, das bedeutet nicht, dass ich heute hervorragend aussehe?«, fragte Colin und betrachtete seufzend die Pistole in seinen Händen.

Jenna schüttelte den Kopf. »Militärpolizei. Das verrät uns einiges über die Schwarze Witwe. Acht Leute, einer im Rang eines Captains, was ungewöhnlich ist. Die fahren nie mit raus, außer bei Großeinsätzen. Also tippe ich darauf, dass er ihr Kontakt ist und ein paar Leute mitgenommen hat, denen er vertraut. Falls sich der Hinweis seiner kriminellen Freundin als richtig herausstellt, will er keine Ranghöheren dabei haben, die ihm den Erfolg wegschnappen. Deswegen sind sie auch in normalen Streifenwagen der Straßenpolizei hergekommen. Ein normaler, ein Kleinbus. Also will er, dass die Aktion vorerst unter dem Radar stattfindet, hat die Lokalpolizisten bestochen, bedroht, oder gekannt, und will nicht, dass man ihm im Fall der Fälle etwas anhängen kann. Er ist vorsichtig, vielleicht sogar nervös.«

»Und ist das in deinen Augen etwas Gutes?«

»Chūlái!«, brüllte der Captain, diesmal lauter und aggressiver.

Jaja. Wir kommen schon raus.

»Möglicherweise.«

»Soll ich ihn erschießen? Dann haben wir immerhin Chiu Wais Kontakt eliminiert.«

»Wenn die anderen dann losschießen sind wir Kleinholz.«
Jenna schüttelte den Kopf. »Nein, wir ergeben uns.«

»Einfach so?«

»Einfach so.«

»Und wenn ich dagegen bin?«, fragte Colin. Sie zuckte zur Antwort mit den Achseln. »Na toll.«

»Wǒmen xiànzài yào chūlái!«, rief sie und hob ihre Hände.

»Ich schätze, dass du denen nicht gerade gesagt hast, dass ich heute besonders gut aussehe?«

»Das würde ich niemals sagen.« Jenna ging vorsichtig in die offene Tür und sah zu den Polizisten, die sich sofort anspannten und ihre Pistolen und Maschinenpistolen vorstreckten.

»Bié kāi qiāng! Nicht schießen! Wir sind zu zweit!« Sie trat langsam vor, ging die beiden Treppen hinunter und ließ sich von auffällig jungen Polizisten in Handschellen legen. Zwei weitere kamen herbei und umrundeten sie. Kurz darauf klickte es auch hinter ihr.

»Im Namen des Volkes, Sie sind festgenommen!«, bellte der Captain, ein älterer Mann mit Bauchansatz und grauen Schläfen unter seinem Hut. Er steckte seine Pistole gerade zurück ins Holster und kam von der Beifahrertür der Limousine mit den Blaulichtern auf sie zu.

»Wie lautet die Anklage? Ich bin Touristin. Ich habe ein Visum«, gab Jenna zurück. Es war ein Spiel, eine Farce, aber selbst wenn man verloren hatte, würfelte man weiter. So war es eben.

»Spionage. Schafft sie weg und den da auch.« Er streckte eine Hand aus und zeigte auf Colin, der grob neben sie gezerrt wurde.

»Ein Anruf beim Botschafter ist vermutlich nicht drin, schätze ich?«, fragte der Brite seufzend.

»Nein.«

»Weil Sie keinen Empfang haben, vermutlich. Verstehe. Dann eben, wenn wir wieder in Reichweite sind.«

Die Polizisten schubsten sie zu dem Kleinbus und öffneten die Hecktüren. In dem großen Fond befanden sich zwei Sitzbänke an den Wänden. Nach vorne war die Sicht frei auf Fahrer- und Beifahrersitz. Ein kleiner Mannschaftswagen, kein Gefangenentransporter. Das deutete wenigstens darauf hin, dass der Captain sich nicht perfekt hatte vorbereiten können und am Improvisieren war. Es hätte schlimmer kommen können.

Sie wurden auf die Bänke verteilt und jeweils rechts und links von einem Beamten begleitet, sodass sie zu dritt auf jeder Seite saßen, die Hände auf dem Schoß in Handschellen. Der Fahrer stieg ein und legte den Rückwärtsgang ein, stoppte dann, bis der Beifahrer eingestiegen war und fuhr los.

»Den neuseeländischen Akzent hast du ganz gut drauf«, sagte sie in Colins Richtung. »Wie steht's mit deinem irischen?«

»Oyrish?«, fragte er mit breitem Dialekt.

»Ja«, antwortete sie ebenso. »Wenn ich dir das Zeichen gebe …«

»Dàndìng!«, brüllte sie einer der Militärpolizisten an und versetze ihr einen schmerzhaften Stoß in die Seite.

»… dann halt dich gut fest«, vollendete sie ihren Satz und fing sich eine heftige Maulschelle ein, die ihre Lippen zum Aufplatzen brachte. Sie schmeckte den metallischen Geschmack von Blut im Mund und schwieg. Colin fletschte wütend die Zähne, sagte aber nichts.

Zwei auf seiner Seite, zwei auf meiner. Ein Fahrer und ein Beifahrer. Macht sechs hier in diesem Auto, dachte sie. *Bleiben noch zwei in der Limousine. Wir sind nicht angeschnallt, also auch nicht fixiert. Aber wir sind eingeklemmt zwischen diesen aggressiven jungen Kerlen. Die sind fit, aber vermutlich unerfahren und wenig abgeklärt.*

Ihr Wagen rumpelte über die Schotter- und Sandpisten und hatte sichtlich Probleme mit der Federung, da er nicht für dieses Gelände vorgesehen war. Jenna war kaum in der Lage, sich zu bewegen, da ihre Aufpasser sie nicht bloß in Handschellen gelegt hatten, sondern auch jeweils von beiden Seiten ihre Unterarme festhielten. Aber sie musste etwas tun. Sobald sie die planierte Schotterstraße nach Süden erreichten, würde es eine ruhige Fahrt werden, und sie würden erst wieder anhalten, wenn sie in irgendeinem Loch angekommen waren, in dem der Captain sie befragen konnte. Ein Anruf bei der Schwarzen Witwe, um ihre Identität zu bestätigen und einer bei einem KP-Funktionär, um von seinem großen Erfolg zu berichten. Danach würden dann mit Sicherheit die ganz schweren Jungs aus Peking übernehmen. Eine amerikanische Geheimagentin schnappte man nicht alle Tage, und sie war wertvoller als ihr Gewicht in Gold. Das hieß automatisch, dass sie nie wieder Tageslicht sehen und einige sehr unangenehme Erfahrungen machen würde.

Darauf wollte sie gerne verzichten, zumal sie das erste Mal so vorgeführt worden war. Inakzeptabel.

Jenna suchte Blickkontakt mit Colin und nickte kaum merklich. Ein Blick nach rechts zwischen die Sitze von Fahrer und Beifahrer hindurch zeigte ihr durch die Windschutzscheibe, dass sie auf die letzten Häuser zuhielten, bevor der Platz mit dem Brunnen kam. Wenn sie sich richtig erinnerte, gab es dort eine große Pfütze mit tiefen Spurrillen. Sie begann, jedes Loch und jeden Hüpfer, den der alte Kleinbus machte, ein wenig zu übertreiben. Schaukelte stark, wippte etwas vor – gerade weit genug, dass es nicht wie Absicht wirkte. Die Griffe der Militärpolizisten waren reflexhaft hart, ließen aber nach einigen Malen nach. Der typische Gewöhnungseffekt setzte also auch bei ihnen relativ rasch ein. Sie überlegte kurz, ob sie versuchen sollte, nach der Waffe von einem von ihnen zu greifen, da sie als Soldaten keine Sicherungslaschen über den Griffen der Pistolen trugen, verwarf den Gedanken jedoch schnell wieder. Zum einen hielten sie ihre Maschinenpistolen vor der Brust und die Zeigefinger über den Abzugshebeln, damit sich keine Schüsse lösten, aber auch niemand hineingreifen konnte. Zum anderen würden sie bei einem direkten Angriff vielleicht überreagieren. Aber sie musste handeln. Also tat sie es.

Als sie die Pfütze erreichten, machte die sich durch einen starken Ruck bemerkbar, da ihr Kleinbus vom Wasser und dem darin befindlichen Matsch ausgebremst wurde. Dabei wippte Jenna nach vorne und hob leicht mit dem Hinterteil von der Bank ab. Wie erwartet, zogen die beiden Soldaten, als sie ihren Scheitelpunkt erreicht hatte, sie zurück wie ein Anschnallgurt. Dann kam die erste Spurrille, und sie tat es erneut, doch diesmal war es, als würde der Wagen eine Welle reiten. Er bockte, und sie rückte nach vorne und katapultierte sich hoch, als sie genügend Hebelwirkung auf ihre Beine bekam. Als die beiden wieder an ihren Seiten zogen, gab sie erst nach und nutzte dann die kurze Abwärtsbewegung der Vorderachse, um sich mit aller Kraft vor zu werfen und ihre Hände aus den Griffen zu entreißen. Sie segelte zwischen den beiden Vordersitzen hindurch, stieß mit der Schulter hart gegen den Sitz des Fahrers, weil einer der Soldaten sie zurückzuziehen versuchte, aber sie schaffte es immerhin, ihre Hände nach links zu ziehen. Sie fanden ihr Ziel, ehe sie schmerzhaft auf den Hebel der Handbremse stürzte: das Lenkrad. Mit den Fingern umfasste sie das alte Kunstleder und nutzte ihre Abwärtsbewegung, um es nach rechts zu reißen.

Der Kleinbus geriet ins Schlingern und durchbrach einen Zaun. Es krachte und schepperte, und Jenna wurde herumgeschleudert. Hinter ihr wurde geschrien und gebrüllt, und der Griff des einen Militärpolizisten, der sie noch gepackt hatte, ließ etwas nach. Sie öffnete den Mund und biss dem Beifahrer mit aller Kraft in den Oberarm, ohne wieder loszulassen. Mit den gefesselten Händen umfasste sie den Hebel der Handbremse und zog ihn in einem Ruck empor. Da es mitten in einer Schleuderbewegung nach rechts geschah, blockierten die Räder durch die plötzliche Vollbremsung, und der Wagen hob ab. Als er sich überschlug, passierte alles wie in Zeitlupe. Jenna sah die Hände der Männer neben sich hochfliegen, als befänden sie sich in der Schwerelosigkeit. Kleine Gegenstände und Steinchen aus dem Fußraum flogen hoch und änderten scheinbar ihre Richtung. Der Beifahrer schrie und wollte nach ihr schlagen, doch da landeten sie schon auf dem Dach und krachten gegen eine Hauswand, die wie ein dunkler Schatten auf sie zuraste. Sie hatte vor dem Aufprall die Knie angezogen, um sich an den Vordersitzen zu fixieren, aber es ersetzte keinen Sitzgurt. Sie flog nach oben gegen etwas Hartes, keuchte, als sämtliche Luft aus ihren Lungen gepresst wurde und ein heftiger Schmerz durch ihre Rippen fuhr. Ihre rechte Wange donnerte gegen die Lampe im Fahrzeugdach und wurde aufgerissen.

Sobald sie wieder auf den Boden gestürzt war, drehte sie sich herum und fand sich in einem Gewirr aus Armen und Beinen wieder. Jemand lag auf ihr und versuchte, sich aufzurappeln. Anders als ihre Entführer hatte sie sich mental auf den Unfall eingestellt und handelte sofort. Sie zog den Kopf zur Seite und sah, dass sie einen Torso quer über sich liegen hatte. Seine Aufwärtsbewegung brachte etwas Licht zwischen sie, und sie erkannte rasch die Pistole, die sie gesucht hatte. Die Handschellen entpuppten sich jetzt als Vorteil, da ihre Hände im Gegensatz zu denen des Soldaten auf ihr nicht verdreht oder eingeklemmt waren, sondern sich zusammengedrückt direkt vor ihrem Bauch befanden. So zog sie die

Waffe aus dem Holster, schnippte mit dem Daumen den Sicherungshebel fort und drückte die Mündung nach oben. Ihr Zeigefinger zog den Abzug zweimal schnell hintereinander, während sie gleichzeitig zur Seite rollte. Der Knall war brutal und klingelte in ihren Ohren nach. Das Geschrei um sie herum wurde durchdringender. Der ausblutende Mann, der jetzt kraftlos auf ihr lag, bildete genügend Deckung, während sie durch ihre Ausweichbewegung gerade noch ihre Hände und die Pistole unter ihm hervorgeholt hatte. Sie sah einen Kopf mit Polizeihut und schoss ihm zwischen die Augen. Dann feuerte sie kurz hintereinander auf Fahrer und Beifahrer, die sich gerade aus ihren Sitzgurten zu befreien versuchten, und sah, wie die Windschutzscheibe vom spritzenden Blut rot gefärbt wurde.

Noch ein Schuss erklang, dann zwei weitere kurz nacheinander. Ein heißer Schmerz fuhr durch ihre linke Schulter, ihre Brust wurde plötzlich leichter. Jenna zog die Pistole hoch und hätte beinahe abgedrückt, ehe sie Colin erkannte. Er blutete im Gesicht und am Bein, aber er stand zwischen den Leichen und half ihr hoch. Von seinem Dauerlächeln war nichts mehr zu sehen. Er kletterte zu ihr und hockte sich hin.

»Toller Plan«, nuschelte er und sie sah, dass ihm die obere vordere Zahnreihe fehlte.

»Pssst!« Jenna hörte einen Motor ganz in der Nähe heulen und legte sich quer hinter und über den Mann, den sie auf sich erschossen hatte. Die Augen hielt sie halb geschlossen und zielte mit der Pistole scheinbar zufällig in Richtung Hecktür. »Geh nach vorne!«, zischte sie.

Es dauerte eine gefühlte Ewigkeit, bis die Türen aufgingen. Niemand stand dort und für eine Minute oder mehr passierte gar nichts. Dann lugte ein Soldat mit angelegter Maschinenpistole um die Ecke. Jenna gewährte ihm die Zeit und wartete ab. Erst als er sich vorsichtig hereinwagte, schoss sie ihm in den Kopf. Sein ausdrucksloses Gesicht sah aus, als hätte er kurz vor seinem Tod einen Geist gesehen. Wieder wurde es still. Hinter ihr hörte sie am Rande des Hörbaren eine Tür klicken und etwas Rascheln.

Als eine Hand mit Granate vor den offenen Hecktüren auftauchte, fluchte sie innerlich.

»Kommen Sie raus, oder ich jage das ganze Ding in die Luft!«, bellte der Captain auf Chinesisch. Jenna verzog den Mund und warf ihre Waffe hinaus, ehe sie aufstand und einen Blick über die Schulter wagte. Sobald sie aus der Tür in die einsetzende Dämmerung getreten war, hatte sie die Mündung einer Pistole im Gesicht. Die Hand des Captains zitterte leicht, und sein Mund bebte vor Zorn. Da klickte ein Sicherungsbolzen und seine Augen wurden groß.

»Fallen lassen«, nuschelte Colin, der seine ausgestreckte Pistole gegen die Schläfe des Chinesen drückte.

Jenna seufzte erleichtert, als er der Forderung nachkam. *Ich hoffe, die haben Erste-Hilfe-Kästen dabei,* dachte sie und betrachtete ihr Gegenüber grimmig. *Und Werkzeug.*

Kapitel 14

Branson

»Vier Schiffe?«, fragte Branson ungläubig und starrte auf den Radarschirm. Zwei näherten sich aus Osten, eines aus Richtung Maupiti im Südosten und ein weiteres aus Westen.

»Sieht ganz danach aus«, meinte Marv und stand achselzuckend neben ihm. »Wenn ich die Distanzen und die aktuellen Sichtverhältnisse richtig einschätze, sollten wir die ersten in ungefähr einer Stunde mit dem Fernglas sehen können.«

»Könnte hinhauen. Die sind ja alle ziemlich flott unterwegs.« Branson schnappte sich sein Walkie-Talkie und zeigte mit dem Finger auf Marv. »Halt uns in Position. Ich versuche unserem Gast ein wenig Druck zu machen.« Danach drückte er den Senden-Knopf und hielt sich das kleine Funkgerät direkt vor den Mund: »Joe? Wir kriegen bald Besuch. Perkins sollte sich besser beeilen.«

»Wieso? Rechnest du mit Ärger?«, fragte sein Freund, während er aus der Seitentür ins Freie trat und an der Seitenreling in Richtung Achterdeck ging.

»Ja. Unser Gast tut es, und wie oft denkst du, kommt es vor, dass hier mitten im Nirgendwo fünf Schiffe auf einen Punkt zusteuern? Von den beiden Dingern aus Hawaii ganz zu schweigen.«

»Touché.«

»Bin gleich da.« Branson steckte sich das Walkie-Talkie zurück an den Gürtel und kletterte die serpentinenartigen Stufen hinter dem Brückenaufbau hinab zum offen liegenden Achterdeck. Der Anblick ohne Sonnensegel war ungewohnt und ließ es aussehen wie ein langes Tablett, auf dem eine unförmige Wurst serviert wurde. An dieser wuselte Perkins bereits herum. Xenia stand am Kran und hörte auf Joes Anweisungen, der hinter dem U-Boot hin und her lief und sie mit Gesten und wilden Rufen anleitete. Das Zuggeschirr mit seinen mächtigen Ketten und Haken klimperte dabei wie eine bedrohliche Falle über dem fragil wirkenden Unterwassergefährt. Normalerweise benutzten Sie es, um größere Funde wie Kisten oder verzierte Wände alter Galeonen und versunkener Handelskoggen vom Meeresgrund zu bergen, wenn sie nicht mehr mit Gasballons arbeiten konnten. Nun, zumindest hofften sie, es möglichst oft genau dafür nutzen zu können. Bei den letzten Einsätzen des Krans hatte es sich neben den Pseudo-Schatzkisten mit Süßigkeiten für die Kinder um Ölfässer gehandelt, die sie für gut zahlende Kunden versenkt hatten. Branson war nicht stolz darauf und ärgerte sich immer noch darüber, dass er einen Beitrag zur Zerstörung des Pazifiks geleistet hatte, egal wie klein er gewesen sein mochte. Er wäre sogar lieber mit einem Elektroschiff wie Dwight Decker herumgefahren, doch eine Neuanschaffung war aktuell nichts mehr als ein unrealistischer Traum. Letztes Jahr hatte das Geld dieses zwielichtigen Auftrags mit den beiden Fässern, die sie nicht hatten öffnen dürfen, die *Triton One* gerettet, denn sonst hätten sie die notwendige Wartung im Trockendock nicht bezahlen können. Welches schlechte Karma er auch immer auf sich geladen haben mochte – sie hatten sogar darüber diskutiert, ob es sich um zwei versteckte Leichen in den Fässern gehandelt haben könnte – die Alternative wäre der Verlust seines Zuhauses gewesen. Alles in seinem Leben drehte sich um die alte Lady, und wenn sie einmal nicht mehr sein würde, wusste er nicht, was er tun sollte. Vermutlich würde er sich die Mündung einer Schrotflinte in den Mund stecken und es nicht darauf ankommen lassen.

»Perkins!«, rief er ihrem Gast zu, der gerade den Kopf

aus der Luke des U-Bootes steckte und gerade im Begriff war, herauszuklettern. Seine Augen suchten Branson und blickten ihn dann fragend an, während er die letzten Stufen doppelt nahm und auf dem Deck landete. Er machte noch zwei Schritte auf die verglaste Kanzel des Unterseefahrzeugs zu und deutete dann mit dem Daumen hinter sich, wo der Aufbau des Schiffs mehrere Stockwerke hoch aufragte. »Wir kriegen Besuch, und zwar in den nächsten Stunden. Ich schlage vor, dass Sie sich beeilen.«

Perkins schien nicht überrascht und nickte bloß.

Er weiß viel mehr, als er sagt, dachte Branson nicht zum ersten Mal. Dieser Mann sah so langweilig und normal aus und war doch so selbstsicher und gelassen, dass er ihm ein ums andere Mal Angst machte. Arschlöcher wie Decker waren eine Sache, aber Menschen, die er nicht einschätzen konnte, wo Auftritt und Aussehen nicht zusammenpassten und die aus einer ihm völlig fernen Welt stammten, eine ganz andere.

»Ich gehe sofort runter. Alles ist vorbereitet. Sie sorgen dafür, dass das Schiff an Ort und Stelle bleibt. Lassen Sie sich unter keinen Umständen von hier vertreiben, klar?« Perkins bedachte ihn mit einem strengen Blick und wartete, bis Branson nickte, ehe er auf den Kran deutete. »Die sollen sich beeilen. Mein Tauchgang wird mindestens vier Stunden dauern, und die anderen Parteien werden in dieser Zeit nicht schlafen.«

»Die *anderen Parteien?*«

»Ja. Sie wollen das Artefakt haben, aber das interessiert mich nicht. Was ich brauche, liegt bereits unter dem Meeresboden.«

»Artefakt? Ein anderes als das, das Sie suchen?« Nun war Branson vollends verwirrt.

»Hören Sie.« Perkins schnaubte ungeduldig. »Ich bezahle Sie dafür, dass Sie Ihren Job machen und nicht fürs Fragenstellen, okay? Ich bin nicht Ihr Freund, sondern Ihr Geschäftspartner. Erledigen Sie Ihren Teil der Abmachung und ich meinen. Ihrer besteht jetzt darin, diese Position um jeden Preis zu behaupten. Halten Sie Taucher bereit, damit das Einklinken des U-Boots bei meiner Rückkehr schnell geht. Wenn mir etwas zustoßen sollte, wählen Sie die Nummer, die ich auf dem Tisch in meiner Kajüte hinterlassen habe. Sie gehört zu einem Satellitentelefon.«

»Sie meinen vermutlich keinen Tauchunfall mit Ihrem U-Boot?«

»Nein, ich meine keinen Tauchunfall mit meinem U-Boot«, bestätigte Perkins. »Aber selbst dann: Wählen Sie diese Nummer. Und vergessen Sie nicht, dass das Objekt oberste Priorität hat.«

Damit schloss der merkwürdige Passagier die Luke über sich und nahm auf dem Pilotensitz platz. Die Glaskuppel reflektierte stark, weshalb Branson ihn nur schemenhaft erkennen konnte, wie er einige Knöpfe drückte und den Steuerknüppel prüfend hin und her bewegte. Joe war bereits auf die Oberseite geklettert und befestigte den letzten Haken an dafür vorgesehenen Punkten. Xenia bediente die Steuerung des Krans mit eiserner Konzentration und schien erleichtert, als Branson zu ihr kam und übernahm.

»Gut gemacht«, sagte er, und sie nickte zufrieden.

»Habe ich richtig verstanden, dass andere Schiffe auf uns zukommen?«

»Ja.« Glücklicherweise ließ sie es dabei bewenden und schien seinen düsteren Gesichtsausdruck korrekt zu interpretieren. Branson hob das U-Boot an, und die gesamte Krankonstruktion ächzte unter dem ungewohnten Gewicht, das sie zu stemmen hatte. Joe gab ihm mit kurzen Winkbewegungen seiner tellergroßen Hände Anweisungen, damit er nichts übersah, und dann senkte er Perkins auch schon in die sanften

Wellen hinab. Der Passagier reckte mit regungsloser Miene seinen Daumen empor und versank daraufhin langsam im tiefen Blau des Pazifiks.

Branson löste sich von den rostigen Kontrollen und legte Xenia eine Hand auf die Schulter. »Du bleibst hier, falls wir dich brauchen. Hat dein Funkgerät genug Batterie?«

Sie nickte.

»Gut. Joe?«, bellte er seinem Freund entgegen und deutete dann in Richtung Brücke. Zusammen liefen sie hinauf. »Die Sache gefällt mir nicht.«

»Wem sagst du das«, brummte Joe und zeigte zum Horizont im Osten. »Aber es ist nicht alles schlecht. Sieht aus, als würden wir heute die erste klare Nacht seit dem Ablegen erleben.«

»Wunderbar.« Zurück auf der Brücke stellten sie sich ans Radar und betrachteten die Punkte, die sich wie Metallperlen auf einen Magneten zubewegten – auf sie. »Rate, wer zum Essen kommt.«

»Das ist 'ne Menge Verkehr«, stimmte Joe ihm nachdenklich zu. »Schon versucht sie anzufunken?«

»Nein, ich weiß auch nicht, ob wir das tun sollten. Marv?«

Der Angesprochene, der momentan in einer schneidersitzartigen Verrenkung auf seinem Kapitänssitz saß, wirkte müde. »Yo, Boss?«

»Geh auf's Dach und reparier unsere Antenne, ja?«

»Puh, keine Ahnung, ob ich das hinbekomme. Ich bin Elektriker, kein Elektroinstallateur.« Marv entknotete seine Beine und rutschte vom Sitz. »Ich schau' mal, was ich machen kann.«

»Denkst du, dass jetzt wirklich die Zeit für Glotzen ist?«, wollte Joe wissen.

»Hast du jemals von Unterwasserkornkreisen gehört, bevor dieser Futzi hier aufgetaucht ist?«, stellte Branson eine

Gegenfrage. Als sein Gegenüber den Kopf schüttelte, deutete er auf die Radarpunkte. »Das gilt bestimmt auch für diejenigen, die diese ganzen Schiffe herschicken. Ich werde das Gefühl nicht los, dass wir irgendwas verpasst haben. Johnny?«

»Ja?«, fragte der Maschinist, der vor der Pinnwand mit den Heldenfotos der letzten zwanzig Jahre auf dem Boden lag und einen Joint rauchte.

»Mach den Com-Check mit Perkins. Ich will sicher sein, dass das Kabel auch heute funktioniert. In einer Stunde ist er unten, ich will nicht erst dann herausfinden, ob wir mit ihm sprechen können oder nicht.«

»Geht klar«, seufzte Johnny und rappelte sich auf.

»Joe, wir bereiten schon mal das Tauchequipment vor.«

»Unseres?«

»Von uns allen. Wenn die Wellen heftiger werden oder wir in Zeitdruck geraten, gehen wir beide runter. Sonst Xenia und Marv«, entschied Branson. »Wir kümmern uns jetzt schon darum. Die Sache hier wird immer komischer, und ich will auf alles vorbereitet sein.«

»Keine Einwände.«

Sie gingen zurück zum Heck und öffneten die Klappen der Stauräume für die Tauchausrüstung, die sie als Sitzflächen für die Kinderbesuche umfunktioniert hatten. Nacheinander überprüften sie die BCDs und die Tauchautomaten auf Funktionalität und korrekten Sitz, ehe sie alles in die dafür vorgesehenen Fassungen beim Ausstieg steckten. Xenia beantwortete er einige Fragen zur Bedienung des Krans und ging die einzelnen Schritte mit ihr durch, bis er sich sicher war, dass sie keine Probleme haben würde. Als eine Stunde vergangen war, meldete sich Johnny über Funk.

»Yo, Boss. Die ersten beiden Schiffe sind jetzt in Sichtweite. Steuerbord. Und unser Freddy hat sich gemeldet. Er hat sein Ziel erreicht und gräbt jetzt herum oder so. War ziemlich kurz angebunden. Die Verbindung war außerdem echt Mist, er meinte etwas von Magnetfeld und Interferenzen, aber ich habe keinen Grund zu glauben, dass etwas nicht stimmt.«

»Danke für die Info.« Branson holte sich einen Feldstecher und kniete sich auf die Sitzfläche an der Steuerbordreling. Langsam suchte er mit der künstlichen Vergrößerung vor den Augen den Horizont ab, wo hellblau in ein zerklüftetes dunkelblau überging. Dann entdeckte er das erste Schiff. Es hatte einen hohen Aufbau und war stahlgrau angestrichen, soweit er es aus dieser Entfernung erkennen konnte. Mehrere kleinere Applikationen ragten aus dem Rumpf empor, und an Deck befand sich ein niedriger Turm mit … »Ach du Scheiße!«

»Was ist?«, fragte Joe und kam zu ihm.

»Das ist ein verdammtes Kriegsschiff!«

»Marine?« Sein Freund nahm ihm den Feldstecher ab und sah hindurch, nachdem Branson ihm die genaue Richtung gezeigt hatte. Ohne ihn wieder abzusetzen, murmelte er: »Müssen Chinesen sein.«

»Chinesen?«

»Klar, wer kommt denn sonst aus Westen und ist nicht mit uns verbündet, die wir ja schon die Küstenwache hergeschickt haben. Wenn die nicht noch mehr im Schlepptau haben.« Joe machte eine Pause. »Aber wo ist das zweite? Es sollten doch zwei Schiffe aus der Richtung kommen.«

»Keine Ahnung, ich habe nur das eine gesehen. Marv?«, fragte er über Funk.

»Yo, Boss?«

»Wie dicht sind die beiden westlichen Kontakte beieinander?«

»Weiß ich nicht, ich habe nur noch ein Signal auf dem Schirm.«

»Was? Wo ist das andere?«

»Ich habe keinen Schimmer. Ist weg.«

»Bestimmt ein U-Boot«, scherzte Branson, und sein Lächeln versiegte wie ein Wassertropfen in der Wüste, als er Joes besorgtes Gesicht sah.

»Äh, Leute?«, rief Xenia von dem Kontrollpult des Krans aus. »Seht ihr das auch?«

»Was sehen?«, wollte Branson wissen. Als sie nicht antwortete, stieß er Joe mit dem Ellenbogen an. Sie gingen über das schwankende Deck zu seiner Assistentin, die in Shorts und wehendem T-Shirt dastand und mit Sonnenbrille und einer Hand über den Augen nach oben sah. »*Was* sollen wir sehen«, wiederholte er, als sie neben Xenia ankamen und ebenfalls zum Himmel hinaufsahen. Wenn sie ihm schon wieder einen Wandervogel zeigte, als handle es sich um das Wunder von Kanaan, würde er ein ernstes Wörtchen mit ihr reden.

»Guckt euch mal den Mond an«, antwortete sie und deutete mit ausgestrecktem Arm in Richtung des milchig-weißen Gebildes, das als blasse, beinahe volle Scheibe im Zenit stand, während sich die Sonne im Westen bereits dem Horizont näherte und in ein paar Stunden verschwunden sein würde. Zuerst verstand er nicht, was sie meinte, doch als er zu ihr sah, deutete sie immer noch auf den Mond. Dann sah Branson es auch. Der Erdtrabant sah aus wie immer – dachte er –, doch etwas stimmte nicht. Etwas, das er den Tag über nicht gesehen hatte, weil seine Umrisse so selbstverständlich am Himmel standen wie immer: ein schwarzer Fleck nahe des Zentrums, wo die tiefen Krater in der Oberfläche als dunkle Schattierungen zu erkennen waren. Er war klein, aber groß und dunkel genug, dass er nicht zu übersehen war. Branson hätte es als Sehstörung abgetan, hätten die anderen das Mal nicht auch gesehen.

»Was ist das denn?«, murmelte Joe mit seinem tiefen Bass.

»Ich habe keinen blassen Schimmer, alter Freund. Sieht aus, als sei der Mond … kaputt.«

»Wenn ich nicht wüsste, dass das unmöglich ist, würde ich sagen, dass sich was davorgeschoben hat«, meinte Xenia. »Seht ihr auch diesen kleinen Lichtpunkt da?« Ihr schlanker Zeigefinger wanderte nach unten.

Diesmal sah Branson es auf Anhieb. Ein roter Fleck mit langem Schweif unter dem Mond wurde langsam größer und glühte unregelmäßig auf und ab.

»Bin ich bescheuert, oder kommt da was auf uns zugeflogen?«

»Ich würde ja sagen *beides*«, sagte Joe, dessen Stimme verzerrt klang, weil er ebenfalls den Kopf in den Nacken gelegt hatte, um das Objekt im Auge zu behalten, »aber das da wird größer.«

»Ist das ein Flugzeugabsturz?«, fragte Xenia angespannt.

»Falls ja, kriegen wir den Horror gleich aus nächster Nähe zu sehen.«

Branson musste seinem Freund zustimmen. Das rote Glühen waren Flammen, das wurde immer deutlicher. Etwas stürzte aus dem Himmel und wuchs zu einem Feuerball mit langem Schweif heran, der kaum merklich zu zittern schien, so als würde er von einer unsichtbaren Hand geschüttelt. Vielleicht war das aber auch nur eine optische Täuschung durch die unsteten atmosphärischen Hitzeeffekte.

»Kein Flugzeug«, sagte er laut. »Das ist eine Sternschnuppe.«

»Aber sollten die nicht verglühen?«

»Eigentlich schon.«

»Leute«, mischte sich Joe ein. »Ich will euch ja nicht den Rätselspaß verderben, aber das Ding kommt uns gefährlich nahe. Ich würde sagen, dass wir die Maschinen anwerfen sollten.«

»Du hast recht.« Branson langte nach seinem Walkie-Talkie, zog es vom Gürtel ab und hielt es sich an den Mund. Ehe er den Senden-Knopf drückte, erstarrte er. »Aber das Kabel! Wir können nicht weg.«

Zu dritt musterten sie das fingerdicke Kabel, das vom Bugaufbau über das Heck ins Wasser lief und ihre einzige Kommunikationsverbindung zu Perkins war. Er blickte zurück zu dem Feuerball, der mittlerweile groß wie ein Tischtennisball am Himmel stand. Dann waren die Flammen plötzlich weg, und ein weißer Ring bildete sich um ein tropfenförmiges Objekt, der von ihm davonstob und sich rasch auflöste. Mit offenem Mund starrte er hinauf, bis es einen lauten Knall gab, als hätte jemand neben ihnen einen Böller gezündet. Branson zuckte zusammen und drückte den Senden-Knopf.

»Johnny! Marv! Volle Fahrt voraus! Sofort!«

»Yo, Boss, was ist los? Was ist mit dem Ka...«

»SOFORT!«, brüllte er und wäre beinahe vom Deck gestürzt, als die *Triton One* einen Satz nach vorne machte. Die Maschinen röhrten auf und wummerten tief im Herzen des Schiffes. Dichte Gischt spritzte vom Heck davon und vermischte sich mit den aufgewirbelten Luftblasen der Schrauben. Joe half ihm auf, und Xenia zog sich an einer der Säulen der Konsole des Krans auf die Beine. Das Kabel spannte sich unter der Belastung und riss im selben Moment mit einem lauten Peitschenknall. Nur wenige Zentimeter entfernt pfiff das ausgefranste Ende an Bransons Ohr vorbei und verschwand in den aufgewühlten Fluten.

Dann kam das Objekt. Nach einem weiteren Überschallknall wurde es immer größer, wurde zu einem Schatten von den Ausmaßen eines Kleinbusses und krachte mit ohrenbetäubendem Tosen in den Pazifik, genau an der Stelle, wo sie sich eben noch befunden hatten. Keine dreißig Meter entfernt schoss eine Fontäne Salzwasser mindestens einhundert Meter in die Höhe, als wäre ein Torpedo detoniert. Eine Flutwelle breitete sich ringförmig vom Epizentrum aus und schwappte auch über das Heck, war jedoch nicht stark genug, um ihn, Joe und Xenia von den Beinen zu reißen.

Klitschnass und zitternd wischte er sich das Wasser aus dem Gesicht und starrte ungläubig auf das vor Gischt weiße Feld, von dem sie sich entfernten.

»Scheiße! Wurden wir gerade von einem beschissenen Meteoriten bombardiert?«, fluchte Branson atemlos und kam aus seiner geduckten Haltung zum Stehen, ehe er in sein Funkgerät brüllte: »Johnny, volle Kraft zurück. Bring uns zurück zum Absetzpunkt von Perkins!«

»Sollten wir nicht erst …«, setzte Joe an, doch Branson schüttelte den Kopf und deutete nach steuerbord, wo sich die Umrisse eines großen grauen Schiffes aus dem Horizont schälten. Es war jetzt mit dem bloßen Auge gut zu sehen. »Oh, verdammt! Das sind die Chinesen, oder?«

»Ja.« Branson starrte wieder zu dem Einschlagpunkt des Steinbrockens, der sie fast versenkt hätte. Die Gischt klärte sich langsam, doch der etwa fünfundzwanzig Meter durchmessende Kreis war noch immer zu erkennen, und ein dichter Nebel winziger Wasserkristalle legte sich gemächlich wie ein Schleier darüber. »Hat Perkins das gemeint mit dem *Artefakt*, das ihn nicht interessiert?«

»Keine Ahnung, der Typ verursacht bei mir Gänsehaut.«

»Leute, da ist gerade ein Meteorit aus dem Himmel gefallen!«, quiekte Xenia. Sie zitterte am ganzen Leib. Da auch sie vor lauter Wasser troff, hätte man denken können, dass sie fror, doch die Luft war überaus heiß und stickig. »Wir wären fast draufgegangen.«

»Ja, und gleich wird es hier einen echt merkwürdigen Andrang geben.«

»Boss?«, schepperte Johnnys Stimme aus dem Funkgerät, während sich die *Triton One* quälend langsam rückwärts bewegte, als nutze sie den Gischtkreis als Zielpunkt. »Wir haben ein Problem.«

»Noch eins?«, murrte Branson. »Was ist los?«

»Hör mal!« Es klickte und klackte und dann ertönte eine gedämpfte Stimme mit starkem chinesischem Akzent: »Hier spricht Captain Li San von der Fregatte Jiaxing, geben Sie sich sofort zu erkennen.«

»Gib ihnen unsere Kennung und sag, dass wir ein verdammtes Zivilschiff in internationalen Gewässern sind«, rief Branson.

»Okay, Boss. Aber jetzt will der Kerl, das wir hier verschwinden«, erwiderte Johnny.

»Mit welcher Begründung? Das hier sind keine chinesischen Gewässer!«

Es dauerte, bis der Maschinist antwortete, und im Hintergrund konnte Branson Stimmen hören. Schließlich klackte und kratzte es wieder. »Yo, Boss. Er hat mir keine genannt, aber dafür hat er damit gedroht, dass sie *mit Entschlossenheit* gegen unsere angeblich illegale Anwesenheit bei einem chinesischen Militärmanöver vorgehen werden, wenn wir nicht sofort verschwinden.«

»Scheiße!« Er starrte auf die sich langsam beruhigende Seestelle vor seinen Augen und dachte an das kleine U-Boot, das dort irgendwo in der Tiefe aufstieg. Sein Geld und sein Auftrag.

»Was machen wir jetzt?«, fragte Xenia besorgt. Joe musterte Branson, der nicht antwortete, und nickte verstehend.

»Ich kenne diesen Gesichtsausdruck. Wir ziehen unser Ding durch.«

Kapitel 15

Lee

Lee starrte aus der Cupola, indem er eine Wange gegen das mittlere Fenster drückte und durch eines an der Seite in Richtung Mond sah, der gerade so am unteren Rand als leuchtende Scheibe auftauchte. Direkt davor: Cassandra 22007, ein etwas weniger helles, für das bloße Auge kreisförmige Objekt. Natürlich wusste er von den Astron-Aufnahmen der letzten Tage, dass der Asteroid nicht wirklich rund war, sondern eher aussah wie ein hässlicher Matschklumpen, der von äußerst ungeschickten Händen geformt worden war. Aber von hier aus handelte es sich bloß um einen kleinen Zwilling des Mondes, der dort seit zwölf Stunden verharrte. Von Fotos aus Houston und auf Social-Media- und Nachrichten-Streams der ganzen Welt wusste er, dass es für die Menschen auf der Erde eher ein Schmutzfleck war, der den Mond verunstaltete. Ein schwarzes Mal auf ihrem Trabanten, der seit Jahrhunderten Quell zahlreicher Mythen und Legenden war. Die Öffentlichkeit schäumte über vor Spekulationen, um was es sich handelte, da die informierten Regierungen und Raumfahrtagenturen erstaunlich effizient dichthielten – bislang. Die auf allen Titelseiten diskutierten Theorien reichten von einem neuen, besonders gewaltigen Krater auf dem Mond, über ein festsitzendes Gasgemisch in der Atmosphäre bis hin zu außerirdischen Besuchern und einem göttlichen Zeichen. Lee hatte Fotos von Menschenmassen auf den großen Plätzen der Weltmetropolen gesehen, die sich versammelten, um nachts zum Himmel aufzuschauen und diesen wundersamen und gleichzeitig ein wenig unheimlichen Anblick miteinander zu teilen. Ob es an der langen Zeit lag, die sie durch die vergangene Corona-Pandemie kaum zu großen Veranstaltungen kommen durften, oder an dem Bedürfnis, in Zeiten der Unsicherheit die Wärme der Mitmenschen zu spüren, wusste er nicht. Aber auf der Erde bewegte sich was, so viel stand fest. Und es war etwas ganz anderes, als er vor einigen Tagen erwartet hatte. Statt der Apokalypse gab es ein kosmisches Rätsel zu lösen.

Er konnte die Aufregung noch immer in seiner Brust spüren, die er bei der Auswertung der ersten Astron-Aufnahmen empfunden hatte, die sie mit Dima angefertigt hatten. Auch wenn er es Sarah gegenüber nicht zugeben wollte, war ihm nicht entgangen, dass ein Teil von ihm glaubte, dass sie es tatsächlich mit Außerirdischen zu tun haben könnten. Bis sie dann die ersten Bilder vom Computer gesehen hatten: Cassandra 22007 war ein Asteroid, daran gab es keinen Zweifel. Seine Oberfläche war äußerst dunkel und matt, anders als bei allen reisenden Himmelskörpern, die die Menschheit bisher untersuchen konnte. Das waren zugegebenermaßen nicht besonders viele gewesen, aber diejenigen, auf denen Sonden gelandet oder zumindest vorbeigeflogen waren, zeigten keine solchen Abweichungen, sondern stets in etwa das, was im Vorfeld erwartet worden war. Geologen und Geophysiker würden sich bestimmt noch lange damit befassen, was es mit dieser Beschaffenheit auf sich hatte, aber Lee interessierte vor allem eins: Was war das für ein Signal, das die in den Schatten operierende Fraktion aufgefangen hatte, und das den Kryptografen der NASA Rätsel aufgab? Nichts in dem Muster ergab einen Sinn, was intuitiv auf einen natürlichen, aber unbekannten Ursprung hindeutete. Das Verteidigungsministerium arbeitete bereits daran, einen Satelliten zu starten, der über Tunguska positioniert werden soll, um das Signal – sollte es dauerhaften Ursprungs sein, abzufangen. Die Hoffnung dahinter war, dass es sich irgendwie verändert haben könnte, oder das mit Astron aufgefangene Schnipsel bloß den Ausschnitt aus einem viel größeren darstellte, der erst als Ganzes Sinn ergab.

Kurzum: Sie tappten nach wie vor im Dunkeln.

Cassandras Oberfläche war also rau und felsig, wie erwartet – ein hässlicher Felsbrocken, dessen Ursprung die Astronomen im Kuipergürtel vermuteten. Anhand der aufgezeichneten Flugbahn, die vom ersten Kontakt bis zur Erde – abgesehen von dem unerklärlichen Bremsvorgang – wie zu erwarten abgelaufen war, hatten sie sehr präzise herleiten können, von wo genau er stammte, und wie lange er unterwegs gewesen war. Insgesamt mindestens einhundertzehn Jahre, plus minus ein oder zwei Dutzend Monate.

Er hatte schon mit Sarah darüber gesprochen, dass der Zeitpunkt, von dem aus Cassandra aus dem Gürtel gestoßen worden war – vielleicht durch eine Kollision – ziemlich genau mit dem Tunguska-Ereignis von 1908 zusammenfiel. Aber das hatte ihm bloß eine Gänsehaut eingebracht und Zweifel an seinem Verstand. Sich in Verschwörungstheorien und Fantastereien zu ergehen, war keine Richtung, in die er gehen wollte. Er war immer noch Astronaut und Wissenschaftler und kein Spinner. Fakt war aber, dass es in den letzten zwei Wochen zu viel zu vielen Zufällen und Unerklärlichkeiten gekommen war, aus denen sie bislang keinen Sinn herleiten konnten. Das musste er akzeptieren, genau wie den Anblick dieses dunklen Flecks zwischen ihnen und dem Mond, der sich exakt 197.000 Kilometer über der Erde auf einer direkten Linie zu dem Trabanten positioniert hatte und dort seit einem halben Tag reglos verharrte. Nun, nicht ganz starr. Vor zwei Stunden hatten sich die ersten drei *Fragmente* gelöst, wie Markus sie genannt hatte. Winzige Teile waren aus der Oberfläche von Cassandra gebrochen und auf die Erde zugerast.

Auf den Radarschirmen der NASA, die ihre Daten vom Goldstone Deep Space Communications Complex in Kalifornien erhielten, sahen sie erschreckenderweise aus wie Torpedos, die von einem Kriegsschiff abgefeuert wurden. Sie bewegten sich nicht sonderlich schnell, aber doch schnell genug, um nicht von der Atmosphäre abgelenkt zu werden wie flache Steine von einer Wasseroberfläche. Das erste Fragment, das fünf Meter lang und an der dicksten Stelle zwei Meter breit gewesen war, hatte die äußeren Atmosphärenschichten als glühender Feuerball über Feuerland durchstoßen und war irgendwo im Pazifik niedergegangen, in der Nähe Französisch-Polynesiens. Das zweite war südöstlich von Japan eingeschlagen und das dritte über Sibirien von der russischen Luftverteidigung mit einer S-400 Lenkrakete abgeschossen worden. Den Fernsehaufnahmen im russischen Staatsfernsehen nach zu urteilen, das den Abschuss als große Heldentat der Streitkräfte ausschlachtete, war es dabei komplett zerstört worden und in viele hundert kleine Steinbrocken zersprungen. Die Bilder des Raketenschweifs, der Explosion und des glühenden Meteoritenschauers verbreiteten sich rasend schnell im Internet und sahen absolut surreal aus, wie der Ausschnitt aus einem Krieg.

Die Welt war jetzt in Aufruhr, fühlte sich unter Beschuss, obwohl sich NASA, ESA und Roskosmos, genau wie die chinesische Regierung darum bemühten, abstruse Theorien im Keim zu ersticken. Es sei normal, dass sich kleinere Fragmente von einem Asteroiden lösen und als Sternschnuppen vom Himmel fallen können, wurden die Experten nicht müde zu betonen. Dabei war auch ihnen mit dem geschulten Auge des Fachmannes anzuerkennen, dass sie sich nicht sonderlich wohl in ihrer Haut fühlten. Fakt war nämlich, dass auch sie keinen Schimmer hatten, was da gerade passierte und wieso. Aber die Öffentlichkeit musste beruhigt werden, und im Grunde genommen gab es auch kein ernsthaftes Problem. Ja, ein Himmelskörper tat nicht, was er tun sollte, stellte sie alle vor Rätsel, war vielleicht unheimlich, aber niemand war zu Schaden gekommen und ein drohendes Untergangsszenario erst einmal vom Tisch. Genau genommen hatte es nicht lange genug auf dem metaphorischen Tisch gelegen, um es wirklich zu begreifen. Die Fragmente waren aufgrund ihrer Größe potenziell gefährlich, und weil die Überschallknalle noch viele Dutzend Kilometer entfernt am Boden gehört werden konnten. Diesmal waren sie über dem Meer und unbewohntem Gebiet in Sibirien heruntergekommen, aber über einer Stadt sah die Sache schon anders aus, weshalb die Luftstreitkräfte weltweit in Alarmbereitschaft versetzt worden waren. Es waren verrückte Zeiten auf der Erde, so viel konnte er den Medien entnehmen, an die er geradezu gefesselt war, seit Cassandra ein Teil des Nachthimmels geworden war.

»Lee!«, hörte er Sarah rufen. »Es passiert schon wieder!«

Er packte die Haltestange unter sich und schob sich zurück ins Unity-Modul, von wo aus er ins Destiny zurückkehrte, wo sich Dima, Markus und Sarah bereits vor einem ausgefahrenen Monitor drängten, den sie von der Flüssigkristall-Forschungseinheit zweckentfremdet hatten. Er zeigte Echtzeitdaten des NASA-Radars, mit dem sie Cassandra rund um die Uhr überwachten. Fünf Fragmente hatten sich gelöst und traten gerade ihre Reise zur Erde an, genau wie ihre drei Vorgänger vor zwei Stunden.

»Fünf diesmal«, murmelte er.

»Womit beschießt dieses Ding uns da?«, fragte Dima.

»Mit Steinen«, antwortete Markus trocken. »Habt ihr mitbekommen, dass im Pazifik ein regelrechter Goldrausch ausgebrochen ist? Marineschiffe, Schatzsucher, umgebaute Fischtrawler – alles was motorisiert ist, sucht nach den abgestürzten Fragmenten. Die stürzen sich darauf wie Fliegen auf einen Misthaufen.«

»Ist doch klar. Da ist ein verdammter schwarzer Punkt vor dem Mond, und er wirft Artefakte ab. *Ich* würde losfahren und eines davon in die Finger kriegen wollen«, meinte Sarah, während sie alle wie gebannt auf die regelmäßig an neuer Position auftauchenden Radarkontakte blickten, die wie ein Geschwader von Cassandra 22007 in Richtung Erde unterwegs waren. Unspektakulär in Form von Pixeln, unglaublich in Form echter Objekte, die von einem unerklärlichen Ort aus ihre Heimat ansteuerten.

»Vielleicht sind es intelligente Steine.«

Nun richteten sich alle Blicke auf Dima, der abwehrend die Hände hob.

»Was denn?« Er deutete auf den Monitor. »Wenn das da wie ein natürlicher Vorgang aussieht, dann fresse ich einen Mülleimer.«

»Einen Besen«, korrigierte Markus ihn.

»In Europa vielleicht.« Der Russe seufzte. »Das da macht mir Angst, okay? Eine riesige Scheißangst.«

»Die ersten Berechnungen kommen rein«, verkündete Sarah. »Vermutete Einschlagorte im Indischen Ozean, zweimal im Atlantik, im Pazifik und im Südpolarmeer. Flugdauer etwa zwei Stunden.«

»Wenn die Flugbahnen so bleiben, wird das äußerste Fragment in nur zwanzig Kilometern Entfernung an uns vorbeirasen«, meinte Lee, und Sarah nickte.

»Das ist wirklich nah.«

Die folgenden anderthalb Stunden verbrachten sie an dem Monitor, um jeden einzelnen Radarkontakt nachzuverfolgen. Da sich die an der ISS beteiligten Staaten kurzfristig darauf verständigt hatten, die Daten in Echtzeit zu veröffentlichen, um möglichen Einschlagsorten eine gewisse Vorwarnzeit zu geben, wurden die Bilder in den meisten Ländern live im Fernsehen übertragen. Da es ohnehin nur noch Sondersendungen zu Cassandra 22007 gab, sprach die Welt über nichts anderes mehr. Als zwanzig Minuten blieben, zog Lee sich in die Cupola zurück und nahm seine Spiegelreflexkamera mit dem größten Objektiv mit. Er wollte die Fragmente mit eigenen Augen sehen. Als er in der Aussichtskanzel ankam, fiel ihm auf, dass er vergessen haben musste, die Schutzklappen wieder hochzufahren. Ein, unter normalen Umständen, unverzeihlicher Fehler, der ihm noch einmal vor Augen führte, in was für einer Ausnahmesituation sie sich befanden und wie angespannt er war.

Immer wieder überprüfte er die genaue Richtung, in die er schauen musste, doch dann entdeckte er sie durch Zufall, als er durch das Objektiv den sie umgebenden Raum absuchte. Die ISS flog gerade über die Nachtseite der Erde, wodurch sie beinahe mit der Schwärze des Alls verschmolz. Wäre da nicht die Reflexion des Mondes gewesen und die vielen Lichter der Städte, die sich wie ein leuchtender Ausschlag über die Kontinente zogen. Durch die fehlende Sonneneinstrahlung waren die fünf Fragmente leicht zu erkennen, als sie sich noch jenseits der Terminatorlinie in direkter Linie zur Sonne befanden. Wie glühende Kohlen rauschten sie an den Sternen vorbei, bis sie in den Schatten des Planeten eintauchten. Er knipste eine Reihe Fotos und brummte überrascht, als eines der Fragmente für den Bruchteil einer Sekunde aufblitzte, als hätte es ein Nest Glühwürmchen durchstoßen. Der Effekt war äußerst kurz. Durch die sich verändernde Perspektive sah es für Lee aus, als würden sich die Objekte aufteilen, und dann drangen sie in die oberen Atmosphärenschichten ein. Zuerst begann der Effekt als ein kaum wahrnehmbarer Schleier, den sie hinter sich herzogen wie einen dünnen Nebel, der sich aber immer weiter intensivierte, bis er zu Feuerschweifen wurde, als die Reibungshitze zunehmend stärker wurde. Es war ein schöner und gleichzeitig erschreckender Anblick, da er wusste, dass es sich um Eindringlinge handelte, die gewaltsam in die Biosphäre seines Heimatplaneten eindrangen.

Als ihr Leuchten wieder verschwunden war, kehrte er zurück ins Unity, zog einen der Laptops heraus und verfolgte bei CNN die Geschehnisse. So wie es aussah, gingen die Fragmente exakt wie prognostiziert über den Weltmeeren herunter. Von zwei Einschlägen gab es später sogar Aufnahmen, die riesige Wasserfontänen zeigten. Im Indischen Ozean kam es beim Wettrennen nach dem dortigen Meteoriten zu einer Konfrontation indischer und australischer Marineschiffe, über die allerdings noch wenige Informationen zur Verfügung standen. Angeblich waren Schüsse gefallen, doch der Sender hielt sich bedeckt.

Als Lee später auf dem Weg in seine Schlafkabine war, sah er Dima durch die Luke im Zarya, die jetzt immer demonstrativ offen stand, im Swesda schweben. Es sah aus, als wäre er bewusstlos, doch als er hinflog, um nachzusehen, entspannte er sich wieder. Der Kosmonaut streckte sich und winkte ihn herein.

»Hey, Lee. Alles klar?«

»Das wollte ich dich eigentlich fragen.«

»Ah, na ja. Der Anruf ist eingegangen.« Dima seufzte. »Morgen geht es zurück zur Erde. Ich bringe unseren Scheißkerl Anatoli zurück. Der FSB kann es wohl kaum erwarten, ihn in die Finger zu kriegen, und ich gelte als Risiko, falls der Schlag eine Hirnblutung ausgelöst hat oder so.«

»Du wirst mir fehlen, mein Freund«, sagte Lee mit ehrlicher Enttäuschung. »Das wird das erste Mal seit Langem, dass keine Russen auf der Station sind, hm? Zumindest für einige Tage.«

»Das wird auch so bleiben.«

»Wie?«

»Der Präsident will keinen Ersatz schicken. Auch nicht zum Mond. Alle wollen nur noch zu Cassandra, ist doch klar. Wieso so viel Geld ausgeben für diese WG hier?« Dima verzog den Mund, als hätte er auf etwas Bitteres gebissen. »Verrückte Zeiten. Ich haue mich jetzt aufs Ohr und sehe vorher nach Anatoli. Er soll ja fit sein, wenn die Geheimdienstjungs ihn nackt auf einen Stuhl ohne Sitzfläche binden und die Seile auspacken.«

Lees Kichern klang eher wie ein Schnauben. »Wir sehen uns morgen.«

Zurück im Destiny wollte Lee in die Schlafkammern abbiegen, als Sarah, die gerade eine Packung Steak mit Senfsoße öffnete und über das Mundstück aussaugte, ihn herbeiwinkte.

»Du sollst dich beim Direktor melden.«

»Was ist denn jetzt schon wieder?«, seufzte er. »Ich wollte eigentlich schlafen.«

»Keine Ahnung, wollte er nicht sagen. Aber es geht um einen außerplanmäßigen EVA, für den sie dich einteilen wollen.«

»In Ordnung.« Er drückte sich mit den Füßen sanft von der Wand ab und fing sich mit den Händen an der Haltestange neben dem Arbeitslaptop ab, ehe er ihn einschaltete und sich Michelle bei ihm meldete. Im Kontrollzentrum schien schon wieder die Hölle los zu sein, so laut, wie es dort war. Außerdem liefen gleich mehrere Personen in weißen Hemden hinter ihr entlang.

»Ah, Lee. Ich schalte dich direkt zu Ulysses durch. Du sollst Kopfhörer benutzen. Es ist wichtig.« Ehe er etwas erwidern konnte, erschien das Logo der NASA als Wartebildschirm. Es dauerte etwa eine Minute, dann tauchte Ulysses

Keinzman vor der Kamera in seinem Büro auf, noch bevor Lee die Ohrstöpsel in seine Gehörgänge gestopft hatte. Der Direktor sah nicht in die Linse, sondern scheuchte offenbar gerade jemanden hinaus, ehe er zur Seite rückte und ein grauhaariger Militär in der blauen Uniform der Air Force neben ihm Platz nahm. Er trug die drei Sterne eines Generalmajors und den humorlosen Gesichtsausdruck eines Stabsmitarbeiters. Mehr aus antrainiertem Reflex versteifte Lee sich.

»Lee, ich will gleich zur Sache kommen«, stieg der NASA-Direktor sofort ein. Seine Augen wirkten gehetzt und sein Mund verriet, dass er unglücklich über irgendetwas war. »Wir haben doch mit der letzten Atlas einen Militärsatelliten hochgeschossen.«

»Ja, AF-117, einen Tag nach der Ankunft von Astron war der Start.« Lee nickte und sah zwischen seinem Vorgesetzten und dem General hin und her.

»Genau. Beim Eintritt eines der Fragmente wurde ein japanischer Wettersatellit getroffen und hat eine Schrapnellwolke erzeugt, die zwei andere Satelliten erwischt hat. Momentan sieht es so aus, als würde es nicht zu einer großflächigen Kettenreaktion kommen, aber AF-117 wurde beschädigt.«

»Eine vorläufige Analyse hat ergeben, dass es eine der automatischen Steuerdüsen getroffen hat, die für die Aufrechterhaltung des Orbits essenziell ist«, erhob der General zum ersten Mal die Stimme. »Wir möchten, dass Sie sie reparieren.«

»Reparieren? Einen Satelliten?« Lee war vollkommen verblüfft und schüttelte den Kopf, als habe er sich verhört.

»In genau sechzehn Stunden und vierzig Minuten wird die ISS in einer günstigen Lage relativ zu AF-117 sein«, sagte der Direktor, sah dabei aber alles andere als glücklich aus.

»Es wird nicht leicht, ist aber machbar. Wir steuern die ISS so um, dass sie in der Nähe bleibt, und du alle neunzig Minuten zurückkannst. SpaceX hat bereits zugestimmt, dass du ihre angedockte Crew Dragon benutzt. Es geht um die nationale Sicherheit.«

»Sarah ist viel qualifizierter für diese Art von …«

»Nein«, sagte der General bestimmt. »Es handelt sich um militärische Hardware, und aufgrund Ihres Hintergrundes in der Air Force kommen nur Sie infrage.«

»Sir, ich bin bereit, jederzeit meinen Job zu machen, aber sechzehn Stunden sind zur Vorbereitung eines EVA viel zu wenig. Ich brauche Informationen über die geplante Reparatur, einen genauen Plan des Satelliten und Zeit für die Berechnungen des Flug- und Annäherungsmanövers. Das sind alles Dinge, die man nicht einfach mal so nebenbei macht, mit Verlaub.«

»Wissen wir doch, Lee«, schaltete sich Keinzman wieder ein. »Aber es ist dringend. Unsere Jungs sitzen schon längst an der Mathematik. Ich habe insgesamt achtzig Leute darauf angesetzt, die alles vorbereiten. Das wird ein Klacks.«

Lee fand nicht, dass der Direktor aussah, als glaubte er seinen eigenen Worten. Aber offenbar war der Druck auf ihn groß genug, um einem solch waghalsigen und unvernünftigen Unterfangen zuzustimmen. Vielleicht hatte er auch gar keine Wahl gehabt.

»Dima und Anatoli wurden zurückbeordert. Sie werden morgen zurück nach Baikonur fliegen. Damit sind nur noch Sarah und Markus hier, das ist eine ziemlich kleine Mannschaft zur Mitarbeit an einem Außeneinsatz, zumal der nicht einmal an der Station stattfindet. Wenn Sarah die Crew Dragon steuert und ich rausgehe, wird Markus ganz alleine sein. Das ist viel zu gefährlich. Wir brauchen für das Andocken schon jemanden in der Cupola und jemanden am Canadarm.«

»Das stimmt.« Der Direktor nickte. »Sarah und Markus werden deshalb auch bleiben.«

»Ich soll die Crew Dragon alleine fliegen und die Reparaturen vornehmen?« Lee schüttelte den Kopf. »Kommen Sie.«

»Wir wollen nur Sie in der Nähe des Satelliten«, sagte der General.

»Lee, das schaffst du. Du bist qualifiziert für die Reparaturen und auch an der Dragon ausgebildet. Leg dich etwas hin, und danach fangen wir mit der Vorbereitung an. Ein internes Team bestehend aus unseren Leuten und einigen Experten von der Air Force sitzt bereits zusammen und bereitet alles für dich vor. Wenn du wieder wach bist, sagen wir so in vier Stunden, werden sie dich für alles briefen, und ihr geht alles im Detail durch. Du fliegst rüber, reparierst die Düse und fliegst zurück.«

»Verstanden«, seufzte er ergeben.

»Guter Junge. Dann erhol' dich gut. Ach, und bevor ich es vergesse: Die Reparatur ist geheim. Die anderen brauchen nicht zu wissen, worum es geht. Sag ihnen einfach, dass es sich um einen wichtigen GPS-Satelliten handelt.«

Lee schluckte seine Wut herunter, nickte und beendete die Verbindung.

Kapitel 16

Jenna

Nachdem der Captain ihnen glaubhaft versichern konnte, dass sein nicht auf dem Dach liegender Polizeiwagen keinen GPS-Sender besitze und das Alter des Fahrzeugs dies auch wahrscheinlich machte, waren sie mit ihm zum Ortsende des totenstillen Dorfes gefahren. Im Kofferraum befanden sich sämtliche Waffen, Magazine, Gürtel und Reizgasdosen, die sie aus dem Kleinbus geborgen hatten, ehe sie ihn den Flammen übergeben hatten, um ihre Spuren zu verwischen. Jenna glaubte nicht, dass in nächster Zeit jemand hier nach dem Captain und seinen Getreuen suchen würde, egal, was er ihr weismachen wollte.

Das Haus, vor dem sie geparkt hatten, lag als einziges ein wenig höher am Hang eines flach ansteigenden Berges und bot einen freien Blick auf den Eingang des Tals, wo die Schotterstraße jenseits der vielen Dächer den endlosen Wald wie ein Schnitt in zwei Hälften teilte. Colin hatte ihren Gefangenen auf einen Stuhl gefesselt, und Jenna hatte Nadel und Faden in einem kleinen Kästchen im Schrank aufgetrieben. Das Haus roch nach Moder und ungewaschener Kleidung, nicht gerade antiseptisch, aber das Beste, was sie nun einmal hatten.

Wie sich herausstellte, hatte sie einen Streifschuss an der Schulter, eine Platzwunde an der Stirn und einen drei Zentimeter tiefen Cut in der Wange abbekommen. Die vielen Prellungen an den Beinen und der Hüfte waren schmerzhaft, würden aber von selbst heilen. Auch die angeknackste Rippe. Was ihr zu schaffen machte, war der widerliche Blutgeschmack vom Arm des Beifahrers, den sie als Mundschutz vor dem Unfall missbraucht hatte.

Colin räumte den Tisch frei, indem er mit dem Arm sämtlichen Inhalt herunterfegte und ein Laken darauf ausbreitete. Jenna legte sich auf den Rücken und hielt ihm das Desinfektionsspray aus dem Erste-Hilfe-Koffer der Militärpolizisten hin.

»Fast wie in einer Arztpraxis«, scherzte der Brite, der selbst aussah wie ein gerupftes Huhn. Er desinfizierte seine Hände, dann die Nadel und setzte zum Nähen ihrer Schulterwunde an, nachdem er auch sie desinfiziert hatte. »Sicher, dass du kein Beißholz willst?«

»Sicher«, erwiderte sie und starrte an die Deckenbalken, die so morsch aussahen, dass sie sich fragte, ob sie nach allem ironischerweise noch an einem einstürzenden Dach sterben würde.

»In Ordnung. Ich versuche, wie ein guter Arzt zu sein«, versicherte er ihr und setzte die Nadel an. »Das wird jetzt möglicherweise ein bisschen zwicken.«

Das Gefühl der Spitze, die durch ihre Haut stach, war mehr unangenehm als schmerzhaft, genau wie das Ziehen, wenn das Garn sich festzog. Sie wollte ihm auf die Finger schauen, doch der Winkel stimmte nicht, also musste sie wohl darauf vertrauen, dass er ein ähnliches Feldtraining durchlaufen hatte wie sie, und mit der Behandlung keine Probleme bekommen sollte.

»Ist schon ziemlich lange her«, nuschelte Colin.

»Du musst …«

»Sch. Ich mache doch nur Spaß. Sechs Stiche. Das war's schon. Jetzt deine Wange.«

Es zwickte auch dieses Mal sehr stark, aber der Unfall war schmerzhafter gewesen, und Jennas gesamte Aufmerksamkeit galt ohnehin den Prellungen an den Beinen und ihren Zäh-

233

nen, die sich noch immer anfühlten, als wären sie ein wenig locker. Als er fertig war, nickte sie ihm dankend zu und wartete, bis er die großen Pflaster über die frisch genähten Wunden geklebt hatte. Dann stand sie auf und kümmerte sich um ihn. Er war erstaunlich gut davongekommen, obwohl sein Kopf blutverschmiert war und ihm noch immer Blut aus dem Mund lief. Nachdem sie ihm die Haare mit Wasser aus einem kleinen Brunnen neben dem Haus mithilfe eines Glases ausgewaschen hatte, stellte sich heraus, dass Blut nicht ihm gehörte – die drei großen Beulen jedoch schon. Das Wasserglas reinigte sie mit einer Menge Desinfektionsmittel und ließ ihn dann damit gurgeln und spülen.

»Drei Frontzähne. Muss ich nähen«, befand sie.

»Toll«, brummte er. »Ich hätte gern ein Beißholz.«

»Glaube ich.« Jenna drückte sein Kinn hoch und begann mit präzisen Stichen zu nähen. Der Mann war entweder tapfer oder Macho genug, um sich möglichst nichts anmerken zu lassen. Als sie fertig war, nahm sie eine aufgerollte Mullbinde und steckte sie ihm der Länge nach in den Mund. »Vorsichtig drauf beißen und warten.«

»Mhm.«

Sie nickte zufrieden und wandte sich dann dem Captain zu, der sie mit großen Augen musterte. Sie waren vor Angst geweitet. Sie kannte diesen Anblick, und er gefiel ihr. Nicht etwa aus sadistischem Sentiment heraus, sondern aus reiner Notwendigkeit. Menschen, die sich fürchteten, entpuppten sich meist als erstaunlich redselig. Genau das, was sie jetzt gebrauchen konnte. Also ging sie zum Werkzeugkasten, den sie ebenfalls aus dem Kofferraum des Polizeiwagens mitgenommen hatte, und stellte ihn vor dem Soldaten ab. Langsam und mit gezielten Bewegungen öffnete sie die Klappe und ließ ihn an jedem Detail teilhaben. Sie führte eine Hand ans Kinn und betrachtete Hammer, Schraubenzieher und Zangen, als könne sie sich nicht entscheiden, und nahm schließlich den Hammer.

»Kennen Sie das Spiel mit den Schweinchen, die zum Markt gehen?«, fragte sie auf Mandarin und zog dem Captain langsam die Schuhe aus, ehe sie auch die Socken von den Beinen zog und seine nackten Füße auf den schmutzigen Boden stellte.

»Was?«

»Ein paar Schweinchen gehen zum Markt.« Jenna drückte den Hammerkopf auf den kleinen Zeh seines rechten Fußes und er zuckte erschrocken zurück.

»Ich … ich sage Ihnen alles, was Sie wissen wollen!«, stammelte er, und Tränen rannen ihm aus den Augen. »Bitte!«

»Ah, wunderbar.« Sie setzte ein Lächeln auf und legte den Hammer zur Seite, gerade so weit, dass sie noch nach ihm greifen konnte. Dann stand sie auf, damit er zu ihr hochblicken musste.

»Wie hat Chiu Wai Sie kontaktiert?«

»Er hat angerufen und gesagt, dass eine amerikanische Spionin auf dem Weg nach Altay ist, um nach Hemukanisixiang zu reisen und …«

»Ja?«

»… und sich dort umzusehen.«

»Sie wollten mich schnappen und eine Beförderung ergattern, richtig?«

»Ja«, gab er widerwillig zu. »Bitte, lassen Sie mich einfach gehen, ich werde nichts …«

»Natürlich werden Sie das nicht«, unterbrach sie ihn. »Wer weiß noch davon, dass ich hier bin?«

»Niemand! Ich habe nur Leute mitgenommen, denen ich vertraue und ihnen Geld gegeben.«

»Das Sie von Chiu Wai bekamen?«

»Ja.«

»Was ist hier geschehen?«

»Ich weiß es nicht.«

»Wo sind die Bewohner hin? Chiu Wai hat sie gekidnappt, oder?«

»Ich weiß es wirklich nicht!«, versicherte er ihr mit bebender Stimme.

Jenna seufzte und nahm den Hammer, kniete sich vor ihn und holte aus.

»WARTEN SIE!«, kreischte er vor Schreck. »Er hat sie weggebracht.«

»Ah. *Weggebracht.* Das klingt schon ganz anders.« Sie ließ den Hammer niedersausen, um den kleinen Zeh seines rechten Fußes zu treffen, doch auf halber Strecke traf sie auf einen Widerstand. Es war Colin, der ihr Handgelenk abgefangen hatte. Er schüttelte bloß den Kopf.

»Was denn?«, fragte sie mit breitem irischem Akzent. »Eine Lüge, eine Strafe. Das lernt ihr sicher auch in der Ausbildung.«

Als er antworten wollte, legte sie sich einen Zeigefinger auf die Lippen, um ihm damit zu signalisieren, dass er aufpassen solle, seine Mullbinde nicht zu verlieren, und wandte sich wieder an den Captain.

»Glück gehabt. Allerdings setze ich mich gerne durch, also versuchen Sie das nicht wieder. Sie haben die Entführungen gedeckt, weil Sie der zuständige Bezirksleiter der Militärpolizei für diese Region sind, richtig? Soweit ich weiß, habt ihr mehr Befugnisse als die lokale Polizei, und somit waren Sie genau der Richtige, um geschmiert zu werden.«

»Ja«, gab er widerwillig zu und sah mit aufgeblähten Nasenflügeln auf seine Füße hinab, als habe er Angst, dass sie bereits zu Brei geschlagen worden wären, ohne, dass er es bemerkt hatte. »Sie haben bloß gesagt, dass ich dafür sorgen soll, dass an einem bestimmten Datum für mindestens einen

Tag niemand herkommt. Ich habe für eine Übung die Straße hierher sperren lassen, das ist alles.«

»Und was haben Sie dafür bekommen? Geld?«

»Geld und eine Beförderung.« Der Offizier klang nicht einmal mehr zerknirscht. Das war ein gutes Zeichen, er hatte das Spielchen spielen eingestellt. Er schämte sich nicht, vermutlich weil er rassistische Ressentiments gegen die kasachische Minderheit hegte, schätzte sie.

»Also stecken noch Höherrangige dahinter. Jemand in Peking?«

Er nickte.

»Wo sind diese Leute hier hin?«

»Ich weiß es nicht.« Als sie wieder zum Hammer greifen wollte, überschlug sich seine Stimme mehrfach, und sie konnte ihn kaum noch verstehen: »Ich weiß es wirklich nicht. Ehrlich! Ich habe bloß für die Sperre gesorgt und bin hergekommen, um Sie festzunehmen. Immerhin operieren Sie illegal … schon gut!«

»Haben Sie Fahrzeuge herkommen sehen? Vor der Sperre, meine ich? Sie mussten das ja alles vorbereiten.«

»J-j-ja. Kleinbusse, sehr viele, vielleicht zwanzig Stück.«

»Welche Marke?«, hakte sie nach.

»Lada.«

»Russische also.«

»Ja.« Er nickte, und die Schweißperlen auf seiner Stirn rollten auf seine Nase und tropften von der Spitze. »Davon gibt es hier sehr viele, müssen Sie wissen.«

»Sind sie zurückgekommen?«

Er schüttelte den Kopf.

»Könnten nach Russland oder in die Mongolei gefahren sein«, sagte sie auf Irisch in Colins Richtung, der mit verschränkten Armen halb auf der Tischplatte saß und ihnen zusah. »Nach Kasachstan hin sind die Berge ziemlich unpassierbar. Außerdem tippe ich darauf, dass die Schwarze Witwe mit Golgorow zu tun hatte. Deswegen auch der Kontakt mit Mr. Xiami.«

Der Agent deutete auf den Captain und blickte sie fragend an.

»Wir verscharren ihn am besten irgendwo hier.«

WAS?, schienen seine Augen zu sagen.

»Das war ein Scherz«, entgegnete sie trocken. »Wir lassen ihn hier. Falls ihn niemand findet, hat er sein Schicksal verdient. *Falls* ihn jemand findet: Was soll er ihnen wohl für eine Geschichte erzählen, ohne, dass er selbst im Gefängnis landet?«

Jenna flößte ihrem Gefangenen Wasser ein, bis er den Kopf schüttelte, und packte dann das Werkzeug und die Reste des Erste-Hilfe-Koffers ein, während Colin zwei Decken, Feuerzeug und eine Plane mitnahm. Sie stopften alles in den Kofferraum des Polizeiwagens und kehrten dann zu ihrem Gefangenen zurück. Nachdem Jenna zwei Fotos von ihm geknipst hatte, nickte sie zufrieden.

»Wir werden diese Sache aufklären, nur, damit Sie Bescheid wissen.«

»Sie können mich nicht einfach hier lassen!«, protestierte der Chinese mit entsetzter Miene.

»Nein? Warum nicht? Sagen Sie nicht, das sei ungerecht oder grausam, immerhin wollten Sie uns entführen und haben das Blut eines ganzen Dorfes an den Händen kleben.« Jenna nahm eines der groben Messer, die vom Tisch gefallen waren, und warf es in einer geschmeidigen Bewegung an die gegenüberliegende Wand, wo es vibrierend stecken blieb. Danach ging sie hin und rieb die Klinge mit ihren Ärmeln ab, wo sie sie gehalten hatte. »Da haben Sie eine Chance. Wird nicht einfach, aber immerhin wird Ihnen nicht langweilig.«

Sie ging zurück zum Auto, wo Colin bereits an der Fahrertür wartete und vorsichtig von außen seinen Mund betastete.

»Ich fahre«, sagte sie bestimmt, und zu ihrer Überraschung beschwerte er sich nicht und setzte sich auf den Beifahrersitz. Ihr Weg führte sie durch das Dorf nach Norden, wo sich das Tal zwischen den zusammenlaufenden Bergen verjüngte. Der Fluss bildete die tiefste Stelle und neben ihm gab es einen Schotterweg. Sie konnte sich kaum vorstellen, dass die ehemaligen Bewohner dieses Ortes überhaupt Fahrzeuge besessen hatten, so wie die Wege hier aussahen. Zwar waren Reifenspuren in der festgefahrenen Erde zu sehen, in denen sich etwas Regenwasser gesammelt hatte, aber die stammten vermutlich von den Lada-Bussen, mit denen die Menschen entführt worden waren.

»Das ist doch alles verrückt«, dachte sie laut, während sie den Wagen über die holprige Piste steuerte. Die Dämmerung setzte langsam ein und erzeugte dichte Schatten zwischen den allgegenwärtigen Bäumen.

»Was genau?«, nuschelte Colin. »Sie haben für mich übersetzt, schon vergessen?«

»Ein russischer Oligarch entwickelt eine unbekannte Chemikalie und wird vom Kreml protegiert. Dann schießt die Regierung MH17 über der Ukraine ab und mit dem Flug auch Golgorow mit einem Aluminiumkoffer, in dem sich die ersten Proben befinden. Klar, jeder bessere Geheimdienst wollte seine Finger daran kriegen, aber wieso sollten die Russen dann ein ganzes Flugzeug abschießen und ihn nicht einfach mit Nowitschok vergiften, wie sie es sonst tun? Und warum wollte Golgorow nach Malaysia fliegen? Um Xiami zu treffen und Kontakt zu den Chinesen zu bekommen? Mhm.«

»Malaysia ist von China abhängig. Das könnte schon sein. Neutraler Boden«, kam die kaum verständliche Antwort des Briten.

»Gut. Golgorow macht einen Deal mit China oder zumindest Leuten in China. Es gibt eine neue Entführungswelle, aber sie fällt 2018 bloß etwas schlimmer aus als sonst, ist keine Neuigkeit. 2020 bricht Corona aus und China, trotz seiner riesigen, oft dicht gedrängten Bevölkerung kommt so glimpflich davon, dass alle an manipulierte Zahlen denken. Russland dagegen kommt schlecht weg, allerdings vor allem im Westen.«

»Klar, da wohnen ja auch die meisten …«, Colin machte ein schlürfendes Geräusch, »… Menschen.«

»Wir gehen davon aus, dass es sich bei Compound X um ein Medikament ohne Zulassung handelt«, sagte sie. »Und ihr?«

»Nervenkampfstoff.«

»Mhm«, machte Jenna und nickte. »Dachten wir auch erst, aber einiges spricht für ein militärisch einsetzbares Medikament. Sonst wären die Studienphasen veröffentlicht worden.«

»Sowas wie Stimulanzien für Soldaten? Aber warum sollte Russland die mit China teilen?«

»Wollten sie nicht, aber Golgorow. Am Ende geht es doch immer nur um Geld, und wenn du illegale Medikamentenstudien machen willst, an denen niemand teilnehmen will, dann nimmst du eben Leute, die keiner vermisst und keiner sucht.«

Der Weg führte einige Kilometer in die Berge und teilte sich dann in zwei schmalere Schotterwege auf. Einer bog weiter nach Norden ab und einer nach Osten. Jenna stieg aus und kniete sich in das Scheinwerferlicht, um den Boden genau zu untersuchen. Da sie etwas höher waren, war er hier nicht feucht und noch recht hart, sodass es keine tiefen Spuren gab. Hinzu kam, dass die Dunkelheit bereits ihre Hand über das idyllische Land legte und die grellen Scheinwerfer selbst dann blendeten, wenn sie sie im Rücken hatte. Aber nach einer Weile war sie sicher, dass es der östliche Weg war, der die deutlichsten Hinweise lieferte, dass hier vor einigen Tagen oder einer Woche eine Menge Fahrzeuge durchgekommen waren.

Jenna kehrte zurück ins Auto und bog nach Osten ab.

»Hast du was gefunden?«, fragte Colin schmatzend.

»Sie scheinen nach Osten gefahren zu sein.«

»Kommt da nicht bald die Mongolei?«

»Ja. Da gibt es genügend Platz für so ziemlich alles und kaum Menschen«, erwiderte sie. »Der perfekte Ort, um ein Dorf verschwinden zu lassen. Mach mal den Mund auf.«

Der Brite folgte ihrer Aufforderung zögernd und vorsichtig. Sie zog sein Kinn in ihre Richtung und schob seine Oberlippe hoch, um immer wieder nach der Wunde zu sehen, ehe sie nickte.

»Sieht nicht gut aus, aber den Umständen entsprechend auch nicht schlecht.«

»Ein Zahnarzt wäre nicht schlecht.«

»Möchtest du umkehren?«

»Im Leben nicht.«

Sie fuhren noch über vier Stunden schweigend weiter. Der Schotterweg führte sie an einem Berg entlang, der sich wie eine Schlange nach Osten wand. Die Nacht war wolkenverhangen und dementsprechend finster, sodass ihre Scheinwerfer die einzige Lichtquelle bildeten. Die Bäume rechts und links wurden zu bizarren Schatten, die sich über sie zu beugen schienen wie gefräßige Dämonen, und der Weg wirkte kalt und grau, als würden sie durch einen Tunnel fahren. Irgendwann, als bereits die Reservelampe des Wagens einen niedrigen Dieselstand anzeigte, hörte der Weg einfach auf. Er endete in einer Lichtung, deren Boden pechschwarz war und vom dichten Wald eingehegt war.

»Merkwürdig«, brummte Colin, öffnete seine Tür und spuckte einen Schwall schleimigen Blutes aus.

»Wirklich merkwürdig«, stimmte Jenna ihm zu, lud eine der Pistolen durch, die sie den Militärpolizisten abgenommen hatten, und steckte sie zurück in das Gürtelholster, ehe sie ihre Taschenlampe nahm, anschaltete und hinausging. Die Kälte und Feuchtigkeit in der Luft waren wie eine Wand, gegen die sie lief. Fröstelnd zog Jenna den Reißverschluss ihrer Jacke bis zum Kinn zu und trat auf die Lichtung hinaus. Die Scheinwerfer bildeten zwei grelle Trichter aus Licht auf dem, was einmal Gras gewesen war. Sie verloren sich zwanzig Meter weiter im Wald, dessen Schatten undurchdringlich zu sein schienen. Als sie sich hinkniete und die Halme zwischen den Fingern zerrieb, runzelte sie die Stirn.

»Verbrannt«, murmelte sie.

»Was?«, fragte Colin, der wie aus dem Nichts neben ihr aufgetaucht war. Sie wurde müde, das war nicht gut.

»Das Gras ist verbrannt.« Sie leuchtete in Richtung der Bäume, deren der Lichtung zugewandte Äste und Blätter ebenfalls angekohlt waren, aber dahinter noch normal aussahen. »Seltsames Feuer, findest du nicht? Gras brennt nicht besonders gut, und Flammen hören nicht einfach auf, wenn sie auf Bäume treffen.«

»Dann wurde hier offensichtlich mit Flammenwerfern nachgeholfen. Um die Spuren zu verwischen?«

»Möglich, aber wo sollen die Lada-Busse hin sein? Durch die Bäume sind sie jedenfalls nicht.« Jenna leuchtete wie zum Beweis mit ihrer Taschenlampe den Waldrand ab. Die Bäume standen dicht an dicht. »Warte mal.«

»Worauf?«, nuschelte Colin.

Statt zu antworten, ging Jenna auf die Steilwand zu, die rechts von ihnen aussah, als hätte ein Riese mit einer Axt einen Teil des Berges abgetrennt.

»Sieht das für dich natürlich aus?«

»Nein, aber das hier war doch mal eine Prospektiergegend für den Bergbau.« Der MI6-Agent zuckte mit den Achseln. »Also in gewisser Weise: ja.«

Die Wand war schroff und bildete viele kleine, zackige Schatten, wo immer sie hinleuchteten. Obwohl hier und da dunkelbraunes und graues Gestein hervortrat, waren die meisten Stellen von Moosflechten und Grasbüscheln bewachsen. Die Feuchtigkeit dieses Ortes und seine dichte Vegetation hatten scheinbar rasch dafür gesorgt, dass sich die Natur gegen die menschlichen Eingriffe in den Sechzigerjahren erfolgreich gewehrt hatte. Sie suchte alles ab, ging nach rechts und links bis zu den Rändern, konnte aber nichts Auffälliges feststellen. Der Ruf einer Eule oder eines Waldkauzes riss sie irgendwann aus ihren Gedanken, und sie schaltete die Taschenlampe aus.

Kleinbusse verschwinden nicht einfach wie von Geisterhand, dachte sie und ging zurück zum Auto.

»Was machst du?«, fragte Colin. »Willst du umkehren?«

»So etwas tue ich nicht. Bleib da stehen.« Sie setzte sich zurück ans Steuer, startete den Motor und parkte den Wagen so um, dass er ganz links auf der Lichtung stand, am entferntesten Punkt relativ zu der Steilwand. Mit diesem Abstand leuchteten die Frontscheinwerfer beinahe die gesamte Breite des Abbruchs aus. Jenna ließ die Zündung an und ging hinaus. Mit zusammengekniffenen Augen musterte sie den Fels und dann sah sie es. Ein kleiner Ausschnitt etwa in der Mitte sah von Weitem her minimal anders aus als der Rest. Sie musste mehrfach hinsehen und blinzeln, aber da sie wusste, wonach sie suchte, erkannte sie die quadratische Fläche schließlich.

»Geh ein Stück nach links«, rief sie. »Jetzt nach vorne.«

Colin tat wie ihm geheißen und stand direkt vor dem, was

sie als einen schwarzen Strich wahrnahm. Er streckte die Hand aus und tastete in der winzigen Fuge entlang. Sie wollte zu ihm laufen und mithelfen, befürchtete aber, dass sie ihren Fund aus den Augen verlieren könnte und übte sich in Geduld. Nach einer gefühlten Ewigkeit hörte sie ein hohes Surren, und ein quadratischer Bereich öffnete sich in der Steilwand – gerade groß genug, für Autos von der Größe eines Kleinbusses. Wie das gähnende Maul eines Tieres lag der dunkle Ausschnitt vor ihnen, und Colin stand direkt davor, als würde er gefressen. Die getarnte Tür war nach außen aufgeschwungen und lag nun in vollkommener Stille da.

»Hoffen wir, dass er nicht zu lang ist. Wir haben nicht mehr viel Sprit«, rief Colin und kam zu ihr zurückgetrottet. Gemeinsam stiegen sie wieder in den Wagen ein und fuhren in den Schlund dieser unheimlichen Bestie, die sie mitten im Nirgendwo gefunden hatten. »Hältst du das für eine gute Idee? Wer auch immer das hier aufziehen kann, bekommt bestimmt nicht gern Besuch.«

»Ich denke nicht, dass es einen anderen Weg gibt«, erwiderte sie und lenkte das Auto in den engen Tunnel hinein, bis die Finsternis sie verschluckte.

Kapitel 17

Branson

»Was sagt das Sonar, Johnny?«, rief Branson, ohne die chinesische Fregatte aus den Augen zu lassen, die noch immer auf sie zuhielt und am Horizont größer wurde, als wolle sie ihnen drohen – was sie auch ganz unverhohlen tat.

»Unser Freddy taucht definitiv gerade auf. Er ist noch dreihundert Meter tief«, antwortete der Maschinist von der Brücke. »Eine Viertelstunde wird es noch dauern. Aber Boss, es gibt da ein anderes Problem.«

»Noch eins?«

»Ja. Erinnerst du dich daran, dass aus Richtung des Chinesen zwei Radarkontakte auf uns zu kamen?«

»Die dann nur noch einer waren. Sind es etwa wieder zwei?«

»Nein. Aber ein Sonarkontakt ist dazu gekommen.«

»Ein verdammtes U-Boot?«, fragte Branson frustriert.

»Sieht so aus.«

»Verdammte Scheiße! Was ist mit den anderen?« Er sah zu der diesigen Silhouette im Südwesten. »Nimm Funkkontakt auf.«

»Habe ich schon. Es handelt sich um einen französischen Lenkwaffenzerstörer – haben sie gesagt«, erklärte Johnny.

»Und haben die uns auch gedroht?«

»Jo. Sie haben uns darauf hingewiesen, dass wir uns in der ausschließlichen Wirtschaftszone des französischen Überseegebiets Polynesiens befinden und sie umgehend verlassen sollen.«

»Das ist lächerlich! AWZs sind über zweihundert Meilen

weit. Was wollen die denn alle hier?«, schimpfte Branson und zwang sich zur Ruhe.

»Da ist noch was, Boss.«

»Will ich gar nicht hören.«

»Dieser Meteorit … ich habe ihn auf dem Sonar, und sein Punkt und Freddys Punkt waren an genau derselben Stelle. Ich will ja nicht den Teufel an die Wand malen, aber es würde mich nicht wundern, wenn er getroffen wurde.«

»Was ist mit seiner Aufstiegsrate?«, fragte er.

»Wird langsamer.«

»Wir gehen runter.«

»*Runter* runter?« Joe deutete auf das Meer, das sich nach dem Einschlag wieder beruhigt hatte. Auch die Motoren der *Triton One* heulten nicht mehr, sondern blubberten nur noch unterschwellig, um sie auf der Stelle zu halten.

»Ja. Wir gehen ins Wasser. Wenn sein U-Boot beschädigt ist oder er verletzt, müssen wir vielleicht dabei helfen, die Verschlüsse des Krangeschirrs anzubringen.« Branson sprach wieder in sein Funkgerät: »Johnny, Marv: Ihr habt die Brücke. Wir weichen nicht von der Stelle, klar? Joe und ich gehen ins Wasser. Xenia hat den Kran!«

»Yo, Boss. Geht klar! Seid vorsichtig, ja?«

»Machen wir.« Ein Kloß bildete sich in seinem Hals, als er die Worte des Maschinisten realisierte. Johnny war die Entspannung in Person und machte sich nie Sorgen – was von Zeit zu Zeit bis an Weltfremdheit grenzte. Dass er ihnen sagte, sie sollten vorsichtig sein, war nichts weniger als eine Zäsur. Aber wenn nicht jetzt, wann dann? Sie schwammen im Pazifik, während ein undurchsichtiger Auftraggeber mit einem Hightech-Mini-U-Boot aus der Tiefe aufstieg, sie beinahe von einem Meteoriten versenkt wurden und die chinesische und französische Marine anrückten und ihnen offen drohten. Hinzu kam noch die US-Küstenwache in ihrem Rücken, der absolute Horror halblegaler Schatzsucher wie Branson und seine Crew es waren.

Eilig zwängte er sich in seinen Sechs-Millimeter-Neoprenanzug für tiefe Tauchgänge und schob seine bereits nassen Füße in die langen Flossen. Der Pazifik war hier durchaus warm, wurde allerdings weiter unten ziemlich kalt. Bis einhundertzwanzig Meter konnte er es so noch aushalten, aber tiefer traute er sich ohnehin nicht mehr runter.

»Ich soll ganz allein den Kran bedienen?«, fragte Xenia aufgeregt. Sie lief wie ein Tiger vor ihnen auf und ab und sah immer wieder zu dem näher kommenden Kriegsschiff. Branson stand auf und fasste sie an den Schultern, um ihr in die Augen blicken zu können. Jede Faser seines Körpers wollte sich beeilen, doch er zwang sich dazu, gemessen zu sprechen.

»Kleine, du packst das. Wir sind alte Fürze und können besser von alten Zeiten erzählen, als etwas zu leisten. Du bist klug und die einzige Frau an Bord. Wir alle wissen doch, dass ihr zäher und klüger seid als wir. Du gehst an den Kran und machst das Gleiche wie sonst auch. Bleib einfach bei jedem Steuerimpuls ruhig. Joe bleibt an der Oberfläche und gibt dir Zeichen weiter, damit du weißt, wie tief du das Geschirr runterlassen musst. Okay?«

»Ja, gut«, erwiderte sie und nickte abwesend. »Ist gut.«

»Also los.«

Xenia ging zurück zum Kran, und Branson schlüpfte in seine BCD mit den zwei Sauerstoffflaschen auf dem Rücken und dem kleinen O2-Pack auf der Brust. Als er Maske, Schnorchel und Mundstück befestigt hatte, checkte er rasch Joes Ausrüstung und umgekehrt. Wie Pinguine watschelten sie ungeschickt mit ihren langen Flossen über das offene Deck und sprangen vom flachen Ende in die blauen Fluten. Es wurde weiß, dann blau und still und wieder laut und weiß, ehe er mit aufgeblasener Weste auf der Oberfläche trieb, seine Maske auswusch und sie zurechtzurrte.

»Wir gehen runter und sehen nach, was los ist. Ich tauche so schnell wie möglich ab und hefte mich auf das U-Boot«, entschied er, als sie direkt voreinander im leichten Wellengang auf und ab schwammen. »Du bleibst auf halber Höhe und wartest mein Zeichen ab, dann gehst du wieder hoch und sagst Xenia Bescheid. Sobald ich in Sichtweite bin, gebe ich dir Anweisungen für das Krangeschirr.«

»Zu gefährlich. Das Schiff braucht seinen Käpt'n.« Joe schüttelte den Kopf.

Branson lächelte. »Tut mir leid, alter Mann. Du hast fast zwanzig Jahre mehr auf dem Buckel als ich. Das wird ein Notaufstieg und wenn dabei was schiefgeht, macht meine Lunge das eher mit als deine. Keine Diskussion.«

Um seinen Standpunkt zu verdeutlichen, steckte er sich den Atemregler in den Mund und deutete mit dem Daumen nach unten. Mit dem Deflator, den er über den Kopf hielt, ließ er die Luft aus seiner BCD entweichen und atmete gleichzeitig aus. So ging es rasch abwärts, und das warme Blau schloss sich über seinem Scheitel. Anders als in der Nähe von Riffen, wo sie üblicherweise nach versunkenen Schätzen alter Zeiten tauchten, war es hier recht leise. Wo sonst Korallen, Schnecken, Shrimps und Krebse lebten und ein großes Konzert von Klicklauten veranstalteten, war es hier geradezu still. Es gab zwar einen Klangteppich aus sanftem Knistern, doch der lag eher zurückhaltend auf dem Meer. Hinzu kam allerdings das tiefe Brummen entfernter Schiffsschrauben, die Branson eine dichte Gänsehaut auf Arme und Beine bereiteten. Wasser leitete Schall um ein Vielfaches schneller als Luft, und so klang die Bedrohung durch das heranrückende Kriegsgerät noch unmittelbarer. Mit ungutem Gefühl blickte er in das dunkle Blau um sich herum, sah Joe, der einige

Meter entfernt deutlich langsamer absank. Wie die zwei letzten Menschen in der Unendlichkeit sanken sie tiefer unter ständigem Druckausgleich. Als er seinen Freund kaum noch erkennen konnte, weil er immer weiter zurückfiel, schaltete er die Hochleistungslampen an seiner BCD ein und zog die Taschenlampe aus seiner Gürtelhalterung.

Das Blau wurde immer mehr zu Schwarz, und sein Tauchcomputer zeigte bereits fünfzig Meter an, als er unter seinen Füßen ein schwaches Glimmen sah.

Das muss Perkins' U-Boot sein, dachte er und nippte weiter sparsam an seinem Sauerstoffvorrat, um schnell an Tiefe zu gewinnen. Erst als die Lichter immer deutlicher hervortraten und die Konturen von Lampen annahmen, drückte er mittels seines Inflators Luft in die BCD, um etwas Auftrieb zu erzeugen. Unterstützend atmete er jetzt ein wenig tiefer, damit er mit seiner beschleunigten Sinkrate nicht mit dem aufsteigenden Gefährt zusammenstieß. Als er das U-Boot klar erkennen konnte, war es nur noch rund fünf Meter entfernt – wie ein aus dem Jenseits erscheinender Geist. Seine Glaskanzel war von innen beleuchtet und die ausgefahrenen Greifarme hielten direkt davor eine perfekte Kugel von solch einer Schwärze, dass sie selbst das wenige Licht zu verschlucken schien, das auf sie traf. Sie war nicht größer als ein Medizinball und sah doch so schwer aus, als müsste sie wie ein Anker wirken.

Branson löste die erste der beiden Sauerstoffflaschen, trennte sie mit einem Griff nach hinten vom Gurt und sah, wie sie als graues Geschoss an dem U-Boot vorbei im Nichts verschwand. Dann war es auch schon bei ihm, und er versuchte, sein Gewicht so zu verlagern, dass er wie ein Insekt mit Füßen und Händen auf der zerklüfteten Oberfläche landete. Obwohl er abgebremst hatte, fühlte es sich an, als würde er von einem Lkw angefahren werden, so heftig fiel der Auf-

prall aus. Knurrend packte er die rechts und links längs ver-
laufenden Metallschienen und legte sich mit dem Gesicht zur
Pilotenkanzel flach hin. Ein Seitenblick auf den Tauchcomputer an seinem linken Handgelenk zeigte ihm, dass die Aufstiegsrate sehr langsam war. Er zog sich näher zur Kanzel
und wartete, bis die Luftblasen vom Ausatmen fort waren,
ehe er durch das Glas zu Perkins hineinschaute. Der sah ihn
bereits und deutete mit wilden Gesten nach vorne zu dem
Objekt in den Klauen der Greifarme.

»*Das Objekt*«, formten seine Lippen immer wieder.

Branson streckte eine Hand vor und hob den Daumen,
doch Perkins schüttelte den Kopf und deutete auf seinen kleinen Sonarschirm. Es war schwer etwas zu erkennen, da der
Linseneffekt des Wassers seine Sicht verzerrte. Also drehte er
den Kopf nach oben und sah über sich die Lichter von Joe –
zumindest hoffte er, dass es sich um Joe handelte. Er machte
eine wiederholende drehende Bewegung mit dem Zeigefinger
seiner rechten Hand und wandte sich erst wieder ab, als sein
Freund sich rasch nach oben entfernte.

»*Das Objekt!*«, gab Perkins ihm erneut lautlos zu verstehen.
Es war gespenstisch in der vom Brummen der Motoren ge-
störten Stille durch die Dunkelheit nach oben zu gleiten, ohne
das Gefühl einer Bewegung zu haben. Der seltsame Fremde
war nur wenige Handbreit von ihm entfernt, und doch befand er sich in einer gänzlich anderen Welt, einer künstlichen
Kapsel voll mit Sauerstoff und Elektronik, die geradezu au-
ßerirdisch wirkte. »*Branson! Nehmen Sie das Objekt!*«

Branson war sicher, dass Perkins das gesagt hatte. Seine
Lippen hatten sich langsam und betont bewegt. Das Objekt.
Sollte er nur das nehmen? Da erkannte er plötzlich, auf was
sein Gegenüber die ganze Zeit über gezeigt hatte. Auf dem
Sonar war ein dunkler Punkt zu erkennen, der sich rasch nä-
herte.

Scheiße!, dachte er panisch und machte einen Satz nach vorne, indem er sich mit den Händen am Metallrand über der Kanzel vorzog und wie ein Fisch in Richtung der Greifarme glitt. Darüber angekommen, prallte er gegen den linken und hielt sich fest wie ein Stürzender an einem Ast. Die pechschwarze Kugel war jetzt zum Greifen nahe, schwebte wie ein unheimlicher Planet neben ihm. Branson hatte das Gefühl, dass sich sein Herzschlag verlangsamte und seltsam schwer wurde, so als ginge eine drückende Aura von ihm aus.

Ein rascher Blick nach oben zeigte ihm wie in sehr weiter Ferne die unstete Oberfläche des Ozeans, von der eine wirre Konstruktion aus Schatten und sich bewegenden Teilen auf ihn zuglitt.

Das Krangeschirr! Er kletterte auf den Greifarm hinauf und hakte die Füße zwischen zwei der Metallstreben an dem vorderen Teil ein, bevor er die BCD aufblies, um mehr Auftrieb zu bekommen. Dann schaltete er seinen Sechs-Liter-Sauerstoffpack an seiner Brust zu und flutete seinen Atemregler mit reinem Sauerstoff, um der gefährlichen Dekompression seines viel zu schnellen Aufstiegs ohne Stopps entgegenzuwirken. Das Geschirr kam rasch näher, doch es würde zu weit hinten landen. Eilig drehte er sich durch das Wasser, das sich wie Harz seinen Bewegungen zu widersetzen schien und gestikulierte in Perkins' Richtung, damit er das U-Boot wendete. Der schüttelte jedoch den Kopf und deutete nach hinten. Erst beim Aufblicken sah Branson, dass die gesamte linke Flanke des Gefährts zerstört war. Als hätte ein riesiger Raubfisch hineingebissen, fehlte ein großer Teil und durch kleine Löcher stießen dichte Gasblasen ins Wasser hinaus wie Blut aus einer Wunde.

Frustriert sah er hinauf zum Geschirr. Er hatte nicht viel Zeit. Kurzentschlossen pumpte er die BCD auf, zog seine Füße aus dem Arm zurück und schoss in die Höhe, ehe er den Deflator drückte und ausatmete und wieder nach unten sackte. Diesmal mit schnellen Flossenbewegungen zum Heck, wo er sich geschickt drehte und im letzten Moment eine der vier Ketten des Geschirrs packte. Dann schwamm er zurück und kratzte dabei über die verwundete Seite des U-Boots, riss sich an einem hervorstehenden, stark verbogenen Metallteil den Bauch auf und schluckte gegen den scharfen Schmerz an. Zurück bei den Greifarmen, musste er sich wieder einhaken und zerrte an der Metallkette, ehe er damit begann, sie um die unheimliche Kugel zu wickeln und mit den anderen dreien zu verknoten. Klammern, die eigentlich für Stahlstreben vom Durchmesser eines Unterarms gedacht waren, nutzte er, um sie aneinander zu befestigen, sodass sie ein dichtes Netz bildeten.

Bevor er die letzten Handgriffe getan hatte, bemerkte er eine Bewegung in der Kanzel und sah auf. Der rauschende Atem, der durch den Regler in seinem Mund hohl klang, als versuche er, mit einem Strohhalm aus einem leeren Glas zu trinken, verstärkte das wachsende Gefühl von Dringlichkeit.

Perkins wirkte zum ersten Mal aufgebracht. Mit wilden Gesten deutete er nach links, und als Branson mit gerunzelter Stirn den Kopf drehte, stieß er einen ungehörten Schrei aus. Ein gewaltiger Schatten raste aus dem Dunkelblau des Meeres heran, ein Güterzug aus purer Finsternis. Wie ein wahr gewordener Albtraum donnerte er um Haaresbreite an dem Mini-U-Boot vorbei und dann ging alles blitzschnell: Branson wurde von starken Verwirbelungen im Wasser getroffen und fortgerissen. In seinem Fuß knackte etwas und sandte einen scharfen Schmerz durch sein gesamtes Bein. Im einen Moment sah er Perkins' U-Boot, das sich in alle Richtungen gleichzeitig überschlug, wie ein Stück Papier im Sturm. Dann die Wasseroberfläche, die ihm viel zu weit weg erschien. Den riesigen Schatten, der sich in eine gigantische Schraube verwandelte, deren Wirbelschleppen seine Lage noch verschlimmerten. Das Mundstück fegte zwischen seinen Zähnen nach draußen, und nur mit Müh' und Not konnte er sich davon abhalten, aus Reflex Wasser einzuatmen. Oben und unten verloren an Bedeutung und eine bedrohliche Übelkeit breitete sich in seinem Magen aus. Geistesgegenwärtig streckte er einen Arm herunter und zog ihn dann wie eine Windmühle zurück, fing so die Schläuche seines Oktopus' auf und zwang das Mundstück zurück nach vorne, vor seine Brust. Dort tastete er danach, während er sich noch immer um mehrere Achsen gleichzeitig drehte, und steckte es sich in den Mund. Zwei tiefe Atemzüge, dann machte er sich groß, streckte Hände und Füße weit von sich, sah einen dünnen Faden Blut, der vor ihm eine Spirale beschrieb und stabilisierte sich langsam.

Orientieren, dachte er, und seine Brust pumpte heftig. Widerwillig zwang er sich dazu, nur am Sauerstoff zu nippen, um sich nicht zu gefährden. *Kurz die Augen schließen. Dann wieder auf. Was siehst du?*

Perkins' U-Boot war nur noch als kreisender Lichtpunkt zu erkennen, der sich von ihm wegbewegte und an Höhe verlor. Die Lampen flackerten bedrohlich und wurden schwächer. Der große Schatten – das chinesische U-Boot? – war verschwunden, doch da war noch die schwarze Kugel, die an dem Krangeschirr hing und in diesem Moment von weiter weg zurückpendelte wie eine Abrissbirne in Zeitlupe. Branson fühlte sich wie ein Astronaut im Vakuum, während um ihn herum in relativer Stille die Welt unterging. Er nahm einen halben Atemzug, um seine Situation einzuschätzen, und schoss dann mit heftigen Flossenschlägen nach vorne. Vor ihm war nichts als das dunkle Blau des Pazifiks. Links unter ihm trudelte Perkins in sein nasses Grab, und über ihm wartete die Wasseroberfläche wie eine ferne Verheißung, die unerreichbar schien. Immer wieder drehte er den Kopf, passte seinen Kurs leicht an und dann passierte ihn die schwarze Kugel, die an der Kette des Krans hing. Obwohl das Gebilde an zwei Stellen gerissen war, und es nicht viel fehlte, und das Ding würde sich lösen und in der Tiefe versinken, schien es sicher fixiert zu sein.

Branson streckte die Arme vor und bekam ein Kettenglied zu packen, in das er sich mit aller Kraft festkrallte. Als würde er von einem Motorboot gezogen, glitt er nach rechts, und die künstliche Strömung zerrte an seiner Maske. Sein Tauchcomputer zeigte noch zwanzig Meter an. Für einen Dekompressionsstopp war keine Zeit, also musste er auf den O2-Pack auf seiner Brust bauen. Über ihm schwebte Joe an der Wasseroberfläche. So wie es aussah, zeigte eine Hand nach draußen. Er konnte sich in Gedanken vorstellen, wie der Kran unter der Last ächzte und stöhnte, die die plötzliche Verwirbelung verursacht hatte. Aber die Verbindung war noch da, und das war das Einzige, was zählte. Je mehr sich die Pendelbewegungen verlangsamten, desto schneller ging es nach oben. Es fehlten noch knapp zehn Meter, als ein tiefes Dröhnen zu hören war. Die beiden Schrauben der *Triton One* begannen sich zu drehen und helle Gischt peitschte nach hinten. Die Kette spannte sich, und an ihrem unteren Ende wurde Branson zurückgetrieben, hielt die Kugel umklammert, die seine Brust wieder zu verengen schien. Er fürchtete schon, dass er abreißen und genauso für immer verloren sein würde wie Perkins, doch als alles um ihn herum weiß war und wild gluckerte, stieß er plötzlich mit dem Kopf durch die Wasseroberfläche. Jemand – oder etwas – packte ihn mit einiger Kraft um die Schultern. Prustend und scharf einatmend kämpfte er darum, an der Luft zu bleiben, wollte seine BCD aufpumpen, traute sich jedoch nicht, das Objekt loszulassen.

»Hab' dich!«, rief jemand über das Tosen der Maschinen hinweg.

»J... Joe?«

»Ich bin hier, alter Freund. Halt dich gut fest!«

»Warum ... warum starten wir?«

»Hier gibt es Ärger«, war alles, was Joe antwortete. Verwirrt und von drückenden Kopfschmerzen geplagt, erreichten sie seitlich das Heck, gerieten aus dem Strom der Schrauben und glitten dann aus dem Wasser. Jemand griff nach ihm und half ihm taumelnd auf die Beine. Joe lief zur Kransteuerung und bugsierte die Kugel in Sicherheit, während Xenia Branson kurz untersuchte, indem sie seine Augenlider anhob und ihm dann die BCD und den Bleigürtel abnahm.

»Bist du okay? Ist dir schwindelig? Übel?«

»Nein, geht schon«, log er ächzend. Mühevoll rappelte er sich auf, ohne bemerkt zu haben, dass er überhaupt gelegen hatte. Ein kurzer Rundumblick verriet ihm, dass die Lage nicht besser geworden war, seit er den Tauchgang begonnen hatte. Das chinesische Kriegsschiff hielt direkt auf sie zu und war kaum noch mehr als einhundert Meter entfernt – Grund genug für Marv, die Maschinen anzuwerfen. Weiter rechts näherte sich das andere – vermutlich französische – Marineschiff. Von irgendwo ertönte das Jaulen einer schrillen Sirene, als wolle sie das Ende der Welt einläuten.

»Wo ist Perkins?«, fragte Xenia. Sie war kreidebleich.

Branson schüttelte bloß den Kopf. Sie verstand und schluckte schwer.

»Bringt diese Kugel unter Deck. Ich muss auf die Brücke!«

»Du bist viel zu schnell aufgestiegen!«, protestierte seine Assistentin, doch als er sie mit einem härteren Blick bedachte als beabsichtigt, nickte sie und lief zu der Kugel auf dem Deck, um sie von den Ketten zu befreien. Er selbst wankte heftig, als er auf die Füße kam und schob es auf Beschleunigung und Wellengang, ehe er schwankend zur Treppe eilte und sich über die drei Decks bis zur Brückenreling vorkämpfte. Rechts von sich sah er dabei das chinesische Schiff, es ragte hoch auf und schwenkte in ihre Richtung ein, als wollte es sie rammen.

»Stellen Sie die Maschinen ab und bereiten Sie sich darauf vor, geentert und inspiziert zu werden!«, dröhnte eine Stimme mit starkem chinesischem Akzent über die knapp fünfzig Meter, die sie noch trennten.

»Am Arsch!«, knurrte Branson, riss die Tür zur Brücke auf und sah Marv, der sich an das Steuerruder klammerte wie ein Ertrinkender. Johnny rief ihm etwas Unverständliches zu und auf seiner Miene machte sich unendliche Erleichterung breit, als er Branson sah.

»Marv!«, bellte er. »Geh und hilf Joe und Xenia mit dem Objekt.«

»Was für ein …«

»Los!«

Marv rannte los, Branson übernahm das Steuer, hielt den Kurs und sah immer wieder über seine Schulter durch die mit dunklem Holz eingefassten Seitenfenster. Der chinesische Zerstörer klebte links an ihrem Heck und war deutlich schneller als sie.

»Die verdammten Schlitzaugen hätten uns beinahe mit ihrem U-Boot gerammt!«, fluchte er wütend.

»Wahrscheinlich haben sie nur Perkins auf dem Sonar erfasst und wollten mit den Franzosen in der Nähe keine Torpedos einsetzen«, dachte Johnny laut. Er klang angespannt.

»Ist mir egal. Ich lasse keinen von denen auch nur unsere Reling anfassen.«

»Wir sind zu langsam, Boss!«

»Ja, aber wir haben andere Vorteile«, knurrte Branson

und riss das Funkgerät mit seinem Spiralkabel von der Decke. »Alle festhalten für hart Steuerbord!«

Er klemmte es zurück und zählte innerlich bis drei, warf einen letzten Blick auf das chinesische Schiff, das noch immer schräg hinter ihnen war, aber rasch aufholte, und drehte dann das Steuerrad, so schnell er konnte, nach rechts. Die *Triton One* legte sich in eine so enge Kurve, dass er sich mit seinem ganzen Körpergewicht zur Seite verlagern musste, um nicht zu stürzen. Einige lose Gegenstände stürzten scheppernd zu Boden. Sie beschrieben einen kurzen Bogen nach rechts, sodass der Bug des Zerstörers gefährlich nahekam.

»Boss, die fahren uns über den Haufen!«, rief Johnny schrill.

»Nein. Die wollen, was wir haben, und das wollen sie nicht auf dem Meeresboden sehen, bei diesem Zeitdruck, den sie offenbar haben«, sagte Branson und hoffte, dass er recht hatte. Ein neuerlicher Blick aus dem Seitenfenster bestätigte seine Annahme. Die Chinesen bremsten ab und zogen nach backbord, um einer Kollision vorzubeugen, was ihm und seiner *Triton One* vorerst einen freien Horizont bescherte.

Wieder nahm er das Funkgerät und drehte an den Frequenzen, die Marv mit Klebezetteln an die Decke gehängt hatte.

»Hier spricht Kapitän McDee von der *Triton One* für den französischen Zerstörer«, sagte er mit gepresster Stimme. »Wir wurden von einem chinesischen U-Boot angegriffen und werden von Ihrem Zerstörer verfolgt. Wir sind ein Zivilschiff und bitten um Unterstützung. Man droht damit, uns zu entern. Wir brechen aus in Richtung Maupiti. Wir sind beschädigt und haben einen medizinischen Notfall an Bord. Entsprechend internationalem Seerecht erbitten wir Hilfe. *Triton One*, over.«

Er passte ihren Kurs an und hielt auf das französische Kriegsschiff zu, blickte auf das Radar und sah, dass sich weitere Schiffe näherten.

Sollen die das unter sich ausmachen, wer zuerst schießt, hat bestimmt die anderen gegen sich, dachte er und betete, dass er auch damit recht behielt.

»Johnny?«

»Yo, Boss?«

»Geh und hol mir die Telefonnummer aus Perkins' Kajüte. Ich glaube, ich muss jemanden anrufen.«

»Ist er …?«

»Ja. Und bei dem, was hier los ist, sind wir es auch bald, wenn wir keine Hilfe bekommen. Hoffen wir, dass seine Auftraggeber so mächtig sind, wie wir befürchtet haben.«

Kapitel 18

Lee

Die Vorbereitungen für seinen Flug zu AF-117 verliefen erstaunlich zügig und professionell. Dafür, dass auch die Bodenteams damit überrumpelt worden sein mussten, ging es wirklich schnell, und niemand schien allzu überfordert, obwohl die vielen Menschen, mit denen er telefonierte, müde und ausgelaugt gewirkt hatten. Mit einem Team von SpaceX ging er den geplanten Flug mehrfach durch, mit Ingenieuren von der Air Force die Reparatur der getroffenen Düse und mit NASA-Mathematikern die Orbitalmechanik seines Anflugs und seiner Rückkehr. Am Ende musste er noch eine Verschwiegenheitserklärung des Verteidigungsministeriums unterschreiben, und dann waren auch schon zwölf Stunden vorbei, nach denen ihm vor lauter Informationen der Kopf schwirrte.

Sarah und Markus hatten wie erwartet protestiert und sich über den ungeplanten Einsatz geärgert. Seine Freundin und Kollegin war sogar so weit gegangen, den Direktor anzurufen, um ihn umzustimmen, oder zumindest darum zu bitten, mitzudürfen, aber der schien nicht gewillt, auch nur einen Deut nachzugeben. Also unterstützten sie ihn, wo es ging, und versuchten auffällig wenig, auf die Risiken einer so kurzfristigen und wenig geplanten Aktion hinzuweisen. Sie wussten es und er ebenso. Diese Tatsachen auszusprechen, fügte der Situation nichts Positives hinzu. Sie schafften einen der amerikanischen EMUs in die Dragon und befestigten sie entsprechend der improvisierten Halterungslösung, die das SpaceX-Team vorgeschlagen hatte. Das Raumschiff war für Flüge in einfachen Druckanzügen ausgerichtet und nicht für Spacewalks. Da mit keinen hohen Beschleunigungskräften zu rechnen war, hatten sich die Ingenieure aus Hawthorne optimistisch gezeigt, dass es kein Problem darstellen würde, die klobige EMU hinter den Sitzen zu befestigen. Für den Flug selbst würde er einen der futuristischen SpaceX-Anzüge tragen, die ihm viel mehr Bewegungsfreiheit boten, als die EMU mit ihrem riesigen Tornister, in dem sich Sauerstoff und Kaltgasvorräte für die Manöverdüsen befanden. Die festen Gelenke machten es schwer, sich effizient in Innenräumen zu bewegen, und der Ausstieg würde lange dauern und unangenehm werden, wenn er den Satelliten erst einmal erreicht hatte. Lee würde sich Zeit lassen müssen, um keine Fehler zu machen. Normalerweise dauerte der Ankleideprozess im Vorfeld eines Außeneinsatzes unter Mithilfe seiner Kollegen ein bis zwei Stunden und jetzt würde er alles allein machen müssen. Ohne Checklisten und ein zweites Paar Augen, das jeden Schritt überprüfte.

Der Zeitplan war so eng, dass er kaum Freiraum hatte, um sich über den Asteroiden, die Fragmente, die politischen Verwerfungen auf der Erde und Dimas und Anatolis Abreise Gedanken machen zu können. Erst als sie sich zwei Stunden vor seinem Missionsstart von ihrem russischen Freund und Kollegen verabschiedeten, wurde alles irgendwie konkret. Anatoli war verpackt wie ein Paket, sichtlich dünner und schwächer geworden, aber noch immer schweigsam, mit eingefallenen Wangen und tiefen Augenringen. Er sah aus, als würde er den Wiedereintritt nicht überleben. Doch Dima scherzte nur, dass schlechte Menschen immer lange leben und umarmte sie nacheinander, ehe er mit Markus' Hilfe seinen Gefangenen auf einen der drei Sojus-Sitze fesselte und dann hinterherflog. Als sich die Luke schloss, wurde es schlagartig ein wenig einsamer auf der Station.

»Wehe, du kommst nicht zurück«, murmelte Sarah, als sie in der Cupola den Ablegevorgang der russischen Raumkapsel an den Computern und mit den Augen überwachten.

»Ich repariere einen Satelliten. Wie schwer kann das schon sein?«, gab er zurück und sah zu, wie sich die Sojus lautlos von der Station löste. Schwerelos driftete sie Zentimeter um Zentimeter ab, als verlaufe alles in Zeitlupe, dann zündeten die ersten Korrekturdüsen. Es dauerte dreißig Minuten, bis sie korrekt ausgerichtet war und auf einem neuen Vektor beschleunigte. Die meiste Arbeit würde der Gravitationstrichter der Erde leisten, um die Eintrittsgeschwindigkeit auf der vorberechneten Route zu erreichen, um etwa eine Stunde später in der kasachischen Steppe am Fallschirm zu landen.

»Die sind doch alle durchgedreht«, seufzte seine Kollegin. »Wir haben einen Asteroiden zwischen uns und dem Mond, der seit über hundert Jahren unterwegs ist und kleine Meteoriten auf uns abwirft, und wir haben nichts Besseres zu tun, als einen GPS-Satelliten zu reparieren.«

Lee verzog den Mund. Er hasste es, ihr nicht die Wahrheit sagen zu dürfen, obwohl er in ihrem Seitenblick ablesen konnte, dass sie wusste, dass etwas faul war. Sie bedrängte ihn aber nicht, und dafür war er ihr dankbar.

»Er muss sehr wichtig sein«, erwiderte er neutral. »Die Reparatur scheint wirklich einfach zu sein, wenn ich mich an den Anweisungen der … Ingenieure orientiere. Ich denke, dass es keine Stunde dauern wird. Es sieht so aus, als sei eine Metallfassung um das Austrittsventil einer Manövrierdüse durch den Einschlag eines Schrapnells von dem japanischen Satelliten verbogen oder löchrig, da der Satellit nicht wie bisher auf Richtungsänderungen reagiert. Es gibt also eine Abdrift. Im schlimmsten Fall schweiße ich eine neue Fassung dran.«

»Gibt es aktuell noch andere Fälle?«

»Hey, Cassandra hätte auch die Erde treffen können. Jetzt klemmt er vor dem Mond. Das ist zwar irgendwie gruselig, aber immer noch besser, als ein Massenaussterben und das Ende der Menschheit.«

»Das stimmt. Jetzt ist alles beim Alten und *wir* können weiterhin für unser eigenes Aussterben und das anderer Tiere sorgen«, brummte sie. »Wir haben eben gern das Zepter selbst in der Hand.«

»Sei nicht so misanthropisch.« Er ließ seine Stimme versöhnlich klingen, und sie seufzte.

»Denkst du viel darüber nach?«

»Worüber?«

»Über dieses Ding.«

»Cassandra?« Lee schüttelte den Kopf. »Ich versuche, es nicht zu tun. Er verhält sich falsch, stellt unser Verständnis von Himmelsmechanik auf den Kopf und diese Fragmente … Das sind nur Steinbrocken, aber die lösen sich nicht einfach so und schon gar nicht in zusammenhängenden Gruppen. Außerdem gibt es keinerlei Anzeichen, dass Cassandra porös wäre und wie ein Komet zerspringt. Wir sind ja nicht mal nah genug an der Sonne dafür. Er macht mir Angst, aber diese Sache mit dem Radioteleskop der Russen tut das noch mehr. Irgendjemand da unten weiß über das, was hier draußen vor sich geht, Bescheid. Wie das möglich sein soll? Ich weiß es nicht.«

Eine halbe Stunde später saß Lee in der Crew Dragon und fühlte sich verloren auf dem Pilotensessel, auf dessen Kopfhöhe sich die Touchdisplays des Raumfahrzeugs befanden. Der Platz neben ihm wurde von der angeschnallten EMU-Einheit belegt, als hätte er einen Co-Piloten. Zu wissen, dass hinter dem großen Visier bloß Leere zu finden war, half nicht unbedingt weiter.

Du bist ein Astronaut, erinnerte er sich, während seine in

Gummihandschuhen steckenden Finger über die Kontrollen auf seinem Schirm flogen.

»Alle Systeme nominal«, verkündete er via Funk.

»Von hier gibt es auch grünes Licht«, antwortete Markus. »Houston übernimmt jetzt.«

»Verstanden. Wir sehen uns bald.«

»Viel Glück!«, sagte der Deutsche, ehe es in Lees Ohren knackte.

»Hallo, Lee. Hier ist Megan. Ich sitze mit Captain Oliver Marsden von der Air Force im Briefingraum Vier. Wir haben hier ein provisorisches kleines Kontrollzentrum mit vier Mitarbeitern eingerichtet«, begrüßte ihn die junge Ingenieurin, die er von seiner Missionsvorbereitung zur ISS noch gut kannte.

»Hallo, Megan. Captain?«

»Hallo, Captain«, hörte er eine männliche Stimme.

»Also gut. Legen wir los, Lee.« Megan machte eine kurze Pause. »Visier runter.«

Lee klappte das Visier zu. »Visier unten.«

»Andockklammern lösen.«

Er wählte die Kapsel-Ansicht, tippte dann auf die Klammern und löste sie nach einer Nachfrage des Systems, ob er sicher sei.

»Andockklammern gelöst.«

»Autopilot überprüfen.«

»Alle Systeme nominal. Autopilot aktiviert«, kommentierte er seine Aktionen und senkte die Hände, als sich die Crew Dragon selbstständig mit wohldosierten Kaltgasschüben von der Station entfernte. Auf dem Bildschirm eins weiter links sah er die Animation ihres anstehenden Fluges, der sie knapp sechshundert Kilometer in Richtung des Nordpols in einen deutlich höheren Orbit bringen würde. Dieser Umstand hatte ihn verwundert, denn normalerweise waren

Satelliten in einer so hohen Umlaufbahn weniger stark auf Manövrierdüsen angewiesen, als solche in niedrigeren, wo die Schwerkrafteinwirkung stärker war. Der Flugvektor sollte ihn zweimal um die Erde führen, ehe er nach zweieinhalb Stunden sein Ziel erreichen würde. Bis dahin musste er die Umlaufgeschwindigkeit angleichen und sich gleichzeitig parallel an den künstlichen Trabanten annähern.

Der Autopilot, verbesserte er sich in Gedanken und legte die Hände in den Schoß. Ab jetzt ging es nur noch darum, die Systeme zu überwachen und einzugreifen, wenn es zu einem Problem kam, was nicht besonders wahrscheinlich war.

Megan fragte jeden Schritt ab und er bestätigte jedes Mal, machte seinen Dienst, wie er vorgesehen war, und hielt sich engmaschig an das Protokoll. Das half ihm, seine Müdigkeit zu bekämpfen, da er kaum geschlafen, aber viel gearbeitet hatte. Merkwürdig wurde es, als es nichts mehr zu tun gab, und er in der reinen Flugphase war. Captain Marsden schaltete sich ein und ging die Reparatur noch einmal mit ihm durch.

»Sie nähern sich von der Rückseite«, erklärte der Stabsoffizier. »Sie halten sich die gesamte Zeit über nur auf der Rückseite auf, verstanden?«

»Verstanden.«

»Dann nutzen sie die Vertiefungen der Wärmeableitpaneele, um sich an die linke untere Seite des Hauptzylinders zu bewegen, um die Kaltgasvorräte ihrer EMU zu schonen. Die Richtungen erkennen sie an der Kennnummer des Satelliten auf der Rückseite, die für Sie *oben* darstellen wird.«

»Mhm.«

»Auf der linken Seite befindet sich auch eine Hälfte der Solarsegel dieser Einheit, deren Befestigung sie nutzen können, um sich einzuklinken«, fuhr Marsden fort. »Vergessen

Sie nicht, die Leine sehr kurz einzustellen, damit sie nicht zu weit neben, oder gar vor die Einheit kommen.«

»Was haben Sie denn da? Einen Mikrowellenstrahler?«, fragte Lee, doch der Captain reagierte nicht darauf und fuhr ungerührt fort.

»Die Düse ist als eine Ausstülpung gut erkennbar und sieht aus wie ein kleiner Topf. Wir haben sie vom Boden aus manuell abgeschaltet, Sie müssen sich also keine Sorgen machen, dass sie versehentlich zünden könnte. Wenn Sie ihre Arbeit erledigt haben, kehren Sie über die Rückseite von AF-117 zurück zu ihrem Raumfahrzeug, das vom Autopiloten in Position gehalten wird.«

»Verstanden«, erwiderte Lee und unterdrückte ein genervtes Seufzen. Abgesehen davon, dass er sich nicht erinnern konnte, wann das letzte Mal ein Astronaut einen Satelliten repariert hätte, war es ganz sicher das erste Mal, dass ein Raumfahrer ausstieg, während sich sein Raumschiff autonom in Position hielt. Er musste sich also darauf verlassen, dass die Steuersoftware perfekt arbeitete. Momentan wurde gleich von mehreren NASA- und SpaceX-Teams erforscht, wie man Roboter zur Reparatur von Satelliten einsetzen konnte, aber dass er einmal ihr erstes Versuchskaninchen sein würde, hätte er nicht gedacht. Als daraufhin Funkstille herrschte, schnallte er sich ab, legte den Helm beiseite und schwebte zu einem der großen Bullaugen, die mit blauem Ambientelicht eingefasst waren. Mit der Nase an der inneren Scheibe sah er auf die Erde hinab. Unter sich sah er die iberische Halbinsel in sommerlichem Braun mit kleinen grünen Sprenkeln. Die ersten Wolkenbänder folgten weiter draußen auf dem Atlantik, wo sich wie gewöhnlich vereinzelte Stürme zusammenbrauten. Das Blau des Ozeans war so tief und leuchtend, wie ein von innen angestrahlter Globus und faszinierte ihn wie eh und je. Als kleiner Junge war er häufig mit seinem Vater vor der Küste Maines segeln gewesen und hatte das Meer stets als einen grauen, kalten Ort gesehen. Lee hatte eher das gemeinsame Angeln genossen, das Zappeln eines Fisches am Haken und die rohe Kraft, die er in seinen Fingern spürte. Schon damals hatte er sich mehr für die aufregenden, neuen Dinge interessiert und kaum verstanden, weshalb sein Dad immer von der Ruhe *da draußen* geschwärmt hatte. Als er einige Jahre später an Krebs gestorben war, hatte sich Lees Einstellung zum Meer geändert: In jeder freien Minute war er mit der *Ariadne* aus dem kleinen Yachthafen ihres Dorfes ausgelaufen, um zu suchen, was sein Vater offenbar gefunden hatte. Er hatte es sehen und verstehen wollen, in der heimlichen Hoffnung, nach dem Tod einen Kontakt zu ihm herstellen zu können, den zu knüpfen ihm im Leben nicht gelungen war. Sie waren die meiste Zeit über Fremde gewesen, der eine ein Verwaltungsbeamter mit einem klaren Fokus auf Sicherheit und ritualisiertem Leben, der andere ein hitzköpfiger Teenager, den es in die Welt und ins Abenteuer zog. Heute stellte Lee sich manchmal vor, wie er im Ruhestand nach Maine zurückkehrte und täglich aufs Meer segelte, um seinem Vater näher zu kommen. Aber das hatte damals nicht funktioniert, und es würde vermutlich auch in zwei Jahrzehnten nicht funktionieren. Manche Dinge blieben für immer unausgesprochen und unverstanden, und je älter er wurde, desto mehr freundete er sich mit diesem Gedanken an.

Als die amerikanische Ostküste in Sicht kam, traf ihn ein kurzer Stich ins Herz, weil er an seine Mutter denken musste. Sie lebte heute in einem Pflegeheim in Connecticut, dessen schmutzig aussehender Küstenstreifen ihn daran erinnerte, was er aufgegeben hatte, um hier zu sein. Andere mussten Kompromisse mit der Familie eingehen, weil sie ihre Kinder zu wenig sahen, oder in ständiger Angst leben, dass ihre Ehefrauen sich ihre Zuwendung woanders suchten, nicht aber

Lee. Er hatte entscheiden müssen zwischen seiner an Alzheimer erkrankten Mutter und seinem Traum, als Astronaut die Grenzen der Menschheit zu erforschen und zu erweitern. Sie in ein Pflegeheim zu bringen, war das Schrecklichste, was er je getan hatte, und er schämte sich bis heute dafür, ohne es für einen Fehler zu halten. Oder gerade deshalb. An dem Tag, als es so weit war, hatte sie ihn anders als sonst gleich am Morgen erkannt und sich gefreut, dass er bei ihr war. Dieses Erkennen war einer geistigen Leere gewichen, sobald die Pfleger übernommen hatten. Seine Mom hatte über das Wetter geredet und darüber, dass ihr lieber Walter – sein längst verstorbener Vater – bald von der Arbeit käme und sein Mittagessen bräuchte. Alles hatte darauf hingedeutet, dass die Krankheit sie nicht verstehen ließ, was gerade vor sich ging, doch ein Teil von ihm wurde den Eindruck nicht los, dass sie es nur gespielt hatte, damit er ohne schlechtes Gewissen gehen konnte. Er wusste, dass das wohl eine Spinnerei war, die ihm sein Kummer vorgaukelte, aber allein die Möglichkeit, dass es so gewesen sein könnte, ließ seine Eingeweide bleischwer werden.

Seine Armbanduhr riss ihn nach einer ganzen Weile aus den Grübeleien und erinnerte ihn daran, dass er noch dreißig Minuten bis zum geplanten Ausstieg hatte. Also kehrte er zurück zu seinem Platz, ließ die Sitze herunterfahren und machte die EMU klar. Lee teilte sie oberhalb des Hüftrings in zwei Hälften und befestigte die obere dann mit einem Seil am Kopfteil, ehe er sämtliche Funktionen noch einmal überprüfte. Schließlich setzte er sich hin, stülpte sich den Helm über und versiegelte ihn, dann stellte er die Verbindung zu Megan her.

»Bereit für die finale Annäherung.«

»Verstanden, Dragon. Wir sind bei dir und unterstützen dich, wo wir können. Viel Glück!«

»Danke, Ground Control.«

Als der Zeitpunkt gekommen war, bremste das Raumschiff leicht, um die Geschwindigkeit mit dem Satelliten bis auf zwei Nachkommastellen zu synchronisieren, ehe es behutsame Annäherungsschübe aus seinen Kaltgasdüsen vornahm, bis beide Objekte nur noch zwei Meter voneinander trennten. Das war im Weltall so nahe, dass der ausgebildete Astronaut in Lee innerlich aufschrie und protestieren wollte. Ein grünes Licht auf dem Display signalisierte ihm, dass sie sich jetzt in einem synchronen Orbit zu AF-117 befanden, also fing er an, sich in den EMU-Raumanzug zu zwängen. Dafür brauchte er insgesamt über vierzig Minuten, obwohl er sich sehr beeilte. Danach erbat er die Freigabe für den Einsatz und ließ mit einigen Sicherheitseingaben die Atmosphäre aus der Kapsel entweichen, was eine weitere Viertelstunde in Anspruch nahm. Dann hangelte er sich an den Griffen der Wand mit den Fenstern nach oben zur Luke, ehe er die Werkzeuge an seinem Brustgeschirr durchzählte und schließlich Ground Control informierte, dass er seinen Einsatz startete.

Sobald die Luke offen war, wurde ihm kalt. Das geschah jedes Mal bei einem Außeneinsatz. Der Anblick der Schwärze vor dem winzigen Durchgang, die Unendlichkeit, die ihm entgegenblickte und vor allem die unbeschreibliche Stille waren etwas, das man niemandem erklären konnte, der sich diesem Szenario noch nie ausgesetzt hatte. Das Vakuum war so faszinierend wie lebensfeindlich und absolut leer, dass es kaum zu begreifen war. Man konnte es nur spüren, und dieses Gefühl machte jedes fühlende Wesen klein und unbedeutend.

Unter dem leicht rauschenden Atem in seinem Helm packte er den äußeren Rand der Öffnung an der Spitze des pickelförmigen Raumfahrzeugs und zog sich vorsichtig nach draußen. Dort hielt er sich mit einer Hand an der Luke fest, die wie ein Hut zur Seite geklappt war, und überprüfte den Sitz seiner Nabelschnur, einer fingerdicken Verbindungsleine, die ihn an der Hüfte mit der Dragon verband.

»Bin jetzt draußen«, funkte er zwischen zwei tiefen Atemzügen und drehte sich behutsam um. Das Erste, was ihm auffiel, war die schiere Größe des Satelliten. Er bestand aus einem grauen Metallzylinder, von den Ausmaßen einer aufgeblähten Litfaßsäule. Die ausgefalteten Solarsegel rechts und links waren mindestens zwanzig Meter lang und schimmerten matt im Schatten der Erde. Zuerst hielt er die Konstruktion für eine Spionagevorrichtung mit riesiger Linse vorne dran, was auch erklären würde, weshalb der Captain ihm mehrfach eingeimpft hatte, sich nicht dorthin zu begeben. Allerdings sah er am hinteren Teil einen Kranz aus kleineren Zylindern, die an Feuerlöcher erinnerten. Der Ingenieur in ihm erkannte darin Kondensatoren, fragte sich aber, was es mit dem Ring aus Löchern auf der Rückseite auf sich hatte und wofür ein Beobachtungssystem so viele davon brauchte.

Nicht meine Aufgabe, das neue Spielzeug der Air Force zu verstehen, erinnerte er sich und löste sich von der Dragon. Um dem Raumfahrzeug einen Impuls zu geben, steuerte er erst dann mit der Mobilitätseinheit auf seinem Rücken vorsichtig den Satelliten an, bis er die Rückseite erreicht hatte. Lautlos tastete er mit der linken Hand nach dem Rand und zog sich vorsichtig an dem glänzenden Metall entlang. Sie überflogen gerade die Nachtseite der Erde, eintausend Kilometer über dem hell erleuchteten Japan.

Mit rauschendem Atem blickte er um die Ecke, zwang sich zu minimalen Bewegungen, um eine gewisse Impulsschwelle nicht zu übertreten und sich damit in Schwierigkeiten zu bringen. Sobald er ruhig schwebte, suchte er nach der Manövrierdüse und fand sie zwei Spannen über sich. Sie sah aus wie das Ende eines Föhns mit einer eingedellten Öffnung.

Wie der Schrapnellschauer sie hat können, ohne auch den Rest des Satelliten zu erwischen, war ihm ein Rätsel, aber vermutlich hatten sie einfach Glück gehabt.

Lee erlaubte sich einen kurzen Blick in die Schwärze neben sich und starrte auf die Terminatorlinie der Erde, die sich weiträumig ins All hinein krümmte. Die Sterne glitzerten wie Perlmutt, voll und so weit das Auge reichte. Er stellte sich vor, wie die Trümmerwolke der zerstörten Satelliten mit über zwanzigtausend Kilometern pro Stunde um den Planeten raste und genau so funkelte, aber ohne schön zu sein, sondern tödlich. Ein drängendes Gefühl von Gefahr und Eile wollte in ihm aufsteigen, doch er gestattete ihm keinen Raum und machte sich stattdessen an die Arbeit. Dazu hakte er einen Karabiner in seine Nabelschnur und klinkte die andere Seite in einen Magnetstutzen, den er auf den Kondensator direkt vor der Manövrierdüse heftete. Danach zerrte er einige Male prüfend an dem Kabel und nickte zufrieden. Erst dann widmete er seine gesamte Aufmerksamkeit dem beschädigten Teil.

»Also, dann wollen wir mal sehen, was wir tun können«, murmelte er in seinen Helm hinein und wärmte seine Finger auf, die in den klobigen Handschuhen kaum Gefühl hatten. Die bewegliche Düse bestand aus einem einfachen Stahlring, der auf einem Kugelgelenk saß, das sich jeweils fünfundvierzig Grad in jede Richtung drehen konnte.

»Ich muss den Ring abtrennen und ersetzen, wie ihr schon geahnt habt«, sagte er mit dem Visier direkt vor dem Schaden. »Das Schrapnell muss ihn ganz außen erwischt haben. Gutes Material, dass kein Loch reingestanzt wurde.«

»Gut«, sagte der Captain. Lee hätte lieber Megan auf dem Ohr gehabt, aber vermutlich übernahm ab jetzt ganz die Air Force. Immerhin fummelte er an ihrem neuen Lieblingsspielzeug herum, das sicher einige hundert Millionen

Dollar gekostet hatte. »Können Sie die feine Schweißnaht sehen, wo die Düse auf das Gelenk gesetzt wurde?«

Lee blinzelte und kam mit dem Visier näher, bis es beinahe das Metall berührte. »Ja, ich kann sie sehen.«

»In Ordnung. Setzen Sie am besten dort an, aber achten Sie darauf, dass das Plasma nicht in die Öffnung im Zentrum des Gelenks zeigt.«

»Schon klar.« Er zog das Schweißgerät heraus und machte sich an die Arbeit. Auf der Erde hätte er unter normalen Bedingungen keine zehn Minuten dafür gebraucht – zwanzig, wenn er es besonders schön machen wollte –, hier oben benötigte er beinahe eineinhalb Stunden. Immer wieder musste er pausieren und seine Hände zu Fäusten ballen und wieder öffnen, da die Finger schnell übermüdeten. Der Griff um das Schweißgerät raubte Kraft, da er die ganze Zeit über gegen die starren Handschuhe ankämpfen musste, die wie der gesamte Anzug unter Druck standen. Am Ende hielt er den abgeschnittenen Ring in der Hand und hätte ihn beinahe aus den müden Fingern verloren, aber er fing ihn auf und klemmte ihn in seinen Gürtel. Daraufhin fischte er den auf der ISS gebastelten Ersatz aus den Überresten eines defekten Gefrierschranks aus dem kleinen Frachtcompartment in seiner Gürtelbox, und machte sich daran, ihn anzubringen. Wieder glühte die winzige Plasmalanze vor seinem heruntergeklappten Sonnenvisier auf wie ein fernes Glimmen. Jeden Arbeitsschritt kommentierte er bei der Einleitung und Beendigung kurz. Er wusste, dass Ground Control über Kameras in seiner EMU zugeschaltet war, aber das Protokoll wollte es so, weil es sicherer war.

Als er seine Arbeit beendet hatte, überprüfte er alles und erschrak, als sich das erdabgewandte Viertel des Satelliten in Bewegung setzte. Der Ring aus Kondensatoren, der sich direkt hinter der Aufhängung der Solarsegel befand, drehte sich. Nicht weit, nur eine kleine Korrektur nach rechts, wie bei einem Zahnrad, dann war alles wieder ruhig.

»Was war das denn?«

»Das System des Satelliten hat sich neugestartet und die neuen Gewichtsverhältnisse einkalkuliert.«

»Das System?«, fragte Lee.

»Ja«, war alles, was er vom Captain als Antwort bekam.

Was zur Hölle ist das für ein Ding?

»Kehren Sie jetzt bitte in Ihr Raumfahrzeug zurück.«

»Klar, bin schon unterwegs.« Einem Impuls folgend tippte er auf die Kamerataste auf dem Armstück seines Tornistergeschirrs und schaltete die Bildverbindung ab.

»Äh, Lee? Wir haben hier ein Problem mit der Kamera«, meldete sich Megan sofort.

»Was stimmt nicht?«, tat er ahnungslos und zog sich an der Nabelschnur dicht an einen der Kondensatoren, ehe er sich mit einem vorsichtigen Ruck an der Verbindung des Solarsegels vorbei nach vorne katapultierte.

»Wir haben kein Bild mehr.« Jemand redete aufgeregt im Hintergrund.

»Keine Ahnung, ich sehe hier kein Problem. Ich bin gerade auf dem Rückweg zur Kapsel und hake gleich die Verbindung zum Satelliten aus.«

»Verstanden.« Sie klang nicht gerade glücklich.

Lee suchte mit den Fingern nach Halt an der Front von AF-117, fand aber keinen und legte die Hände deshalb auf die Joysticks seiner Armlehnen, mit denen er die Kaltgasschübe seiner Mobilitätseinheit nutzte, um sich frei zu bewegen. So drehte er sich um den Satelliten herum, bis er direkt vor der Vorderseite schwebte und zum Stillstand kam. Zu seiner Überraschung war der Zylinder hohl, zumindest auf dem ersten Meter. Dahinter befand sich eine Art Trommel mit zwei Schritten Durchmesser oder mehr, in der mindestens hundert Kegel dicht an dicht steckten wie Flaschen in einer Kiste. Sie glänzten grell im Licht seiner Helmlampen.

»Ach du Scheiße«, entfuhr es ihm, als er entsetzt auf die massiven Wolframbolzen starrte, jeder einzelne so groß wie der Unterarm eines Kindes und mehrere Kilo schwer. Aus dieser Höhe reichte ein einziges abgeworfenes Geschoss ohne Antrieb, um beim Sturz auf die Erde mit seiner kinetischen Energie einen ganzen Landstrich einzuäschern.

»Was ist?«, wollte der Captain sofort wissen. Er klang alarmiert.

»Meine EMU hat eine Fehlfunktion auf der rechten Seite. Ironischerweise eine der Düsen. Sie scheint zu klemmen.«

»Kannst du das Problem lösen?«, wollte Megan wissen.

»Ja. Ich denke schon. Ich befinde mich noch auf der Rückseite und gebe mir einen Stoß auf Dragon zu«, log er, während er rasch mit den Joysticks zurück zum ersten Karabiner manövrierte.

Die haben Waffen in den Orbit geschafft, dachte er, und ihm wurde plötzlich sehr, sehr kalt.

Kapitel 19

Jenna

Der Tunnel war gerade breit genug, dass sie mit ihren Seitenspiegeln nicht am schroffen Felsgestein kratzte. Nasse Schlieren glänzten an den Wänden, die von den Frontscheinwerfern ihres Polizeiwagens angestrahlt wurden, deren Lichtkegel in der Enge an Intensität gewannen. Ihrem Gefühl nach ging es ein wenig abwärts, aber aufgrund der Tatsache, dass sie sich konzentrieren musste, um nicht rechts oder links mit der Karosserie entlangzuschleifen, konnte sie es nicht mit Sicherheit sagen. Hätte sie unter Klaustrophobie gelitten, wäre dies der schlimmste Ort gewesen, den sie sich hätte vorstellen können. An der Decke liefen Kabel entlang und verbanden einzelne Baulampen miteinander, die an groben Haken aufgehängt worden waren.

»Sieht aus, als hätte sich hier jemand Mühe gegeben«, befand Colin undeutlich.

»Zumindest wurden diese Lampen nicht während der Kulturrevolution angebracht, so viel steht fest«, antwortete Jenna, ohne ihre Augen von dem Tunnel vor ihnen zu nehmen. Mehrfach leckte sie sich vor Anspannung über die Lippen. Wenn sie hier aussteigen mussten, würden die Türen nicht einmal weit genug aufgehen, um sie herauszulassen. Auch eine Rückfahrt im Rückwärtsgang traute sie sich nicht unbedingt zu, zumal es mit dem Sprit ohnehin knapp werden würde, sollte sich dieser ehemalige Prospektionsschacht als sehr lang herausstellen.

»Siehst du das?«

Jenna folgte dem ausgestreckten Zeigefinger ihres Beifahrers und sah nach oben. Als sie etwas langsamer wurde, erkannte sie, was er meinte. Der ehemalige Stollen, der ganz offensichtlich sehr grob in den Fels gesprengt worden war, veränderte sich abrupt. Die Wände waren nicht mehr schroff und feucht, sondern geglättet und ein wenig weiter. Statt einer quadratischen Form, ging er in eine rundliche über und Reflektorstreifen zeigten praktischerweise im Scheinwerferlicht die Grenzen des Tunnels auf.

»Keine Ventilatoren«, sagte Colin.

»Wie bitte?«

»Keine Ventilatoren«, wiederholte er mit bemüht klarerer Stimme. Die Mullbinde zwischen seinen Frontzähnen machte es noch immer schwer, ihn gut zu verstehen. Er deutete wieder an die Decke. »Normalerweise sollten da doch Ventilatoren hängen, die für einen Windzug sorgen. Zu Fuß hat man hier bestimmt keinen Spaß.«

»Oder wenn es brennt«, stimmte sie ihm zu. »Keine Notausgänge.«

»Denkst du, was ich denke?«

»Wer so sehr darauf bedacht ist, ungesehen zu bleiben, kann sich nicht bloß eine getarnte Eingangstür zu einem geheimen Tunnel leisten, sondern auch Kameras?«

Der Agent nickte. »Wir sind jetzt schon zehn Minuten in diesem Ding. Zugegeben, wir fahren sehr langsam, aber wenn es ein Warnsystem am Eingang gab, dann wissen sie seit mindestens zehn Minuten Bescheid. Ich weiß nicht, ob ich wirklich darauf hoffen soll, dass wir bald den Ausgang finden.«

»Im Kofferraum liegen noch zwei Granaten«, sagte sie vieldeutig, und er grinste, was einigermaßen bizarr aussah mit seinem blutige, halb fehlenden Gebiss.

»Ich verschaffe uns Zugang.« Colin kletterte an ihr vorbei in den Fond und machte sich daran, einen der Rücksitze umzuklappen, um in den Kofferraum zu gelangen.

»Ich glaube, ich kann den Ausgang sehen!«, rief sie. Am Ende des Scheinwerferlichts befand sich ein kreisrunder schwarzer Fleck und dahinter ein vielfaches Glitzern, was äußerst merkwürdig aussah. Jenna bremste etwas ab und fuhr nur noch mit Schrittgeschwindigkeit.

»Ich hab's!« Colin zwängte sich wie ein Wurm in den Kofferraum.

Jenna schaltete in den Leerlauf und kletterte ebenfalls nach hinten, nachdem sie die Kofferraumklappe mit einem Schalter geöffnet hatte. Über das Leder der Rücksitze kroch sie zu dem Briten, bekam eine Maschinenpistole und Magazine zu greifen und warf sie hinaus. Dann schleuderte sie den Erste-Hilfe-Kasten und das Werkzeug hinterher, kletterte auf das Heck und wartete, bis Colin es ihr gleichtat. Sie blickte über das Autodach nach vorne und sah den Ausgang ganz nah. Hier gab es keine Tür, keinen Verschlag. Im Gegenteil, sie konnte im Licht der Scheinwerfer eine Schotterstraße, Bäume und diffuses Leuchten in einem Tal erkennen.

»Bereit?«, rief sie über das laute Motorengeräusch hinweg, das im Tunnel ein mehrfaches Echo fand. Er nickte, und sie nahm die zwei Granaten, die sie hatten, zog die Stifte und warf sie in den Kofferraum, ehe sie sprang. Da der Wagen zwar bergab rollte, aber nicht besonders schnell, konnte sie ihren Sturz einigermaßen abfangen. Trotzdem knurrte sie vor Schmerzen, als sich die Prellungen auf ihrer linken Seite bemerkbar machten. Colin hockte bereits wieder und lud seine Maschinenpistole durch, als sie sich den Rest der Ausrüstung schnappte und zur linken Wand lief. Er nahm die rechte und nachdem sie ein knappes Nicken ausgetauscht hatten, rannten sie dem Auto hinterher, das in diesem Moment aus dem Ausgang fuhr. Ein lauter Knall ertönte, gefolgt von einem metallischen Kreischen. Die Granaten explodierten, und die Fensterscheiben zersplitterten. Wie ein rollender

Feuerball entfernte sich der Wagen immer schneller, als Jenna und Colin geduckt hinausliefen und sofort zur Seite in den Wald rannten, wo sie über eine aus der Erde ragende Wurzel sprangen und sich dahinter versteckten.

»Hast du das gehört?«

»Den Schuss?«, fragte sie atemlos und drückte die Maschinenpistole fest an ihre Brust.

»Ja«, zischte er blubbernd zurück. »Die haben uns erwartet. Denkst du, sie haben uns gesehen?«

»Ich hoffe nicht, denn dann hat der Plan mit den Granaten funktioniert, und sie denken, dass sie einen Glückstreffer gelandet haben und das Auto explodiert ist. Bis sie alles gelöscht und herausgefunden haben, dass keine Leichen zu finden sind, haben wir hoffentlich einen ordentlichen Vorsprung herausgeschlagen.«

»Was war das für Licht in diesem Tal?«

»Keine Ahnung.« Jenna schüttelte den Kopf. »Bevor ich etwas erkennen konnte, sind die Granaten hochgegangen und haben mich geblendet. Wir sollten hier verschwinden und uns verstecken. Wenn es hell ist, können wir sicher mehr erkennen. Keine Taschenlampen.«

»Ich bin kein Amateur, schon vergessen?«

»Ja.« Sie schwieg und lauschte noch einige Augenblicke. Das Lodern der Flammen wurde immer leiser, während das Auto die Schotterstraße hinunter ins Tal rollte, bevor es laut schepperte und krachte. Jenna stieß Colin mit dem Ellenbogen an und lief an dem Berghang entlang tiefer in den Wald. Es war so kalt, dass der Atem vor ihrem Mund kondensierte und viel zu dunkel, als dass sie schnell vorangekommen wären. Also schlichen sie vorsichtig und mit bedachten Schritten weiter, hielten sich parallel zum aufsteigenden Gelände, immer mit einer Hand nach vorne, um nicht aus Versehen mit einem Baum zusammenzustoßen. Der Boden war erstaunlich wild mit knotigem Gestrüpp, erratisch aus dem Erdreich ragenden Wurzeln, die zu natürlichen Stolperfallen wurden, und jeder Menge Büschen und jungen Trieben, die ihr immer wieder ins Gesicht peitschten. Sie erinnerte sich noch daran, wie sie in ihrer Feldausbildung für mehrere Wochen im thailändischen Dschungel ausgesetzt worden war mit nichts als einem Messer und der Kleidung an ihrem Körper. Damals hatte sie viele Tage gebraucht, ehe sie sich an die Dunkelheit und fehlende Hilfsmittel gewöhnt hatte, aber das Wissen darum, dass es auch so funktionierte, hatte sie nie verlassen. So blieb sie ruhig, ging immer weiter, zwang sich zu Ruhe und Besonnenheit und achtete nicht auf die Rufe in der Ferne. Entweder man suchte bereits nach ihnen, oder die Entführer versammelten sich um das brennende Autowrack. Keine dieser beiden Optionen war jetzt für sie von Belang, da sie nicht schneller gehen konnten, ohne zu stürzen.

Nach vielen Stunden, die sie wie Blinde zwischen den knorrigen Stämmen einherschritten, machten sie endlich eine Pause. Jenna hatte das Gefühl, als stünde ihr gesamter Körper in Flammen.

Der Unfall hatte ihr stärker zugesetzt, als sie sich einzugestehen bereit war. Sie hatte großes Glück gehabt, dass sie mit ihrem waghalsigen Plan so glimpflich davon gekommen war. Aber das bedeutete nicht, dass sie unverletzt war, und mit zwei genähten Wunden und einer mindestens angeknacksten Rippe bekam man normalerweise drei Wochen Sportverbot. Wenn sie sich jetzt zu schnell verausgabte, gefährdete sie bloß ihre Mission, und das war inakzeptabel.

Als Rastplatz wählten sie einen Punkt mit etwas weniger Unterholz und setzten sich auf die Decke, die Colin mitgenommen und ausgebreitet hatte. Da der Boden feucht war, wären sie sonst nass geworden und das konnte zu dieser Jahreszeit schlechte Nachrichten bedeuten.

»Es müsste bald hell werden«, flüsterte der Brite und überprüfte seine Waffe. »Wir sollten bis dahin warten.«

»Einverstanden«, sagte sie. »Sobald wir etwas sehen können, schlage ich vor, dass wir eine höher gelegene Stelle über der Vegetation suchen, damit wir das Tal überblicken können. Ich habe keine Lust, tagelang blind durch die Gegend zu stolpern, während man uns schlimmstenfalls auch noch sucht.«

»Wie fühlst du dich?«

»Wie bitte?«

»Wie du dich fühlst«, wiederholte er leise.

»Mir geht es gut. Ich bin einsatzfähig.«

»Meine Güte, du klingst manchmal wie ein Roboter.«

»Was ist das? Sind wir jetzt ein altes Ehepaar, nur weil wir den Kidnappingversuch eines korrupten chinesischen Offiziers überlebt haben?«

»Woah«, machte Colin und hob abwehrend die Hände. Zumindest glaubte sie das, schließlich sah sie bloß Schatten. »Ich bin nicht der Feind hier, okay? Ich wollte nur wissen, ob es dir gut geht. Ich habe dich genäht, und du sahst ziemlich übel zugerichtet aus.«

»Entschuldigung«, sagte sie mehr mechanisch als einsichtig. Diese Art von Gespräch hatte sie noch nie verstanden. Sie war hier und im Einsatz, welche Relevanz hatte es da, wie sie sich fühlte? »Mir geht es den Umständen entsprechend gut. Keine Schwellung, keine Hitze, kein über das Normale hinausgehender Schmerz in den Wunden, also vermutlich keine Entzündung. Das kühle Klima hilft.«

»Ein Roboter«, seufzte Colin. »Ich habe mich an die Fersen eines Roboters geheftet.«

»HK-47. Freut mich. Meine Mission ist es, alle Fleischsäcke auszuradieren.«

»Wie bitte?«, fragte er irritiert.

»Das war ein Scherz.« Sie zuckte mit den Achseln und trank etwas aus der Feldflasche, die sie mitgenommen hatten. Dann reichte sie sie an den Briten weiter, lehnte sich an den Baumstamm in ihrem Rücken und schloss die Augen. Eines hatte sie im Dschungel gelernt: Schlaf sollte man sich immer gönnen, wenn es eine Gelegenheit gab, sonst bekam man womöglich keine mehr.

Als sie wieder aufwachte, war es der Ruf eines Uhus, der sie weckte. Sie öffnete die Augen und sah die kleine Lichtung, auf der Colin neben ihr saß und gleichmäßig atmete. Die Bäume um sie herum standen dicht, die freie Fläche war nicht größer als ein paar Quadratmeter, und Büsche umgaben sie wie ein schützender Kokon. Es war noch immer dunkel, dämmerte allerdings. Ihre Uhr zeigte fünf morgens, also hatte sie fast zwei Stunden geschlafen. Ihre Glieder fühlten sich an wie mit Blei ausgegossen, und alles tat ihr weh.

Mit einem sachten Ellenbogenstoß weckte sie den MI6-Agenten, der die Augen öffnete und ihr zunickte.

»Ich klettere auf den Baum dort.« Jenna deutete auf eine Eiche mit tiefhängenden Ästen. »Vielleicht kann ich von oben was erkennen.«

»Sei vorsichtig. Ich halte hier die Stellung«, nuschelte er und wischte sich getrocknetes Blut vom Kinn, als sie ihn mit dem Zeigefinger darauf hinwies.

Ihre Maschinenpistole und den Rest der Ausrüstung ließ sie bei ihm und machte sich dann daran, den Stamm der Eiche hochzuklettern. Die Rinde war rau und alt, bot aber auch lange Rillen, in die ihre Fingerspitzen hinein passten, und so hatte sie keine großen Probleme, nach oben zu gelangen. Ihr Handflächen brannten und sie hatte sich kleinere Schrammen und Kratzer an den Stellen zugezogen, wo das Holz feucht geworden war. Dennoch erreichte sie die Baumkrone, ohne abzustürzen oder Lärm zu machen, und steckte vorsichtig den Kopf aus den letzten orangefarbenen Blättern heraus.

Das Tal, das sich vor ihr ausbreitete, war rund, fast wie der Krater eines Vulkans, mit rasch ansteigenden Berghängen ringsherum. Nur wenige Kilometer breit, war es äußerst klein und gedrungen, mit dichter Vegetation und keinen sichtbaren Ein- oder Ausgängen. In der Mitte war eine Fläche von der Größe zweier Fußballfelder gerodet worden, was sich recht schnell erkennen ließ, da sie exakt quadratisch war und im Westen große Stapel Baumstämme übereinander getürmt lagen. Auf dieser Fläche standen vier riesige graue Zelte, die wie aufgeblasene Halbkugeln aussahen, in denen Licht brannte. Dieses Licht war nicht aufdringlich, aber in der Dunkelheit doch gut auszumachen. An den Ecken des gerodeten Areals ragten schräg nach außen zeigende Masten mindestens einhundert Meter in die Höhe. Diese spannten einen gigantischen Tarnhimmel über das Tal, der an den Rändern mit den Baumkronen der aufsteigenden Berghänge abschloss, sodass man aus der Luft vermutlich zweimal hinsehen musste, um etwas zu erkennen. Der perfekte Ort, um sich zu verstecken: Ein Tal mit nur einem geheimen Zugang, in einer Region, die abseits von so ziemlich allem lag, mit nichts ringsherum und einer so simplen wie effektiven Tarnung für zufällige Überflüge in großer Höhe. Jenna war erstaunt, wie viel Geld und Aufwand in diesen Ort geflossen sein musste. Gerade die ersten Bautätigkeiten mussten bedeutet haben, dass schweres Gerät mit Lastenhelikoptern eingeflogen wurde. Was wiederum den Schluss zuließ, dass die chinesische Luftraumüberwachung hier entweder lückenhaft war und man äußerst tief geblieben war, oder aber, dass auch hier die richtigen Stellen großzügig bestochen wurden. Da es sich um das Grenzgebiet zur Mongolei handelte, bestand natürlich die Möglichkeit, dass man von dort hergekommen war.

Sie hätte einen Feldstecher gebraucht, um mehr erkennen zu können, aber auch mit bloßem Auge sah sie Gestalten zwischen den riesigen Zelten hin und her laufen, die verdeutlichten, wie groß diese futuristischen Lichtblasen überhaupt waren. Hinter ihnen auf der Ostseite fand sie noch ein anderes Bauwerk, das viel kleiner und eckiger war und von dem dicke Kabel ausgingen. Wahrscheinlich wurde dort der Strom produziert.

Als sie wieder hinabgeklettert war, hatte Colin bereits Waffen und Ausrüstung neu verstaut und sah abmarschbereit aus.

»Und?«, fragte er.

»Das Tal ist komplett isoliert. Keine sichtbaren Ein- und Ausgänge. Vielleicht haben sie noch einen Tunnel, wie den, durch den wir gekommen sind. Aber Straßen gibt es nicht. In der Mitte, weiter unten, befinden sich vier große Zelte und ein kleines Häuschen mit der Stromversorgung. Das ganze Areal wird unter einer riesigen Tarnplane versteckt. So ein großes Ding habe ich bisher nur in Fußballstadien gesehen«, erklärte sie.

»Hast du die Lada-Busse irgendwo gesehen?«

Jenna schüttelte mit ihrem Kopf.

»Merkwürdig, oder?« Colin deutete mit einem Daumen hinter sich. »Ob die überhaupt durch den Tunnel gefahren sind?«

»Sie könnten die Bewohner von Hemukanasixiang auch einfach abgeladen und zu Fuß durchgeschickt haben.«

»Was denkst du, mit was wir es hier zu tun haben? Ein geheimes Biolabor, in dem Compound X an Menschen getestet wird?«

»Möglich.« Sie nickte. »Dieser Ort ist bloß ein unbekannter Fleck auf der Landkarte und man hat sich offenbar größte Mühe gegeben, um unentdeckt zu bleiben. Die vollständige Formel von Compound X ist auch viele Jahre nach seinem ersten Auftauchen noch unbekannt, und das erreicht man nur, wenn die Tests und Studien geheim bleiben. Eigentlich unmöglich heutzutage.«

»Nicht, wenn man ein eigenes verstecktes Tal sein Eigen nennt«, wandte Colin ein.

»Eben. Uns bleibt aber nicht viel Zeit.«

»Chiu Wai. Die Schwarze Witwe.«

Jenna nickte erneut. »Sie wird auf einen Anruf mit guten Nachrichten des Captains warten. Durch die Tatsache, dass Hemukanasixiang ganz sicher in einem riesigen Funkloch liegt, haben wir ein bisschen Puffer, aber wenn sie es nicht schon längst getan hat, wird sie sicher bald zum Hörer greifen und ihre Kontakte abklappern.«

»Ja. Das Einzige, worauf wir hoffen können, ist, dass Leute wie sie sich niemals die Blöße geben, Fehler einzugestehen, oder gar zugeben, dass sie Informationen an die Behörden weitergegeben haben. Ihren Geschäftspartner Golgorow − wer auch immer das jetzt sein mag − wird es nicht interessieren, ob sie gute Gründe und einen Plan gehabt hat. Er wird es als Verrat betrachten, und das wäre mindestens geschäftsschädigend.«

»Darauf verlassen würde ich mich allerdings nicht«, erwiderte sie. »Zwei Möglichkeiten: Entweder sie ruft doch an und warnt Golgorow und damit wohl auch diese Anlage, die sicher ihm gehört, oder das Sicherheitspersonal hat das Auto gelöscht und findet beim Durchstöbern der Überreste keine Leichen. Beide Varianten sollten uns keine Zeit verlieren lassen.«

»Was schlägst du vor?«, wollte Colin wissen.

»Wir müssen sehen, was da vor sich geht und die Informationen irgendwie hier rausschaffen.«

»Kein Empfang. Und ich bin mir sicher, dass es ein ordentliches Störfeld gibt, das alles in weißes Rauschen verwandelt, was aus dem Tal senden will.«

»Schon, aber ich kann mir nicht vorstellen, dass es keinen Kontakt nach außen gibt«, wandte sie ein. »Dafür ist eine so aufwendig hochgezogene und betriebene Anlage viel zu wertvoll. Vielleicht gibt es eine Landleitung, die sie verlegt haben.«

»Oder wir finden den Störsender und deaktivieren ihn.«

»Auch möglich. Das kleine Häuschen, in dem ich die Stromversorgung vermute, könnte ein guter Anlaufpunkt sein.«

»Für uns spricht immerhin, dass sie wahrscheinlich keine Kameras installiert haben, außer am Tunnel.«

»Das denke ich auch.« Jenna betrachtete seinen Mund. Immer wenn er ihn öffnete, sah es aus, als würde er schief grinsen, weil die blutdurchtränkte Mullbinde seine Mimik veränderte. »Leg mal den Kopf in den Nacken, ich will die Wunde überprüfen.«

»Aye, Sir.« Er folgte ihrer Anweisung und kniete sich dabei hin, weil er sonst zu groß gewesen wäre. Sie desinfizierte ihre Hände und nahm dann vorsichtig die durchtränkte Binde ab, um die Naht anzusehen. Sie hielt noch, und der Blutfluss war gering.

»Sieht gut aus. Du solltest etwas trinken.« Während er seine Feldflasche nahm, suchte sie ein frisches Stück Verband aus dem Erste-Hilfe-Kasten und schob es ihm zwischen die Zähne, als er fertig war. »Ich schlage vor, dass wir einen Halbkreis laufen, bis wir uns auf der anderen Seite des Tals hinter dem Häuschen befinden. Dann verschaffen wir uns einen neuen Überblick und fangen dort an. Mit etwas Glück können wir die Stromversorgung kappen und für genügend Verwirrung sorgen, dass wir uns reinschleichen können.«

»Nee.« Colin schüttelte den Kopf. »Dann wissen sie ja sofort, wo wir sind.«

»Hast du eine bessere Idee?«

»Ja, in der Tat. Ich bleibe hier, warte auf ein Zeichen von

dir und lenke sie ab, ballere ein bisschen herum, liefere mir ein Katz- und Mausspiel mit denen und hoffe, dass sie möglichst viele Kräfte in meine Richtung schicken. Dann solltest du weniger Probleme haben, in die Anlage zu kommen.«

»Mhm«, machte sie. Über diese Möglichkeit hatte sie gar nicht nachgedacht, da sie an seiner Stelle niemals akzeptieren würde, die Drecksarbeit zu machen und zu riskieren, dass der Agent eines anderen Geheimdienstes mit den Informationen davonkam, ohne sie selbst zu erhalten. »Das würdest du tun?«

»Ja, wenn du mir versprichst, dass du alles mit mir teilst, was du herausfindest«, sagte er ernst und sah ihr direkt in die Augen.

»Ich verspreche es.«

»Und wenn ich draufgehe, dann solltet ihr ganz im Sinne der Five Eyes euer Wissen mit dem MI6 teilen.«

»Ich tue, was ich kann, versprochen. Am besten lässt du dich nicht töten.«

»Ich gebe mir Mühe.« Er grinste, und es sah beinahe grotesk aus mit seinen fehlenden Zähnen und der noch halb weißen Binde im Mund. »Also, entreißen wir diesem Ort sein Geheimnis, Agent Julie.«

»Jenna«, korrigierte sie ihn und war selbst überrascht von ihrem spontanen Impuls zur Ehrlichkeit.

Der Brite hob eine Augenbraue und schmunzelte. »Freut mich, Jenna. Ich heiße Feyn.«

Kapitel 20

Branson

»Boss, ich habe die Nummer!«, rief Johnny atemlos und reichte ihm einen Zettel mit einer sehr langen Telefonnummer.

»Was ist das denn für eine Vorwahl?«, brummte Branson und bedeutete Joe, weiterhin auf das Radar zu schauen.

»Keine Ahnung.« Der Maschinist rieb sich am Hinterkopf und zuckte mit den Schultern.

»Joe, wie sieht es aus? Was machen unsere Verfolger?«

»Drehen bei und nehmen die Verfolgung auf. Sorry, alter Freund, aber einem Marineschiff fahren wir auch mit unseren aufgepeppten Motoren nicht davon.«

»Was machen die Franzosen?«

»Gehen auf Abfangkurs zu den Chinesen.«

»Sagt mir Bescheid, wenn jemand schießt«, knurrte Branson und gab Johnny zu verstehen, ihm das Satellitentelefon von der Ladestation zu bringen. Die See vor ihnen war unruhiger geworden und die *Triton One* begann leicht zu rollen, als weigere sie sich, mitzuspielen. Als er endlich das Telefon von der Größe eines Unterarms in der Hand hatte und nebenbei das Steuerrad gerade hielt, wählte er rasch die Nummer auf dem Zettel und wartete. Es piepte mehrfach, dann meldete sich eine Stimme mit russischem Akzent.

»Perkins?«

»Äh, nein, hier spricht Branson. Fred Perkins hat mir diese Nummer gegeben, für den Fall, dass ihm etwas zustößt.«

»Sie sind der Captain?«, fragte die Stimme ungerührt.

»Ja. Wir haben von Perkins den Auftrag bekommen …«

»Das weiß ich. Warum rufen Sie an?«

»Ihr Freund schwimmt leider bei den Fischen. Wir haben das Objekt geborgen. Mit einiger Mühe und ziemlich viel …«

»Haben Sie es an Bord?«, wurde ihm schon wieder das Wort abgeschnitten.

»Ja. Allerdings werden wir gerade vom chinesischen Militär verfolgt.«

»Das ist mir egal. Bringen Sie das Objekt zum vereinbarten Treffpunkt. Ich übermittle Ihnen im Anschluss an dieses Gespräch die exakten Koordinaten.«

»Ich glaube, Sie verstehen nicht. Wir haben *Marineschiffe* am Heck kleben, die versucht haben, uns zu versenken«, knurrte Branson.

Eine Zeit lang war es still an seinem Ohr, und er schaute auf das kleine Display, um sich davon zu überzeugen, dass die Verbindung noch offen war.

»Wir sind bereit, Ihnen zehn Millionen Dollar mehr zu zahlen, als verabredet. Ich denke, das dürfte Ihre *Lösungsorientiertheit* unterstützen.«

»Äh. Ja, das klingt gut. Uns fällt immer was ein. Wir werden aber mindestens eine Woche brauchen, so weit sind wir von der nächsten Landmasse entfernt.«

»Bringen Sie einfach das Objekt unbeschädigt her. Wenn Sie Gefahr laufen, geentert zu werden, lassen Sie es nicht in fremde Hände fallen. Haben wir uns verstanden?«, fragte die Stimme und war noch eine Spur härter geworden. Mit wem hatten sie es da verdammt nochmal zu tun?

»Wir ziehen jeden Job durch, den wir einmal angenommen haben.«

»Wunderbar.« Die Verbindung wurde getrennt.

»Wir haben uns gerade zehn Millionen Dollar extra verhandelt«, sagte Branson laut und warf Johnny das Satellitentelefon hin.

»Zehn Millionen?« Joe klang ungläubig.

»Zehn Millionen.«

»Dafür müssen wir es aber erstmal hier rausschaffen.«

»Das ist der Plan. Johnny, übernimm das Steuer!« Branson übergab an den Maschinisten, schnappte von der Halterung an der vorderen Armatur den Feldstecher und lief zum linken Brückenfenster. Mit den Gummistutzen an den Augen suchte er die See ab, ließ den Blick über den aufgewühlten Horizont gleiten und blieb dann an einer grauen Silhouette hängen. »Verdamm' mich doch, das muss die Küstenwache sein.«

Zurück beim Funkgerät wählte er die Frequenz der US-Küstenwache von Hawaii, die er in- und auswendig kannte, aber normalerweise nur abhörte.

»Hier ist die *Triton One*«, rief er in das Mikrofon. »Ich rufe das US-Küstenwachenschiff. Bitte kommen.«

»Hier spricht Captain Diller von der Gettysburg. Übermitteln Sie uns Ihre Transponderkennung. Over.«

»Scheiße!«, wütete Branson und schloss die Faust um das kleine Gerät, das knackend um Gnade flehte. Als er wieder auf den Senden-Knopf drückte, verzog er den Mund. »Ah, bedaure, Gettysburg, wir haben Probleme mit unseren Computern. Wir wurden von einem chinesischen Marine-U-Boot gerammt und haben Schäden davongetragen. Außerdem werden wir gerade von einem ihrer Zerstörer verfolgt. Die suchen irgendwas am Meeresboden und glauben, dass wir es haben.«

Eine Zeit lang kam keine Antwort, nur statisches Rauschen. Branson sah zu Joe, doch der zuckte bloß mit den Schultern.

»Haben Sie es denn?«, fragte Captain Diller schließlich.

»Was?«

»Haben Sie etwas vom Grund des Ozeans geborgen?«

»Nein«, log er und fügte rasch hinzu: »Aber hier ist ein Meteorit heruntergekommen und hätte uns fast erwischt. Die drehen hier alle völlig durch. Wir sind ein ziviles Schiff und bitten um Unterstützung.«

»Wir stehen bereits mit unseren Verbündeten vor Ort in Kontakt.«

»Sie meinen die Franzosen, hoffe ich?«

»Ja. Behalten Sie Ihren Kurs in Richtung Maupiti bei und erbitten Sie eine Anlegeerlaubnis. Wir kommen später an Bord. Laufen Sie nicht vorher aus, haben Sie verstanden?«

»Klar«, murrte Branson. »*Triton One* over and out.« Wütend klinkte er das Funkgerät in seine Halterung zurück und schüttelte den Kopf. »Die haben doch alle den Verstand verloren. Bevor ich freiwillig auf die Küstenwache warte, fresse ich die Muscheln vom Kiel.«

»Bei aktuellem Kurs und Geschwindigkeit brauchen wir noch sechs Stunden bis Maupiti«, verkündete Joe. Er klang sehr angespannt und sah Branson lange in die Augen, bevor er sich an Johnny wandte. »Kleiner, geh zu den anderen und hilf ihnen dabei, das Objekt unter Deck zu bringen. Versteckt es gut, klar?«

»Aye!« Der Maschinist lief den Treppenabgang hinab und war kurz darauf verschwunden. Es kam äußerst selten vor, dass er so zackig auftrat – nur ein weiteres Indiz dafür, dass diese ganze Situation verrückt war.

»Branson«, sagte Joe. Sein Tonfall war der eines noch viel älteren Mannes, und das bedeutete, dass nun eine Diskussion folgen würde, auf die er sich nicht freute.

»Raus damit.«

»Muss ich es überhaupt sagen?«

»Ich werde dich nicht zwingen«, entgegnete Branson mit einem gequälten Lächeln und blickte nach links in die großen Rückspiegel, die außen an der Brücke angebracht waren. Die

Silhouette des sie verfolgenden chinesischen Zerstörers wurde immer größer und füllte bereits ein Drittel des Spiegels aus.

»Perkins ist tot. Der Kerl war mir schon suspekt, als er hier an Bord war, aber beim Kreuze Jesu – er ist tot, Mann! Umgebracht von der chinesischen Marine!«

»Vielleicht war es auch ein Unfall.«

»Ach, komm schon. Das kannst du der Küstenwache weismachen«, brummte sein Stellvertreter.

»Was willst du eigentlich sagen? Sollen wir uns den Chinesen stellen und ihnen diese verfluchte Kugel rüberwerfen?«

»Nein.« Joe tippte mit ausgestrecktem Zeigefinger auf den Radarschirm vor sich. »Ich will nur sagen, dass wir gerade einen chinesischen Zerstörer an den Hacken haben und direkt in deren Fahrwasser einen französischen. Jetzt kommt auch noch die Küstenwache ins Spiel und gibt uns Anweisungen. Wenn wir jetzt in Maupiti auftanken – selbst wenn wir nicht verhaftet werden –, dann dürfen wir nicht auslaufen.«

»Aber wir müssen es trotzdem tun«, wandte Branson ein.

»Ja, aber ist es das Geld wert? Ob fünf oder zehn Millionen, wenn wir versenkt oder verhaftet werden, können wir es kaum ausgeben, oder?«

»Du willst nicht, dass wir uns stellen, aber auch nicht, dass wir weitermachen. Was schlägst du vor?«

»Werfen wir das Ding einfach über Bord.« Als Branson zu einem Protest anhob, machte Joe eine beschwichtigende Geste. »Hör mir kurz zu: Wir wissen nichts darüber, außer, dass wir es in Russlands östlichstem Hafen an Kontakte von Perkins abliefern sollen. An Bord ist eine Menge Geld, mit dem wir uns aus dem Staub machen können. Xenia ist erst Anfang zwanzig, und die Jungs haben auch noch ihr ganzes Leben vor sich, nicht wie wir alten Säcke. Triff diese Entscheidung nicht für sie.«

»Wir haben schon Schlimmeres überstanden«, beharrte Branson.

»Schlimmeres als zwei Zerstörer und ein Boot der Küstenwache, die wie Hunde hinter uns her hetzen, weil sie glauben, wir seien ein feister Knochen?«, schnaubte Joe.

»Immerhin wissen die es nicht genau und misstrauen sich auch gegenseitig. Außerdem habe ich eine Idee!«

»Eine Idee, wie wir aus diesem Schlamassel wieder heraus kommen?«

»Was uns fehlt, ist ein guter Vorsprung, oder?«

Joe antwortete nicht und zog stattdessen eine Braue hoch.

»Den verschaffen wir uns.« Er erklärte seinem Freund den Plan, und der schüttelte am Ende den Kopf.

»Du bist vollkommen verrückt, wie immer.«

»Aber es kann klappen.«

»Ja. Wenn wir das abziehen, gehen wir entweder drauf oder werden zu Legenden mit eigenen Bechern über den Whiskeypullen in der Hafenkneipe.«

»Alles oder nichts.«

Zehn Minuten später übergab Branson das Steuer an Joe und verließ die Brücke nach rechts. Über die Reling und die Treppen rannte er zum Achterdeck, wo Johnny und Marv hektisch dabei waren, das kleine Beiboot am Kran zu befestigen. In der Mitte befand sich eine Abdeckplane, die aussah, als würde sie eine Kugel verdecken – den Gymnastikball von Xenia. Die war gerade dabei, das zweihundert Meter lange Tau, das mit dünnem Stahlseil umwickelt war, an der roten Notboje zu befestigen.

»Wie sieht es aus?«, rief er über das Röhren der auf voller Leistung arbeitenden Maschinen hinweg. Johnny hob abwesend einen Daumen und lief zur Kransteuerung. Xenia winkte ihn herbei, damit er ihr half. Gemeinsam packten sie das schwere Tau am Ende mit der Boje und überprüften noch einmal das andere, das mit einer riesigen Halteklammer an der Heckreling befestigt war. Nach einem Nicken hoben sie den Schwimmer an und warfen ihn in die aufgewirbelte Gischt ihres Fahrwassers. Dann machten sie einen Satz zurück, als sich das armdicke verstärkte Seil entwand und wie eine schneller werdende Schlange das Heck verließ.

Branson zückte sein Funkgerät.

»Joe, jetzt!«

Johnny ließ das Beiboot mit dem falschen Objekt ins Wasser, kappte aber noch nicht die Verbindung. Als das Tau sich komplett entwirrt hatte und wie ein dünner Pferdeschwanz hinter der *Triton One* herzog, hob Branson wieder das Walkie-Talkie zum Mund.

»Ein Strich backbord!«, befahl er und Joe korrigierte mit viel Fingerspitzengefühl. Als er sich sicher war, dass das Seil sich knapp links des Bugs vom chinesischen Zerstörer befand, der etwa dreihundert Meter hinter ihnen aufholte, gab er Xenia einen Wink, und sie löste die Halteklammer. Das verstärkte Tau glitt unter das Marineschiff und wurde immer kürzer, bis es schließlich verschwunden war. Dann geschah eine Weile lang nichts, außer, dass der graue Koloss noch näher kam und noch bedrohlicher aussah. Gerade als Branson fluchen wollte, wurde er plötzlich langsamer. Erst nur ein wenig, doch dann kam er zum Stillstand, und der Abstand vergrößerte sich.

»YEAH!«, brüllte er triumphierend, und Johnny löste das Beiboot, das nun frei war und einsam hinter ihnen trieb, während die *Triton One* davonraste. »Ich hoffe, dass ihr das alle gesehen habt! Alle Augen auf das Objekt, he?«

»Ich hoffe, dass die uns nicht dafür abschießen, dass wir ihre Schraube blockiert haben«, sagte Xenia ängstlich.

»Die schießen nicht, wenn zwei NATO-Schiffe in der Nähe sind, glaub mir, Kleine!«

»Jetzt weiß ich endlich, was es mit diesem tonnenschweren Tau auf sich hat, das ihr immer auf dem Achterdeck verladen habt.«

»Charles Bronson hat immer ein Seil dabei«, grinste er und zuckte zusammen, als ein lautes Donnern ertönte, gefolgt von einem mächtigen Zischen, das so schnell an ihnen vorbeiraste, dass es ihm wie eine akustische Illusion vorkam.

»Scheiße, haben die gerade auf uns geschossen?«, fragte Xenia schrill.

»Nein, sonst wäre schon was explodiert. Joe?«

»DIE SCHIESSEN AUF UNS!«, brüllte sein erster Offizier, und Bransons Assistentin wurde schlagartig blass.

»Ich komme!«

»Geht unter Deck, sofort!«, rief er den anderen zu und sprintete zurück zur Brücke. Wie sich herausstellte, hatten sie einen Schuss vor den Bug bekommen, nur zwanzig Meter entfernt, was unter nautischen Gesichtspunkten gar nichts war. Er überlegte ernsthaft, die Motoren abzustellen und sich zu ergeben. Risiken war er immer bereit einzugehen, aber das Leben seiner Crew setzte er nicht fahrlässig aufs Spiel. Doch dann gab es eine neue Wendung, denn der französische Zerstörer feuerte wiederum vor den Bug des vorübergehend manövrierunfähigen chinesischen Marineschiffs, und über Funk konnten sie einen anschließenden Sturm entrüsteter Kommunikation voller Drohungen und Anschuldigungen der drei Verfolgerschiffe mitanhören.

Glücklich für sie: Man kümmerte sich nicht mehr um die *Triton One,* und als sie fast außer Reichweite des Feldstechers waren, konnte er gerade noch erkennen, wie sie alle Beiboote zu Wasser ließen, um sich auf ihre Ablenkung mit dem Fake-Objekt zu stürzen. Jetzt kam es nur noch darauf an, dass ihnen der Hafen in Maupiti keine Schwierigkeiten machte und sie den Vorsprung auch in etwas Nützliches ummünzen konnten. Branson versuchte krampfhaft, nicht zu häufig an die versprochene Zusatzbelohnung zu denken, wenn sie es nach Wladiwostok schafften, um sich nicht wie ein geldgieriger Dwight Decker zu fühlen, aber es fiel ihm schwer. Nach zwanzig überwiegend glücklosen Jahren war es kurioserweise diese verrückte Fahrt, die ihm das erste Mal die Hoffnung gab, dass sie auf einen Schlag die gesamte finanzielle Misere, die auf ihnen lastete wie ein Fluch, loswerden konnte.

Man durfte ja noch träumen, oder?

Die Fahrt nach Maupiti dauerte sechs Stunden bei voller Kraft. Der Hafen der wunderschönen Pazifikinsel lag in einer türkisgrünen Lagune und bestand aus einem langen Betonstreifen vor einem aufgetürmten Steinwall, der die Bucht vor den jährlichen Hurrikanes schützte. Es gab ein kleines Hafenbüro, das schon bessere Tage gesehen hatte, und ein paar Fischerboote, die gerade ihren Fang an Land brachten und von Trauben Menschen umgeben waren, die versuchten, die besten Exemplare abzukaufen. Hier in der Lagune war das Meer sehr ruhig, umgeben von den Riffen und Sandbänken in der Ferne, die die eigentliche Insel umschlossen wie ein schützendes Paradies. Die Sonne war bereits dabei unterzugehen und tauchte die Szenerie in eine heimelige, aber auch unheimliche Atmosphäre, die Branson das Gefühl gab, am Ende der Welt zu sein. Irgendwo da draußen, außerhalb ihrer Radarreichweite, befanden sich die Marineschiffe. Wer von ihnen hatte den Gymnastikball wohl als Erstes gefunden und sie verflucht? Warum hatten sie noch niemanden am Horizont gesehen, oder auf den Schirmen? In seiner Fantasie malte er sich aus, wie es zum Kampf gekommen war und die Welt auf den heißen Konflikt zwischen dem Westen und China zusteuerte, der bereits seit Jahren befürchtet wurde. Vielleicht war alles auch viel simpler, und es wollte bloß niemand als Erster schießen, aber gleichzeitig dafür sorgen, dass kein anderer seine Hände an das Objekt bekam – und damit die *Triton One*.

Der Hafenmeister kam zu ihnen, sobald die Helfer an Land ihre Taue gefangen und sie festgezurrt hatten. Er war ein freundlicher Einheimischer mit fleischigem Aussehen und einem schmierigen Blick, der nicht recht zu seinem offenen Lächeln passen wollte. Die Sorge darum, dass man sie festhalten könnte, stellte sich als unberechtigt heraus. Zwar hatte er Anrufe sowohl von der US-Küstenwache als auch von den Franzosen bekommen, sie nicht ablegen zu lassen, aber er erklärte ihnen wortreich, dass er der Unabhängigkeitspartei angehöre, und ließ sich letztlich mit fünfzigtausend Dollar bestechen.

So brachen sie bereits zwei Stunden später vollgetankt und mit zwanzig Extratonnen Schiffsdiesel auf dem Achterdeck wieder auf in Richtung Norden, in hohem Bogen um die Einschlagstelle des Meteoriten herum und dann nach Nordwesten. Die Stimmung an Bord war gemischt. Die Tatsache, dass sie von einem Kriegsschiff beschossen worden waren – wenn es sich auch im wahrsten Sinne des Wortes um einen Warnschuss vor den Bug gehandelt hatte – war vor allem an Xenia, Marv und Johnny nicht spurlos vorbeigegangen. Sie zeigten sich in den folgenden Tagen recht einsilbig und angespannt und wurden erst wieder lockerer, als sie Tag um Tag sehen konnten, dass sie keine Verfolger auf den Fersen hatten. Auch das Geld in Perkins' Koffer, für dessen Schloss er ihnen zwar keinen Code gegeben hatte, den Joe aber aufflexen konnte, stimmte sie wieder positiv. Als sie noch fünf Tage von Wladiwostok entfernt waren, war der Autopilot eingeschaltet und sie saßen versammelt in der Messe um den Tisch herum. Dank Johnnys berüchtigtem Kaffee, auf dem sogar ein Hufeisen schwimmen konnte, waren sie auch um Mitternacht noch einigermaßen munter.

»Schön, dass wir mal alle zusammen sind«, sagte Branson und rieb sich die Hände. Er war ein wenig nervös, wie er sich eingestehen musste. »Was wir durchgemacht haben, war krass und ich denke, dass es euch so geht wie mir: Wir haben eine Menge Glück gehabt.«

Zustimmendes Gemurmel.

»Aber«, fuhr er fort, »den größten Anteil daran hatten *wir*. Als Mannschaft. Ich konnte mich auf euch verlassen, und ihr euch hoffentlich auch auf mich. Ich habe euch viel zugemutet und ich weiß auch, dass nicht alle von euch damit einverstanden waren, dass wir so ein großes Risiko eingegangen sind. War es Glück? Vielleicht. Hat es funktioniert? Ja. Aber ich will mich nicht selbst loben, weil es auch hätte anders ausgehen können. Ich bin euer Kapitän und damit für euch verantwortlich. Dass ihr mir trotz allem vertraut habt, weiß ich zu schätzen. Ihr seid nicht bloß meine Crew, ihr seid meine Familie und deshalb«, er knallte eine Plastiktüte auf den Tisch, »möchte ich euch etwas zurückgeben. Der Captain bekommt zwanzig Prozent Anteil, dreißig Prozent sind für das Schiff reserviert. Instandhaltung, Treibstoff, Bestechung. Ihr wisst schon, all das lästige Zeug.«

Sie kicherten. Immerhin. Aber die Anspannung war trotzdem spürbar.

»Heute gilt das alles nicht. Das hier ist eine Million Dollar.« Branson schüttete den Inhalt der Plastiktüte auf dem Tisch aus. Dicke Stapel Dollarnoten, die mit Gummibändern zusammengehalten wurden, purzelten auf die vernarbte Holzplatte. »Zweihundertfünfzigtausend für jeden von euch.«

»Was ist mit dir?«, fragte Joe, der genau wie Xenia, Marv und Johnny staunend auf das viele Geld schaute.

»Ich verzichte für euch. Wenn wir abgeliefert haben, bekommen wir noch zehn Millionen und fünfhunderttausend. Aber ich weiß, dass ihr euch Sorgen macht, dass wir uns mit den falschen Leuten eingelassen haben. Darum werde ich das finanzielle Risiko selbst tragen. Ich treffe die Entscheidungen, also übernehme auch ich die Verantwortung.«

»Danke, Boss«, sagte Johnny und sah ihm mit echter Anerkennung in die Augen. »Feiner Move. Echt.«

»Danke«, meinte auch Xenia, und Marv nickte. Joe legte ihm eine Hand auf die Schulter.

»Wir ziehen das durch, alter Freund. Du hast uns gut da rausgeholt. Mach dir keine Gedanken. Das Geld nehme ich natürlich trotzdem.«

»War ja klar, du gieriger Scheißkerl!«, brummte Branson und sie lachten gemeinsam.

»Ey, Leute! Ich habe übrigens die Starlink-Anlage repariert. Wir müssten jetzt wieder Empfang bekommen!«, sagte Johnny und zeigte in Richtung des alten Fernsehers, der über dem Kühlschrank an die Wand geschraubt war.

»Na, dann zeig mal.« Branson setzte sich mit in die Runde und stieß abwechselnd mit jedem an. Sie feixten eine Weile und dann begann ein ausgelassenes Heldenründchen zu ihrem bisherigen Abenteuer. Dass Perkins tot war, lag wie ein düsterer Schleier über allem, hatte aber niemanden so sehr mitgenommen. Vermutlich weil er seiner Crew suspekt gewesen war, und sie als Schatzsucher schon häufiger damit konfrontiert worden waren, dass sogar nahestehende Kollegen nicht zurückkehrten oder verunfallten. Die beste Art und Weise, mit etwas so Surrealem und Gefährlichem umzugehen, das man durchgestanden hatte, war immer noch das Prahlen, Witzeln und Überzeichnen.

Einige Stunden später, als Johnny und Marv die Brücke übernahmen und Xenia sich in Richtung Koje verabschiedete, saß Branson alleine mit Joe da und schaltete den Fernseher ein, wozu sie vorhin gar nicht mehr gekommen waren.

In den Nachrichten auf CNN war ein rauchendes Tal

oder ein Vulkankrater zu sehen. Branson war nicht sicher. Erst nach und nach wurden auch andere Bilder und Videos eingespielt, die aus der Ferne eine riesige Explosion und einen darauffolgenden Orkan aus Staub und Schmutz zeigten, die aus einem Waldgebiet aufstiegen. Sämtliche Aufnahmen waren von sehr weit weg gemacht worden und durch den extremen Zoom sehr unscharf und verpixelt.

»Scheiße, ist da eine Atombombe hochgegangen?«, fragte Joe entsetzt.

»Pst!«, machte Branson und schaltete den Ton lauter.

»Ersten Berichten zufolge handelt es sich bei der massiven Explosion im äußersten Nordwesten Chinas im kaum besiedelten Altay-Gebiet möglicherweise um einen kleineren Meteoriten, der sich aus dem Asteroiden Cassandra 22007 gelöst haben könnte. Die chinesische Regierung bestätigte auf Anfrage von Reuters und AP, dass der Einschlagort unbewohnt ist und es keine Todesopfer zu beklagen gibt. Trotzdem hat Peking Untersuchungen angekündigt. Dieser neuerliche Vorfall von kleineren Fragmenten, die sich von Cassandra lösen und in die Erdatmosphäre eindringen, hat weltweit für weitere Proteste gesorgt. Viele Menschen zeigen weiterhin mit den Fingern in Richtung Mond und erwarten Antworten von ihren Regierungen. Während einige Experten darauf hinweisen, dass es zwar unwahrscheinlich, aber nicht unmöglich sei, dass ein Asteroid sich zwischen den Gravitationstrichtern von Erde und Mond abbremst und in einem hohen Orbit verbleibt, verbreiten sich Verschwörungstheorien in den sozialen Medien immer schneller. Woher stammt Cassandra 22007?«

Kapitel 21

Lee

Lee zog sich an der Nabelschnur in Richtung der offenen Nase der Crew Dragon. Aufgrund der hohen Masse des Raumschiffs veränderte sich seine Position kaum, während er Hand um Hand näher kam.

»Wie sieht es aus, Lee?«, fragte Megan angespannt.

»Ich nähere mich Dragon«, antwortete er knapp. Zuvor hatte der Captain ihn etwas gefragt, aber es hatte beinahe zwei Minuten gedauert, bis er begriffen hatte, dass jemand mit ihm sprach. Zu tief saß der Schreck über den Anblick der ballistischen Geschosse. Er konnte nicht glauben, dass seine Regierung es tatsächlich gewagt hatte, diesen Schritt zu gehen. Der Weltraumvertrag untersagte zwar lediglich die Stationierung von Massenvernichtungswaffen im Orbit und keine kinetischen Geschosse wie diese hier, aber die Implikationen waren trotzdem weitreichend. Mit solch einem Satelliten konnte das Pentagon jeden Ort auf dem Planeten in kürzester Zeit einäschern, ohne, dass jemand etwas dagegen tun könnte. Natürlich gab es Anti-Satelliten-Raketen, aber dafür mussten die ihr Ziel erst einmal finden. Da die Wolframstäbe sicher ohne Antrieb auskamen und einfach nur einen kurzen Schubs zum richtigen Zeitpunkt bekamen, gab es kaum etwas zu orten. Keine Regierung sollte solch eine Macht besitzen und vor allem sollte keine Regierung einen Präzedenzfall wie diesen schaffen. Wenn China, Russland und vielleicht sogar die EU Wind davon bekamen, würden sie mit Sicherheit nachziehen müssen, ähnlich wie bei der Atombombe, um ein Kräftegleichgewicht herzustellen.

»Captain Rifkin«, meldete sich der Offizier wieder. Er klang irgendwie anders. »Beschreiben Sie Ihr bisheriges Vorgehen.«

»Ich … habe eine der Düsen an meiner EMU verloren, das hat mich etwas unruhig gemacht, aber ich konnte es kompensieren und habe mich von dem Satelliten losgehakt. Das hat etwas länger gedauert als geplant.«

»Die Düse auf der linken Seite Ihres Tornisters, richtig?«

»Genau«, antwortete Lee abwesend und bekam in genau dem Moment den oberen Rand der offenen Luke der Dragon zu packen. Aufgrund seiner Geschwindigkeit flogen seine Beine weiter, und er zog sie so eng wie möglich nach oben – was nicht sonderlich eindrucksvoll war – um mit den Füßen ins Innere zu schwingen.

»Sie sagten aber, dass es sich um eine auf der rechten Seite handelt.«

»Ja, rechts ist korrekt.« *Verdammt!*, schalt er sich in Gedanken. *Konzentrier' dich, Lee!* Das war gar nicht so leicht in dem Wissen, dass er gerade einen militärischen Waffensatelliten repariert hatte.

»Fühlen Sie sich nicht gut, Captain Lee?«, hakte der Offizier in seinem Ohr nach, und hatte seine Stimme bislang schon nicht besonders freundlich geklungen, war es jetzt noch weniger der Fall.

»Doch, ich bin nur ein wenig überanstrengt von dem Einsatz und der Vorbereitung. Ich habe nicht besonders viel geschlafen, wie Sie sich wohl vorstellen können. Kann ich jetzt bitte wieder mit Megan sprechen? Die Arbeit an Ihrem Spielzeug ist beendet, und ich befinde mich wieder in der Crew Dragon. Wir sollten ihr wirklich langsam einen Namen geben.«

»Lee, hier ist Megan. Hast du die Luke hinter dir geschlossen?«

»Ich bin gerade dran.« Er zwängte sich durch die Öffnung und drehte sich dabei, stieß mit Hüfte und Schultern an den Metallring, ohne sonderlich viel zu spüren, und in vollkommener Stille. Als seine dicken Stiefel sich irgendwo eingehakt hatten – der Versuch nach unten zu sehen wäre in etwa so erfolgreich gewesen, wie in der Schwerelosigkeit zu joggen – packte er das manuelle Verschlussrad und zog es in Richtung seines Helms. Einige Zentimeter vor dem Visier rastete die Luke ein, und er drehte mehrmals nach links, bis das Schloss eingerastet war, ehe er seine Füße löste und wie in Zeitlupe nach unten schwebte.

»Luke verriegelt. Ich mache mich jetzt daran, die Atmosphäre wiederherzustellen.«

»Sehr gut, wir sind bei dir, Lee.«

»Danke, Megan.« Er schwebte zu den Touchkonsolen und drückte den großen, rot blinkenden Knopf für die Lebenserhaltungssysteme. Nichts geschah. Mit gerunzelter Stirn löste er den Finger und drückte erneut, aber noch immer blinkte die Taste rot. Entsprechend dem Protokoll drehte er sich etwas nach links und betätigte den manuellen Schalter für die Lebenserhaltung, der dazu diente, selbst bei einem Displayausfall zu funktionieren. Das tat er aber nicht. Das rote Blinken war nach wie vor da. Er blickte auf die Sauerstoffanzeige auf seinem Brustdisplay: Noch zwei Stunden.

»Ähm, Megan? Ich habe hier ein Problem.«

Er bekam keine Antwort.

»Megan? Hallo?«

»Lee, es sieht von hier so aus, als hätte jemand die Steuersoftware in den Wartungsmodus versetzt. Hast du das getan?« Sie klang sehr aufgebracht. Im Hintergrund hörte er abgehackt ein lautes Streitgespräch.

»Nein, natürlich nicht.« Er spähte auf das Display und sah tatsächlich in der rechten oberen Ecke das Symbol eines

Schraubenschlüssels in einem gelben Kreis. »Ich sehe es auch. Das war ich aber nicht.«

»Das muss von euch kommen. Was sagen die SpaceX-Jungs dazu?«

»Hier im Raum sind aufgrund der hohen Geheimhaltung dieser Mission nur Henry und ich sowie vier Mitarbeiter der Air Force«, erklärte sie. »Ich musste den Captain gerade davon unterrichten, dass der Einsatz vorbei ist und wir jetzt wieder übernehmen. Ich habe die Leute aus Hawthorne bereits in der Leitung, und wir schalten sie gerade zu.«

»Auf dem Hinweg hat alles funktioniert. Kann es sein, dass jemand von euch da unten einen Fehler gemacht hat?«

»Ich weiß es nicht. Gib uns ein paar Minuten, um uns zu sortieren. Was macht dein Sauerstoffvorrat?«

»Zwei Stunden.«

»Gut.«

Lees Hände und Füße kribbelten. Was war hier los?

»Sind der Captain und seine Leute noch da?«

»Ja, sie weigern sich noch, ihre Arbeitsplätze zu übergeben, aber ich habe bereits mit Direktor …« Die Verbindung brach ab.

»Megan? Megan!« Lee sah auf das Display und erkannte, dass die Funkanlage neugestartet wurde. »So ein verfluchter Mist!«

Unruhig wartete er fünf Minuten, doch in seinem Ohr blieb es still, und das Symbol für den Neustart schien auf den Schirmen wie festgefroren – genau wie das für den Wartungsmodus.

»Sag nicht, dass du abgestürzt bist. Ein dreifach redundantes Softwaresystem«, knurrte er, wohl wissend, dass ein Absturz in dieser Form so gut wie unmöglich war.

Ein böser Verdacht beschlich ihn, als er sich in der Stille der Kapsel umblickte und dabei um seine Längsachse rotierte.

»Also gut. Situationsanalyse«, ging er einen uralten antrainierten Plan in seinem Kopf ab, den er in seiner Ausbildung zum Kampfpiloten gelernt und im Astronautentraining immer wieder genutzt hatte. »Ich befinde mich in einem sehr hohen Orbit, mein Raumfahrzeug hat keine Lebenserhaltung mehr. Die Computer sind ausgefallen. Das bedeutet kein Autopilot, keine Flughilfen. Ich kann ohne Computer nicht zurück zur Station, aber in zwei Stunden bin ich erstickt. Kontakt zu Ground Control besteht nicht mehr, und ich habe keinen Anhaltspunkt dafür, dass er wiederhergestellt werden kann. Es gibt also nur den Weg zurück zur Erde. Mit manuellen Kontrollen.«

Lee drehte sich um die beiden Pilotensitze und zog die Steuerelemente aus den Armlehnen. Danach führte er einen Hard-Reset der Computer durch, woraufhin sie nur in einem abgesicherten Modus neu hochfuhren, und zwar keine Steuersoftware mehr luden, aber immerhin die wichtigsten Anzeigen einschalteten, wie es für die Notfallprozeduren erforderlich war.

»Also gut, was haben wir hier? Hitzekontrolle, Energieversorgung zum Triebwerk, kombiniertes Antriebssystem, Motion Control, Kurs-Rendezvous-System, Wiedereintrittsaktuatoren, Landesystem. Alles auf Grün. Navigationscomputer …« Er seufzte. »Per Hand also. Das hast du alles gelernt, Lee. Erinner' dich nur daran.«

Er zog an der langen Leine die Notfallprotokolle aus dem Fach unter seinem Sitz heraus und begann, sich mit der Berechnung der notwendigen Schübe für einen Notfallwiedereintritt auseinanderzusetzen. Ein Wiedereintritt war eine heikle Angelegenheit und womöglich das Gefährlichste, was Menschen aktuell tun konnten. Das lag an den vielen Faktoren, die für ein erfolgreiches Manöver erforderlich waren – weshalb man sie normalerweise gut plante und immer zu

303

zweit war. Zuerst musste er den Orbit verlassen, was im Grunde bedeutete, zu bremsen. Da auch hier oben noch über neunzig Prozent der Erdanziehung herrschten, und die Schwerelosigkeit nur aufgrund der Wurfparabel bestand, die sein Schiff und alle anderen Geräte und selbst die ISS beschrieben, die sich in einer Umlaufbahn halten wollten, brauchte es Orbitalgeschwindigkeit mit über zwanzigtausend Kilometern pro Stunde. Für diese Bremsung musste er das Schiff für eine präzise berechnete Zeit umdrehen und quasi mit eingeschalteten Orbitalmanövertriebwerken rückwärts fliegen, die ihn aus dem Orbit und zurück in Richtung Erde brachten. Dann kam der problematischste Teil: der eigentliche Wiedereintritt in die Atmosphäre. Die Dragon nutzte dafür ihre flache Unterseite, um die Reibung der Luftpartikel auszunutzen, auf die sie traf, um einen weiteren Bremseffekt zu erwirken. Der Neigungswinkel musste bei etwa vierzig Grad liegen, damit alles funktionierte. Dann entstanden durch die aufgrund der brutal aufgeladenen Teilchen Flammen von bis zu 1600 Grad Celsius. Sollte irgendein Teil in der Hülle nicht richtig sitzen oder es einen Haarriss geben, hätte er nicht einmal die Gelegenheit, es zu bemerken, bevor er verbrannte.

Lee nahm die entsprechenden Berechnungen vor, überprüfte sie doppelt, obwohl es ihn wertvolle Zeit kostete, und nippte nur noch an der Luft in seinem Helm, um seinen Atem so weit wie möglich herunterzufahren. Das limitierte den Sauerstoff und hatte einen guten und einen schlechten Effekt: Das Denken war zäher, was sich negativ auf die geistige Arbeit auswirkte, die er zu leisten hatte. Gleichzeitig war genau das aber die positive Nachricht, denn seine Gedanken konnten sich weniger überschlagen und mit Panik füllen. Er blieb ruhig.

Als er sich sicher war, dass er seine Berechnungen nach

bestem Wissen und Gewissen ausgeführt hatte, schnallte er sich auf dem Pilotensitz fest und platzierte seine rechte und linke Hand auf den jeweiligen Steuersticks. Das Gefühl in seinen Fingern war kaum existent, und das würde noch zu einem Problem werden. Da er nur wenig Zeit hatte, bevor er erstickte, hatte er alles sehr eng berechnet und den schnellsten und riskantesten Wiedereintritt gewählt, aber er bereute es nicht, weil es keine Alternative gab. In Abwesenheit guter Optionen war die schlechteste nun einmal die beste.

Das Deorbiting verlief wie erwartet unspektakulär. Nach dem Initialschub wartete er die vorgegebene Zeit, die er sich auf der Armatur seines EMU mit Jetpack eingespeichert hatte, und leitete dann die Drehung ein. Mithilfe der Positionskontrollen mit drei Achsen war er gerade so in der Lage, mittels der kleinen Joysticks den richtigen Wert sämtlicher Anzeigen zu erreichen, und glitt schräg wie ein Projektil auf die äußeren Atmosphärenschichten zu. Sein Visier berührte dabei beinahe die Displays, auf denen im abgesicherten Modus lediglich weiße Zahlen und Linien auf schwarzem Grund gezeigt wurden. Da er den Jetpack-Tornister auf seinem Rücken und das dazugehörige Geschirr, das sich unter seine Arme und über seine Schultern erstreckte, nicht alleine ablegen konnte, saß er zwangsweise viel zu weit vorne. Das führte auch dazu, dass seine unnatürlich nach hinten abgewinkelten Arme zusehends an Gefühl verloren, weil er in der Armbeuge das Blut abdrückte. Aber das konnte er jetzt nicht mehr ändern.

»Beginne Wiedereintritt«, sagte er laut, falls ihn doch noch jemand hören konnte. Das kleine Raumschiff begann zu ruckeln und zu bocken, als sich die Luftpartikel der äußeren Atmosphärenschichten gegen sein gewaltsames Eindringen wehrten und schon bald schlugen die ersten Flammen vor den Fenstern hoch. »Ein Meteor. Ich bin ein Meteor.«

Lee lachte seine Anspannung heraus, als ihm dieser ironische Gedanke kam. »Gut, dass ich über Europa runterkomme, und nicht über Russland. Die würden mich wahrscheinlich abschießen.«

Durch das Zappeln der Kapsel und die harten G-Kräfte, die die starke Bremswirkung erzeugte, wurde er in die Gurte gedrückt und betete, dass keiner davon ungünstig in seinen Anzug schnitt, der für die Arbeit im Vakuum gemacht war, nicht für den Einsatz im Inneren eines Raumschiffs. Als es endlich nachließ, konnte er kaum glauben, dass er Blau vor den Fenstern sah. Ein sehr dunkles Blau, aber Blau.

»Ich lebe noch. Houston, falls ihr mich hört: Ich lebe noch. Ich kann nur vermuten, wer versucht hat, meine Mission zu sabotieren, aber ich kann so viel sagen: Es hat nicht funktioniert. Jemand muss Sarah und Markus Bescheid sagen. Sie machen sich bestimmt Sorgen. Aber es gibt mich noch. Ha!« Lee trommelte mit den Fäusten auf seine Knie und spürte, wie anstrengend diese normalerweise winzigen Bewegungen unter der unerbittlichen Schwerkraft der Erde waren. Es war, als befände er sich in einem unsichtbaren Gelee, gegen das er ankämpfen musste. Selbst das Atmen fiel ihm schwerer mit all dem Gewicht auf seiner Brust.

»Das ist definitiv unangenehmer, als ich es mir vorgestellt habe«, murmelte er. »Ein Rollstuhl wäre nicht schlecht.«

Während er durch die obersten Wolkenschichten am Himmel über dem Suez-Kanal raste, schloss er für einige Minuten die Augen, bis ein leichter Ruck durch die Kapsel ging und er erleichtert ausatmete. Der Öffnungsautomat der Fallschirme hatte funktioniert. Er war auf bestimmte Druckverhältnisse getrimmt, die – sollten sie überschritten werden – dafür sorgten, dass der Auslösemechanismus, unabhängig von einer Eingabe durch Piloten oder Software, einschritt und die Schirme auswarf. Um den Bremseffekt nicht zu stark werden zu lassen, entfaltete sich das spezielle Rip-Stop-Gewebe nur sehr langsam, damit die Insassen nicht als Blutflecken auf dem Boden endeten. Trotzdem waren die auf ihn einwirkenden Kräfte noch immer enorm, und durch die lange Zeit in der Schwerelosigkeit war sein Herz-Kreislauf-System überfordert und seine Muskeln waren dabei, um Gnade zu winseln, als er knurrend nach dem Ringverschluss an seinem Hals tastete. Die Sauerstoffvorräte waren aufgebraucht. Er suchte und suchte, fand etwas, fummelte ungeduldig daran herum und wurde immer panischer, je öfter er wirkungslos nach Luft schnappte wie ein Fisch an Land.

Dann endlich tat sich etwas, es zischte, und er konnte rasselnd einatmen. Der Helm flog ihm vom Kopf, als ein heftiger Ruck durch die Dragon ging, und krachte ihm dabei gegen die Schläfe. Für einige Augenblicke sah er helle Sterne vor seinen Augen tanzen und spürte, wie ihm Blut an der Wange hinab lief.

»So ein Mist«, murmelte er abwesend. Er registrierte noch, dass sein Fall deutlich gebremst war und die Kapsel in den finalen Sinkflug von nur noch zwanzig Kilometern pro Stunde übergegangen war. Ein unangenehmer Drehschwindel überkam ihn, und als es ein weiteres Mal stark und sehr abgehackt ruckelte, wurde es plötzlich still. Der Geruch von Rauch und Ozon drang ihm in die Nase, beißend und schwer.

Man darf nicht ohne Helm fliegen, erinnerte er sich wie durch einen dichten Dunstschleier aus erlahmten Gedanken. *Ich darf meinen Helm nicht absetzen. Wo ist er? Er musste weg. Fast erstickt.*

Dann verlor er das Bewusstsein.

Kapitel 22

Jenna

Jenna schlich nicht. Sie lief so schnell, wie die Vegetation es zuließ. Nachdem sie mit Feyn noch rasch einen Teil des Proviants aufgegessen hatte, den sie den Militärpolizisten abgenommen hatten, war sie sofort aufgebrochen. Das erste Tageslicht gewann bereits an Kraft und erlaubte ihr ein rascheres Fortkommen. Die Beschaffenheit des Waldes machte deutlich, dass hier nie jemand langgelaufen war und sich die heimlichen Besitzer dieses Ortes am Ende der Welt nur für die Talsohle interessierten, in der sie was auch immer versteckten. Sie benötigte insgesamt über zwei Stunden, bis sie auf der anderen Seite angekommen und den Berghang so weit hinabgelaufen war, dass sie zwischen den Bäumen die Rückseite des rechteckigen Häuschens sehen konnte, das nur wenige Meter vom Waldrand entfernt aus dem planierten Erdboden ragte. Sie kroch auf allen Vieren durch das Unterholz und bewegte sich nach links auf einen der großen Holzstapel zu, die sich überall am Rande des Areals auftürmten. Ihrem Verrottungsgrad nach zu urteilen, schätzte Jenna, dass sie vor vielen Jahren gerodet worden sein mussten. Auch der gigantische Metallmast, der ihr am nächsten stand, und eine Seite des riesigen Tarnhimmels hielt, war bereits zu großen Teilen verrostet und sicher nicht erst in den letzten Jahren aufgestellt worden. Er war riesengroß und von einer so brutalistisch-groben Bauart, dass er aus der Zeit gefallen zu sein schien.

Die Zelte hingegen, die wie Pickel aus dem Boden ragten, sahen neu aus. Nur sehr wenig Grünspan bedeckte die weißen Außenwände, die aussahen wie das Set eines Science-Fiction-Films aus den Neunzigerjahren. Sie waren größer als Mehrfamilienhäuser, und ihre Eingänge sahen aus wie winzige Münder. Etwas an diesem Ort war ihr unheimlich, so als passe er nicht in die Realität. Der Tarnhimmel tauchte einen Großteil des planierten Areals in dunkle Schatten, so als herrsche eine dauerhafte Dämmerung, während die Wälder und Berge ringsherum hell waren.

Als Jenna den großen Stapel aufgeschichteter Baumstämme erreicht hatte, der unangenehm nach Moder roch, stand sie auf und hielt sich rechts, bis sie um das Ende herum lugen konnte. Das *Häuschen,* das sie gesehen hatte, schien aus der Nähe eher ein überdimensionierter Verteilerkasten zu sein, groß wie ein Lkw und grau. Davor standen zwei mit Sturmgewehren bewaffnete Männer in schwarzen Kampfmonturen und Einsatzwesten. Ihren slawischen Gesichtern nach zu urteilen, waren sie vermutlich Russen. Einer von ihnen rauchte, während der andere sprach und immer wieder mit dem Kolben seiner Waffe nach einem imaginären Feind ausschlug. Der Raucher lachte kehlig.

Kalaschnikow AKS-74U, dachte sie. *Russische Söldner. Ex-Spezialeinheiten vermutlich.*

Mit denen war nicht zu spaßen, so viel stand fest. Jenna war als Feldagentin ausgebildet und eine gute Schützin, ebenso wie eine gute Nahkämpferin, aber ehemalige Elitesoldaten würden zum Problem werden. Selbstverständlich konnten diese Männer auch einfache bezahlte Muskeln sein, die ein Allerweltsgewehr nutzten, das zufällig auch bei den russischen Speznas genutzt wurde, aber sie hielt diese Möglichkeit nicht für wahrscheinlich. Sollte es sich tatsächlich um eine geheime Einrichtung von Golgorow Systema handeln, dann würden sie mit Sicherheit nicht am falschen Ende sparen, nachdem sie so offensichtlich tief in die Tasche gegriffen hatten.

Die vier Kabel, die neben den Beinen der Wachen lagen, waren dick wie ihre Unterarme und verliefen durch in den Boden geschlagene Halteklammern zu den Riesenzelten, sodass jeweils eins in einem davon verschwand. Zwischen denen wimmelte es von Söldnern. Sie zählte auf die Schnelle etwa zwanzig. Das war eine ganze Menge. Zwar wirkten sie verloren in diesem Tal, in dem alles groß war, aber trotzdem hätte sie mit weniger gerechnet. Eine Anlage, die nicht gefunden werden durfte und sich auf fremdem Staatsgebiet befand, würde sich ohnehin nicht verteidigen können, wenn die chinesische Armee anrückte, wozu also die vielen Bewaffneten? Die beste Defensive war, unsichtbar zu bleiben.

Jetzt wäre eine gute Zeit, Feyn, dachte sie und überprüfte ihre Maschinenpistole und die Pistole ein letztes Mal, genau wie das Kampfmesser, die Taschenlampe, die Kneifzange und den Schraubenzieher an ihrem Gürtel. Nachdem sie sich überzeugt hatte, dass alles bereit war und saß, wie es sollte, beobachtete sie die beiden Wachen, die sich noch immer unterhielten. Sie standen so, dass sie von ihr abgewandt waren und schienen nicht sonderlich angespannt zu sein, bis oben auf der anderen Seite des Tals, dort, wo Jenna ungefähr den Tunnel vermutete, ein Feuerball erschien. Der Donner der Explosion folgte mit einer kaum merklichen Verzögerung und ließ die Söldner zusammenzucken. Der rechte warf seine Zigarette weg und riss genau wie der andere sein Sturmgewehr hoch.

Schnelle Reflexe, perfekter Sitz des Gewehrs, Basishaltung mit guter Gewichtsverlagerung, analysierte sie blitzschnell und lief von ihrer Deckung hinter den Baumstämmen die zehn Meter bis zu dem Verteilerhäuschen, wo sie sich mit dem Rücken an die Wand drückte. Erst dann lugte sie um die Ecke, konnte die Männer von dort nicht mehr sehen, aber dafür diejenigen zwischen den Zelten, die jetzt bis auf vier in Richtung der

Explosion rannten. Laute Rufe hallten über das Areal wie ferne Echos. Jenna wartete noch einige Augenblicke, bis sie sicher war, dass keine Fahrzeuge ins Spiel kamen und auch die Türen der merkwürdigen Gebäude sich nicht öffneten. Dann kletterte sie mühelos auf das Dach des Verteilers, der gerade einmal zwei Meter hoch war, und drückte sich dort flach auf das gewellte Komposit, das sie an einen angerosteten Schiffscontainer erinnerte. Die Kante, die zum gerodeten Bereich zeigte, erreichte sie quasi sofort, da die kurze Seite nicht viel breiter war als sie lang. Die beiden Söldner hatten ihre Gewehre zwar gesenkt, aber nur abgewinkelt und spähten zur anderen Hälfte des Tals, obwohl der Tarnhimmel den größten Teil des Berges dort verdeckte. Sie tuschelten auf Russisch miteinander und klangen angespannt.

Leise kam Jenna in die Hocke, zückte ihr Kampfmesser und hielt es mit der Klinge nach unten in ihrer rechten Faust, nachdem sie die Maschinenpistole langsam neben sich abgelegt hatte. Ein letzter Blick zwischen die Zelte, von denen die ersten zwei knapp fünfzig Meter entfernt waren, dann sprang sie ab. Noch während sie wie ein Schatten auf den linken der beiden Männer niederstürzte, bemerkten sie Jenna aus den Augenwinkeln und fuhren herum. Denjenigen, den sie anvisiert hatte, traf sie trotzdem mit dem vorgereckten Knie in die Wirbelsäule, die mit einem lauten Knacken brach. Den rechten Arm streckte sie aus und zielte mit der Klinge auf den Nacken des Rauchers. Der ruckte jedoch zurück, sodass sie ihn knapp verfehlte und stattdessen seinen Kehlkopf aufschlitzte. Mit einer Vorwärtsrolle kam sie über die Leiche hinweg und drehte sich um, noch während sie sich aufrappelte. Der Getroffene hielt sich den Hals und röchelte, doch sie hatte die Schlagader nicht erwischt, und er blutete viel weniger stark als erhofft. Dafür schien er nicht schreien zu können – immerhin.

Jenna schnellte auf ihn zu und trat ihm das Sturmgewehr aus der Hand, als es gerade hochreißen wollte. Ihr Hieb nach seinen Knien ging ins Leere, da er sich geistesgegenwärtig zurückfallen ließ und sein eigenes Messer aus dem Gürtel zog. Sie richtete sich auf und verlagerte ihr Gewicht auf das hintere Bein, während der Russe Blut spuckte und sie mit finsterer Miene anstarrte. Dann stürmte er vor und stieß nach ihrem Gesicht. Sie hüpfte zur Seite, nur um zu erkennen, dass es eine Finte gewesen war, und er den entstehenden Drehimpuls seines Körpers nutzte, um ihr einen Tritt gegen den rechten Oberschenkel zu verpassen. Unter Schmerzen knickte sie ein und reagierte blitzschnell, indem sie einen Sturz über das Knie vortäuschte. Der Söldner riss sein Messer hoch, um ihr den Bauch aufzuschlitzen, doch sie kippte nach rechts weg, packte mit der freien Hand sein Handgelenk, das knapp an ihr vorbeiging, und zog ihre Klinge längs durch seinen gesamten Unterarm. Blut spritzte ihr entgegen, und ihr Kontrahent keuchte blubbernd, geriet ins Schwanken und konnte sich nur noch kraftlos wehren, als sie aufsprang, hinter ihn tänzelte und sein Kinn packte, nach oben riss und das Messer halbkreisförmig über seinen Hals zog.

Röchelnd glitt er an ihr hinab. Jenna starrte in die Rücken der vier verbliebenen Wachleute, die etwa zweihundert Meter entfernt zwischen den hinteren beiden Zelten standen und ihren davoneilenden Kameraden hinterherblickten. Sie hatten sich noch nicht umgedreht. Gut. Sie warf einen Blick über ihre Schulter und sah eine kleine Tür in dem containerartigen Verteilergebäude, die sie rasch öffnete, und die beiden Leichen hineinzog. Nachdem sie den Zugang hinter sich geschlossen und schwer atmend ihre Taschenlampe eingeschaltet hatte, schaute sie sich um. Es handelte sich um einen einzigen Raum, in dem sechs mannsgroße Zylinder standen, die leiste summten und über Kabel mit einem Spannungswandler von den Ausmaßen eines Sarges verbunden waren. Die Transformatoren waren mattschwarz und hatten die Anschlüsse auf der Oberseite, wo die Kabel wie Haare aus einem Zopf ragten, und besaßen nur eine einzige Kennzeichnung: Aufkleber mit dem Strahlungswarnsymbol bestehend aus einem schwarzen Kreis und drei schwarzen Trapezen auf gelben Hintergrund.

Radionuklidbatterien, dachte sie. Das machte Sinn. Eine quasi unerschöpfliche Energiequelle, die in der Sowjetunion beforscht wurde, und in den letzten Jahren in der Raumfahrt wieder an Bedeutung gewonnen hatte. Viele Jahrzehnte bis Jahrhunderte Energie auf einem nicht großen, aber scheinbar ausreichenden Niveau für diese Anlage und keine verräterischen Anschlüsse an ein Kraftwerk.

Was auch immer hier erforscht oder versteckt wurde, benötigte nicht übermäßig viel Strom. Das bedeutete für sie, dass sie sich nicht mit elektronischen Türschlosssicherungen, Kameras und Selbstschussanlagen auseinandersetzen musste. Aber falls doch, wollte sie kein Risiko eingehen. Außerdem empfand sie es als äußerst hilfreich, dass Feyn freiwillig die Ablenkung spielte, stand jedoch nicht gern in jemandes Schuld und wollte nicht, dass er sich ihretwegen mit mehr als einem Dutzend Ex-Spezialkräften herumschlug. Also öffnete sie die Tür wieder einen Spalt, vergewisserte sich, dass die vier Gestalten nicht in ihre Richtung sahen – sie waren im Gegenteil jetzt sogar weg – und langte nach oben, um ihre Maschinenpistole vom Dach des Containers zu ziehen. Dann stellte sie sich zwischen zwei der Radionuklidzylinder, stopfte sich angefeuchtete Stoffkügelchen in die Ohren, die sie aus Mullbindenstoff gemacht hatte, und entleerte das gesamte Magazin in den Spannungswandler, aus dem Funken stoben wie kurzlebige Glühwürmchen. Als sie fertig war, knisterten Kurzschlüsse hinter der zerschossenen Verkleidung und tauchten den dunklen Raum in unstetes Blitzlicht.

Jenna verlor keine Zeit, warf die Maschinenpistole fort, lief hinaus und schnappte sich das auf dem nassen Erdboden liegende Sturmgewehr eines der toten Söldner, ehe sie so schnell, wie sie nur konnte, zum linken Zelt rannte. Als sie noch zehn Meter von dem dunklen Eingang trennten, knatterten Schüsse über das Areal, und der Erdboden direkt vor ihren Füßen spritzte auf. Sie sah nach rechts und erkannte zwei Söldner, die von hinter dem Nachbarzelt auf sie zuhielten. Da sie im Lauf feuerten, waren sie nicht besonders präzise, aber das konnte sich schnell ändern.

Jenna erwiderte den Beschuss blind und beschleunigte ihre Schritte noch einmal, bis sie keuchend in dem winzigen Türrahmen des Zelts angekommen war und sich mit dem Rücken dagegen drückte. Eine weitere Salve verfehlte sie nur äußerst knapp und zischte an ihrem Kopf vorbei. Dann sah sie auf die kleine Schalttafel hinab, die sich dort befand, wo sie eine Klinke erwartet hätte. Sie war tot.

Kein Strom. Jenna drückte fest gegen die Tür und schob sie nach innen, wofür sie ihre gesamte Kraft aufwenden musste. Vermutlich kämpfte sie mit der servounterstützten Hydraulik. Auf der anderen Seite befand sich eine Art Luftschleuse in reinem Weiß mit Metallrillen auf dem Boden, unter denen sich ein Abflussbecken auftat. In der Decke steckten kleine Düsen und auf der anderen Seite gab es eine weitere Tür, über der sich Warnlämpchen wie milchige Knospen hervortaten. Sie lief hin und packte das kopfgroße Rad für die manuelle Entriegelung, zog daran und trat in das Innere des gigantischen Doms hinein. Den Durchgang verriegelte sie wieder, indem sie das Rad zurückdrehte und dann ihr Sturmgewehr zwischen die drei Hebel klemmte. Erst jetzt zückte sie ihre Pistole und sah sich um. Auf einer Fläche von mehreren hundert Quadratmetern befanden sich unzählige Liegen mit Menschen jeden Geschlechts und jeder Altersklasse. Ihre Augen – zumindest die derjenigen, die sie aus der Nähe sehen konnte –, waren geschlossen, und aus ihren Armbeugen verliefen Kabel zu kleinen Computern und modernen Infusionsmaschinen. Weiter oben waren große Kuben auf Stahlgestellen angebracht, aus denen dicke Rohre offen hervorstanden, und ein kaum hörbares Zischen lag über der Szenerie. Genau in der Mitte, auf die sämtliche Liegen mit den Kopfteilen ausgerichtet waren, befand sich ein quadratischer Raum, so groß wie eine Gartenlaube, vor der zwei Gestalten in weißen Chemie-Schutzanzügen mit geschlossenen Gesichtsmasken standen. Sie hielten Tablets in den Händen und diskutierten aufgeregt miteinander. Jenna schienen sie noch nicht bemerkt zu haben.

Sie verschwendete keine Zeit und rannte in ihre Richtung, da sich genau zwischen ihnen, in Richtung der medizinischen Pritschen führend, eine Art Gang befand, der von der Tür des Raumes bis zur Luftschleuse reichte. Jenna atmete schwer und hatte das Gefühl, als wollten sich ihre Lungen nicht ganz füllen. Außerdem roch die Luft merkwürdig nach faulen Eiern und Minze. Der Eindruck war nicht sehr stark, aber doch nicht von der Hand zu weisen, und in ihrem Rachen kratzte es unangenehm.

Als sie die Hälfte der Strecke zurückgelegt hatte, wurde sie bemerkt. Die beiden Gestalten fuhren herum und erstarrten für einen Augenblick, dann langten sie gleichzeitig nach der Klinke einer Tür, die sich in ihrem Rücken befand und in den Raum im Zentrum des Doms führte. Doch durch ihre ungeschickten und offensichtlich panischen Bewegungen behinderten sie sich gegenseitig. Trotzdem würde sie es nicht schaffen. Also traf sie eine Entscheidung und schoss der linken Person ins Bein. Sein Schrei war gedämpft hinter der ver-

315

siegelten Gesichtsmaske und als er zu Boden glitt, erstarrte der andere und hob die Hände. Im Vorbeilaufen blickte sie auf die Antlitze der reglosen Gestalten rechts und links auf den Liegen. Es konnte sich nur um die Bewohner des Dorfes handeln, denn ihre Kleidung war einfach, und ihre Gesichter besaßen den slawisch-asiatischen Mix Kasachstans. Sie schienen sich in einer Art Koma zu befinden, atmeten aber noch selbstständig.

Jenna packte die Person im weißen Chemieschutzanzug und drückte sie gegen die Wand. Den oder die Verletzte ignorierte sie und auch das laute Donnern an der Luftschleuse.

»Rein da!«, knurrte sie.

Eine weibliche Stimme antwortete auf Russisch.

»Rein da«, wiederholte sie auf Englisch und schoss der auf dem dunklen Gummiboden liegenden Person ins andere Bein.

»Scheiße!«, fluchte ihre Gefangene und steckte mit zitternden Händen einen Schlüssel ins Schlüsselloch, ehe sie die Tür aufzog. Jenna drückte sich mit ihr hinein und fand sich zwei Fahrstühlen gegenüber.

»Was ist das? Und tu nicht wieder, als wenn du mich nicht verstehst, ich habe weder Zeit noch Geduld!«

»D-d-die führen in die anderen E-ebenen«, stammelte ihre Geisel, an deren Gürtel eine kleine Tasche hing.

»Was ist das drin?«

»E-e-ein Funkgerät, e-ein Stetos-k-kop und ein B-blutdruckmessg-g-gerät.«

»Was ist auf den anderen Ebenen?«

»D-das ist schwer zu s-sagen«, jammerte die Frau.

»Warum tragen Sie eine Maske?«

»Weil d-die Luft da draußen auf Dauer toxisch i-ist.«

»Gibt aus auf den anderen Ebenen Sicherheitspersonal?«, fragte Jenna und drückte ein Ohr an die Tür hinter sich. Dumpfe Laute waren zu hören.

Nicht gut.

»Nein!«

Sie nahm die Pistole und hielt sie der Frau an den Hinterkopf.

»Wirklich nicht!«, beteuerte die und begann heillos zu schluchzen. Jenna packte sie und wuchtete sie mit dem Rücken neben die Tür, während sie sich auf die andere Seite begab.

»Hocken Sie sich hin!«, befahl sie und wartete, bis kurz darauf die Tür aufgerissen wurde und ein Sturmgewehr auftauchte. Sie packte es und zog es mit einem Ruck zu sich. Ein Schuss löste sich und verbrannte ihre Handfläche, aber sie zögerte nicht und schoss dreimal in den Rumpf des Söldners, der auf sie zu taumelte und gegen den Türrahmen knallte. Noch während er stürzte, machte sie einen Satz auf ihn zu und drehte sich mit ihm als Schild herum, streckte dabei die Pistole an ihm vorbei und feuerte auf seinen Kameraden dahinter, der gerade nachdrängen wollte und reflexhaft schoss. Sie traf ihn in Brust, Hals und Kopf, und er sackte zusammen. Ihre Geisel schrie panisch und hatte sich die Hände dorthin gepresst, wo ihre Ohren sein mussten.

Jenna schnappte sich das Funkgerät des Ersten und spähte an den Toten vorbei zur Luftschleuse, die sich erneut öffnete.

»Holen Sie den Fahrstuhl!«, schrie sie die Frau an, zog an der Leiche und schloss dann die Tür, ehe sie den Schlüssel vom Boden aufhob und sie verriegelte. »Wir fahren runter!«

»Aber das dürfen wir nicht!«

»Ach, nein?« Jenna hob die Pistole und zielte direkt auf ihr Gesicht, ehe sie mit der Mündung in Richtung linker Fahrstuhltür wedelte.

»Sie verstehen nicht. D-da ist gerade ein Abtransport im Gange!«

»Ist mir egal!« Sie schubste die weiße Gestalt nach vorn

317

und drückte selbst auf die Schalttafel, ehe sie der Frau die Maske herunterriss. Zum Vorschein kam das verschwitzte Gesicht einer hübschen Frau Mitte vierzig, die eine schmale Brille auf der zierlichen Nase trug. Ihre Lippen bebten und ihre Nasenflügel waren aufgebläht wie bei einem scheuenden Pferd. Die Türen öffneten sich. Jenna stieß sie hinein und drückte auf den Sendeknopf des Walkie-Talkies. Auf Irisch fragte sie: »Feyn? Sag mir, dass du auf dieselbe Idee gekommen bist!«

Eine Weile kam nur Rauschen. Dann klickte es.

»Ich höre dich!«, kam die atemlose Antwort des Briten. Er klang, als würde er rennen, und im Hintergrund war das laute Geknatter automatischer Waffen zu hören. »Was hast du gemacht? Die meisten dieser Gorillas sind zurück ins Tal … Scheiße!«

»Was ist?«

»Ich werde verfolgt, das ist. Ein Großteil von ihnen ist zurückgelaufen. Was auch immer du tust, du hast nicht viel Zeit!«

»Mach, dass du da raus kommst. Komm nicht hierher!«, rief sie in das kleine Funkgerät in ihrer Faust.

»Ich gebe mir Mühe.«

»Viel Glück!« Sie wusste, dass es ein Abschied war, und es fühlte sich seltsam an, obwohl sie den Agenten erst so kurze Zeit kannte. Nachdem sie sich geräuspert hatte, fügte sie hinzu: »Pass auf dich auf.«

»War mir eine Ehre, Ma'am.«

Jenna ging in die Kabine und blickte auf die Schalttafel an der grauen Wand. Es gab insgesamt fünf Etagen nach unten.

»Wo findet der Abtransport statt?«

Die verängstigte Frau deutete auf die U5.

»Da fahren wir hin.« Sie hämmerte mit dem Kolben ihrer

318

Pistole darauf und tippte sich mit der anderen Hand an die Nase. »Warum die Maske? Was war das da oben?«

»Experimentelle Atmosphäre«, antwortete ihre Gegenüber mit rollendem russischem Akzent. »Sie ist auf Dauer t-toxisch für uns.«

»Habe ich ein Problem?«

»Nein, aufgrund der kurzen Exposition vermutlich nicht.«

»Gibt es hier unten Sicherheitsleute?«

»Nein, die dürfen normalerweise nicht hier rein, nur wissenschaftliches Personal.«

Der Fahrstuhl fuhr surrend und zeternd nach unten. Kurzentschlossen drückte Jenna jeden einzelnen Knopf auf der Schalttafel. Als sich die erste Tür öffnete, zielte sie mit ausgestreckter Pistole in einen großen Büroraum mit lauter Computern und Wanddisplays. Sie machte mit ihrem Smartphone rasch einige Fotos. Eine Etage tiefer sah sie Laboratorien mit Seziertischen, Mikroskopen und großen Tanks, in denen aufgequollene Gestalten schwebten, die teilweise kaum noch als Menschen zu erkennen waren. Sie wirkten, als hätten sie sich in unterschiedlichen Stadien aufgelöst oder waren im Begriff, das zu tun. Auf U3 sah sie bloß einen langen Flur mit vielen Türen.

»Unterkünfte«, sagte die Wissenschaftlerin, als Jenna sie fragend ansah. Auf U4 befanden sich etwa zwanzig Krankenhausbetten wie auf einer Intensivstation mit Sauerstoffversorgung, Infusionsmaschinen und Herz-Kreislauf-Geräten. Sie waren alle leer, und genau wie auf den anderen Etagen war keine Menschenseele zu sehen.

»Wie heißen Sie?«

»Darya Saizewa«, antwortete die Frau zögernd.

»Gut, Mrs. Saizewa. Sie werden jetzt schön artig sein. Wenn ich das Gefühl habe, dass sie etwas vorhaben, erschieße ich Menschen und als letztes dann Sie, denn ich denke, dass auf unserer letzten Station dieser *Abtransport* stattfindet, habe ich recht?«

Darya nickte und sah mit scheuem Blick auf die Pistole, als Jenna sie packte und wie einen Schild vor sich hielt, die Waffe über die Schulter der Frau nach vorne gestreckt. Die Fahrstuhltüren öffneten sich, und der Kontrast zu den anderen Etagen hätte nicht größer ausfallen können. Sie traten vom Fahrstuhl hinaus in eine Art Höhle, in der ein Dutzend Gestalten in denselben weißen Anzügen wie Darya herumliefen, nur ohne Kapuzen und Atemmasken. Sie trugen Handschuhe und abgedichtete Stiefel und arbeiteten an langen sargähnlichen Containern aus grauem Metall mit transparenten Deckeln, die auf Rollgestellen standen. Jenna machte auf die Schnelle sechs Stück aus. Die Wände der Kaverne waren grob in den Stein gehauen, und das schmutzige Braun glänzte feucht. Auf der gegenüberliegenden Seite befanden sich mehrere kleine Tunnel mit Schienen.

Die Wissenschaftler waren ganz offensichtlich in Eile, schlossen einige der Särge an Kabel und Schläuche an, blickten auf Tablets hinab und diskutierten, während andere genau das Gegenteil taten. In einem geradezu surrealen Augenblick drehten sich sämtliche Köpfe zu ihnen, als die Fahrstuhltüren sich in Jennas Rücken schlossen. Die Gesichter, in die sie blickte, füllten sich mit Furcht und Entsetzen, wie bei einer Horde Kinder, die bei einem bösen Streich erwischt wurden und wussten, dass ihnen Ärger drohte.

Sie erstarrten, rührten sich nicht, und es wurde so still, dass man die merkwürdigen Maschinen leise summen hören konnte. Dann begannen die weißen Gestalten wie eine in Panik geratene Herde wild durcheinanderzulaufen. Jenna hob die Pistole und drückte ab. Der Knall war ohrenbetäubend und hallte wie ein Donnergrollen durch die Höhle, die groß genug war, dass drei Lkw darin hätten parken können.

Sofort zuckte alles zusammen, zog die Köpfe ein und regte sich nicht mehr.

»Alle an die linke Wand, macht schon!«, brüllte Jenna und stieß Darya an, die sofort auf Russisch übersetzte. Zaghaft kamen die verängstigten Wissenschaftler der Aufforderung nach und begaben sich zur linken Wand, während Jenna mit ihrer Geisel weiter in den Raum hineinging. Leiser, so dass nur Darya sie verstehen konnte, fragte sie: »Was ist das hier?«

»Die erfolgreichen Testsubjekte werden von hier abtransportiert.«

Jenna hatte tausend Fragen, die alle gleichzeitig in ihrem Kopf herumschwirrten. Aber sie hatte keine Zeit. Die anderen Söldner würden bald schon zu ihr herunterkommen. Selbst wenn sie alle Etagen durchsuchten, waren fünf nicht besonders viele. Also machte sie auch hier schnell einige Fotos wie in den anderen Stockwerken zuvor, steckte das Smartphone wieder weg und deutete mit der Pistole auf die drei Röhren.

»Was ist das?«

»Darüber werden die Kokons fortgebracht. Sie werden zu einem Bahnhof auf der mongolischen Seite gebracht und dann in unterschiedliche Richtungen verteilt«, antwortete Darya mit bebender Stimme.

»Leben diese *Testsubjekte* noch?« Jenna schob sich mit ihrem lebenden Schutzschild an einen der *Kokons* heran und sah durch die Scheibe zwei gesund aussehende Frauen mittleren Alters, die wirkten, als würden sie selig schlafen.

»Ja.«

»Sie sind mit Compound X infiziert, oder?«

»Ich weiß nicht, was das ist.«

»Gibt es hier eine Landverbindung?«

»Nein.« Darya schüttelte den Kopf, während die Wissenschaftler an der Wand jede ihrer Bewegungen mitverfolgten wie eine in die Enge getriebene Schafherde. »Es gibt nur eine

Verbindung nach draußen, und die befindet sich nicht hier. Dafür kenne ich aber auch nicht den Code.«

»Was passiert, wenn Ihre Auftraggeber herausfinden, dass jemand eingebrochen ist?«, fragte Jenna, und die Frau antwortete nicht. Sie konnte aber spüren, wie sie sich im Klammergriff ihres Arms anspannte. »Dachte ich's mir. Machen Sie einen dieser *Kokons* für uns fertig. Wir verschwinden.«

»Was?« Das Entsetzen in Daryas Stimme war beinahe körperlich greifbar. »Aber das können wir nicht, wir …«

»Nein? Warum nicht. Die haben eine eigene Sauerstoffversorgung, oder?«

»Ja, aber …«

»An die Arbeit!«

»Ich brauche Hilfe von …«

»Hören Sie auf, Zeit zu schinden, sonst fange ich an zu schießen«, unterbrach Jenna sie grob und zielte auf die Schafe. »Ich vertraue darauf, dass Sie Ihren Job gut machen, weil Sie mit mir da drin liegen werden, klar? Ich lasse Sie jetzt los.«

Während Darya eilig auf den Sarg zulief, der direkt vor der rechten Röhre stand und bereits auf dem Rollwagen hochgehoben worden war, um auf einer Ebene mit den Schienen zu sein, zog Jenna ihr Smartphone heraus. Sie speicherte die GPS-Koordinaten, die ihre Karten-App angezeigt hatte, bevor sie unter die Erde gefahren war, und bereitete eine Nachricht an den Deputy Director vor. Sobald sie Empfang hatte, würde sie automatisch an sein Diensthandy geschickt werden. Nicht der richtige Weg für diese Operation, doch das Beste, was sie im Moment tun konnte. Sie fügte einige der Fotos hinzu, die sie von den einzelnen Etagen geschossen hatte. Es war nicht viel, aber immerhin etwas. Als Nächstes nahm sie noch eine kurze Sprachnachricht auf und verstaute das Telefon dann in der hinteren Tasche ihrer

Jeans. Darya tippte wie wild auf einem Display herum, das sich seitlich an dem Sarg befand, und schließlich öffnete sich der Deckel nach einem lauten Zischen. Eine Gasfontäne entwich, und die Wissenschaftlerin lief zu einem kleinen Gerät auf einem Rollwagen, holte es her und schloss einen Schlauch an.

»Sie müssen sich jetzt reinlegen«, sagte sie mit schwerem Akzent.

»Sie zuerst«, erwiderte Jenna und schoss einem der Weißgekleideten an der Wand vor die Füße, der gerade nach einem Gegenstand neben sich auf einem Tisch greifen wollte. »Letzte Warnung!«

Darya machte eine saure Miene und versuchte ächzend, eine der schlaffen Testpersonen, die sich in dem Kokon befanden, herauszuziehen. Jenna half ihr, ohne ihre Pistole loszulassen, und sie legten einen jungen Mann mit schwarzen Haaren neben sich gegen den Fels. Es folgte ein Mädchen im Teenageralter. Ihr Puls war schwach, aber konstant. Im Innern des jetzt freigewordenen Behälters war alles mit weißen Polstern ausgekleidet. Es gab Bein- und Brustgurte und mehrere Düsen an den Fuß- und Kopfenden. Jenna musste die Wissenschaftlerin erst mit vorgehaltener Waffe anstarren, bevor sie sich trotz der Angst in ihrer Miene hineinlegte und sie ihr folgte. Dabei drückte sie ihr das Tablet in die Hand, das Darya ganz beiläufig fortgelegt hatte.

»Ich lasse mich nicht verarschen. Los jetzt.« Ein Blick auf die Anzeige über den Fahrstühlen zeigte ihr, dass der rechte bereits bei U3 angekommen war und gerade auf U4 wechselte. »Abflug! Jetzt!«

»Wir werden in ein künstliches Koma fallen, bis wir auf der anderen Seite aufgeweckt werden. Dafür wurden wir nicht vorbereitet, und es ist möglich, dass wir bleibende …«

»Will ich nicht hören! Darum kümmern wir uns, wenn es

so weit ist. LOS!«

Darya drückte einige Knöpfe auf ihrem Tablet, und der Deckel schloss sich quälend langsam. Rasch zogen sie die Gurte fest und dann lagen sie fixiert nebeneinander. Ihre Pistole hatte Jenna noch unter ihren Rücken geschoben. Über ihren Köpfen wurde es dunkel, als sie vermutlich ein Schlitten auf die Schienen zog und dann beschleunigte. Jenna wurde schlagartig unnatürlich schläfrig und noch während sie zu ergründen versuchte, ob es sich um reduzierten Sauerstoff oder einen Plot von Darya handelte, oder ob sie in ihrer Eile etwas übersehen hatte, wurde ihr schwarz vor Augen.

Kapitel 23

Branson

Die Koordinaten, die ihnen die mysteriöse Stimme am Ende ihres Telefonats mitgeteilt hatte, führten sie tatsächlich zum Hafen von Wladiwostok. Hier herrschte, anders als auf Maupiti, ein ganz anderes Regiment. Sie wurden über Funk nach dem Grund für ihr Anlegen gefragt, woraufhin sie *Auftanken* nannten, da es Branson um unverfänglichsten erschien. In gebrochenem Englisch wurde ihnen ein Liegeplatz zugewiesen, der erstaunlich günstig war und an einem Seitenanleger in der großen Industriebucht lag. Der Anblick der im tristen Grau des sibirischen Herbstes liegenden Stadt war grauenvoll im Vergleich zu ihrem Heimathafen auf Hawaii. Die alten Sowjetgebäude waren heruntergekommen und von der das ganze Jahr über vorherrschenden Feuchtigkeit und Kälte geprägt. Er sah im Vorbeifahren aufgeplatzten Putz, grob reparierte Fassaden und eine Menge Bauruinen zwischen den schnell und günstig hochgezogenen Lagerhäusern und Wohnblocks, die sich unter den regenschwangeren Wolken neben schlammige Wiesen und kranke Bäume duckten. Selbst das Hafenwasser war bedeckt von Ölteppichen, stinkendem Schlick und undefinierbarem Dreck.

Branson hasste diesen Ort vom ersten Augenblick an. Der kalt-unfreundliche Hafenmitarbeiter war da kaum noch mehr als eine bloße Bestätigung seines Eindrucks. Während Marv und Johnny sich in ihren wasserdichten Board-Overalls daranmachten, mit den Hafenarbeitern die *Triton One* festzumachen, blieb er auf der Brücke und wählte die Nummer, die Perkins ihm überlassen hatte.

Wieder dauerte es eine gefühlte Ewigkeit, bis jemand antwortete, und erneut war es die tiefe männliche Stimme mit dem russischen Akzent.

»Sie sind vor Ort. Gut.« Branson erstarrte. Mit in Falten gelegter Stirn spähte er aus den Brückenfenstern und blickte über den Anleger zu dem langen Flachdachgebäude dahinter, vor dem einige Arbeiter und Zivilisten standen und rauchten oder sich unterhielten. Niemand schien sich besonders für sein Schiff zu interessieren. Auch die Dächer waren frei, keine Scharfschützen oder Männer mit Ferngläsern, die er irgendwie erwartet hatte.

Mach dich nicht verrückt, Mann, ermahnte er sich selbst. *Der Kerl hat sich wohl einfach gedacht, dass du erst wieder anrufst, wenn du da bist.*

»Legen gerade an«, sagte er mit gelassener Stimme.

»Gut. Das Paket und die Bezahlung sind unterwegs zu Ihnen. Ankunft in einer Stunde.«

»Moment mal! Was für ein *Paket?*«

»Wir haben eine Lieferung, die Sie an eine Adresse an der Westküste der USA liefern werden«, antwortete der Mann am anderen Ende der Verbindung.

»Werde ich das?«, brummte Branson, als der Widerwille gegen Befehle wie eine allergische Reaktion in ihm aufbrauste.

»Davon gehe ich aus.«

»Was für ein Paket?« *Bleib ruhig, Junge, bleib einfach ruhig. Das ist kein Walmart-Filialleiter, sondern jemand, der mit zehn Millionen Dollar um sich wirft und der Marine mehrerer Länder Dinge vom Grund des Ozeans wegschnappt.*

»Das braucht Sie nicht zu interessieren. Es geht um vier Maschinen von den Ausmaßen sehr kleiner Autos und vier Personen, die sich während der Fahrt darum kümmern.«

»Die darauf *aufpassen,* wollten Sie wohl sagen?«

»Wir erwarten eine reibungslose Übergabe.«

Die Verbindung wurde getrennt, und Branson drückte wütend das Satellitentelefon in seiner Faust zusammen.

»Hey, was ist los?«

Er drehte sich und sah Joe in dicker Kleidung in der Tür nach draußen stehen und den Kopf hereinstecken.

»Wir haben gerade einen neuen Auftrag bekommen, und ich hatte nicht das Gefühl, dass wir eine Wahl haben«, antwortete Branson mit den Kiefern mahlend.

»Mhm. Mehr Geld?« Von draußen ertönte das laute Rauschen und Dröhnen eines Tankwagens, der mit der Betankung begonnen hatte. »Und wohin?«

»Westküste USA. Von mehr Geld hat er nicht gesprochen. Nur, dass er unsere vereinbarte Bezahlung mitbringt.«

Joe zuckte mit den Schultern. »Wir müssen eh heim, warum als nicht eine kleine Extratour machen?«

»Ich habe kein gutes Gefühl bei der Sache. Ich fühle mich wie ein benutztes Werkzeug in den Händen eines Pfuschers.«

»Das liegt daran, dass wir genau das sind, schätze ich.«

»Wolltest du mich was fragen, Joe?« Branson seufzte und sah seinen Freund mit hochgezogener Braue an.

»Nein, aber dir was sagen: Der Hafenmeister hat uns gerade darüber informiert, dass wir für eine Zollinspektion ausgewählt wurden. Bis auf Weiteres dürfen wir nicht auslaufen.«

»Was? Das geht nicht!«

»Hoffen wir, dass unser unbekannter Auftraggeber dieses Ding im Laderaum schnell hier abholt, bevor sie herkommen und Fragen stellen, die wir nicht beantworten können.«

»Wie viel Zeit haben wir?«

»Halbe Stunde.«

»Scheiße! Sag Xenia, sie soll diesen verdammten Ball gut verstecken oder anmalen – mir egal! Wir lenken sie, so lange es geht, ab.«

»Aye, aye.« Joe zog sich wieder zurück und verschwand nach unten.

Eine halbe Stunde später waren die Zollbeamten da, Männer in dunkelblauen Uniformen und Reflektorwesten, insgesamt sechs, alle mit Pistolen und Klemmbrettern bewaffnet. Xenia hatte ihre wertvolle Fracht im Laderaum kurzerhand in den Container mit den Bioabfällen geworfen. Wenn nicht gerade jemand mit einem Metalldetektor herumging und ihn durch den Deckel hineinsteckte, sollten sie keine Probleme bekommen. Anders sah es freilich mit ihren Waffen aus. Entsprechend den lockeren Waffengesetzen in ihrer Heimat besaßen sie mehrere Schrotflinten und halbautomatische Sturmgewehre an Bord und dazu noch eine Handvoll Pistolen. Johnny und Joe waren absolute Liebhaber, und Xenia war die Einzige, die damit nichts zu tun haben wollte. Branson hatte schnell noch die verschließbaren Waffenschränke überprüft, damit nicht zufällig irgendwo ein Schießeisen herumlag, und stand nun brav mit Joe an der kurzen Gangway am Heck, um die russischen Beamten willkommen zu heißen. Die erwiderten ihre Begrüßung mit knappem Nicken und kamen dann an Bord. Sie steckten ihre Nasen überall rein: in die Kabinen, die Toilettenräume, die Lager, Brücke, Messe, Kombüse, Maschinenraum. Alles wurde notiert wie bei einer Inventur und dann ging es schließlich – wie erwartet – um die Waffen. Eine lange Diskussion entbrannte darum, ob sie illegal seien, weil in Russland strengere Gesetze herrschten, was den Privatbesitz anging, oder ob das für die Crew nicht gelte, da sie auf einem US-Schiff sei und nicht an Land. Wie sich herausstellte, wollten die Männer Schmiergeld von ihnen und hatten keine echte rechtliche Handhabe. Branson kannte diese Art von ›Behandlung‹ und auch, was dagegen half. Also gab er sich konstruktiv und versicherte ihnen, dass er gerne entsprechende Strafen bezahlen würde, aber die dazugehörigen Papiere und Belege bräuchte. Korrupte Beamte hassten nur eines mehr als widerspenstige Opfer: Papierkrieg. Denn den gab es gar nicht. Sobald sie offizielle Dokumente ausfüllen mussten, konnten andere in ihrer Behörde Einsicht nehmen, und das hieß, dass sie wahrscheinlich auffliegen würden.

Der entbrennende Streit auf dem Achterdeck dauerte eine gefühlte Ewigkeit und endete erst, als ein Sattelschlepper und zwei Mercedes Geländewagen auf dem Kai direkt neben der *Triton One* hielten. Aus den SUVs stiegen Männer in dunklen Bomberjacken und weiß-grauen Tarnhosen aus, die nicht aussahen, als ob mit ihnen zu spaßen wäre. Einer kam über die Gangway zu herübergelaufen, ein Kerl mit Bürstenschnitt, ernster Miene und Dreitagebart. Die anderen machten sich daran, den Sattelschlepper zu entladen, auf dem vier große Boxen aus Sperrholz festgezurrt waren.

»Mr. McDee?«, fragte der Mann mit starkem russischem Akzent.

»Das bin ich«, sagte Branson.

»Gut. Wir bringen Ihre Lieferung. Ich heiße Sergey, und ich werde Sie mit einigen meiner Leute begleiten.«

»Ich hörte davon.«

»Stören diese Typen den Zeitplan?« Sergey deutete unverhohlen auf die vier Zollbeamten, die er bisher geflissentlich ignoriert hatte, und die die Neuankömmlinge misstrauisch beäugten.

»Ja, die wollen geschmiert werden und haben das Schiff durchsucht.«

»War das ein Problem?«

Branson wusste, was er meinte, und schüttelte den Kopf. »Nein.«

»Gut.« Sergey wandte sich dem ältesten der Beamten zu und begann, mit einem Schwall Russisch auf ihn einzureden.

Branson fand, dass er sehr drohend und aggressiv klang, vielleicht lag das aber auch bloß an der Sprache. Ein kurzer Streit entbrannte, doch dann wurden die vier Männer in den Reflektorwesten mit einem Mal deutlich zurückhaltender und verließen endlich das Schiff, ohne Branson auch nur eines letzten Blickes zu würdigen.

»Das war … einfach?«, brummte Branson.

»Beamte müssen für alles motiviert werden«, erwiderte der Russe humorlos und deutete auf den Kran. »Können wir den zum Verladen benutzen?«

»Ja. Allerdings muss ich sagen, dass wir für so viele Passagiere keine Unterkünfte und zu wenig Verpflegung haben.«

»Lassen Sie das unsere Sorge sein.« Sergey blickte auf seine Armbanduhr und zeigte wieder auf den Kran. »Fangen wir an.«

Branson sah zu Joe, der seinen Blick mit einem Achselzucken erwiderte, aber sehr unglücklich aussah. Er konnte es ihm nicht verübeln, immerhin ließ ihn das Gefühl nicht los, dass sie gerade ein Übel gegen das andere eingetauscht hatten.

Das Verladen funktionierte reibungslos, da ihre neuen Passagiere sich äußerst geschickt anstellten und schnell waren. Bald schon standen die vier Boxen auf dem Achterdeck und waren mit ihren Zurrgurten in den Lastenösen im Boden fixiert, was seinem Schiff passenderweise das Aussehen eines Lieferdienstes verlieh.

»Sergey?«, fragte er den offensichtlichen Anführer der insgesamt vier Männer, die um die Boxen herumschwirrten und immer wieder auf Tablets Daten ablasen und Eingaben machten. Branson hatte keine Idee, was sie taten und fand, dass ihr paramilitärisches Auftreten und die geradezu fürsorgliche Beschäftigung mit den Boxen irgendwie nicht zusammenpassen wollten.

»Ja?« Der Russe drehte sich zu ihm und sah ihn erwartungsvoll an.

»Ich will ja nicht ungeduldig wirken, aber wir haben eine Bezahlung versprochen bekommen.« Branson fühlte sich unwohl, als habe er kein Recht dazu, diese Frage zu stellen, und er hasste es, dieses Gefühl zu haben. Er kam sich unterlegen und wie ein Kind vor, das bei den Großen bettelte und gleichzeitig mit einem Schlag in den Nacken rechnete.

Das ist mein Scheißschiff, dachte er wütend.

»Natürlich«, antwortete Sergey, machte ein zischendes Geräusch mit seinen Zähnen und rief einem seiner Leute einen Satz auf Russisch zu, der daraufhin das Tablet weglegte und zu einer der vier militärischen Kisten ging, die sie zusätzlich zu den Boxen mitgebracht hatten. Aus dem Inneren holte er einen Rucksack heraus und warf ihn Sergey zu, den ihn wiederum Branson an die Brust drückte. »Fünfhunderttausend für die versprochene Übergabe und fünf Millionen als Anzahlung für den Transport der Boxen in die USA. Die restlichen fünf gibt es bei Ankunft.«

Branson öffnete den Reißverschluss des Rucksacks und sah unzählige Bündel mit 100-Dollar-Scheinen, die von Gummibändern gehalten wurden. Sie sahen neu aus und rochen auch so.

»Sie können gerne nachzählen.« Etwas in der Stimme des Russen klang spöttisch.

»Nicht nötig.« Er warf Joe den Rucksack zu, der ihn auffing und sich in Richtung Brücke aufmachte.

»Wir würden jetzt gerne das Objekt verladen, das Fred Perkins geborgen hat.«

Branson erzählte ihm von der Notwendigkeit, es zu verstecken und dass sie hatten improvisieren müssen, aber seine neuen Passagiere schienen sich dafür nicht zu interessieren und hoben es ungerührt aus dem Abfall heraus. An Deck spritzten sie es mit dem Schlauch ab und verluden es dann in eine weitere militärische Transportkiste, die einige der Männer auf dem Kai entgegennahmen und in den vorderen SUV mit den getönten Scheiben schoben, nachdem sie kompliziert aussehende Instrumente darüber gehalten hatten. Dann rasten sie mit quietschenden Reifen davon.

»Zwei Regeln«, sagte Sergey und hielt Branson am Arm zurück, als dieser gerade zur Brücke gehen wollte. Der Griff war fest und beinahe schmerzhaft.

Das ist mein Schiff, du verdammter Klingone, dachte er wütend, schwieg jedoch und sah sein Gegenüber stattdessen gelassen an. *Und?*

»Die Boxen sind tabu.«

»Und die zweite Regel?«

Der Russe grinste humorlos, und zwei Goldzähne blitzten auf. »Wer die erste Regel verletzt, schwimmt mit den Fischen.«

Branson schluckte und versuchte es mit einem belustigten Schnauben, doch Sergey hielt ihn noch immer fest, und sein Grinsen erstarb rasch. Erst nach einem letzten Nicken ließ er ihn los.

Was ist in diesen Dingern nur drin?

»Xenia wird euch euer Zimmer zeigen. Es handelt sich um einen alten Kühlraum für gefangenen Fisch, als das hier noch ein Trawler war. Es ist genug Platz für euch alle«, sagte er.

»Wir bleiben hier draußen bei der Lieferung.«

»Sicher«, schnaubte Branson. »Ihr seid noch nie über den Pazifik gefahren, oder?«

Sergey antwortete nicht, sah ihn aber noch immer aufmerksam an.

»Wind, Gischt, Kälte, Salz. Vergesst es einfach.«

»Wir werden sehen.«

»Eure Entscheidung. Proviant habt ihr selbst mit, gehe ich von aus?«

Sein Gegenüber nickte, und Branson ging betont gelassen hinauf zur Brücke. Dabei schielte er immer wieder zu den Boxen und fragte sich, was sie da wohl transportierten, das so geheimgehalten werden musste. Was, wenn es sich um schmutzige Bomben handelte oder etwas Derartiges? Was, wenn sie gerade Terroristen dabei halfen, Sprengköpfe in die USA zu schmuggeln? Was, wenn sie sich in ein paar Wochen auf Fahndungsfotos des FBI wiederfanden, weil sie, ohne es zu wissen, ausländische Kräfte unterstützt hatten?

»Hast du dich verschluckt?«, fragte Johnny, als er ihn durch die Tür kommen sah. Der junge Maschinist klemmte halb unter einer der Brückenarmaturen und schraubte an irgendwas herum. Er lag auf dem Rücken und hatte die Abdeckung auf den Boden gelegt.

»Unsere Lieferung gefällt mir nicht«, brummte Branson zur Antwort und ging zu Joe hinüber, der am Kartentisch stand und das Geld zählte.

»Welcher Teil davon? Die komischen Typen, die aussehen wie Mafiaprügler aus einem Neunzigerjahrefilm? Oder die vier Boxen auf unserem Achterdeck?«, wollte sein erster Maat wissen, ohne von den Scheinen aufzublicken. Er hielt immer ein Bündel in der linken Hand und blätterte mit der rechten die einzelnen Noten durch, ehe er sich an das nächste machte.

»Beides. Wie sieht es aus?«

»Ich würde sagen, wir sind verdammt noch mal reich«, erwiderte Joe gelassen.

»Ich hoffe, dass wir nicht bald auf einer Fahndungsliste auftauchen. Wir fahren besser einen großen Bogen um Hawaii und lackieren um, wenn wir an der Westküste sind, bevor wir umkehren.«

»Keine schlechte Idee. Das Kapital dafür haben wir jetzt jedenfalls.« Sein Freund hielt inne und blickte Branson, während ein strahlend weißes Grinsen sein ebenholzfarbenes Gesicht teilte. »Wir könnten auch einfach dortbleiben und uns zur Ruhe setzen. Es sind jetzt schon eine Million pro Nase, und du kannst sagen, was du willst: Wer auch immer diese Typen sind, sie zahlen verlässlich und gut. Das haben wir schon schlechter erlebt.«

»Stimmt«, gab Branson widerwillig zu, doch das drückende Gefühl in seinem Magen wollte nicht weichen. »Jetzt müssen wir es ohnehin durchziehen. Johnny?«

»Yo, Boss?«, kam die Antwort und sie klang gedämpft und nachhallend, da er immer noch mit dem halben Oberkörper in der Armatur steckte.

»Wenn du fertig bist, geh mit Marv an Deck. Wir legen ab. Sieht aus, als wären wir vollgetankt, und ich habe keine Ahnung, was unser neuer Gast den Zollbeamten gesagt hat, dass sie den Schwanz eingezogen haben und verschwunden sind, aber falls sie es sich noch einmal überlegen, will ich lieber bereits auf See sein.«

»Geht klar, Boss. Bin gleich fertig.«

Wie sich herausstellte, kamen die Beamten nicht zurück, und auch sonst behelligte sie niemand mehr. Was immer Sergey gesagt oder in die Wege geleitet hatte, alles verlief reibungslos. Die formale Ablegegenehmigung kam prompt, und sie mussten nicht einmal Liegegebühren entrichten. Seine Auftraggeber waren entweder gut vernetzt oder gefürchtet, und bei dem, was er bisher erlebt hatte, tippte er auf beides.

Die ersten Tage an Bord waren äußerst merkwürdig. Die vier Russen auf ihrem Achterdeck blieben unter sich, aßen ihre eigenen Rationen und schliefen tatsächlich draußen, obwohl es ziemlich frisch war. Sie kamen nie herein und redeten auch untereinander nicht viel, soweit er das beurteilen konnte. Die Crew fühlte sich zunehmend unwohl, so als hätten sie ein Krebsgeschwür an ihrem Körper, das sie nicht wegschneiden durften. Niemand sprach es aus, aber in ihren Gesichtern konnte er sehen, wie es arbeitete, wie sie sich Sorgen machten wegen ihrer Lieferung. Was war in diesen seltsamen Sperrholzboxen versteckt? Warum passten diese Männer, von denen eine Aura der Gefahr ausging, so akribisch darauf auf? Sie alle stellten sich dieselben Fragen, da war er sicher: Was, wenn sie sich strafbar machten? Einen Mann wie Perkins von A nach B zu fahren, damit er am Grund des Ozeans nach einem Schatz graben kann, das verstanden sie noch. Auch wenn ihr Passagier ein wenig verschlossen und merkwürdig gewesen war, war ihnen der Auftrag nicht allzu spanisch vorgekommen. Jetzt aber hatten sie ein paar tätowierte Muskelprotze in Militärkleidung und Bomberjacken an Bord, die garantiert Waffen bei sich trugen, und ihnen deutlich machten, dass sie auf ihrem eigenen Achterdeck nichts mehr zu suchen hatten.

»Du wirst doch nicht hingehen und in eine der Boxen gucken, oder?«, fragte Joe, als sie mit Xenia und Johnny in der Messe saßen und ihre Instant-Nudeln schlürften, während Marv auf der Brücke Dienst hatte. Es war bereits kurz vor Mitternacht.

»Bist du verrückt? Die pennen doch direkt daneben – wenn sie überhaupt schlafen.«

»Aber du hast darüber nachgedacht.«

»Ich habe mich nicht immer mit Ruhm bekleckert, wenn es darum ging, Aufträge an Land zu ziehen, und auf diese Ölfässer bin ich nicht stolz. Aber da ging es nicht um zwielichtige Russen, die mit Millionen um sich schmeißen, um ungesehen vier Boxen in die USA zu schmuggeln.«

»Und die einfach so bewaffnete Zollbeamte vom Schiff jagen können«, warf Xenia ein. »Ich habe wirklich Angst, Branson. Was tun wir hier überhaupt?«

»Ich bin mir nicht sicher.«

»Genau das meine ich ja. In den Dingern könnte alles sein. Warum sollten sie so ein Geheimnis daraus machen, wenn es sich um etwas Legales handelt?«

»Was sollen sie schon schmuggeln? Waffen?«, stellte Branson eine Gegenfrage, klang jedoch selbst nicht überzeugt von seinem Versuch, ihre Passagiere zu verteidigen.

»Selbst wenn die Boxen voller Schießprügel sind«, meldete sich Joe wieder zu Wort, »würde niemand zehn Millionen dafür bezahlen. So viel wäre nichts davon wert.«

»Also was Schlimmeres«, sagte Johnny und saugte schlürfend eine Ladung Nudeln in seinen Mund. Schmatzend fuhr er fort: »Ich liebe euch, Mann, aber ich glaube, unsere Gier hat uns ein Problem eingebrockt. Habe 'n ganz mieses Gefühl bei der Nummer.«

»Ich weiß. Aber was sollen wir tun? Es ist reichlich spät, um es uns noch anders zu überlegen.« Branson seufzte und raufte sich die Haare. Seine Schüssel mit Nudeln war noch immer halb voll und wurde langsam kalt. Sein Appetit war im Keller. Niemand sagte mehr etwas, und so schwiegen sie eine Weile, während das Schiff immer stärker zu rollen begann. Nach einer gefühlten Ewigkeit dröhnte Marvs Stimme aus den alten knisternden Lautsprechern über der Tür.

»Yo, wir kommen der Schlechtwetterfront langsam näher, vielleicht solltest du lieber herkommen, Boss.«

»Habe eh keinen Hunger mehr«, brummte Branson, schob die Schale von sich weg und stand auf.

»Ich komme mit, bin noch nicht müde«, verkündete Joe und folgte ihm auf die Brücke, während die anderen beiden sich an den Abwasch machten. Marv schickten sie in den Feierabend, denn er sah aus wie ein Schluck Wasser in der Kurve und schien dem Sekundenschlaf nicht mehr fern zu sein. Das Wetter wurde tatsächlich ungemütlich mit starken Regenfällen und einsetzenden Böen. Die Beaufortzahlen waren noch überschaubar und deuteten auf einen recht milden Sturm hin, aber die *Triton One* rollte bereits recht ordentlich. Es überraschte Branson nicht sonderlich, dass Johnny irgendwann hereinkam und berichtete, dass die Russen sich in den alten Kühlraum zurückgezogen hatten.

In den folgenden Stunden, in denen das Wetter sich verschlechterte und die ersten gebrochenen Wellen über den Bug schlugen und ihre Gischt bis hoch an die Brückenfenster schleuderten, sprachen Branson und Joe nicht viel und hingen ihren Gedanken nach.

»Übernimm du das Steuer, ich mache eine Runde, um sicherzugehen, das alles festgezurrt ist«, sagte Branson irgendwann, und sein Freund musterte ihn kurz, bevor er nickte und das Steuerrad übernahm. Branson schlüpfte in einen wasserdichten Thermooverall und die dazugehörigen Gummistiefel, die er aus dem Schrank neben dem Treppenabgang herausholte. Dann trat er in die sturmgepeitschte Nacht hinaus und musste sich mit aller Kraft gegen die Tür stemmen, als eine Böe sich dahinter setzte. Erst als sie eingerastet war, blickte er sich um und sah die grauen Wogen, die mit wütenden Gischtkronen aus allen Richtungen gleichzeitig zu kommen schienen. Wie eine Nussschale tanzte sein Schiff auf dem energiegeladenen Meer und bahnte sich stur seinen Weg geradeaus. Mit seinem Gefühl für Gleichgewicht und jahrzehntelanger Erfahrung musste Branson sich zwar konzentrieren, hatte aber keine Mühe, im Licht der Bordlampen an der Reling entlangzugehen und die Zurrschnallen der Rettungsbojen zu überprüfen. Joe konnte ihn noch in den Spiegeln sehen, obwohl die dichten Regenschleier es ihm nicht leicht machen würden. Dann ging er nach hinten und sah auf das Achterdeck hinab. Die Boxen waren mit dunklen Planen abgedeckt, die bis zu den Bodenösen reichten und das Gröbste von Gischt und Regen abhielten. Von den Russen war keine

Spur, aber er hatte sich auch nicht vorstellen können, dass sie sich als Landratten überhaupt noch auf den Beinen halten konnten, wenn die Hälfte von ihnen nicht schon seit Stunden am Kotzen und Fluchen war. Über den unteren Zugang ging er in den Bugaufbau und genoss für eine Sekunde die Stille, als die Tür hinter ihm ins Schloss fiel und das Tosen und Schäumen des Sturms aussperrte. Dann lief er zum Lagerraum und holte sich einen der Werkzeugwickel, den er sich um die Hüfte schnallte, ehe er eine Etage höher ein Ohr an den ehemaligen Kühlraum hielt. Wie zu erwarten hörte er Würgegeräusche und russische Flüche von der anderen Seite. So machte er sich zufrieden auf den Weg zum Achterdeck und zog die Kapuze fest zusammen, ehe er sich wieder dem Unwetter aussetzte. Der Lärm umfing ihn augenblicklich, und der Regen peitschte auf ihn ein, als wolle er Branson auf das Deck schleudern.

Branson ging vorsichtig um die mittlere Box herum, da sie ein wenig dichter an der hinteren stand und so einen etwas geschützteren Bereich bildete. Nach einem letzten Blick zum Bug schlüpfte er unter die Plane, und es wurde etwas ruhiger, obwohl das Prasseln der Regentropfen hier intensiver war. Mit dem kleinen Akkuschrauber aus seinem Werkzeugwickel löste er die fingerdicken Schrauben von den Ecken und verstaute sie in seiner Tasche. Dank der Plane konnte er die Platte aus Pressspan abziehen, ohne, dass sie verloren ging, da das Plastik sie hielt. Mühsam quetschte er sich dazwischen und blickte auf den Inhalt, der ihm seit einigen Nächten Kopfzerbrechen bereitete.

Als er ihn sah, wusste er nicht, ob er noch besorgter oder erleichtert sein sollte – oder beides auf einmal. Er sah einen grauen Sarg, der ihm bis knapp unter die Brust reichte. Der untere Teil schien äußerst massiv zu sein und besaß viele Anschlüsse. Ein sanftes Brummen ging davon aus. Der obere

Teil war etwas schlanker, und als er sich mit gebeugtem Rücken darüber lehnte, sah er eine Glasscheibe, die leicht angelaufen oder beschlagen war. Mit geschürzten Lippen verstaute er den Akkuschrauber, balancierte von links nach rechts, als das Schiff etwas heftiger rollte und nahm dann die Taschenlampe von seinem Gürtel. Mit ihr leuchtete er durch das Glas und erschrak mit einem Aufschrei. Sein Kopf donnerte gegen den Deckel und er jaulte schmerzerfüllt auf, ehe er mit zitternden Händen einen erneuten Blick wagte. Unter der Scheibe lagen zwei Frauen mit blassen Gesichtern wie im Dornröschenschlaf. Die eine sah slawisch aus und war etwas älter, aber sehr attraktiv. Er fand, dass sie den Eindruck machte, sich gerade erschreckt zu haben, so als hätte sie jemand schockgefrostet. Die andere hatte braune schulterlange Haare und ein hübsches, wenn auch strenges Gesicht mit leicht herabhängenden Mundwinkeln und einer geraden, langen Nase. Sie trug keinen weißen Chemieschutzanzug, sondern eine ramponierte Jacke und Jeans sowie einen Gürtel mit Werkzeug daran.

»Was zur verschissenen Hölle?«, hauchte er in das Pfeifen des Sturmes hinein. Seine brüchige Stimme hallte in dieser winzigen Höhle wider, und der instinktive Schutz, den sie bot, zerbröckelte unter seinen aufgebrachten Gedanken.

Menschen, das sind Menschen da drin! Mit pochendem Herzen sah er sich um. Die Plane schlug aus und knatterte genauso stark wie zuvor. Über das Deck flossen Unmengen schäumenden Meerwassers. *Was soll ich tun?*

Branson fand eine Schalttafel am Kopfende, die er allerdings schlecht sehen konnte, weil es kaum Platz nach rechts gab. Sie hatte bloß zwei Knöpfe und darunter stand ein großes Warnzeichen, dass er weder genau erkennen noch lesen konnte. Er drückte einfach beide und schreckte zurück, als ein lautes Zischen ertönte. Er löste sich langsam und fuhr mit hydraulischem Quietschen empor, bis er nach etwa dreißig Zentimetern gegen den Deckel der Box stieß und ein protestierendes Quieken von sich gab. Ein hässlicher Geruch drang an seine Nase, verzog sich jedoch schnell wieder, und er blickte zu den beiden Frauen, die dicht an dicht in diesem Sarg lagen. Mit einem schweren Schlucken steckte er seine Hand durch die Öffnung und tastete nach ihrem Puls. Als er einen schwachen, aber konstanten Herzschlag spürte, wusste er nicht, ob er erleichtert oder entsetzt sein sollte. Wenn sie Leichen transportierten, bedeutete das möglicherweise, dass sie bloß überführt wurden, obwohl ihm das selbst reichlich naiv vorkam. Sollten sie aber noch leben, war er sicher Teil einer Entführung, und dieser Gedanke ließ einen dicken Kloß in seinem Hals entstehen, der sich anfühlte, als müsse er daran ersticken.

»Warum seid ihr Amerikaner immer so neugierig?«, ertönte hinter ihm eine Stimme, die den Sturm durchschnitt wie eine Axt. Der russische Akzent war schwer.

Branson zuckte zusammen und wirbelte herum, nur um in das Gesicht von Sergey zu blicken, der vollkommen durchnässt hinter ihm stand. Die Plane war fort, und er hielt sich mit einer Hand an der Box dahinter fest, in der anderen befand sich eine Pistole, mit der er sich gegen die Schläfe klopfte.

»Ihr kriegt Millionen, nur um trotzdem eure Nase in alles reinzustecken, was euch nichts angeht. Wir bezahlen euch großzügig, aber ihr könnt einfach nicht in die andere Richtung schauen, was?«, fuhr der Russe fort und klang enttäuscht. Aus den Augenwinkeln sah Branson, dass eine weitere Gestalt mit Waffe rechts an der Reling stand und sich mit einem Sicherungsgeschirr an dem Metall festgezogen hatte. »Es ist euch nie genug.«

»Ich …«, setzte Branson zu einer Erklärung an, doch sein

Gegenüber schüttelte den Kopf. Wenn er ehrlich war, wusste er auch nicht, was er hätte sagen sollen.

»Vergessen Sie's. Sie brauche ich, weil Sie diesen Kahn steuern können, aber das hier«, Sergey deutete auf den Sarg hinter Branson, »ist ein Verstoß gegen unsere Regeln, die ich sehr deutlich ausgedrückt habe. Oder?«

Branson antwortete nicht.

»Aber Ihre Crew werde ich nacheinander aufschlitzen und mit ihren Gedärmen erdrosseln. Sie werden schreien und mich verfluchen, aber sie werden gehorchen und dieses Schiff überall hinfahren, ganz wie wir es verlangen, weil Sie traumatisiert sein werden. Das funktioniert bei Euch Yankees einfach immer. Ihr seid wie Schafe, die sich in der Herde wie eine Großmacht fühlen, aber einzeln seid Ihr erbärmliche Weicheier.« Sergey streckte eine Hand aus und winkte ihn zu sich, obwohl sie nur zwei Meter voneinander entfernt standen. Branson fluchte innerlich und hatte gleichzeitig so viel Angst wie noch nie. Er fühlte sich wie paralysiert, als ein lauter Knall erklang. Er war hohl und fauchend, trat nur so kurz auf, dass er es erst für eine vom Sturm zerstörte Armatur oder Antenne hielt, doch er sah, wie der andere Russe an der Reling gegen das Metall geschleudert wurde und zusammensackte. Sergey sprang vor, packte Branson, der nicht einmal Zeit hatte zu reagieren, und tat einen halben Schritt zurück, bis er gegen den offenen Sarg stieß und seine Geisel wie einen Schutzschild vor sich hielt. Der Arm des Mannes war stark und drückte Branson beinahe die Luft ab, als Joe mit einer Schrotflinte im Anschlag um die Ecke kam. Sein Thermooverall glänzte wie eingefettet, und die Kapuze schlug im Wind hin und her. Aber sein Blick war klar und entschlossen.

»Lass ihn los!«, schrie er, doch Sergey streckte stattdessen seine Pistole aus, die eben noch an Bransons Schläfe gedrückt gewesen war, und feuerte, ohne zu zögern. Joe, offenbar völlig überrumpelt, wurde in den Bauch getroffen und sackte zusammen. Der Schuss, der sich aus seiner Flinte löste, zerfetzte einen Teil der offenen Box über ihnen, der in einem Schauer aus Splittern verging. Ein weiterer Schuss donnerte durch die Nacht, ebenfalls so laut, dass es in seinen Ohren klingelte. Der Druck auf seiner Brust ließ plötzlich nach, und als er sich mit schlotternden Knien umdrehte, sah er das Gesicht einer Frau, die sich halb aus dem Sarg geschält hatte. In der Rechten hielt sie eine Pistole mit rauchender Mündung, die sie ihm direkt gegen die Stirn drückte. Hinter ihm sackte Sergey tot zusammen.

»Wo bin ich?«, krächzte Jenna erschöpft.

»Äh, a-auf der T-Triton One«, stammelte Branson mehr verwirrt als verängstigt, obwohl die heiße Öffnung des Pistolenlaufs auf seiner Stirn ihn schwer schlucken ließ.

»Was ist das? Ein Schiff?«

»Ja.«

»Welcher Tag ist heute?«

»Mittwoch, glaube ich.«

»Welches Datum!«

Als Branson es ihr nannte, flatterten ihre Augenlider, und sie sackte kraftlos zusammen, wie eine Sprungfeder, die ihre gesamte Spannung verloren hatte. Erst jetzt fiel ihm auf, dass die andere Frau in dem Sarg sich ebenfalls regte, allerdings sehr langsam und zaghaft. Auch sie wirkte irgendwie ausgemergelt und entkräftet.

Branson drehte sich um und lief zu Joe, der schwer atmend und mit aufgerissenen Augen im Sturm lag.

»Durchhalten, alter Freund«, rief er mit bebender Stimme und schrie dann, so laut er konnte: »HILFE!«

Epilog

Lee

Lee sog an seiner Schnabeltasse und verzog das Gesicht. Nach einer Woche im Berliner Charité-Klinkum fühlte er sich bereits besser. Es war nicht die Rauchvergiftung, nicht die leichte Gehirnerschütterung und auch nicht die Platzwunde an seiner Schläfe, die ihm so zugesetzt hatten, sondern die gute alte Schwerkraft. Noch immer haderte sein Körper mit der niederziehenden Schwere dieser wunderschönen Gravitationssenke, auf deren Boden er sich nun wieder befand. Allein der Blick aus dem Fenster über die Dächer der deutschen Hauptstadt kam ihm so wertvoll vor, wie noch nie irgendetwas zuvor. Er hatte überlebt, obwohl irgendjemand alles versucht hatte, das zu verhindern. Das war auch der Grund, warum er abgelehnt hatte, in das Militärlazarett der Air Force in Ramstein gebracht zu werden, nachdem griechische Rettungskräfte ihn auf der Ebene von Thessalien aus der Crew Dragon geborgen hatten. Die Tatsache, dass die deutschen Behörden seinem Wunsch nach Behandlung in Berlin nachgekommen waren, trotz des Drucks, den der US-Botschafter und verschiedene Kräfte in Washington ausgeübt hatten, war für ihn Fluch und Segen zu gleich. Er wusste nicht, wem er trauen konnte, fühlte sich verletzt und zahlte lieber privat für seine Behandlung, als jetzt in diesem Zustand nach Hause zu kommen und unangenehme Fragen zu stellen und gestellt zu bekommen. Dieses Problem löste sich schließlich, als ihm von einem wütenden Ulysses Keinzman in einer Pressekonferenz in Abwesenheit gekündigt wurde, weil er sich direkten Anweisungen widersetzt habe.

Die ersten Tage waren wie ein verschwommener Traum gewesen, der von einer harten Realität abgelöst worden war, sobald er den Fernseher eingeschaltet hatte. Zuerst berichteten die englischsprachigen Sender, die er hereinbekam, neben den täglichen Cassandra-Sendungen über ihn und seine Bruchlandung in Griechenland. Die Spekulationen und politischen Gefechte, die er ausgelöst hatte, waren im besten Fall verrückt, und es war unangenehm, sein Gesicht ständig auf dem Bildschirm zu sehen. Glücklicherweise hatte es nur zwei Tage gedauert, denn dann war etwas scheinbar Interessanteres in den Nachrichten aufgetaucht: eine Ankündigung des chinesischen Staatspräsidenten zur besten Sendezeit. Darin erklärte Xi Jinping, dass aktuell eine Erkundungsmission zu dem merkwürdigen Asteroiden vorbereitet würde, um den schwarzen Punkt am Nachthimmel zu erforschen und Antworten zu suchen, wo die Menschheit bislang nicht einmal die Fragen verstand, die sie zu stellen hatte. Jinping nannte auch einen Zeitplan: Der Start der dreiköpfigen Crew war für den Sonntag in zehn Tagen angesetzt. Während noch sämtliche News Outlets bezweifelten, dass China in so kurzer Zeit überhaupt eine bemannte Mission zur ISS stemmen konnte, zogen auch schon die Amerikaner und die Russen nach und wollten sogar noch schneller sein.

Ein neues Weltraumrennen war gestartet, und sogar die Europäer und Japaner taten sich zusammen, um nicht ins Hintertreffen zu gelangen.

Als Lees Smartphone vibrierte und er die Push-Nachricht seiner News-App betrachtete, die einen neuerlichen Artefakt-Schauer von Cassandra 22007 ankündigte, öffnete sich die Tür, und seine Krankenschwester Madlen kam herein.

»Wie geht es unserem Astronauten heute?«, fragte sie in passablem Englisch, kam zu ihm und überprüfte seinen Blutdruck.

»Gut. Ich denke, ich könnte entlassen werden«, antwortete er genau wie jeden Tag, und sie lächelte nachsichtig.

Wie jeden Tag.

»So schlecht also?«

»Nicht so schlecht, dass ich die Entlassungspapiere nicht unterschreiben könnte.«

»Wäre schade, wenn Sie gehen, denn Sie haben Besuch.«

»Besuch?«, fragte er verwundert und schalt sich innerlich dafür, dass er sich vorstellte, wie Sarah und Markus zur Tür hereinkamen, von denen er noch nichts gehört hatte, was ihn nicht bloß traurig, sondern ratlos machte.

»Ja. Wenn Sie sich fit genug fühlen.«

»Ich bin nicht verheiratet, also habe ich keine Schwiegermutter.«

»Na dann.« Madlen schien zufrieden mit dem Blutdruck und ging wieder hinaus. Kurz darauf kam ein junger Mann mit Hornbrille und Tasche unter dem Arm herein. Er hatte den Blick eines intelligenten und wachen Geistes und das Auftreten eines Teenagers.

»Hallo, Mr. Rifkin.«

»Hallo.« Lee richtete sich etwas auf, bis er mit geradem Rücken an der hochgestellten Kopflehne saß, und runzelte die Stirn. »Und wer sind Sie?«

»Ich bin Peter. Ich bin aus Hawthorne hergeflogen. Mein Chef möchte gerne mit Ihnen sprechen und lädt Sie auf einen Flug nach Kalifornien ein. Auf Firmenkosten natürlich.«

»Hawthorne? Ihr Chef heißt …«

»Elon Musk, ja. SpaceX möchte Sie gerne als Kommandant für eine bemannte Mission gewinnen.« Peter lächelte.

»Sie wollen auch zum Asteroiden hochfliegen?« Lee glaubte zu träumen. »Ja. Genau genommen schon Ende nächster Woche. Es ist nicht so leicht ein Team zusammenzustellen, das nicht erst trainiert werden muss. Nun ja, für eine Landung auf einem Asteroiden gab es noch nie Training, aber Sie haben die Erfahrung und …«

»… den Wunsch, nicht mit der NASA zu fliegen. Ich verstehe schon«, unterbrach Lee sein Gegenüber. »Aber was für ein Team?«

»Na, Ihr Team von der ISS. Unsere Mission wird von der EU kofinanziert unter der Voraussetzung, dass einer Ihrer Astronauten mitfliegt, und wir dachten, Sie hätten am liebsten Ihre Kollegen dabei, mit denen Sie bereits eingespielt sind«, erklärte Peter mit smartem Lächeln. »Und Sarah MacDougall hat social -media-wirksam vor einer Stunde gekündigt. Wenn Sie zustimmen, werden wir die beiden auf dem Weg zu Cassandra 22007 von der ISS einsammeln. Ich muss Sie allerdings warnen, dass die körperliche Vorbereitung auf die Belastung eines Starts nach nicht einmal drei Wochen nach der Rückkehr auf die Erde anstrengend wird.«

Lee seufzte und erinnerte sich daran, wie er aus der Cupola zu dem glänzenden Punkt in der Nähe des Mondes geblickt hatte, der das Leben auf der Erde mit seiner bloßen Existenz womöglich für immer verändert hatte.

»Wann brechen wir auf?«

Epilog

Jenna

Jenna erwachte wie jeden Morgen mit brüllenden Kopfschmerzen. Sie waren nicht mehr so schrecklich wie an den ersten Tagen, nachdem sie aufgewacht war, aber immer noch zermarternd. Darya lag über ihr in ihrer eigenen Koje auf diesem hässlichen alten Trawler, auf dem sie gelandet waren, und litt offenbar genauso sehr wie sie. Allem Anschein nach hatte sie ihre Reise in dem merkwürdigen medizinischen Sarg bis nach Wladiwostok geführt, was vermutlich mehrere Tage gedauert hatte.

Ob es Glück oder Absicht gewesen war, dass man sie nicht rausgeholt hatte, obwohl sie und die Ärztin eindeutig nicht aussahen wie die Testsubjekte in den anderen Geräten, würde sie vermutlich nicht so schnell erfahren. Der langanhaltende Sauerstoffmangel – offenbar war die Zufuhr unter der Abdeckung bewusst stark reduziert gewesen, um den Stoffwechsel herunterzufahren – würde sie noch eine Weile begleiten, so viel stand fest. Das Aufwachen war ihr vorgekommen wie ein böser Traum, aus dem sie aufgeschreckt war, nur um einen Russen inmitten eines Sturms zu sehen, der einem etwas zerzaust aussehenden Redneck eine Waffe an die Schläfe drückte. Sie hatte mehr aus Reflex geschossen als aus Kalkül, und an den Rest konnte sie sich nicht erinnern. Erst als sie hier in diesem miefigen und viel zu kurzen Bett aufgewacht war, hatte sie das Gefühl, sich in der Wirklichkeit zu befinden. Schmerzen waren immerhin die beste Art, sich zu erden.

Es klopfte an der Tür und ehe sie »herein« sagen konnte,

öffnete sie sich auch schon quietschend, und Branson trat ein, ein kräftiger Mann mit graumelierten Schläfen und Dreadlocks, die zu einem eindrucksvollen Zopf zusammengebunden waren. Sein Unterhemd war fleckig, und die Tattoos auf seinen ansehnlichen braunen Armen weitgehend verblasst. Er erinnerte sie an einen glücklosen Schatzsucher aus zweitklassigen Kabelfernsehsendungen.

»Hallo«, begrüßte er sie, und Jenna beließ es bei einem neutralen Nicken, während sie sich ausruhte. »Es ist jetzt zehn Uhr.«

»Ich bin schon wach«, stöhnte Darya, und die Koje über ihrem Kopf begann zu knarzen, als die Russin ihre Beine hinausstreckte. Branson kam herbei und half ihr herunter. Jenna blickte an ihm vorbei und sah einen jungen Mann mit blonden schulterlangen Locken, der mit lässig vor der Hüfte gehaltener Pistole dastand. Es war ihre.

Die russische Ärztin wurde jeden Morgen und Abend aus der Kajüte gelassen, die irgendwie so etwas wie ihrer beider Gefängniszelle war, ohne, dass jemand ein Wort gesagt hätte. Als Jenna sie gefragt hatte, was da geschah, erklärte sie bloß, dass sie einen Patienten habe, um den sie sich kümmern müsse. Ansonsten redeten sie nicht viel miteinander, und den Blicken nach zu urteilen, die Darya ihr immer wieder zuwarf, rechnete sie besser damit, irgendwann mit einem Kissen im Schlaf erstickt zu werden.

Als sie hinausgeführt wurde, wartete Jenna eine Weile, ehe sie von innen an die Tür klopfte.

»Ich muss auf die Toilette«, log sie. Es war ein tägliches Ritual. In den ersten Tagen war die Crew sicher am wachsamsten gewesen – Menschen waren immer gleich. Primacy-Effekt. Am Anfang einer neuen Situation ist die Aufmerksamkeit am größten und sobald sich alles scheinbar normalisiert, lässt auch die Anspannung nach. Sie hatte diesen Tag ge-

348

wählt, weil ihre Kopfschmerzen zumindest genug verblasst waren, um einigermaßen klar denken zu können, und sie körperlich wieder passabel genesen war. Wenn Darya zu ihrer Behandlung ging, schätzte sie, dass neben dem Patienten auch Branson dabei sein würde, um alles zu kontrollieren. Das bedeutete, dass noch drei Crewmitglieder auf dem Schiff unterwegs waren – wenn sie bisher richtig gezählt hatte. Immerhin waren es immer dieselben Gesichter gewesen, die ihr Essen gebracht hatten. Jemand musste auf der Brücke sein, was noch zwei übrig ließ. Keine schlechte Ausgangssituation.

Es dauerte eine Weile, bis sich das Schloss klackend öffnete und die Tür aufging. Der blonde Surfer-Typ wollte gerade wie jeden Morgen routiniert in den Gang nicken, als sie ihm mit dem Handballen einen festen Schlag gegen den Kehlkopf versetzte und ihn gleichzeitig entwaffnete. Röchelnd griff er sich an den Hals und taumelte rückwärts, bis sie ihn am Kragen packte und in ihre Kajüte zog. Rasch knebelte sie ihn und fesselte seine Hände und Füße hinter dem Körper, ehe sie sie zusammenband, sodass er auf dem Boden lag wie ein zusammengeschnürtes Paket.

»Sch!«, zischte sie. »Flach atmen. Das hilft.«

Dann nahm sie ihm den Schlüssel ab und sperrte ihn ein, ehe sie sich im kleinen holzvertäfelten Gang umschaute und zur Treppe nach oben lief. Im nächsten Stockwerk hörte sie Darya und Branson hinter einer Tür sprechen. Eine dritte Stimme, sehr tief und volltönend, murmelte etwas Unverständliches. Jenna hielt sich nicht damit auf und schlich eine weitere Etage nach oben, bis sie die Tür zur Brücke ausgemacht hatte und sich unter das kleine Fenster duckte. Sie lauschte eine Weile, hörte jedoch nichts und spähte dann hindurch.

Ein großgewachsener sehniger Kerl im Jogginganzug lehnte mit dem Hintern an einem hohen Sessel vor einem Steuerrad und blickte aus den kleinen, von Jahrzehnten salziger Gischt mitgenommenen Fenstern nach vorn. Vorsichtig schob sie die Tür auf, nur einen winzigen Spalt breit, aus Sorge, dass sie quietschen könnte, wie alles auf diesem Kahn, und schlich auf nackten Füßen auf seinen Rücken zu. Als er etwas bemerkte und sich gerade herumdrehen wollte, hatte sie ihm schon die Mündung ihrer Waffe an den Hinterkopf gelegt.

»Eh-eh«, machte sie. »Wo ist euer Satellitentelefon?«

»Äh, was?«, fragte Johnny. Er roch nach Marihuana.

»Satellitentelefon.« Um ihre Forderung zu unterstreichen, zog sie den Abzugsbügel ihrer Pistole durch. Das Klicken ließ ihn erstarren.

»Das klemmt da vorne beim Sonar.« Als sie nicht reagierte, deutete er auf die Armatur vor der Fensterfront rechts.

Jenna ging seitwärts hin, sodass sie ihn weiter im Auge behalten konnte, und streckte dann die freie Hand nach dem Satellitentelefon mit der mächtigen Antenne aus.

»Sie müssen das nicht tun. Wir haben Sie immerhin gerettet«, sagte Johnny.

»Ruhig.« Sie wählte die Nummer des stellvertretenden Direktors, wartete, bis die Leitung offen war und sagte dann: »Acht-vier-sieben-eins-Washington.«

»Jenna?«

»Ja. Ich lebe noch.«

»Gott sei Dank! Wo bist du?« Er klang ehrlich besorgt.

Johnny musterte sie mit gerunzelter Stirn.

»Irgendwo auf dem Pazifik. Ein paar Hinterwäldler haben mich irgendwie im Hafen von Wladiwostok aufgegabelt, soweit ich weiß. Haben Sie meine Nachricht mit den Bildern bekommen?«

»Ja. Das war gute Arbeit, Jenna! Wirklich! Ich bin damit zu Montgomery gegangen, und er hat sich alles angeschaut und unsere Mittel verzehnfacht. Das war wirklich verdammt gut.«

»Was hast du unternommen?«

»Ich habe zehn weitere Agenten in die Region entsandt. Sie sollen weiteren Spuren nachgehen. Fünfzig Analysten gehen gerade die Fotos durch, die du aus der geheimen Anlage gemacht hast. Wir müssen dich so schnell wie möglich wieder in den Einsatz kriegen. Ich will, dass du unser Feldteam anführst«, erklärte der stellvertretende Direktor.

»Kein Debriefing? Keine Extraktion und Rückkehr nach Langley?«

»Nein. Du warst anderthalb Wochen untergetaucht. Dieser verdammte Asteroid verändert alles. Außerdem gab es einen Ausbruch von irgendetwas in Sibirien, und unseren Satellitenaufnahmen nach zu urteilen hat er sich beim Halt eines Güterzuges nahe der Stadt Ulan Ude ereignet. Die russische Regierung hat die gesamte Region abgeriegelt, und jetzt rate mal, was sich dort befindet?«

»Eine Niederlassung von Golgorow Systema?«

»Ganz genau. Hast du eine Möglichkeit, zurückzukehren? Wir können dir ein Einsatzteam und genügend Mittel nach Hokkaido schicken. Nach Russland wirst du irgendwie illegal einreisen müssen. Die haben vor einer Woche sämtlichen Ausländern den Zugang zu ihrem Land untersagt. Irgendetwas geht da vor, Jenna, und nicht nur der Verteidigungsminister will wissen was.«

»Ich finde einen Weg«, versicherte sie ihm. »Ich habe eine Bitte.«

»Alles, Jenna.«

»Ich denke, wir sollten die Five Eyes einbeziehen. Diese Sache ist viel größer als gedacht, und ich hatte die Hilfe eines MI6 Agenten, der sich als Feyn vorgestellt hat.«

»Die Five Eyes sind bereits eingeschaltet. Ich sehe, was ich machen kann. Ich schicke dir alles Wichtige per Mail. Pass auf dich auf.«

Jenna legte auf.

»Wer sind Sie?«, fragte Johnny, als sehe er sie zum ersten Mal.

»Ich arbeite für das FBI.« Sie sah, wie er erstarrte. Das hatte sie erwartet. »Und ich benötige dieses Schiff.«

»Springt da auch was für uns bei raus?«, fragte Branson, der hinter ihr aufgetaucht war. Sie hatte ihn natürlich bemerkt, also war sie nicht sonderlich überrascht. Seinen Schatten hatte sie bereits als Reflexion in den Fenstern gesehen, während er sich von draußen genähert hatte.

»Wie klingen zehn Millionen Dollar für Sie?« Sie senkte die Waffe und drehte sich zu ihm herum. Auch er ließ die Schrotflinte in seiner Hand vorsichtig sinken und lächelte zufrieden, in seinen Augen erkannte sie jedoch Zurückhaltung.

»Wohin soll es gehen?«

»Nordjapan. Dann Russland.«

»Einverstanden«, sagte er etwas zu schnell.

Epilog

Branson

Branson war äußerst erleichtert, als er feststellte, dass Joe zwar eine üble Fleischwunde davongetragen hatte, aber keine inneren Organe getroffen worden waren. Die Frau, die ihn mit der Waffe bedroht und gleichzeitig vor Sergey gerettet hatte, war kurz nach ihrem knappen Gespräch ohnmächtig geworden, während sich die andere neben ihr mit etwas Riechsalz und einer Infusion schneller erholt hatte. Bereits am nächsten Tag – die beiden verbliebenen schwer seekranken Männer von Sergey hatte er mit Marv und Johnny recht mühelos entwaffnet und gefesselt – stellte sich heraus, dass sie eine russische Ärztin war. Nachdem sie Joe genäht und bestmöglich mit den Bordmitteln versorgt hatte, holte er sie am zweiten Morgen unter dem Vorwand, dass sie ihn weiterbehandeln solle, aus ihrem Zimmer. Die Amerikanerin mit dem ruhelosen Blick schien in einer Art Dämmerzustand zu sein und wälzte sich immer wieder in ihrer Koje hin und her.

»Was wollen Sie von mir?«, fragte Darya, als Marv vor der Tür postierte und sie zum Achterdeck führte. Der Sturm war verzogen, und die Temperaturen zogen wieder an. Als sie das Heck erreichten, glänzten die vier freigelegten Särge bereits im Licht der noch tiefstehenden Sonne.

»Ich dachte, Sie könnten mir erklären, was das hier ist«, sagte er und winkte sie mit seiner Pistole an den ersten heran. Als sie sich nach vorne beugte und durch die Glasscheibe blickte, erschrak sie heftig.

»Oh mein Gott!« Sie schlug sich eine Hand vor den Mund. »Es ist passiert.«

»*Was* ist passiert?«, knurrte Branson und starrte auf die beiden kaum noch als menschliche Umrisse zu erkennenden Gestalten auf dem Liegepolster. Die Nasensonden und Mundstücke, die vorher noch auf ihren Gesichtern gesteckt hatten, lagen jetzt auf einer halbdurchsichtigen klebrigen Masse, die lange Fäden gezogen hatte. Überall auf dem Glas befanden sich Flecken, als bildete das widerlich aussehende Zeug eine Art Netz, in das es sich nach und nach ausbreitete.

»Das Mittel!« Darya schien mehr mit sich selbst zu reden, als mit ihm. »Es ist ausgebrochen, wie ich es vorhergesagt habe. Der Aktivator muss gefunden worden sein.«

»Was für ein Aktivator? Was für ein Mittel?«, hakte er nach. »Was zur Hölle ist das hier auf meinem Schiff?«

»Sie müssen uns sofort zurückbringen, verstehen Sie?«

»Wir sollten Sie eigentlich in die USA bringen.«

»Nein! Das hier muss untersucht werden. Es ist nicht bereit für die Ausführung«, stammelte die Ärztin. »Und wir haben nicht viel Zeit.«

»Von was für einem *Aktivator* haben Sie da gesprochen?«

»Na, von dem da, natürlich!« Sie streckte einen Finger in Richtung des Mondes aus, der noch als blasse Scheibe am dunkelblauen Morgenhimmel stand. Er brauchte nicht zu fragen, um zu wissen, dass sie den großen schwarzen Fleck meinte, der einen Teil des Erdtrabanten bedeckte.

»Der Asteroid?«

»Das ist kein Asteroid, sondern ein Meteor.«

»Ich habe gelesen, dass …«

»Er ist *noch* ein Asteroid, aber er wird bald ein Meteor sein, glauben Sie mir!«, unterbrach sie ihn deutlich barscher, als es ihre zierliche Statur und die etwas piepsige Stimme vermuten ließen.

»Wovon zum Teufel sprechen Sie überhaupt?«, ärgerte er sich.

»Hören Sie, …«

»Branson.«

»Branson, was auch immer hier geschehen ist, Sie müssen uns zurückbringen, verstehen Sie? Diese Charge muss zurück.«

»Das wird nicht so einfach. Und was ist mit diesen Menschen passiert, verdammt?«

»Ich werde meinem Arbeitgeber versichern, dass Sie mich gerettet haben. Sie werden fürstlich entlohnt und brauchen sich keine Sorgen mehr um Verfolgung zu machen. Der Mann, der Ihren Freund Joe angeschossen hat …«

»Sergey.«

»Ja, Sergey. Wir sagen einfach, dass seine Leute von der Agentin erschossen wurden«, sagte Darya und ihre Stimme überschlug sich beinahe.

»Warten Sie mal … Agentin? Was für eine Scheißagentin?«

»Einerlei. Lassen Sie mich telefonieren, und ich garantiere Ihnen, dass Sie fürstlicher entlohnt werden, als Sie gehofft haben. Meine Arbeitgeber würden alles dafür bezahlen, dass sie ihre Charge zurückbekommen.«

Branson überlegte. Der Schock über Sergeys lockere Art, mit der er gesagt hatte, dass er ihn jetzt umbringen müsse, saß noch tief. Andererseits hatte der Russe auch richtigerweise angemerkt, dass seine Seite sich bislang an alle Vereinbarungen gehalten habe, im Gegensatz zu ihm, der trotz anderweitiger Verabredungen das Transportgut inspiziert hatte. Aber Menschen schmuggeln? Das war vollkommen inakzeptabel. Gleichzeitig waren sie jetzt genau genommen gar keine mehr, sondern Kranke oder Tote, oder was auch immer. In Wahrheit hatte er keinen blassen Schimmer, was mit ihnen geschehen war.

Die nächsten Tage verbrachten sie damit, der Amerikanerin vorzugaukeln, dass Darya – die sich ebenfalls noch von der Zeit in dem Sarg erholen musste – jeden Morgen und Abend Joe versorgen musste. In Wahrheit aber verhandelten sie mit dem mysteriösen Mann, dessen Nummer sie hatten und der viel mit seiner Mitarbeiterin auf Russisch sprach. Sie handelte schließlich zwanzig Millionen Dollar heraus, unter der Voraussetzung, dass sie Russland für mindestens einen Monat nicht mehr verlassen durften.

Nach einer eingehenden Besprechung mit der Crew, bei der Xenia viele Tränen vergossen hatte, entschieden sie sich dafür. Branson verzichtete auf seinen Anteil aus Schuldgefühlen, dass er sie durch seine Neugierde erst in diese Situation gebracht hatte. Sie waren wütend, keine Frage, aber die Aussicht, von einem mysteriösen Verbrecherkartell gejagt zu werden, machte ihnen zu viel Angst, um das Angebot abzulehnen, und sie hatten eine Agentin an Bord. Wie sollten sie die sonst loswerden?

Immerhin war Darya einverstanden, die Amerikanerin nicht zu töten, denn sowohl Branson als auch seine Crew würden diese rote Linie nicht überschreiten – außer aus Notwehr. Aber dafür gab es bereits eine Idee, die nach etwa einer Woche Gestalt annahm, als sie sich – wie erwartet –, befreite. Branson befand sich gerade mit Joe und der Ärztin im Kartenraum, ein Deck unter der Brücke und besprach die Route zu den Koordinaten, die sie bekommen hatten, als Xenia sich meldete.

Branson schnappte sich seine Schrotflinte und lief nach draußen und von dort aus hinauf. Er sah sie mit der Pistole auf den armen Marv zielen und in der anderen Hand das Satellitentelefon halten, ehe er hineinging. Ein paar Herzschläge lang sorgte er sich darum, dass sie Verstärkung gerufen haben könnte, doch sie befanden sich zwischen Hawaii und Russland, und so weit draußen glaubte er nicht daran.

Die *Triton One* war ohnehin verloren nach alldem, aber wenn alles gut ging, hatten sie genügend Geld, um unterzutauchen und sich irgendwo ein neues Leben aufzubauen.

»Ich arbeite für das FBI«, sagte sie gerade, als er lautlos die Tür zur Brücke öffnete. »Und ich benötige dieses Schiff.«

»Springt da auch was für uns bei raus?«, fragte Branson, als er hinter ihr auftauchte. Sie schien nicht überrascht, und schon gar nicht erschrocken.

»Wie klingen zehn Millionen Dollar für Sie?« Sie senkte die Waffe und drehte sich zu ihm herum. Auch er senkte die Schrotflinte in seiner Hand und setzte ein zufriedenes Lächeln auf, das ruhig ein bisschen Gier vorgaukeln durfte.

»Wohin soll es gehen?«

»Nordjapan. Dann Russland.«

»Einverstanden«, sagte er. *Wie praktisch.*

Nachwort

Liebe Leser,

Ich hoffe, der erste Teil meiner Meteor-Trilogie hat Ihnen gut gefallen. Wie für meine Werke üblich, verpacke ich große Geschichten gerne in drei Bände, um den nötigen Raum für das zu schaffen, was die Protagonisten erleben. In diesem Sinne ist »Der Meteor« so etwas wie der Startschuss, das In-Position-bringen von Jenna, Branson und Lee für den großen Knall. Wenn Sie die Geschichte spannend fanden, sehen Sie mir diese Exposition hoffentlich nach. Der zweite Teil wird dafür schon in einigen Wochen erscheinen – versprochen ;-). Natürlich freue ich mich auch sehr, wenn Sie dieses Buch in Form einer Rezension auf Amazon unterstützen mögen. Falls Sie direkt mit mir in Kontakt treten möchten, können Sie das hier tun:

Joshuatree@weltenblume.de

Wenn Sie sich in meinen Newsletter eintragen, halte ich Sie einmal im Monat über Neuerscheinungen informiert - natürlich auch zu »Der Meteor 2« und Sie erhalten mein E-Book »Rift: Der Übergang« exklusiv und gratis:

www.weltenblume.de

Rezensieren können Sie direkt über diesen Link: Amazon.

Seien Sie herzlich gegrüßt,
Ihr *Joshua Tree*

Glossar

AKS-74U: Sturmgewehr aus ehemals sowjetischer, heute überwiegend russischer Produktion

Altay: Stadt im Nordwesten Chinas, sehr abgelegen und von der kasachischen Minderheit geprägt

Astron: Radioteleskop von RJKK Energiya

BCD: Buoyancie Control Device, aufblasbare Weste für Taucher, an der auch u. a. die Flasche befestigt wird

Chatanga: ein Dorf in der russischen Region Krasnojarsk, berühmt für seine Nähe zum Ort des Tunguska-Ereignisses

Cupola: Aussichtsplattform der internationalen Raumstation ISS

EMU: Extravehicular Mobility Unit, Raumanzug der NASA für Außeneinsätze

ESA: European Space Agency, europäische Raumfahrtagentur

Fiv Eyes: Geheimdienstgemeinschaft der angelsächsischen Staaten USA, Kanada, Neuseeland, Australien und Großbritannien

Guangzhou: große Industriestadt in China

Hemukanasixiang: abgeschiedenes armes Dorf im chinesischen Altaygebiet

Koma: schalenförmige »Wolke« um einen Kometen, bei großer Nähe zur Sonne, die aus Dampf und Staub besteht

Lahaina: kleiner Ort im Westen Mauis

Maui: eine der zu Hawaii gehörenden Inseln
Maupiti: kleine Insel im französischen Überseegebiet Französisch-Polynesien
MI6: britischer Auslandsgeheimdienst

NEOWISE: Neo-Wide-Field Infrared Survey Explorer, reaktiviertes, unbemanntes Weltraumteleskop der NASA

Okavango-Delta: Zusammenfluss von Flüssen in Südafrika und bedeutendes Wildtiergebiet

Pancit: philippinisches Nationalgericht aus Nudeln, Hähnchen und Karotten

RJKK Energiya: russischer Raumfahrtkonzern
Roskosmos: russische Raumfahrtagentur

Speznas: Spezialeinsatzkräfte des russischen Militärs

Ürümqi: Hauptstadt von Xinjiang, China

VLA: Very Large Array, Radioteleskop der Amerikaner in New Mexico

Wladiwostok: große Hafenstadt im äußersten Osten Russlands am Pazifik

Xinjiang: Nordwestlichste Provinz Chinas

Personenverzeichnis

Aleksander Chrogaschwili: Sohn eines russischen Oligarchen, der als Konkurrent von Juri Golgorow gilt

Anatoli Timoschtschuk: russischer Astronaut, der unter umstrittenen Umständen für eine ISS-Mission ausgewählt wurde

Boris Tatischtschew: Sohn eines russischen Oligarchen, der als Konkurrent von Juri Golgorow gilt

Boris Uljana: Direktor von Roskosmos

Cassandra Miles: NASA-Astronomin und Entdeckerin des Kometen Cassandra 22006 – und damit auch indirekt von dem Asteroiden Cassandra 22007

Chiu Wai: chinesischer Unternehmer aus dem Mittelstand von Guangzhou, produziert Schulranzen für Kinder

Colin: britischer Agent des MI6

Darya Saizew: russische Ärztin, arbeitet in der geheimen Anlage im Altay

Dima: russischer Roskosmos-Astronaut

Dwight Decker: Schatzsucher und Multimillionär mit Basis im Hafen von Lahaina

Feyn: britischer Agent des MI6

Fred Perkins: undurchsichtiger Auftraggeber für die Triton One

Joe Kamaka: erster Maat auf der Triton One und bester Freund von Branson

Johnny: Maschinentechniker auf der Triton One

Juri Golgorow: Oligarch und Pharmaunternehmer, angeblich gestorben beim Abschuss von MH17 über der Ukraine

Lee Rifkin: US-amerikanischer NASA-Astronaut

Markus Wlaschiha: deutscher ESA-Astronaut

Marv: Tiefseetaucher auf der Triton One

Michelle Daubner: Physikerin bei der ESA und Leiterin der Kontrollstation in Cebreros

Michelle Ferguson: hochrangige NASA-Beamtin und Leiterin des Kontrollraums

Montgomery Schrader: Direktor der CIA

Oleg Sniezewa: russischer Oligarch und Gründer des Raumfahrtkonzerns RJKK Energiya

Pjotr Wolkonski: von Interpol gesuchter Auftragsmörder aus Sibirien

Roberto Camacho: ESA-Mitarbeiter im Kontrollzentrum in Cebreros

Sarah MacDougall: US-amerikanische NASA-Astronautin

Sergei Morosowa: Sohn eines russischen Oligarchen, der als Konkurrent von Juri Golgorow gilt

Sergey: Anführer der russischen Söldner auf der Triton One

Tony Garcia: Jennas Ausbilder bei der CIA

Ulrich Breusch: Bruder von Luc Breusch

Ulysses Keinzman: NASA-Direktor

Xenia: Assistentin von Branson auf der Triton One